LOS NOVENTA

Ética
como amor
propio

LOS NOVENTA

pone al alcance de los lectores una colección con los más variados temas de las ciencias sociales. Mediante la publicación de un libro semanal, esta serie proporciona un amplio espectro del pensamiento crítico de nuestro tiempo.

LOS NOVENTA

Ética como amor propio

Fernando Savater

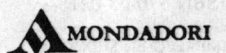

Consejo Nacional para la Cultura y las Artes

MONDADORI

MÉXICO, D.F.

ÉTICA COMO AMOR PROPIO

© 1988, Fernando Savater

© 1988, Mondadori, España, S.A.
    Avda. Alfonso XIII 50, Madrid

D. R. © 1991 por EDITORIAL GRIJALBO, S.A. de C.V.
    bajo el sello de Mondadori España, S.A.
    Calz. San Bartolo Naucalpan núm. 282
    Argentina Poniente 11230
    Miguel Hidalgo, México, D.F.

Primera edición en la colección Los Noventa

Coedición: Dirección General de Publicaciones del
    Consejo Nacional para la Cultura y las Artes/
    Editorial Grijalbo, S.A. de C.V.

La presentación y disposición en conjunto
y de cada página de ÉTICA COMO AMOR PROPIO,
son propiedad del editor. Queda estrictamente
prohibida la reproducción parcial o total
de esta obra por cualquier sistema o método
electrónico, incluso el fotocopiado,
sin autorización escrita del editor.

ISBN 970-05-0216-3

IMPRESO EN MÉXICO

A Sara, mi propio amor

Eres importante para ti porque es a ti a quien tú sientes.
Lo eres todo para ti porque eres para ti el universo,
el universo propio y los otros
satélites de tu subjetividad objetiva.
Eres importante para ti porque sólo tú te importas.
Y si eres así, oh mito, ¿por qué los otros no han de ser así?

       Fernando PESSOA, *Poemas de Álvaro de Campos*

«El fracaso de la cultura moderna no reside en su principio del individualismo, tampoco en la idea de que el bien moral es lo mismo que la consecución del interés propio, sino en la deformación del significado del interés propio; no en el hecho de que la gente se ocupa demasiado de su interés propio, sino en el de que no se ocupa suficientemente del interés de su verdadero yo; no en el hecho de ser demasiado egoístas, sino en el de no amarse a sí mismos.

       Erich FROMM, *Ética y psicoanálisis*

PRÓLOGO

Ya que vamos a tratar de ciertos aspectos —sin duda los más importantes— del amor propio, permítaseme ante todo referirme a la genealogía de este libro en mi vida. El primer vislumbre de que antes o después necesitaría escribirlo lo tuve en enero de 1969, en la cárcel madrileña de Carabanchel (cuanto pueda haber de quijotesco en la obra vendrá sin duda de esta remota concepción carcelaria). Era durante el primer estado de excepción de la dictadura (nunca he logrado entender cómo el régimen franquista podía distinguir entre la «normalidad de excepción» que le caracterizó desde su primer día, y la «excepción de la normalidad» con la que de vez en cuando en sus últimos años trataba de apuntalarse). La superpoblación de presos políticos hizo que nos viésemos mezclados con los delincuentes comunes, y se planteó la posibilidad de iniciar una protesta para exigir que nos reunieran a todos en una sola galería, separados de los encarcelados por otros delitos. Desde el punto de vista de la gratificación personal, la reivindicación me pareció lógica, porque todos preferíamos estar entre compañeros y amigos que entre desconocidos, quizá poco dispuestos a facilitarnos la vida sin aprovecharse de nuestra inexperiencia. Pero en uno de los primeros debates en que comenzaron a sopesarse los pros y contras del asunto, saltó el argumento que me hizo rechazar la reivindicación propuesta: después de todo, nosotros estábamos allí por razones distintas a las de los otros reclusos. Distintas, y había que entender más elevadas, pues —como me dijo un compañero— «nosotros hemos actuado por el bien de los demás, mientras que los demás obraron por egoísmo». Inmediatamente sostuve con vehemencia juvenil que jamás había tenido el ofensivo mal gusto de hacer nada por los demás (dije: he hecho cosas con otros, nunca por otros) y que siempre actué guiado por el más *estricto interés propio.* Como yo no formaba parte de ningún partido ni grupo organizado y era tan sólo algo así como un ácrata raro, una especie de ácrata light, mi salida de tono se cargó a cuenta del voluntarismo pequeñoburgués que entonces (y, por cuanto alcanzo a saber, también hoy) me caracterizaba. Fue por cierto en la enfermería de Carabanchel, a comienzos de febrero, cuando leí por primera vez la «Ética» de Spinoza, y aún conservo en mi ejemplar de la Pléiade el papelito en el que el maestro y el capellán de la cárcel autorizaban tal lectura. Mi consejo es que cuando deban ir a la cárcel nunca olviden esa obra realmente liberadora.

La segunda ocasión en que el tema se me volvió a poner delante con evidencia fue muchos años más tarde, ya con Franco bien muerto, y espero que bien enterrado. Con motivo de un debate sobre «La izquierda, hoy» o cosa semejante, coincidí en un mano a mano con José Luis Aranguren en un atiborrado salón de Pamplona. Durante mi respuesta a un interpelante, comenté incidentalmente que en la postura política de izquierda tal como yo la entendía no había ningún altruismo cristianoide, sino sólo un egoísmo bien entendido. El interpelante protestó un poco atónito, y Aranguren medió para asegurar que mis palabras eran algo así como una boutade sin mayor malicia y que por supuesto de lo que se trata es de ser altruista como Dios manda. Entonces fui yo quien se quedó atónito, porque mis palabras más bien respondían a lo que yo entendía por simple sentido común, sin la menor intención de desplante provocativo. Fue, como diríamos, el segundo aviso de que lo que yo daba por básicamente supuesto aún estaba muy lejos de serlo. Por fin, hace aproximadamente un año, mantuve en la prensa una breve y necesariamente superficial polémica con Adela Cortina, a raíz de haber yo utilizado la expresión «egoísmo ilustrado» en un artículo. Este escarceo periodístico me convenció finalmente de la necesidad de abordar el tema de forma lo más completa y articulada posible, no sólo para aclarar mi pensamiento cara a quienes ya in nuce lo rebatían, sino sobre todo para obligarme a precisar ante mí mismo diversos aspectos de la cuestión que aún no había tenido ocasión o paciencia de considerar. En modo alguno he pretendido descubrir un Mediterráneo ético, sino todo lo contrario: mi propósito es recordar que ese Mediterráneo ya ha sido hace mucho descubierto, que su ocultamiento teórico es producto del culpable olvido o de la culpabilizadora censura, y que nuestra tarea actual es asumir sin cortapisas las consecuencias axiológicas de lo, en el fondo, por todos sabido.

Las comunicaciones privadas o semipúblicas de algunas partes de esta obra me han convencido del oxigenante olor a azufre que aún rodea expresiones entrañablemente morales —¡y hasta moralistas!— como «egoísmo» o «amor propio». Hay quien parece suponer que si prosperase una ética del amor propio (espero demostrar que nunca ha habido otra), los individuos perderían toda razón para cumplir aquellos gestos abnegados y sacrificiales que los curas, las solteronas y los alcabaleros siempre han considerado joyas del más alto precio moral. Los menos despejados hablan de los peligros del neoliberalismo y mencionan el caducado oprobio de Reagan. Por lo visto, el imperativo categórico o cualquier otra recomendación de altruismo aseguran por sí mismos la santidad desinteresada y no la hipocresía filistea, como nos parece a los más reacios. Nietzsche, según esto, ha vivido en vano: en lugar de utilizarlo para pensar los temas de que tan lúcidamente habló, se le convierte en un profeta del nazismo, un adelantado de Supermán o un precursor del tibio monumentalismo hermenéutico. Estos remilgos no pueden cargarse en exclusiva al fuerte tufo clerical que aureola a tantos profesionales académicos de la ética en España. A mi juicio, el problema no estriba principalmente en una incompetencia teórica sino en una deficiencia vital. Se les podría aplicar muy bien el veredicto de Ramón Gómez de la Serna: «Carecen de egoísmo, son incapaces de él, y el egoísmo de los otros les enfurece... Creen que el egoísmo desarmoniza, y el egoísmo sería la armonía, y es la tendencia más social, menos destituible, menos derogable porque está en todos y no es una institución... Claro que no es el egoísmo que sienten, que es un altruismo del revés» (El libro mudo).

En cuanto al libro en su estructura, está compuesto de dos partes. En la primera se expone el núcleo histórico-especulativo de la cuestión, con las ramificaciones analíticas que considero más relevantes. La segunda reúne varios textos circunstanciales (contribuciones a congresos o libros colectivos, conferencias, prólogos) que perfilan o concretan la teoría general de la primera parte. El ensayo que cierra el volumen —«El porvenir de la ética»—, escrito para una obra colectiva internacional planeada por una editorial alemana, puede servir como resumen de las tesis del libro para quien quiera conocerlas sin sufrir la penitencia de leer todo el conjunto, quizás indelicadamente copioso. En suma, este libro no aspira más que a ser una respuesta apasionada pero racional a la sentencia dictada contra todos nosotros por el Yago shakespeariano: «Nunca he encontrado un hombre que supiera cómo amarse a sí mismo.» Pues debemos tener presentes las conclusiones prácticas sacadas por el falso amigo de Otelo de su rotunda aseveración... Y ya que en ello estamos, una palabra sobre las citas que abundan en estas páginas. Como en otros libros míos, no pretenden fingir una erudición de la que carezco, sino que forman parte de mi propia escritura: a veces escribo directamente con mis propias palabras, y a menudo a través (o en resistencia) a las de otros, pero el autor siempre es el mismo. No me propongo efectuar un estudio de obras ajenas ni analizar objetivamente el pensamiento de los demás, sino declarar convenientemente el mío. Este no es un libro que trate de la interpretación de otros libros, como la mayoría de los que se escriben en nuestra era hermenéutica, sino que quiere funcionar a la antigua: versa sobre la cosa misma. Por ello las citas carecen del mínimo aparato crítico, pues no las dispongo ante el lector para remitirle a diferentes obras, sino para que comprenda mejor los meandros históricos y culturales por los que se ha llegado a realizar ésta. Las dos citas que inician la obra (precediendo a este prólogo) son la más sucinta condensación de su contenido; las dos que despiden el libro envían a lo que aguarda tras él, después de haberlo pensado por completo.

El primer y más extenso capítulo de este libro y el que atañe a la cuestión de los derechos humanos, ambos aquí bastante retocados, sirvieron como proyecto de investigación y como lección magistral en el concurso para la provisión de la cátedra de ética de la Universidad del País Vasco que ahora ocupo (éste es pues, Dios me perdone, el primer libro que escribo ex cathedra). A los componentes del tribunal que decidió esa provisión —Javier Muguerza, Fernando Quesada, Gregorio Peces-Barba, Jesús Ballesteros y Nicolás López-Calera— les debo algunas objeciones y sugerencias que he procurado responder o incorporar en la versión actual del texto, pero sobre todo estoy en deuda con ellos por la risueña inteligencia con la que supieron convertir un fastidioso «paso de armas» académico en una jornada de estimulante y vivaz reflexión. Lo que no soy capaz de asegurar es que me haya repuesto por completo del ataque benigno de iusnaturalismo que entonces me diagnosticaron...

Con Héctor Subirats y Tomás Pollán he discutido de todos estos temas y de muchos más que me han permitido acercarme a éstos. No me extrañaría que lo bueno que puedan tener estas páginas se deba a esas conversaciones que constituyen una de las más irrenunciables partes de mi cotidianidad. Aurelio Arteta me indicó lecturas clásicas que podían ayudarme y me expresó cautelas previas nada ociosas. Vampiricé siempre que me fue posible a Rafael Sánchez Ferlosio, semillero permanente de ideas vivas, de arte literario y de bondad humana. Vicente Molina Foix me asistió con afecto invariable en las tormentas y tormentos del año en que —viviendo algo peligrosamente— compuse este libro. Y Sara... bueno, lo de Sara ya queda dicho en la dedicatoria.

Middlebury, 20 de julio de 1988

PRIMERA PARTE

DOCTRINA MORAL DEL AMOR PROPIO

I

EL AMOR PROPIO Y LA FUNDAMENTACIÓN DE LOS VALORES

> True self-love and social are the same.
>
> Alexander Pope, *An Essay on Man*

> Una extraña paradoja: al actuar, la gente sólo piensa en su interés privado más mezquino, pero al mismo tiempo su comportamiento está, más que nunca, condicionado por los instintos de masa. Y, más que nunca, éstos vagan a la deriva, ajenos a la vida.
>
> Walter Benjamin, *Dirección única*

La indagación que aquí comienzo a esbozar versará sobre el fundamento racional que podemos hallar a lo que consideramos valioso, es decir, al hecho de que lo reputemos así: ¿qué funda y sostiene la *preferencia* por determinadas actitudes, por ciertos comportamientos e instituciones? ¿Cuál es la razón de la *estima* que merecen? Y me interesa no sólo el *hecho* de que sean estimados, sino el *derecho* que tenemos a valorarlos así. Los valores a que voy a referirme son los englobados en lo que podríamos denominar, por respeto a una dignísima tradición, «razón práctica», es decir, los que conciernen a la *ética*, el *derecho* y la *política*. En cuanto a la noción de «fundamento», es preciso diferenciarla de otras próximas, como «principio», «origen» o «causa». Un principio ético —v. gr. «pórtate con los demás como quisieras que los demás se portaran contigo»— puede ser el más concentrado epítome de toda moralidad, pero no es el fundamento de la moral. Pues siempre podría preguntarme su *por qué*, la razón de su valor supremo. Tampoco el origen de los comportamientos morales, lo que Nietzsche llamaría su «genealogía», tal como figura, verbigracia, en el célebre capítulo V de la primera parte de *The Descent of Man*, de Darwin, es por sí mismo fundamento suficiente, pues no propone más que una trayectoria que llegado a cierto punto de su recorrido podría ser revocada o invertida. Y algo semejante podríamos decir de la causa o las causas de la moralidad (y del derecho y la política), capaces sólo de justificar cómo ha llegado a ser lo que hoy es —acudiendo a los genes, por ejemplo, o al determinismo de las condiciones de producción—, pero no de legitimarlo de aquí en adelante y para siempre como lo razonablemente *preferible*. Establecer algo como irremediable anula la pregunta por la preferencia, pero no sirve para fundar la elección. El fundamento que busco —cuyo presupuesto es el *como si* de la *libertad*, al cual ya me he referido en *La tarea del héroe* e *Invitación a la ética*— es *la raíz inteligible e invariable de la disposición activa a preferir de la que emanan todas las valoraciones habidas y por haber*. Este fundamento no es la libertad, pero está posibilitado y sólo resulta significativo a partir de la libertad: es algo de lo que brota la libertad, que *evoluciona* hasta la libertad y sobre lo que la libertad revierte al reflexionar sobre sí misma como lo que ya no puede ser rebasado por ninguna opción. Mi presupuesto es que tal fundamento es *común* para todas las manifestaciones de la razón práctica, sean éticas, jurídicas o políticas; esta comunidad en la *última ratio* deberá dar cuenta no sólo de su parentesco, sino también de sus intrínsecas y sustanciales diferencias.

El método que voy a seguir no es sociológico, psicológico, histórico, etc. (entiéndase: no es el método que seguirían la sociología, la psicología, la historia, etc., aunque no excluya el piratear cuando haga falta aportaciones de cualquiera de estas ramas del saber), sino propiamente *filosófico*, o sea: *su punto de partida es aquello precisamente en cuya busca se va*. Nada más estéril ni nocivo para la filosofía que el acomplejado remedo de los métodos inductivos de las ciencias empíricas, es decir, nada menos riguroso para el filósofo que *fingir* que no sabe a dónde va a llegar. La filosofía no es una pregunta que se va esclareciendo por tanteos sucesivos hasta quedar finalmente contestada en la conclusión de la obra emprendida, sino una conclusión esencial de la que se parte y que en el desarrollo de sus múltiples implicaciones y problemas se va haciendo más y más compleja *hasta que la conclusión misma, sin dejar de serlo, se convierte en la última y definitiva cuestión*. El científico empírico no sabe a dónde va a llegar, pero el filósofo lo que no sabe es a dónde ha llegado. De aquí la diferencia de sus actitudes y también lo opuesto de la humildad que se les puede exigir. Por ejemplo, cuando un científico introduce una de sus afirmaciones con un «en mi opinión» o «si no me equivoco», muestra la respetable cautela de quien se somete a la aportación de nuevos datos o a la confrontación con una teoría que los coordine de forma más económica y completa; pero los «en mi opinión» de un filósofo son tics desdichadamente ociosos o señales de indecible vanidad, pues en ningún caso lo que asevera podría ser otra cosa que opinión suya, es decir, testimonio de un *hallazgo* dispuesto reflexivamente a convertirse en *búsqueda*. Cada uno de estos hallazgos que se convierten en polos de irradiación de preguntas se localiza en el mapa total y siempre creciente de la filosofía. La referencia a la tradición del género brinda las coordenadas que sitúan su inteligibilidad. Por ello la necesaria —aunque a veces implícita— polémica o complicidad con otros pensadores: porque la conclusión de la que se parte sólo puede revelarse *dentro* del campo filosófico. En filosofía hay muchas tribus, bastantes exploradores, imperios colonialistas..., pero ningún buen salvaje.

Otra cuestión previa es el estatuto ontológico de que gozará ese fundamento cuyo hallazgo iniciará nuestra búsqueda. El rigor de la admonición humana llamada «falacia naturalista» denuncia cualquier intento de transitar del *ser* al *deber ser*. En el fondo, la culpa la tiene G.E. Moore en mayor grado que Hume, pero la mala semilla ha encontrado tierra fértil y la falsa perplejidad se reitera con asombrosa pertinacia; porque, vamos a ver, ¿de dónde diablos podríamos ir a sacar cualquier *deber ser* sino del *ser* que hay? De dónde diablos o quizá de dónde dioses, pues esta suerte de pseudoenigmas suele desembocar en el ateísmo luciferino o en algún *revival* de las acreditadamente trascendentes Tablas de la Ley. Así pues, el *deber ser* —esto es, lo valioso en el aprecio de la razón práctica— se enraizará, como no puede ser menos ni tendría por qué ser de otro modo, en un *factum*, pero de naturaleza especial, no cerrada en la identidad simple (A = A, el ser es y el no ser, no es), sino abierta, proyectiva, dialécticamente conmocionada por la tensión hacia lo aún no logrado («no es lo que es y es lo que no es», según la fórmula hegeliana). En una palabra, el *factum* donde se ahíncan los valores no va a ser otro que la *voluntad humana*. Entre el *ser* y el *deber* (ser) se establece la mediación primordial del *querer* (ser). *Lo que para el hombre vale es lo que el hombre quiere*; pero el hombre no puede querer cualquier cosa, *sino que quiere de acuerdo con lo que es*. Lo que ocurre es que la identidad humana no es algo dado de una vez por todas, concluido, materialmente *programado* hasta el fin de los tiempos, sino que, como asentó por vez primera e inolvidablemente Pico della Mirandola en su *Oratio pro hominis dignitate*, se trata de una identidad-aún-no-idéntica, procesual, inacabada, sometida a exigencia de autopoiesis o permanente revolución. Los límites del *querer* (ser) humano podrían formularse así: *el hombre no puede inventarse del todo, pero tampoco puede dejar del todo de inventarse*. Lo que llamamos dignidad humana no es precisamente nada de lo que el hombre ya tiene, sino lo que aún le *falta*; y lo que le *falta* es sin duda lo único que realmente le queda, a saber: lo que le *queda-por-hacer*. La dignidad del hombre, que es otra denominación para su capacidad de valorar, estriba en su querer (ser) o sea en su *esse in fieri*.

Pues bien, la pregunta por el fundamento de los valores puede quedar expresada así: ¿en qué consiste el querer (ser) del hombre?, ¿cuál es el contenido de la voluntad humana? Lo que vamos a encontrar es sin duda algún tipo de *factum*, un orden último —y para nosotros primero— del ser, del que ya no cabrá significativamente indagar el por qué. El hombre quiere a partir de lo que es, y a partir de lo que quiere establece —subjetiva y objetivamente— sus valores. Hemos aludido antes a la libertad como presupuesto del fundamento de los valores. Tal libertad no es desde luego una disponibilidad vacía, sino la *posibilidad activa* de la voluntad, sin la que ésta resultaría imposible de pensar. La voluntad tiene que ser *inerte o libre*, pero la inercia pertenece al orden de la identidad cerrada luego debe haber libertad. Llamamos libertad a la intervención de la voluntad en la identidad, o también: *la libertad es el primordial deber (ser) de nuestro querer (ser)*. A partir de este deber (ser) surgen los demás deberes, o sea los valores de la razón práctica. A partir del contenido de la voluntad —del que «libertad» no es sino el nombre de su posibilidad práctica—, obtendremos, no una lista acabada e inalterable de valores (sería recaer de nuevo en el orden de la identidad cerrada), sino el *significado originario* de cualesquiera valores, así como un inicio de criterio para afirmar la prioridad de algunos y lo desechable de otros.

Quizá para la formulación básica del contenido de la voluntad podamos en primera instancia remitirnos directamente a Spinoza: «Cada cosa se esfuerza, cuanto está a su alcance, por perseverar en su ser» (*Ética*, 3.ª parte, prop. VI). Y tres proposiciones más adelante precisa lo anterior refiriéndolo concretamente al caso del hombre: «El alma, ya en cuanto tiene ideas claras y distintas, ya en cuanto las tiene confusas, se esfuerza por perseverar en su ser con una duración indefinida, y es consciente de ese esfuerzo suyo» (*ibidem*, prop. IX). En estas pocas líneas se halla dicho *todo* lo que más importa sobre el fundamento de los valores: la perseverancia en el ser propio sin límite temporal, la conciencia de tal propósito (ésta es la llamada «razón práctica»), el que las ideas que conscientemente rodean tal necesaria perseverancia pueden ser claras o confusas, esto es, adecuadas o inadecuadas, acertadas o erróneas. Perseverar en su ser, para el hombre, consiste en perseverar en su *ser hombre*. No se trata de la simple duración del ser, sino que se incluye una *calidad*, que la conciencia racional tiene el encargo de perfilar y potenciar.

Estas dos últimas tareas vienen impuestas por la ya mencionada condición inacabada (e inacabable, pues no es concebible un estadio *definitivamente* humano), autopoética, histórico-temporal, sustancialmente pluriforme, etc., de lo humano. Perseverar en su ser, para el hombre, consiste en perseverar en la insistente reforma y reinvención de su ser. El abandono de este carácter permanentemente revocable del deber (ser) humano, de su variabilidad e indecisión, en nombre —por ejemplo— de un definitivo acuerdo establecido acerca de lo que conviene a los hombres, no garantizaría una inexpugnable perseverancia en el ser humano, sino la felizmente inimaginable renuncia a perseverar. También debe ser subrayado en el texto de Spinoza la mención de que tal perseverancia se propone «una duración indefinida». Es de la máxima importancia que el único ser vivo consciente de su necesario *cesar* (podríamos aventurar la definición del hombre como «el animal cesante») elija sus valores con vocación de inacababilidad. Hasta tal punto los valores surgen del afán de perseverar en el ser (lo que incluye un decidido anhelo de supervivencia no resaltado directamente por Spinoza) que sin *proyecto de inmortalidad* no habría ni ética, ni derecho, ni política. Más adelante volveremos sobre esta característica ya no de la razón práctica, sino del querer (ser) humano. Baste ahora señalar que lo único que la voluntad humana no quiere jamás es morir; hasta cuando opta por cierto tipo de muerte, lo hace en nombre de la supervivencia radical. La única posición frontalmente inhumana, la total amoralidad, sería querer *realmente* no ser: nihilismo que (*pace* Severino *et alii*) no parece haberse dado ni poder darse jamás. Por eso la superior sabiduría de Goethe convirtió esta actitud en blasón del diablo: «...pues todo lo existente merece perecer, de tal modo que sería mejor que nada hubiera». Sólo un espíritu necesariamente eterno podría permitirse este lenguaje, por la simple razón de que hallaría en sí mismo la cláusula de invalidación de tal anhelo. Aun condenándose, quedaría *a salvo*.

Querer seguir siendo, querer ser más, querer ser de forma más segura, más plenaria, más rica en posibilidades, más armónica y completa: ser contra la debilidad, la discordia paralizante, la impotencia y la muerte. No hay otro fundamento para la razón práctica: lo que efectivamente contraría este querer (ser) sólo se recomienda o efectúa por inadvertencia, obnubilación o coacción insuperable (ideas inadecuadas o confusas, pero que también responden al deseo de perseverar en el ser, a las que llamamos vicios o maldades); el resto, es decir las acciones recomendadas o ejercidas con tino, merecen la calificación de virtudes. Los objetivos de la razón práctica coinciden en este punto originario con los de la vocación técnica de nuestro entendimiento: a fin de cuentas, construimos casas, aramos los campos, dictamos y aceptamos leyes, veneramos el coraje o la generosidad por motivos esencialmente idénticos. La diferencia proviene de que la disposición técnica se refiere ante todo a nuestro asentamiento en el mundo de los objetos, a la supervivencia en cuanto tal, mientras que la razón práctica se ocupa de lo que hacemos los unos con los otros, para los otros o contra los otros, es decir la supervivencia en cuanto propiamente humana. Pero su imbricación es necesaria, sus implicaciones constantes, múltiples y sutiles. Por supuesto, este querer (ser) es válido sin excepción para todos los tiempos y todas las culturas: la historia o la etnografía lo presuponen, pero no lo afectan. La obvia diversidad de usos, morales, leyes y formas de gobierno no alcanza a comprometer la unidad de esta razón universal. Más adelante señalaremos, sin embargo, la raigambre de una incompatibilidad trágica que acompaña sin desmentir esta básica universalidad. Baste ahora insistir en que cualquier grupo humano (recordemos que no hay hombres absolutamente sin grupo, todo lo más que van hacia un grupo o huyen de un grupo) debe asegurar por medios técnicos la subsistencia y perduración física de los individuos que lo componen, razonables expectativas de comodidad vital y aun relativa abundancia, junto al recíproco *reconocimiento* entre los socios. Ese reconocimiento (de *status*, de derechos y deberes, de humanidad, en suma) no basta con que sea puramente intersubjetivo, sino que obligatoriamente debe quedar *instituido* en el marco social, y es tan imprescindible al grupo como el abastecimiento de víveres o de la defensa contra agresiones exteriores. La garantía de la simple supervivencia o subsistencia es condición necesaria pero no suficiente para el mantenimiento del grupo, el perseverar eficaz de su querer (ser); esto es, sin la institución —por elemental que sea— del reconocimiento, no sólo la perduración de lo humano, sino ni siquiera la más material subsistencia puede darse para los hombres.

Los valores de los que aquí hablamos no pueden ser encuadrados prioritariamente en ninguno de los tres campos mencionados, el ético, el jurídico y el político. Pertenecen a uno o a otro de ellos, pero ante todo y por encima de todo, coincidiendo en esto con los valores estético-artísticos y los científico-técnicos, al de la *autoafirmación de lo humano*. Valores, pues, de humanismo o de humanidad, diríamos, si tales palabras no estuvieran peligrosamente subvaloradas en nuestros días. Fuera de esta autoafirmación de lo humano, el pensador laico no tiene por qué admitir ninguna otra fuente de valores, provenga de la trascendencia intemporal o de la inmanencia del pasado o del futuro. A este respecto, tanto vale la reverencia a la ancestral peculiaridad de tal pueblo o tal raza como la devoción al santo advenimiento del Ser o de la Comunidad de Comunicación Ideal. En el fondo, no son más que muestras de inquietud culpabilizadora ante el hecho de la autoafirmación del querer (ser) humano, es decir, de la voluntad transhistórica de los hombres, como única raíz no teológica aceptable de los valores. Pero ¿acaso no hay una relación jerárquica entre los valores de las tres especies? ¿No suele asumirse como algo dado que los valores propiamente éticos son de más elevado rango y más completo *desinterés* que los jurídicos y los políticos? En lo tocante al desinterés, es evidente por lo hasta aquí dicho que no lo considero axiológicamente ni siquiera imaginable: las valoraciones no sólo no pueden ser desinteresadas, sino que constituyen en sí mismas expresión de los más altos y arraigados intereses. Llamamos «valor» y concedemos valor a aquello que más nos interesa: esto es válido tanto para la ética como para el derecho o la política. A fin de cuentas son los *intereses* (*interest*, lo que está *entre* los hombres) aquello que une a los hombres, además de enfrentarlos en ocasiones. Fue también Spinoza en su *Ética* quien mejor planteó esta aparente paradoja: lo mismo que une a los hombres es también lo que los separa. Los hombres pueden vivir en sociedad porque tienen idéntico interés (es decir, porque comparten la misma naturaleza y les conviene lo mismo), pero su similitud es tanta que llega a oponerlos cuando determinados objetos de interés no pueden ser compartidos (quieren lo que ven querer a sus iguales, tal como ha analizado magistralmente René Girard en *Mentira romántica y verdad novelesca*). No se podría hacer desinteresada a la ética sin matar su raíz valorativa, las razones de la *proairesis*; pero el interés ético debe encargarse de establecer las prioridades de interés.

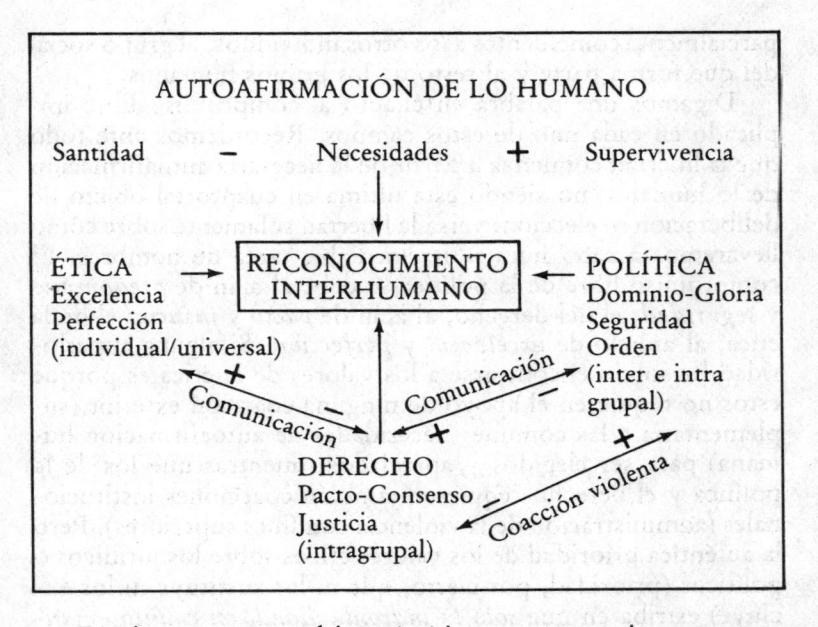

```
            AUTOAFIRMACIÓN DE LO HUMANO

    Santidad      −     Necesidades    +    Supervivencia
                              │
                              ▼
    ÉTICA      →   RECONOCIMIENTO    ←    POLÍTICA
    Excelencia     INTERHUMANO            Dominio-Gloria
    Perfección                             Seguridad
    (individual/universal)                 Orden
              +             ↑              (inter e intra
           Comunicación  Comunicación       grupal)
                     −       −
                          +                +
                       DERECHO        Coacción violenta
                       Pacto-Consenso
                       Justicia
                       (intragrupal)
```

En cierto aspecto, el interés ético no es superior a nuestro interés jurídico o político. Son planteamientos diferentes, que dependen tan sólo de la *unidad de acción* que tomamos como base práctica y del nivel de *compromiso libre* que respalda la opción por un valor determinado. Como puede verse en el sintético diagrama adjunto, la autoafirmación de lo humano en el plano de la razón práctica tiene como *factum* irreductible *el conjunto de necesidades de reconocimiento, ayuda y concordia* inherentes a la polimorfa naturaleza social de los hombres. Responder a estas necesidades es la exigencia de nuestro querer (ser), de la voluntad humana. Los valores de la política expresan este querer tomando como unidad de acción un grupo humano enfrentado a otros grupos de intereses parcialmente diferentes (aunque nunca del todo); los valores del derecho expresan este querer tomando como unidad de acción ese mismo grupo (o la fusión histórica de varios grupos) en cuanto sometido a la amenaza de enfrentamientos internos; los valores de la ética expresan el mismo querer afrontado desde el individuo humano como unidad de acción, con intereses parcialmente opuestos y parcialmente coincidentes a los otros individuos, al grupo social del que forma parte y al resto de los grupos humanos.

Digamos una palabra en cuanto al compromiso libre implicado en cada uno de estos campos. Recordemos ante todo que la libertad comienza *a partir* de la necesaria autoafirmación de lo humano, no siendo esta última en cuanto tal objeto de deliberación ni elección: versa la libertad solamente sobre cómo llevaremos a cabo nuestra irremediable tarea de hombres. El compromiso libre de la política se debe al afán de *predominio y seguridad*; el del derecho, al afán de *pacto y justicia;* el de la ética, al anhelo de *excelencia y perfección*. Si alguna superioridad ha solido encontrarse a los valores de la ética es porque éstos no requieren el apoyo de ninguna coacción exterior (suplementaria a las comunes necesidades de autoafirmación humana) para ser elegidos y apreciados, mientras que los de la política y el derecho requieren también coacciones institucionales (administración de la violencia con fines superiores). Pero la auténtica prioridad de los valores éticos sobre los jurídicos o políticos (prioridad, por cierto, que ni los sustituye ni los excluye) estriba en que *sólo la individualidad, en cuanto emancipada de las exigencias grupales facciosas y los límites de la coacción instituida, puede confrontarse a la universalidad de lo humano*. Precisamente porque sus valores tienen la raíz más individualista, la ética es capaz de una universalidad en acto que ni el derecho ni la política alcanzan por su parte.

Naturalmente, estoy hablando de una ética evolucionada, no simplemente de pautas de conducta y restricciones sociales vigentes en determinado grupo y que no pueden ser infringidas sin arriesgarse al ostracismo. La ética de la que hablo —producto superior y relativamente reciente del desarrollo intelectual humano— es *una propuesta de vida de acuerdo con valores universalizables, interiorizada, individual y que en su plano no admite otro motivo ni sanción que el dictamen racional de la voluntad del sujeto.* ¿Cómo coordinarla con el derecho y la política, dado que en último término su razón de ser es la misma? Intento ilustrar su relación mutua de acuerdo con el siguiente esquema: tomando como centro impuesto necesariamente el reconocimiento interhumano, un vector avanza hacia el aumento de la necesidad y llega hasta la simple supervivencia, mientras el otro adelgaza la necesidad hacia el límite de la santidad, entendida como perfección de la abnegación social hasta el punto de la renuncia a esperar la debida reciprocidad; la política expresa un mayor peso de necesidad y también el máximo estrechamiento de miras (grupo contra otros grupos o lucha por privilegios y dominio intragrupales, mínima universalidad práctica); el derecho disminuye la necesidad —coacción violenta— y aumenta la comunicación racional, hasta llegar al pacto consensuado de la ley, al tiempo que amplía la extensión de su propuesta, pues aspira a valer para todos los miembros de un grupo por igual; ya en la vía de máximo alejamiento de la necesidad, la ética busca excelencia y perfección desde un individuo que no admite otro referente práctico sino la universalidad humana. Debo hacer notar, en lo tocante al plano del derecho, como diferencia primordial frente al de la política, que su validez exige la común aceptación de *un* grupo dentro del que es válido, por complejo y dialéctico que sea dicho único colectivo (por el contrario, la política *exige* para su ejercicio grupos contrapuestos, enfrentados por afanes semejantes de dominio, gloria y seguridad); el derecho público internacional, en la frágil medida en que tiene eficacia, supone una comunidad o grupo único de naciones; y los llamados derechos humanos, en cuanto realmente tienen algo de jurídicos (en verdad son *transversales* a los tres órdenes valorativos) asumen la humanidad entera como ámbito unitario de vigencia. En cuanto al eje violencia-comunicación: la política utiliza violentamente hasta la comunicación, mientras que el derecho convierte en comunicación —pacto consensuado— la coacción violenta. Aun teniendo una vocación globalmente comunicativa, la ética posee un nódulo inalcanzable al acuerdo comunicativo (contra Apel y Habermas, *vid.* penúltima sección de este trabajo). Nótese, por lo demás, que la comunicación abarca desde la ética hasta la política: esta última puede corromperla parcialmente, pero no pasarse de ella; la violencia, en cambio, incluso en su legitimación más comunicativa, se queda a medio camino entre el derecho y la ética propiamente dicha, que *nunca* implica coacción.

Al fundamentar las valoraciones de la razón práctica, hemos hablado del querer (ser) de los hombres, o sea de la autoafirmación humana de lo humano. Podríamos quizá haber empleado en este sentido la conflictiva voz *felicidad*, pues desde luego su sentido enlaza con el querer (ser) de los hombres (me he referido desde distintos ángulos al tema en mi trabajo *El contenido de la felicidad*). De la felicidad, como del Dios de la teología negativa, es la aproximación por la vía de exclusión la que resulta más fecunda y transitable: en el terreno de lo colectivo, supresión de obstáculos, limitaciones contingentes y amenazadas; en el de lo individual, la definición más concisa y menos petulante sigue siendo la brindada por Walter Benjamin: «Ser feliz significa poder percibirse a sí mismo sin temor» (*Dirección única*). Pero en cualquier caso, este término aún prestigioso pero aporético (a este respecto, véase el espléndido ensayo de Agustín García Calvo titulado *De la felicidad*, ed. Lucina, 1986) no sirve apenas como punto de partida positivo para el estudio de la génesis de los valores, particularmente de los valores éticos. Como piedra de toque para comprender éstos, propongo hacer pie en el llamado *amor propio*, entendido como perspectiva individual del querer (ser) y la autoafirmación de lo humano en las relaciones intersubjetivas. Se trata de un concepto menos genérico y más preciso que el de la felicidad, pero sobre todo de carácter positivo. Por supuesto, la fundamentación de la ética en el amor propio y la autoafirmación choca con la venerable tradición de la moral renunciativa, de impronta primordial pero no exclusivamente *cristiana*, que ha puesto en la superación o incluso abolición del amor propio (o aún más censorialmente llamado «egoísmo») y en la correspondiente potenciación del *altruismo* la característica misma de la opción ética. Es esta cuestión la que vamos a seguir tratando hasta el final de este ensayo. Nos centraremos ya no en cualesquiera valores de la razón práctica, sino en los específicamente éticos —aunque no desdeñaremos las referencias a los campos de lo jurídico y lo político—, y trataremos de precisar las implicaciones teóricas y polémicas del concepto de amor propio. Para mejor manejo de nuestro tema, lo dividiremos en tres secciones:

    a) Definición y fenomenología del amor propio
    b) Propugnadores históricos de la noción
    c) La polémica contra el amor propio

a) Definición y fenomenología

Con vocabulario spinozista, ya hemos establecido antes que el querer del sujeto humano de la voluntad es querer perseverar en su ser (humano). Este *conatus* básico aspira a una duración indefinida y mueve a obrar al sujeto a veces de acuerdo a ideas adecuadas (convenientes para el hombre, virtuosas) y en otras ocasiones según ideas inadecuadas (nocivas para el hombre, viciosas). Lo esencial de este planteamiento es lo siguiente: no hay otro motivo ético que la búsqueda y defensa de lo que nos es más *provechoso*, de lo que más nos conviene; toda ética es rigurosamente *autoafirmativa*; los vicios y desvíos morales tienen la misma raíz que las virtudes; nada hay en la ética laica, inmanente (es decir, racional), que nos imponga de cualquier modo que fuere *renunciar* a lo que somos —para llevar a cabo algún plan u objetivo superior, ajeno, trascendental— sino que todas las morales no pretenden sino el mejor *cumplimiento* de lo que somos. Al viejo François Mauriac un periodista le preguntó quién hubiera deseado ser, en lugar del ilustre escritor y premio Nobel que ya era: «*Moi même, mais réussi*», contestó Mauriac. La ética no quiere otra cosa que la realización más inatacable de lo que su sujeto ya es, aunque buena parte de este ser permanezca aún en el grado ontológico de posibilidad preferible. No hay, pues, una ética *altruista* según el empleo fuerte del término, el que impondría al sujeto obrar por un motivo distinto de lo mejor para sí mismo: sólo sería altruista en este sentido actuar por algún móvil contrario o simplemente distinto a mi necesario querer ser humano. El otro altruismo, digamos con suave ironía el altruismo *light*, también se basa en la autoafirmación del sujeto. Como el sujeto de la ética no es un grupo ni una comunidad del tipo que fuere, sino el individuo concreto en cuanto capaz de actuar de acuerdo a preferencias razonables en primer término y por tanto después universalizables, no por gusto de vacua paradoja puede decirse que toda moralidad reflexiva tiene *un humus egoísta*. Esta afirmación se presta desde luego a malas interpretaciones y a más o menos serias objeciones teóricas, que estudiaremos un poco más detalladamente en la tercera sección de este análisis. Por el momento veamos qué debe entenderse realmente por tal egoísta y moral apego a sí mismo.

La expresión «egoísmo» incluye desde luego la potenciación de una noción nada obvia, la de *ego* o *yo*. Esta noción malfamada soporta el sambenito de la *asocialidad*: egoísta es quien se niega a las obligaciones y requerimientos de la convivencia social, fundamentalmente condensadas en la virtud de la *solidaridad*. Quienes suponen así parecen olvidar, sin embargo, que el ego o yo es una noción socialmente instituida *y que carece de sentido fuera de la sociedad*. Es la comunidad social la que ha creado la institución del yo, luego no es fácil aceptar que ésta sea radicalmente anti o a-social. ¿Acaso al yo no le reporta nada la solidaridad social, sin la cual su propia existencia sería inimaginable? ¿Cómo una moral tópicamente antiegoísta —luego veremos hasta qué punto logra serlo sin íntima contradicción— como la kantiana puede sin embargo centrarse en el lema de que cada hombre es un fin en sí mismo y preconizar la *autonomía* moral del sujeto? ¿No hay en ese sujeto fin en sí mismo y autónomo ningún punto de egoísta apego a su yo, a ese yo que al menos en cuanto «yo pienso» acompaña todas sus representaciones? Pero no adelantemos lo que ha de ser un debate posterior. Lo esencial es que soy yo para mí no *contra* los otros sino *porque* hay otros. El apego del yo a sí mismo, a su propia conservación, beneficio y potenciación no es algo reñido con la sociabilidad sino que, por el contrario, la exige. Ernst Becker (*The Denial of Death*) y otros autores han sostenido convincentemente que la institución social es ante todo un artefacto destinado a complacer el afán de perduración inmortal del socio, reforzando su autogratificante sensación de seguridad y ampliando sus posibilidades individuales como partícipe del juego colectivo. Cuando más evoluciona una sociedad, cuanto más compleja y rica en ofertas se hace, más apoyo presta al yo de cada uno de sus miembros. *Toda sociedad que puede permitirse el lujo de halagar la autoafirmación individual de los socios que la componen no se priva por nada del mundo de poner en práctica esta conquista.* Fomentar el egoísmo sin mayor peligro es un índice claro de desarrollo social, para escándalo de renunciativos. Si se ofrece a los socios renunciar a su individualidad para participar en un *megayo* colectivo es por una sofisticada hipóstasis del individualismo, en modo alguno por abnegada renuncia a él: a este respecto, la lección de los totalitarismos contemporáneos por comparación con los esbozos colectivistas de sociedades primitivas es sobradamente concluyente. Por lo general, tal supuesta «renuncia al yo» no consiste más que en la identificación masiva con un «yo» perteneciente al líder carismático —o forzosamente carismado— del sistema totalitario. El yo que sabe lo que le conviene —es decir, de dónde proviene y cómo durar más y mejor— no sólo no es asocial, sino que interioriza y refuerza las razones de la sociabilidad. Quizá podría señalarse que lo recusado no es tanto el egoísmo como el *egocentrismo*, es decir, el repliegue excluyente sobre sí mismo en lugar de la apertura interesada e interesante hacia el intercambio. Resumiendo todo lo hasta aquí dicho en un par de símiles nada irónicos y apenas exagerados: el egoísta hasta en su asociabilidad se apoya en lo social y lo acepta, tal como el comerciante estafador se aprovecha de que existe buen género y medidas de peso no adulteradas; oponer «egoísmo» a «sociabilidad», en lugar de aceptar el primero como auténtico fundamento de la segunda, es como oponer la ley de la gravedad al hecho de que pájaros y aviones puedan volar, en lugar de sustentar este hecho en la mencionada ley.

De modo inverso, también puede mostrarse que no hay solidaridad ni altruismo efectivos que no partan del más primario egoísmo, por mucho que lo trasciendan. Los impulsos que movieron al renunciamiento de Francisco de Asís o Florencia Nightingale no son básicamente distintos de los que motivaron a César Borgia, Calígula o Rockefeller, aunque la representación racional de tales impulsos siguiera caminos tan diversos. En cierto sentido, esta afirmación puede parecer una gratuita paradoja que no encubre sino una obvia tautología. El motivo de insistir en este aspecto es doble: por un lado, *desculpabilizar* el hondón de la voluntad humana y, por otro, despejar una línea argumentativa de fundamentación ética sin adherencias religiosas ni enemistad trascendente con la vida. El carácter básicamente egoísta de los ejemplos morales más «altruistas» en nada enturbia o desmitifica su alto valor positivo; mientras que la autoafirmación egoísta de los grandes depredadores puede ser cuestionada axiológicamente desde su mismo presupuesto. Volveremos sobre estas cuestiones. Lo que parece ahora más urgente es intentar corregir los *prejuicios verbales* que enturbian este planteamiento, favoreciendo falsas provocaciones o paralogismos de raíz sólo terminológica. *Llamo egoísmo al* conatus *autoafirmador del propio ser que constituye el nivel individual de la voluntad.* Este egoísmo no resultará prácticamente asocial o antisocial salvo por una idea inadecuada o errónea de su propio interés, dado que el ser que se autoafirma *no puede ser no social,* toda vez que la humanidad sólo se instituye por recíproco reconocimiento. La palabra «egoísmo» en su uso habitual de preferencia desmedida del propio interés por encima y en contra de los intereses de los demás no responde más que a una variedad relativamente primaria del egoísmo general antes definido (lo mismo que el estafador *no* es el mejor representante del afán de beneficio que sustenta la invención del comercio). Las obligaciones virtuosas hacia nuestros compañeros de sociedad, englobadas bajo el término genérico de *solidaridad,* no son incompatibles con el egoísmo, sino que derivan de su adecuada comprensión (lo mismo que la capacidad de volar de los aviones no contraría la ley de gravedad, sino que proviene de su correcto estudio). El egoísmo de un ser social no puede no ser *social,* lo mismo que el egoísmo de un ser corporal no puede no ser corporal. Es tan absurdo suponer que el egoísmo aleja de las necesidades societarias como creer que impone la desatención al cuerpo.

Lo que estamos aquí dejando sentado es que el *deber* moral no es sino la expresión racionalmente consecuente del *querer* (ser) humano. Esta insistencia fundacional en el querer es la primera razón que nos va a hacer preferible hablar de *amor propio* en lugar de egoísmo. No es que el término «egoísmo» sea más equívoco que este otro, sino que en aquel caso la equivocidad resultaba sólo paradójica y provocativa sin demasiado provecho, mientras que los equívocos de la expresión «amor propio» nos van a resultar especialmente ilustrativos y útiles para nuestros fines teóricos. Al insistir en una palabra tan cargada de connotaciones afectivas y pasionales como ésta de «amor», seguimos el dictamen de Spinoza según el cual un afecto no puede ser vencido más que por otro afecto mayor, y el simple conocimiento del bien y del mal no puede mover al alma humana hasta que no se encuentre él mismo convertido en afecto. Pero no utilizaremos el subterfugio de llamarlo amor «intelectual», dispositivo empleado por Spinoza para obviar una contradicción evidente, propia de la desvalorización inicial que en su sistema padecen todos los afectos. Sencillamente, sostendremos que *la reflexión ética constituye la ilustración adecuada del amor propio, pero sin que por ello éste cambie su carácter apasionadamente afectivo.* Decimos «propio» y no amor a una *natura sive Deus* a fin de subrayar: *a)* su índole netamente *inmanente*, no referida a ningún absoluto transhumano; *b)* su condición *abierta* y *temporal*, inacabablemente autopoiética, no concluida y eterna (no resulta un amor a lo que necesariamente es y no podría ser de otro modo, sino un amor que —a partir de lo que necesariamente es— va creando su propio e infinito sistema de necesidades); *c)* su punto de partida *reflexivo* e *individual* a partir del cual se va hacia lo transitivo y colectivo-social (este origen señala una prioridad en el orden de la comprensión del asunto, es decir, en el pensamiento y no en la historia de las normas morales).

El principal equívoco que presenta el término «amor propio» es el que lo vincula con el *pundonor*, la autoestima más o menos exagerada, la preocupación por el *renombre*, el afán de halagos, alabanzas y celebración. En este sentido, que podríamos llamar «cortesano», figura en la obra de La Rochefoucauld, y contra este *«amour propre»* distinguió Rousseau su *«amour de soi»* que veremos en el apartado siguiente del presente ensayo. Pero, como he dicho, a diferencia de los equívocos que se suscitaban en torno al término de «egoísmo», la ambigüedad del amor propio —entre el instinto de conservación y la autopromoción, entre el respeto a la propia dignidad y el engreimiento— es beneficiosa en lo tocante al uso teórico que aquí pretendo hacer de la noción. En efecto, se marca así —aunque sea a costa de introducir una apreciación negativa que luego discutiremos— el muy real doble carácter del amor propio, que no resulta sino réplica adecuada al doble carácter de la ética misma sobre él fundada: impulso a perseverar en el propio ser, a sobrevivir, a asegurar los mínimos comunes denominadores de la humanidad, pero también anhelo de excelencia personal, de superación del nivel más bajo requerido, de ampliación y potenciación máximas del proyecto humano imaginado en la época histórica en que se vive. Es interesante hacer notar que Kant, considerado habitualmente adalid de una ética opuesta a la fundada en el egoísmo o amor propio (en la última sección de este trabajo veremos hasta qué punto es esto justo), señala bastante aproximadamente ambos aspectos en la consideración de los deberes hacia sí mismo con que abre su *Metafísica de las costumbres:* «El primer principio de los deberes hacia sí mismo (quizá fuese mejor traducir "hacia uno mismo" [F.S.]) queda expresado por esta sentencia: Vive conforme a la naturaleza —*naturae convenienter vive*—, es decir, *consérvate* en la perfección de tu naturaleza; el segundo, en la proposición: *llega a ser más perfecto* de lo que la sola naturaleza te ha creado —*perfice te ut finem, perfice te ut medium*—» (*Metafísica de las costumbres*, 1.ª parte, Intr., par. 1). Respecto al primer tipo de «deberes» (Kant, como más adelante analizaremos, no puede entender el propósito ético más que a través del prisma del deber, aunque en realidad su implícita referencia constante es el querer), no vamos a decir nada más, pues ha sido más o menos tratado en el apartado anterior. Pero del otro «deber», que podríamos denominar «deber de excelencia», sí que merece la pena hacer unas cuantas consideraciones.

El anhelo de *excelencia* y *perfección*, culminación del arte de vivir ético, es el producto más exquisito del amor propio adecuadamente considerado. Quien no desea ser excelente ni perfecto, quien crea que no se *merece* tanto o no se *atreve* a proponerse tanto, es que desde luego no se ama lo suficiente a sí mismo: o tiene una idea de la excelencia y perfección puramente ajena, pervertida, esclavizadora, incompatible con las urgencias inaplazables de su yo. Es cierto que entre el nivel de simple perseveración en el propio ser y el anhelo de excelencia hay una indudable tensión, una fuente de zozobra, y en los casos más patológicos hasta de angustia. Pero ello se da ni más ni menos que en todos los restantes amores (aquí nos desviamos sustancialmente, como es obvio, de la sabiduría antitrágica de Spinoza). El amor, dijo Voltaire, *«c'est l'étoffe de la nature que l'imagination a brodée»*, pero tan preciosa labor siempre muestra las delicadas costuras de su empeño artificial: en tal artificiosidad consiste precisamente su mérito y la recompensa de superior plenitud que nos promete. El amor trasciende su objeto, lo busca allí donde aún no está, lo requiere allá donde ya no está; la idealización del objeto amado que el amor impone proyecta a éste hacia lo inalcanzable *incluso en la posesión misma:* por eso el amor merece tanto la pena, pero también por eso causa tantas penas. Cuanto más aguda es la pasión amorosa, más ansiedad y más inseguridad genera, como parásitos ruidosos que enturbian sin remedio su estereofonía celestial: el fanático de la alta fidelidad es quien mejor detecta el levísimo y abrumador friteo de cada mota de polvo... El afán de excelencia que el amor propio impone trasciende la vulgar autocomplacencia del yo y se empina hacia un *ideal del yo* (que es aproximadamente lo contrario de la entronización beata del yo como ideal). En este ideal del yo, los hábitos regulares —tradicionales por decantación secular— del reconocimiento de lo humano por lo humano superan su menesterosidad de condiciones imprescindibles para la perseveración requerida por el querer (ser) y se alzan hasta convertirse en opciones asumidas por sí mismas, incondicionalmente. A este respecto habló Nietzsche de «estética de la generosidad», pues ciertamente la excelencia y la perfección éticas no pueden ser válidamente consideradas sin referirlas a su dimensión estética. En este nivel, el amor propio quiere aquello de lo que su humanidad depende, pero como si ya no dependiera de ello, como si agradeciera una independencia inatacable recién conseguida, manteniendo la libre reverencia a lo que le fue una vez imprescindible como miembro de su sociable especie. *El ideal de excelencia ética es la liberación simbólica del individuo de sus condiciones de posibilidad como ser humano para elegirlas ahora como dones y regalos, no por necesidad sino por sobreabundancia.*

Esta opción del amor propio por la excelencia es difícil, incluso agobiante: comporta en cierto modo un postulado de *invulnerabilidad* que a la vez exalta, irrita y angustia a nuestra carne demasiado vulnerable. Por ello sería inimaginable de no darse el afán de perduración inacabable, es decir: de *inmortalidad,* que caracteriza enérgicamente al amor propio. La apetencia de inmortalidad no debe entenderse de modo exclusivo ni siquiera principalmente religioso. En el fondo, *la inmortalidad es el objetivo simbólico básico de todas las sociedades que en el mundo han sido, son y serán.* La convivencia comunitaria siempre pretende conjurar el peligro de aniquilación que pesa sobre todos sus miembros, en parte asegurando su limitada existencia física y en parte garantizando su perduración indefinida en la memoria o la esperanza de la colectividad. A través de la historia, los mecanismos inmortalizadores han variado mucho, y Norbert Elias habla de «la evolución que han experimentado las fantasías sobre la inmortalidad, al pasar de una fase en la que predominan las fantasías colectivas y altamente institucionalizadas, a otra en la que cobra mayor fuerza la tendencia hacia las fantasías individuales y de carácter relativamente privado» (*La soledad de los moribundos*). El culto a los muertos, la identificación con los hijos, la identificación con la unidad social en cuanto superindividuo no mortal, la historia, la memoria, la gloria guerrera y la fama artística, la fundación de grandes empresas, la acumulación de riquezas, la santidad, cualquier forma de piedad, el sentimiento de hermandad con la humanidad entera, etc., etc., expresiones todas ellas del horaciano *«non omnis moriar»*, la más poderosa y desde luego menos altruista —aunque en tantas ocasiones sea motivo de efectivo altruismo— de las tendencias de nuestro amor propio. Incluso el sentimiento oceánico de fusión con la naturaleza, de identificación con todo lo existente, de compasión universal por el sufrimiento de cuanto vive, son derivaciones de esta urgencia esencial del amor propio, perceptible no menos en la militancia ecologista que en el sereno y ya definitivamente inatacable ideal del *nirvana*. Al hombre que se sabe mortal, la inmortalidad no le puede venir más que por medio de aquello que en él participe de lo que, estando en relación con él, no parezca acuciado por tan imperiosa finitud. Pero sobre todo inmortalidad es lo que reclamamos de nuestros compañeros sociales y de nuestro grupo. Nada más lógico: puesto que el *reconocimiento* que instituye nuestra humanidad nos viene de nuestros semejantes (a los que recíprocamente concedemos el mismo don instituyente que solicitamos), en ellos apoyaremos también nuestro intrínseco afán de perduración indefinida. El propósito ético de excelencia, con su postulado de invulnerabilidad que convierte las condiciones de las que depende nuestra humanidad en opciones elegidas por su propio esplendor incondicionado, está ligado estrechamente al hambre de inmortalidad de cada yo. El sujeto ético se inmortaliza por su identificación voluntaria con los valores universales en los que cristalizan las duraderas formas del reconocimiento de lo humano por lo humano.

En su realización moral, el amor propio se ve reforzado por la *aprobación* de los demás (no de cualesquiera otros, sino de aquellos que el sujeto puede considerar observadores ilustrados e imparciales de su actividad), por el deseo de *emulación* de la excelencia, y por la *autosatisfacción* ante nuestros mejores logros (lo que Spinoza llamó *acquiescentia sibi*). Cada una de estas disposiciones ha sido a su vez mirada con sospecha por los moralistas denostadores del amor propio, todos ellos más o menos clérigos, que las denigran como vanagloria, afán de sobresalir y autocomplacencia hipócrita. Es obvio que cualquier tendencia moralmente positiva puede ser fingida o desvirtuada por algún celo impropio; pero lo contrario es no menos cierto: el más desdichadamente egocéntrico de los impulsos puede servir de acicate para mejorar el nivel ético del sujeto. La complejidad moral no admite la simplificación semikantiana de que sólo la recta conducta es capaz de sanear conciencias no poco aviesas. El amor propio que no fomenta ni mitos ni culpas sobre sí mismo no se repliega, sino que —por razones de bien entendida autoafirmación— busca la identificación inmortalizadora con lo más alto y lo más amplio. La aprobación celebradora de los semejantes y la emulación con los mejores son disposiciones acerca de cuya conveniencia nunca vacilaron los griegos de la edad clásica (he tratado esta cuestión bastante extensamente en mi libro *La tarea del héroe*). Que las virtudes soportan peor la definición que el ejemplo no fue doctrina apuntada exclusivamente por Aristóteles (sobre el tema del *spoudaios* y esta cuestión en concreto, debe acudirse al insuperable estudio de Pierre Aubenque, *La prudence en Aristote*), sino que el mismo Kant habla de la validez referencial del ejemplo en la *Crítica del juicio*, donde asegura que «los ejemplos son las andaderas de los juicios». En cuanto a la *acquiescentia sibi*, el tema es aún más delicado e importante. El partidario del llamado «altruismo» moral denotará esta autocomplacencia como indulgencia culpable y sostendrá que el enamoramiento de sí mata el aguijón inconformista de la conciencia. Por el contrario, es de aquí de donde surge el reproche que obliga a la enmienda o condena a la agonía moral. Mejor que cualquier análisis árido de la cuestión es acudir a un ejemplo magistral de autoexamen, donde el papel del amor propio como sede de la más honda conciencia moral queda genialmente esclarecido. Se debe a uno de los más grandes estudiosos de los conflictos morales que jamás ha habido, William Shakespeare, en su *Tragedia de Ricardo III* (acto V, escena III):

«¿Cómo? ¿Tengo miedo de mí mismo...? Aquí no hay nadie... Ricardo ama a Ricardo... Eso es: yo soy yo... ¿Hay aquí algún asesino? No... ¡Sí...! ¡Yo...! ¡Huyamos, pues...! ¡Cómo! ¿De mí mismo? ¡Valiente razón...! ¿Por qué...? ¡De miedo a la venganza! ¡Cómo! ¿De mí mismo sobre mí mismo? ¡Ay! ¡Yo me amo! ¿Por qué causa? ¿Por el escaso bien que me he hecho a mí mismo? ¡Oh, no! ¡Ay de mí...! ¡Más bien debía odiarme por las infames acciones que he cometido! ¡Soy un miserable! Pero miento, eso no es verdad... ¡Loco, habla bien de ti! ¡Loco, no te adules! ¡Mi conciencia tiene millares de lenguas, y cada lengua repite su historia particular, y cada historia me condena como un miserable! ¡El perjurio, el perjurio en más alto grado! ¡El asesinato, el horrendo asesinato, hasta el más feroz extremo! Todos los crímenes diversos, todos cometidos bajo todas las formas acuden a acusarme, gritando todos: ¡Culpable, culpable...! ¡Me desesperaré! ¡No hay criatura humana que me ame! ¡Y si muero, ningún alma tendrá piedad de mí!... ¿Y por qué habría de tenerla? ¡Si yo mismo no he tenido piedad de mí!»

b) Propugnadores históricos

En este apartado no vamos a pretender realizar un recorrido completo por la historia del fundamento egoístico de los valores, especialmente los valores morales. Si el planteamiento hasta aquí formulado es correcto, *todos* los pensadores éticos deberían ser de un modo u otro considerados. Me contentaré con un somero esbozo de los hitos más significativos o que mejor ilustran y refuerzan lo antes expuesto. Soy consciente, desde luego, de que se trata simplemente de un esbozo o proyecto para una investigación más exhaustiva. Nos referiremos con cierta indeterminación a «egoísmo» o «amor propio», aunque sería conveniente recordar las observaciones sobre las ventajas e inconvenientes de ambos términos efectuadas en el apartado anterior. La más antigua y venerable de ambas expresiones es precisamente la de «amor propio», preferida también por las razones apuntadas en este trabajo. El término «egoísmo» es mucho más reciente, pues según parece no sale a la luz hasta 1718, utilizada por Wolff para designar «una rarísima secta» aparecida no hace mucho en París. Dicha secta profesaba una suerte de ultraberkeleysmo solipsista, manteniendo que sólo yo existo y todo lo demás forma parte de mi sueño. Thomas Reid, en sus *Essays of the Intellectual Powers of Man* de 1875, se refiere también a esta secta, mientras que la Enciclopedia dedica un artículo al tema y atribuye la noción a los herejes de Port-Royal. En general, los comienzos históricos del término lo avecinan más con un sinónimo de solipsismo que con la acepción actual. Kant, en su *Antropología*, distingue tres formas de egoísmo: el egoísta *lógico*, al que basta su propia opinión y no necesita refrendarla con la de los otros (frente al cual Kant reivindica la libertad de prensa para favorecer el contraste de pareceres); el egoísta *estético*, que se contenta con su propio gusto, y el egoísta *moral*, que refiere todos los fines prácticos a sí mismo, no ve utilidad más que en lo que le es útil, por lo que concluye que todos los eudaimonistas son egoístas prácticos, etc. (la discusión de la pugna kantiana contra el egoísmo será efectuada en el siguiente apartado de este trabajo). «Al egoísmo —dice Kant— no se le puede oponer más que el *pluralismo*: manera de pensar que consiste en no considerarse ni comportarse como si se encerrara en sí todo el mundo, sino como un simple ciudadano del mundo» (*Antropología*, libro I, par. 2).

Schopenhauer distingue entre el egoísmo *teórico*, equivalente al solipsismo primigenio ligado al término, y el egoísmo *práctico*, que sólo concede realidad a la propia persona y trata a los demás como meros fantasmas. A partir de entonces, prevalece el uso moral (y moralmente reprobable, por lo general) de la noción.

La ética clásica se centra sin ambages ni culpabilizadores escrúpulos en la cuestión de la *filautía* o amor propio. Aristóteles la define y defiende tanto en la *Ética a Nicómaco* como en la

Eudemia, aunque es consciente de la consideración negativa que el término recibe en ciertos ámbitos. En el libro IX de la *Ética* constata que se censura a los que se aman sobre todo a sí mismos como si fuera algo vergonzoso, señalando: «Parece que el hombre vil lo hace todo por amor a sí mismo, y tanto más cuanto peor es —y así se le reprocha que no hace nada sino lo suyo— mientras que el hombre bueno obra por lo noble, y tanto más cuanto mejor es, y por causa de su amigo, dejando de lado su propio bien». El Estagirita no comparte en modo alguno este criterio: es cierto que el uso del término como reproche puede aplicarse a quienes «participan en riquezas, honores y placeres en mayor medida de lo que les corresponde», lo cual desde luego es apetencia común de la mayoría, pero el más amante de sí mismo es aquel que «se afana sobre todas las cosas por lo que es justo, o lo prudente, o cualquier otra cosa de acuerdo con la virtud» y, en general, «toma para sí mismo los bienes más nobles y mejores y favorece la parte más principal de sí mismo». Quien así actúe «será un amante de sí mismo en el más alto grado, pero de otra índole que el que es censurado, y diferirá de éste tanto cuanto el vivir de acuerdo con la razón difiere del vivir de acuerdo con las pasiones, y el desear lo que es noble difiere del deseo de lo que parece útil». La conducta de este amante de sí mismo, caso de generalizarse, sería la más provechosa para la comunidad: «Si todos los hombres rivalizaran en nobleza y se esforzaran en realizar las acciones más nobles, entonces todas las necesidades comunes serían satisfechas y cada individuo poseería los mayores bienes, si en verdad la virtud es de tal valor». De hecho, «todas estas cosas puede aplicárselas cada cual, principalmente, a sí mismo, porque cada uno es el mejor amigo de sí mismo y debemos amarnos, sobre todo, a nosotros mismos». Esta recomendación tiene sus límites, debidos indudablemente a que mientras el bueno se rige por la razón, el malo se deja llevar por las pasiones: «De acuerdo con esto, el bueno debe ser amante de sí mismo (porque se ayudará a sí mismo haciendo lo que es noble y será útil a los demás), pero el malo no debe serlo porque, siguiendo sus malas pasiones, se perjudicará tanto a sí mismo como al prójimo». Obsérvese que la propia conveniencia del malo también es manejada como argumento para desaconsejarle el (falso, imperfecto) amor a sí mismo. La cuestión estriba en la adecuación o inadecuación con la propia naturaleza, tal como Aristóteles —de forma netamente prespinozista— explica en el libro VII de la *Eudemia*: «En efecto, en la misma medida en que un hombre, de algún modo, es semejante a sí mismo, y uno y bueno para sí mismo, en esa misma medida es amigo de sí mismo y el objeto de su deseo, y éste tal lo es por naturaleza, mientras que el malo lo es contra naturaleza». Encontramos así en Aristóteles los dos aspectos que van a recurrir una y otra vez a lo largo de los siglos: primero, distinción entre un amor propio positivo (noble y racional) frente a otro negativo (apasionado y depredador), lo que después San Agustín llamará *probus amor sui* e *improbus amor sui*; segundo, naturalidad esencial del buen amor propio frente a antinaturalidad —o artificiosidad, como en Rousseau— del malo.

Casi todas las restantes morales antiguas en Grecia y Roma dan un papel central a la *filautía*, considerada principalmente como *cuidado de sí mismo (epimeleia heautu, cura sui)*. De hecho, la ética, según va concluyendo la antigüedad, va centrándose más y más en este cuidado de sí mismo, hasta el punto de llegar a no consistir en otra cosa. Cínicos, epicúreos, estoicos, no entienden por moral nada distinto a la búsqueda y puesta en práctica de lo más conveniente para uno mismo: jamás recomiendan ejercitarse en algo por motivo distinto a que nos resulta naturalmente beneficioso, jamás censuran un comportamiento salvo porque es antinaturalmente perjudicial para el sujeto. Quizá baste una cita de Séneca, entre tantísimas posibles, para resumir perfectamente todas estas sabidurías de la vida: «Del mismo modo que el cielo sereno admite ya una claridad mayor cuando está acrisolado con un brillo purísimo, así el hombre que cuida de su cuerpo y de su alma y que con ambos forja su propio bien, goza de un estado perfecto y alcanza la culminación de sus anhelos cuando su alma está libre de inquietud y su cuerpo de dolor. Si le llegan del exterior algunos halagos, éstos no acrecen el sumo bien, sino que por así decirlo lo aderezan y recrean; pues el bien consumado de la naturaleza humana se satisface con la paz del cuerpo y del alma» (*Cartas a Lucilio*, 66). En ciertos casos, entre los cínicos sobre todo pero también entre los epicúreos, este modelo ético lleva a alejarse de las exigencias sociales y a replegarse exclusivamente sobre sí mismo. Pero no siempre sucede así. Como bien ha señalado Michel Foucault en el tercer volumen de su «Historia de la sexualidad», significativamente titulado *Le souci de soi*, «*il arrive aussi que le jeu entre le soin de soi et l'aide de l'autre s'insère dans des relations préexistantes auxquelles il donne une coloration nouvelle et une chaleur plus grande. Le souci de soi —ou le soin qu'on prend du souci que les autres doivent avoir d'eux mêmes— apparaît alors comme une intensification des relations sociales*» (cap. II). El interés por uno mismo puede llevar a colaborar en el cuidado que los demás se deben a sí mismos, por medio de consejos o de ayudas de otro tipo, en último término preocupándose por el mantenimiento de la salud colectiva de la ciudad. En esta línea, resulta excelente la caracterización de la ética griega brindada por Emilio Lledó en su introducción a las éticas aristotélicas: «Más que una ética del "bien ser", que describiese metafísicamente la teoría del Bien y del Mal abstractos, y por tanto inexistentes, la ética griega comenzó manifestando una jerarquía de actos y valores, a través de la que se vislumbra la lucha por el "bienestar", por el asegurar, en condiciones adversas, la defensa del yo y de la vida. Por consiguiente, el comportamiento *ético* se traduce en un lenguaje en el que no se habla a una supuesta esencia del hombre, sino a los modos de engarce de una individualidad con las formas históricas y sociales en las que esa individualidad se afirma» (Ed. Gredos, p. 30). Menos convincente, en cambio, es la opinión de E. Tugendhat citada por Lledó en esa misma introducción, en la que el profesor alemán afirma: «El problema de la ética antigua consistía en un saber *qué es aquello que yo quiero verdaderamente* para mí; mientras que el de la ética moderna se pregunta, más bien, qué es aquello que yo debo hacer en relación con los otros» (*ibidem*, p. 83). Según hemos venido diciendo en este trabajo, la pregunta ética —antigua y moderna— es qué quiero verdaderamente para mí y de ella proviene, entre antiguos y modernos, lo que debo hacer con los otros. Lo único que cabría señalar es que ciertos planteamientos modernos han oscurecido indebidamente ese evidente nexo.

No tengo conocimientos para intentar buscar apoyos históricos de la teoría del amor propio como fundamento del valor moral en otras tradiciones culturales, aunque no dudo que sea tan válida en ellas como la ley de la gravedad en culturas distintas a la de Newton. Volviendo a lo que nos es propio, también en el judaísmo pueden hallarse comprobaciones interesantes que ilustran lo aquí expuesto. Por ejemplo, este soliloquio del rabino Hillel, medio siglo antes del nacimiento de Jesucristo: «Si no soy yo para mí, ¿quién será para mí? Pero si soy sólo para mí, ¿qué soy?» Quedan aquí expresivamente señalados los dos aspectos complementarios del amor propio en relación con la conducta moral: el sujeto sabe que nadie preservará su ser (humano) y lo potenciará si él mismo no lo hace, es decir en el lugar de su libertad no puede haber nadie más que él mismo; pero ese yo que intenta conservar y potenciar no es nada sin el reconocimiento humano, sin la vinculación social. Está implícito en el soliloquio de Hillel el uso del amor propio como arranque y baremo del amor a los otros, que luego el cristianismo acuñará decisivamente: «Ama a los demás como a ti mismo». Lo que amo en mí es lo que soy y lo que soy no sería (no sería yo humano) sin la circunstancia social que me reconoce e inmortaliza. Si no me amo a mí mismo, no sabré amar a nadie ni a nada, puesto que todo lo que amo lo amo por su relación conmigo, como ampliación y consecuencia del amor que me tengo. Parafraseando el conocido *dictum* kantiano, sin amor propio mi amor a los demás (entendido «amor» como respeto solidario) será ciego, sin amor a los demás mi amor propio resultará vacío. Por ello Nietzsche corrige la exhortación cristiana en su anticristiano Zaratustra, diciendo: «¡Amad siempre a vuestros prójimos igual que a vosotros, pero sed primero de aquéllos que *a sí mismos se aman*, que aman con el gran amor, que aman con el gran desprecio!» (*Así habló Zaratustra*, 3.ª parte, De la Virtud empequeñecedora). Nunca fue menos anticristiano Nietzsche que en esta frase, o quizá nunca más inteligente e irrefutablemente anticristiano... Y también transmite el mismo mensaje Miguel de Unamuno en un párrafo memorable: «¿Egoísmo, decís? Nada hay más universal que lo individual, pues lo que es de cada uno lo es de todos. Cada hombre vale más que la Humanidad entera, ni sirve sacrificar cada uno a todos, sino en cuanto todos se sacrifiquen a cada uno. Esa que llamáis egoísmo es el principio de la gravedad psíquica, el postulado necesario: "¡Ama a tu prójimo como a ti mismo!", presuponiendo que cada cual se ame a sí mismo; y no se nos dijo: "¡Ámate!". Y, sin embargo, no sabemos amarnos» (*Del sentimiento trágico de la vida*, cap. III). Se invierte así, tal como debe ser, la gazmoña reprimenda al uso: resulta que no amamos a los otros porque no nos amamos lo suficientemente bien a nosotros mismos, porque no nos atrevemos o no sabemos amarnos del todo, no porque nos amemos demasiado. Y también quizá porque dejamos proliferar una legitimación del sistema social basada en la absurda contraposición entre amor propio y solidaridad, disparate del que tienen no poca culpa los llamados moralistas.

El gran teórico moderno de la fundamentación de los valores sobre el amor propio fue Thomas Hobbes. Su obra emprende la investigación del hecho social a partir de las causas universales que lo hacen no simplemente posible, sino irremediable. Tanto los valores públicamente instituidos como los de la moralidad privada tienen la misma razón de ser, que es lo que llama Hobbes ley —de hecho, leyes— de la naturaleza. Las leyes de la naturaleza, o preceptos o reglas generales encontrados por la razón, tienen como contenido medular «la libertad que cada hombre tiene de usar su propio poder, como él quiera, para la preservación de su propia naturaleza, es decir, de su propia vida, y, por consiguiente, de hacer toda cosa que en su propio juicio y razón conciba como el medio más apto para ello» (*Leviatán*, 1.ª parte, cap. XIV). Es decir, una fórmula más o menos aproximada para lo que venimos llamando aquí amor propio. Las dos leyes fundamentales de la naturaleza (que no son sino las principales subdivisiones analíticas de la única ley esencial de perseveración en el propio ser o amor propio) van orientadas a buscar la paz y evitar la discordia, por medio de la recíproca cesión de derechos. Estas leyes naturales brotan de la necesidad imperiosa de limitar el propio amor de cada cual a sí mismo, que le impulsaría en un primer movimiento a pretenderse dueño y merecedor de todo lo existente. Las causas principales de riña entre los hombres son «primero, competición; segundo, inseguridad; tercero, gloria» (*ibidem*, cap. XIII). Las tres, como es obvio, brotan del mismo amor propio natural, pero en su estado primitivo, salvaje, no ilustrado. Ha de ser el mismo amor propio quien corrija las peligrosas contradicciones del amor propio, por medio de la experiencia reflexiva y del aprendizaje prehistórico. Debe instrumentarse un sistema por medio del cual las naturales apetencias autoafirmativas del amor propio a competir, obtener gloria y lograr seguridad puedan tener libre curso sin que ello suponga la destrucción violenta y el confinamiento lastimoso en «una vida solitaria, pobre, desagradable, brutal y corta» *(ibidem)*. Es decir, la autoafirmación del sujeto debe buscar la concordia con las otras autoafirmaciones subjetivas y tal concordia —con sus pactos y cesiones de derechos— no contradice el amor propio autoafirmativo sino que lo posibilita eficazmente. De aquí surgen las restantes leyes de la naturaleza o precisiones analíticas de la ley general que nos prohíbe hacer aquello que ponga en peligro la conservación de nuestra vida: los pactos deben ser cumplidos, es conveniente mostrar gratitud por los beneficios recibidos, todo hombre debe esforzarse por acomodarse al resto de los hombres, deben perdonarse las ofensas de quienes se muestren arrepentidos de haberlas cometido, las venganzas deben tomar más en consideración el futuro que el pasado, ningún hombre ha de proclamar su odio a otro ni en palabra ni en gesto, todo hombre debe reconocer a los demás como sus iguales por naturaleza, al iniciarse las conversaciones de paz ningún hombre debe reservarse derecho alguno que no conceda también a los demás, las cosas no divisibles deben ser gozadas en común y sin reserva —si su cantidad lo permite— o proporcionalmente al número de usuarios, etc., etc. Estas leyes (impropiamente llamadas así, pues tales dictados de la razón «no son sino conclusiones o teoremas relativos a lo que conduce a su conservación y defensa») obligan en el fuero interno de cada cual —es decir, codifican lo *deseable* para cualquier sujeto racional—, aunque quizá deban ser aplicadas con prudencia para que, según las circunstancias, no conviertan al socio mejor dispuesto y más amable en presa ocasional de otros anclados en el amor propio salvaje. En todo caso «las leyes de la naturaleza son inmutables y eternas, pues la injusticia, la ingratitud, la arrogancia, el orgullo, la iniquidad, el favoritismo de personas y demás no pueden nunca hacerse legítimos, porque no puede ser que la guerra preserve la vida y la paz la destruya» *(ibidem,* cap. XV). Precisamente para crear de una vez por todas el foro externo en el que las leyes naturales acatadas y deseadas en el foro interno del egoísta inteligente (y escarmentado) puedan cobrar vigencia sin peligro nace el contrato social que da lugar al Estado.

Spinoza acepta y prolonga en lo esencial los planteamientos de Hobbes. Podríamos decir que su *Ética* es una reelaboración personal —con aditamentos nada irrelevantes, pero que sería impropio analizar aquí— del primer libro del *Leviatán*, consagrado al hombre. En cambio el tema de la república, que ocupa el segundo y tercer libro de la obra de Hobbes, recibe una consideración sustancialmente diferente en el *Tratado teológico y político* de Spinoza y sobre todo en su *Tratado político*. En la obra de Hobbes, el amor propio se complementa con su radical *temor* ajeno, que desemboca en su teoría del absolutismo político; el amor propio en Spinoza se extiende naturalmente —es decir, racionalmente— en amor ajeno o amistad política generalizada, lo que lleva a la proclamación de la democracia como mejor forma de gobierno. En la república de Hobbes, los hombres deben abolir la dimensión positiva de su amor propio y dejarlo reducido a la negativa, para resguardarlo y protegerlo empleándolo al mínimo, por así decir; en la república imaginada por Spinoza, los hombres conservan la iniciativa de su amor propio, no encauzándola de acuerdo con los imperativos del temor sino con los de la cordura. El ciudadano de Hobbes en cuanto tal en nada piensa tanto como en su posible muerte por vía de enfrentamiento y discordia con los demás, mientras que el hombre libre de Spinoza en nada piensa menos que en la muerte y toda su sabiduría es de y para la vida. Pero tampoco es aquí el caso de estudiar más por lo menudo las doctrinas acerca de filosofía política de los dos eminentes pensadores: lo que atañe a nuestro propósito es subrayar que ambos por igual parten inequívocamente del amor propio como raíz de todos los valores de la razón práctica.

Aunque su alcance teórico sea sustancialmente menor que el de los dos pensadores anteriores, es preciso mencionar aquí al caballero Bernard Mandeville, como transición entre ellos y los ilustrados franceses del siglo XVIII. «La fábula de las abejas o de cómo los vicios privados hacen la prosperidad pública» constituye un vigoroso panfleto que generaliza en el terreno político las reflexiones sobre la inevitabilidad del dominio universal del *amour propre* sostenidas por La Rochefoucauld y otros psicólogos y moralistas descriptivos franceses del barroco. El punto de partida de Mandeville tiene este fundamento inequívoco: «Nada existe en la Tierra tan universalmente sincero como el amor que todas las criaturas, capaces de sentirlo, se profesan a sí mismas; y como no hay amor al que no desvele el cuidado de conservar el objeto amado, nada hay más sincero, en cualquier criatura, que su voluntad, su deseo y su empeño de conservarse a sí misma. Es ley de la Naturaleza que todos los apetitos o pasiones de la criatura tiendan directa o indirectamente a la preservación, tanto de sí mismo como de su especie» (*Fábula*, Observaciones, R.). En cuanto a la consecuencia política de este principio general, puede quedar acuñada así: «Los hombres son seres instintivamente egoístas, ingobernables y lo que los hace sociables es su propia carencia y conciencia de que se necesita la ayuda de los demás para que la vida resulte cómoda; y lo que determina que esta ayuda sea voluntaria y duradera son los intereses lucrativos que se van acumulando por los servicios prestados a otros, lo cual en una bien organizada sociedad le permite a todo aquel que en algún sentido pueda ser útil para el público comprar la ayuda de los demás» (*Free Toughts on Religion, the Church and National Happiness*). La obra de Mandeville juega voluntariamente con la paradoja de seguir hablando de «virtudes» y «vicios» en el sentido habitual de estos términos, aunque él ya se encarga de cambiarles el signo y mostrar los provechos sociales de los segundos (que en realidad no son sino los impulsos autoafirmativos para cuya satisfacción se inventaron las sociedades) frente a la ineficacia y aún nocividad de las primeras, cuya realización general sería incompatible con el mantenimiento de las comunidades humanas. Las auténticas virtudes que Mandeville aceptaría —aunque, como no aspira a ser moralista normativo, no las predica— son las que encauzan inteligentemente los llamados «vicios», sin pretender extirparlos sino sacarles mejor rendimiento personal y social. El bien común se consigue no por el desprendido esfuerzo de los filántropos, sino por la necesaria coordinación de las ambiciones y apetitos en pugna: «Me gustaría que el lector reflexionara sobre el consumo de las cosas y se convenciera de que el más perezoso y menos activo, el más libertino y pernicioso de los seres, todos, están obligados a contribuir al bien común, y mientras las bocas pidan pan y continúen consumiendo, por tanto destruyendo lo que la industria produce y proporciona diariamente, tendrán, aunque no quieran, que ayudar a mantener a los pobres y a los cargos públicos» (*Fábula,* Observaciones, G.). Es indudable que la «mano oculta» librecambista de Adam Smith no puede ya hacerse esperar.

Mandeville tiene eventualmente tonos hobbesianos, como cuando asegura que «la única pasión útil que posee el hombre para contribuir a la paz y a la tranquilidad de una sociedad, es el miedo y cuando más se explote éste, más tranquilo y gobernable será» (*Fábula,* Observaciones, R.). También insiste, muy en la línea de un La Rochefoucauld, en la importancia socializadora del *halago,* de la búsqueda de *honores* y del temor a la *vergüenza* pública, que someten a los hombres más eficazmente que los castigos a los hábitos comunales. Una de sus observaciones más interesantes es ésta, que encontramos en su por tantas razones interesante *Ensayo sobre la caridad:* «La naturaleza humana es en todas partes la misma: el talento, el ingenio y las dotes naturales siempre se agudizan con el ejercicio y pueden muy bien mejorarse con la práctica de la peor villanía, como pueden serlo con la práctica de la industria o de la virtud más heroica. No hay nivel en la sociedad en que no puedan ponerse en juego el orgullo, la emulación y el amor a la gloria. Un joven ratero que se burla de su furioso perseguidor y diestramente desvía a la vieja justicia en pro de su inocencia, será envidiado por sus iguales y admirado por toda la cofradía. Los pícaros tienen las mismas pasiones que satisfacer que los demás hombres y tanto aprecia uno del otro el honor, la fidelidad, el coraje, la intrepidez y otras muchas virtudes, como sucede entre profesiones más honorables; y en las empresas arriesgadas, un ladrón puede ostentar su arrojo con tanto orgullo como el que puede demostrar un honrado soldado que lucha por su país.» En este párrafo no se señala simplemente que ciertas disposiciones o habilidades ligadas a la autoafirmación siempre son admiradas en sí mismas, se ejerzan en pro de lo que se ejerzan, sino también que incluso la menos «moral» o «social» de las asociaciones tiene que reconocer entre los de su seno aquellas virtudes sociales que son apreciadas positivamente en comunidades más decentes, porque éstas están ligadas sin remisión a la conservación de *cualquier* grupo y no provienen del culto piadoso a alguna beata ilusión.

Los ilustrados franceses sostuvieron casi sin excepción postulados éticos eudaimonistas y no dudaron en hacer del amor propio bien comprendido —es decir, tomado como base del amor social y no como su contrario— el fundamento explícito de toda moral no supersticiosa. Uno de los testimonios más significativos a este respecto es el de Helvetius, cuya obra *De l'Esprit* alcanzó un nivel de influencia que ciertos estudiosos como Cassirer consideran superior a su mérito y originalidad. Para Helvetius, el amor propio es un impulso previo a las normas morales y necesario para sustentarlas, aunque mal encauzado puede dar lugar a comportamientos perniciosos: «Cuando el célebre M. de la Rochefoucauld dice que el amor propio es el principio de todas nuestras acciones ¡cuánta gente no se subleva contra este ilustre autor por ignorancia de la verdadera significación de esa palabra *amor propio*! Se toma el amor propio por orgullo y vanidad, imaginando pues en consecuencia que M. de la Rochefoucauld colocaba en el vicio la fuente de todas las virtudes. Era sin embargo fácil darse cuenta de que el amor propio o amor de sí mismo no es otra cosa que un sentimiento grabado en nosotros por la naturaleza; que ese sentimiento se transforma en cada hombre en vicio o en virtud, según los gustos o las pasiones que le animan; y que el amor propio, modificado de forma distinta, produce tanto el orgullo como la modestia» (*De l'Esprit*, I, IV). Como puede verse, Helvetius es tan certero señalando el prejuicio de fondo como en la argumentación contra él, pues no trata al modo de Mandeville de fomentar la paradoja presentando al vicio como origen de las virtudes, sino prefiere indicar que virtudes y vicios comparten la misma raíz. El único reproche que cabría hacerle es el de que La Rochefoucauld a menudo emplea en sus máximas *amor propio* como sinónimo de orgullo o vanidad, precisión que no afecta ciertamente al meollo de su argumentación. Da por supuesto Helvetius que *«amour propre»* es lo mismo que «*amour de soi*», sinonimia que Rousseau combate de manera vigorosa en una nota —la 15— de su *Discours sur l'origine et les fondements de l'inégalité parmi les hommes*: «No hay que confundir amor propio y amor de uno mismo; dos pasiones muy diferentes por su naturaleza y por sus efectos. El amor de sí mismo es un sentimiento natural que lleva a todo animal a procurar su propia conservación y que, dirigido en el hombre por la razón y modificado por la piedad, produce la humanidad y la virtud. El amor propio no es más que un sentimiento relativo, ficticio y nacido en la sociedad, que lleva a cada individuo a hacer más caso de sí mismo que de cualquier otro, que inspira a los hombres todos los males que se hacen mutuamente y que es la verdadera fuente del honor». Lo más equívoco de este planteamiento de Rousseau es el punto en que señala que ambos amores son «muy diferentes por su naturaleza», en lugar de atenerse a su naturaleza común y sólo insistir en la posibilidad de efectos opuestos. Claro está que lo que le interesa es contraponer naturaleza *versus* sociedad en cuanto origen de impulsos de calidades muy distintas. ¿Cómo podrían nacer humanidad y piedad fuera de la sociedad? ¿En qué sentido es ficticio el amor propio: por ser retoño de la sociedad en cuanto tal o de cierto tipo determinado de sociedad? Etc. Lo que Rousseau describe son los diferentes rumbos que puede seguir un mismo impulso, no dos impulsos diferentes, uno social y otro natural. Las vanidades polémicas del honor son tan sociales como el afán de emulación en la excelencia y de aprobación colectiva que tanto papel juegan en la interiorización de los principios morales. Un buen conocedor del tema, Ernst Cassirer, explica así la diferencia radical que distancia a Rousseau del planteamiento de Hobbes, aunque sin dejar de partir ambos de un punto autoafirmativo en cierta medida semejante: «El defecto de la psicología de Hobbes, según Rousseau, es solamente haber puesto en lugar del egoísmo *pasivo* que reina en el estado de naturaleza un egoísmo *activo*. El instinto de rapiña y de dominación violenta es extraño al hombre de la naturaleza como tal; este instinto no puede nacer y echar raíces en el hombre antes de que éste haya entrado en sociedad y haya aprendido a conocer los deseos "artificiales" que alimenta la sociedad. El elemento sobresaliente de la constitución psíquica del hombre de la naturaleza no es la tendencia a oprimir a otro por medio de la violencia, sino la tendencia a ignorarle, a separarse de él» (*La filosofía de las luces*, cap. VI, 2). Lo peor del amor propio, según Rousseau, es la *exigencia* que plantea a los otros, a los que reclamo en nombre de mi amor propio que renuncien al suyo: «El amor de sí mismo, que no nos concierne más que a nosotros, se contenta cuando nuestras verdaderas necesidades quedan satisfechas; pero el amor propio, que se compara, nunca está contento y no podría estarlo, porque este sentimiento, según el cual nos preferimos a los otros, exige también que los otros nos prefieran a sí mismos, lo cual es imposible» (*Émile*). El amor propio resulta expoliador porque pretende que los otros renuncien o posterguen su amor a sí mismos. Pero a fin de cuentas el objetivo que corona todo esfuerzo moral no puede ser más que *self-centered*, un logro no complaciente de autocomplacencia: «El supremo goce estriba en el contento de sí mismo; es para merecer ese contento para lo que estamos en la Tierra y para lo que tenemos el don de la libertad» (*La profesión de fe del vicario saboyardo*).

El militante Helvetius predica casi una cruzada del amor propio como fundamento de la moral y de la necesidad de aceptar reflexivamente el eudaimonismo, a fin de contrarrestar las supersticiones esclavizadoras: «Es preciso, con mano audaz, romper el talismán de imbecilidad al que está ligado el poder de esos genios maléficos; descubrir a las naciones los verdaderos principios de la moral; enseñarles que insensiblemente arrastrados hacia la felicidad aparente o real, el dolor y el placer son los únicos motores del universo moral; y que el sentimiento de amor a sí mismo es la única base sobre la que pueden echarse los cimientos de una moral útil» (*ibid.*, II, XXIV). La última palabra de esta cita exaltada nos remite a los auténticos herederos de Helvetius, los utilitaristas ingleses. Fue de él de quien tomó Bentham su idea de la mayor felicidad para el mayor número, es decir la formulación de la moral social como ampliación colectiva del egoísmo. Voltaire, en cambio, se muestra poco partidario de predicar la buena nueva del amor propio como origen de lo mejor y de lo peor de la conducta humana. Es una tarea superflua, indica en el apartado *«Amour propre»* de su *Diccionario filosófico*: «Los que han dicho que el amor de nosotros mismos es la base de todos nuestros sentimientos y de todas nuestras acciones tienen pues mucha razón en la India, en España y en toda la tierra habitable: y tal como no se escribe para probar a los hombres que tienen un rostro, tampoco hay necesidad de probarles que tienen amor propio. Este amor propio es el instrumento de nuestra conversación; se parece al instrumento de la perpetuación de la especie: nos es necesario, nos es muy querido, nos da placer y es preciso ocultarlo».

El idealismo subjetivo de Fichte es una suerte de hipóstasis especulativa del amor propio. Para él, la tarea esencial de la Ilustración es librar al yo pensante del hombre de su dependencia y servidumbre ontológica a las cosas que supuestamente le preceden. El dogmatismo pone primero al mundo objetivo, en su opaca facticidad, y de él extrae el abrumado yo humano. Pero la efectiva tarea crítica del pensamiento es conseguir la autonomía del yo: al revés que en el dogmatismo, el interés por el yo debe preceder al interés por las cosas y ser origen luego de la posición mediada de éstas. En la supeditación especulativa del yo volente a cualquier otra realidad, por alta que sea, se encierra no sólo una deficiencia teórica sino también una fundamental falla moral. Y es que «el interés más alto y el fundamento de todo otro interés es el interés por nosotros mismos» (*Erste Einleitung in die Wissenschaftslehre*, citado por Habermas en *Conocimiento e interés*). A partir de esta radical autonomía de la libertad surgirán las obligaciones recíprocas con las otras autoconciencias y la propia realidad del mundo sobre el que la voluntad se ejerce. El tema del enfrentamiento de las autoconciencias y de la lucha por el reconocimiento de la humanidad ha sido planteado de modo insuperable por Hegel, tal como comenté en el capítulo quinto de *La tarea del héroe*. Hegel marca detalladamente el paso desde el absolutismo incomunicable —y como tal abocado a la muerte— de la autoconciencia puramente subjetiva a la universalización estatal en que se cumple el espíritu objetivo. Pero este análisis, para ser considerado con el mínimo detalle exigible, tendría que desbordar los límites del proyecto que aquí se realiza. Haremos breve mención, en cambio, de dos autores de la traza hegeliana considerados por lo común como menores en la historia del período, simple precedente el uno o antagonista el otro de Marx, el más importante de los hegelianos de izquierda. Se trata de Ludwig Feuerbach y de Max Stirner, cuya entidad filosófica real es sin embargo bastante mayor que la que se les concede en tan derogatoria filiación.

A lo que hemos venido aquí llamando «amor propio», Feuerbach preferirá por lo general denominarlo «instinto de felicidad». Todo lo que de emancipador hay en el hombre, todo lo que en él supera lo estrechamente animalesco, se debe a este instinto. Y en primer término brota de él la religión misma, en el doble aspecto de proyectar en la trascendencia los rasgos hipostasiados de la humanidad y en el de postular míticamente algún tipo de inmortalidad que colme nuestros deseos autoafirmativos de perduración ilimitada. Una de las originalidades del planteamiento de Feuerbach es que insiste (como puede verse en una nota a la quinta lección sobre la esencia de la religión, de 1848, citada en la Introducción de Ferruccio Andolfi a su edición italiana de *Espiritualismo y materialismo* en que la moral, incluso en sus manifestaciones aparentemente más hostiles a la religión establecida, no simplemente se *relaciona* sino que realmente se *funda* en la religión. Pero esta cimentación no supone ningún sublime altruismo sobrehumano, «sino que la moral debe fundarse sobre el egoísmo, sobre el amor de sí mismo, sobre el instinto de felicidad o de otro modo no tendrá fundamento alguno». Por supuesto, en esas mismas *Lecciones sobre la esencia de la religión* introduce Feuerbach la distinción entre «corazón» y «ánimo», entre egoísmo *finito* —correspondiente a los deseos limitados de la ética griega o romana— y egoísmo *infinito*, el de los deseos sin mesura ni correspondencia con nuestras limitaciones naturales del cristianismo. Para él, esta desmesurada ambición volitiva cristiana tiene como «resaca», por decirlo así, el pesimismo aniquilador de un Schopenhauer, que en el fondo no es sino «un idealista contagiado de la epidemia materialista» del siglo XIX. Precisamente contra los planteamientos schopenhauerianos escribe Feuerbach *Espiritualismo y materialismo*, uno de sus últimos textos y quizás el más significativo desde el punto de vista de la reflexión ética. Para comenzar, no es una voluntad trascendente y desencarnada la que produce cada uno de los seres, sino que es el apego de cada uno de los seres a sí mismo lo que debe ser llamado voluntad. «Lo que un ser es, quiere también serlo. Lo que yo soy por naturaleza... lo soy también por mi voluntad, desde lo profundo de mi corazón, con todas mis fuerzas. Mi ser no es consecuencia de mi querer, sino por el contrario mi querer consecuencia de mi ser: porque yo existo antes de querer y puede darse ser sin querer, pero no querer sin ser» (*Espiritualismo y materialismo*, 7). Los límites de mi ser son los límites también de mi querer —en contra de lo soñado por la desmesura volitiva del cristianismo— y en ellos acaba consecuentemente la libertad moral que puedo reclamar: «Donde está mi ser, allí está mi cielo, pero donde comienza el cielo cesa la libertad de poder hacer o no hacer. También en el cielo de la teología los bienaventurados pierden la libertad de ser y de hacer lo contrario de lo que hacen y son» (*ibid.*, 6). La decepción pesimista de Schopenhauer viene de una especie de cristianismo *contrariado*, que se niega a sobrevivir a la revelación de lo infundado de las promesas trascendentes que se le habían hecho. La moral, como la verdadera política o el auténtico derecho, no es para Feuerbach sino una manifestación de ese instinto de felicidad que es uno y lo mismo con el instinto de conservación, de perduración en el propio ser, el cual «aumenta y disminuye al unísono con la capacidad de ser felices» (*ibid.*, 1). Todo el problema que se plantea aquí es la armonización entre mi instinto de felicidad en cuanto individuo y el de los demás. Dada su común naturaleza y la obvia condición social del hombre —no elegida, sino intrínseca e irremediable— la buena voluntad hacia sí mismo y la buena voluntad hacia los demás no pueden ser más que por errónea perversión considerados incompatibles. Así que tanto la política («Sólo la libertad fundada sobre el instinto de felicidad —y ciertamente no de algunos sino de todos— es una potencia política popular y por tanto irresistible»), el derecho («Mi derecho es mi instinto de felicidad reconocido legalmente; mi deber es el instinto de felicidad del otro en cuanto me determina a su reconocimiento») y la moral («La felicidad —bien entendido que no restringida a una sola y la misma persona, sino repartida entre diversas personas, capaz de abrazar el yo y el tu, luego no unilateral sino bilateral u omnilateral— es el principio de la moral») provienen de la misma fuente, ese instinto de felicidad que es «el instinto de los instintos», brotado de la voluntad de ser lo que somos y que por tanto no puede ser contrariado sin insania. «¿Qué otro puede ser entonces el papel de la moral sino el de asumir este lazo entre la felicidad propia y la de los otros, fundado en la naturaleza de las cosas, en la unión misma de luz y aire, de agua y tierra, y convertirlo, conscientemente y a propósito, en la ley del pensar y del obrar humano?» (*ibid.*, 4).

Marx y Engels mantuvieron una postura ambigua respecto a la cuestión del egoísmo como motor principal de la razón práctica. Es evidente que no predicaron en modo alguno la abnegación y el desinterés sin más, incluso en cierta ocasión Engels —en una carta a Marx— menciona con desaprobación a Moses Hess «que odia toda clase de egoísmo y predica el amor entre los hombres». Por otra parte, seguían aún demasiado apegados al viejo equívoco del egoísmo (burgués, individualista) como insolidaridad para atreverse a defenderlo de modo abierto y tajante. Marx sostiene, en cambio, que su doctrina científica está más allá del egoísmo y del desinterés, no pudiendo ser categorizada según las caracterizaciones cuasi-psicológicas de la moral tradicional.* A quien le interese el pormenor de este forcejeo, que tuvo diversas incidencias y matices, le recomiendo el estudio de Ferruccio Andolfi *L'egoismo e l'abnegazione. L'itinerario etico della sinistra hegeliana e il socialismo* (Franco Angeli Editore, Milán, 1983). Uno de esos incidentes fue la polémica contra Max Stirner, cuya obra fue en un principio

---

* Algunos pensadores anarquistas, como Kropotkin, se plantearon la cuestión de manera más explícita, rechazando el «altruismo» de la moral burguesa: «Luchar, afrontar el peligro, arrojarse al agua para salvar, no ya a un hombre, sino a un simple gato; alimentarse con pan seco para poner fin a las inquietudes que os sublevan, acordarse de los que merecen ser amados, ser amado por ellos, para un filósofo enfermo eso es quizás un sacrificio; pero para el hombre y la mujer pletóricos de energía, de fuerza, de vigor, de juventud, es el placer de vivir. ¿Es egoísmo? ¿Es altruismo? En general, los moralistas que han levantado sus sistemas basados en la pretendida oposición del sentimiento egoísta y el altruista han equivocado su camino. Si esa oposición existiera en realidad, si el bien del individuo fuera verdaderamente opuesto al de la sociedad, la especie humana no existiría; ningún animal habría podido alcanzar su actual desarrollo» (*La moral anarquista*). El pensamiento ético de Kropotkin estuvo muy influenciado por el de Guyau, cuyo *Esquisse d'une morale sans obligation ni sanction* es una de las obras de reflexión moral más interesantes del pasado siglo, hoy injustamente postergada.

recibida con aprobación por Engels hasta ser desaconsejada definitivamente por su mentor ideológico. La maldición de Stirner, pensador a menudo desmesurado pero complejo e interesantísimo, ha sido quedar triturado por el despectivo capítulo que le dedica Marx en *La ideología alemana* bajo el título irónico de «San Max». Es desdichadamente común el no conocer a Stirner más que por esta excomunión marxista, poco envidiable destino que comparte con Düring, Mach, Avenarius... e incluso Schopenhauer entre algunos fieles lukacsianos. Pero lo cierto es que Stirner merece una detenida visita de desagravio, que aquí sólo esbozaremos en lo tocante al tema que nos interesa.

En *El único y su propiedad*, el monumento central y prácticamente exclusivo de su pensamiento, Stirner constata que la supuesta crítica radical de los ilustrados y los hegelianos contra la religiosidad establecida tiene unos límites muy precisos en el terreno moral: «Cualquiera que sea tu ateísmo, comulga contra los creyentes en la inmortalidad de su celo contra el *egoísmo*» (1.ª parte, II, I). Coincide así con Nietzsche en la denuncia de que mientras el viejo Dios creador y ordenador del cosmos ha muerto, el Dios de la moral sigue impertérritamente vivo (no es desde luego más que una de sus muchas anticipaciones nietzscheanas: ¿se ha reparado en que su irónica descripción del «período chino o mongol» de la historia de los valores occidentales, coincidente más o menos con el kantismo, preludia las pullas nietzscheanas contra «el chino de Koenigsberg»?). Pero veamos cuál es la relación entre egoísmo y auténtico ateísmo: «Cualquiera que sea el punto de vista bajo el que se me *acuse* de egoísmo, se sobreentiende siempre que se tiende la vista a algún Otro al que Yo debería servir con prioridad a Mí mismo, a quien Yo debería considerar más importante que a todo lo demás; en resumen, un Algo en el que se hallaría mi bien, una cosa "sagrada". Que ese sacrosanto sea, por otra parte, tan humano como se quiera, que sea lo humano mismo, no quita nada de su carácter y, cuando más, convierte ese sagrado supraterrenal en un sagrado terrenal, ese sagrado divino en un sagrado humano» (1.ª parte, II, II). Esta abnegación sagrada, sin embargo, no tiene otro fundamento que ese mismo egoísmo que se intenta erradicar: ya antes vimos cómo Feuerbach había sostenido que no hay auténtica contradicción entre sentimiento religioso y amor propio. Pero lo nocivo es que se trata de un amor propio vergonzante y, a fin de cuentas, pervertido: «Todo es sagrado para el egoísta que no se reconoce como tal, para el egoísta *involuntario*. Llamo así al que incapaz de traspasar los límites de su Yo, no lo considera, sin embargo, como Ser Supremo; no sirve más que a sí mismo, creyendo servir a un ser superior y que no conociendo nada superior a sí mismo, sueña, sin embargo, con alguna cosa superior. En resumen, es el egoísta que quisiera no ser egoísta, que se humilla y combate su egoísmo, pero que no se humilla más que "para ser ensalzado", es decir, para satisfacer su egoísmo. No quiere ser egoísta y por eso escudriña el cielo y la tierra en busca de algún ser superior al que pueda ofrecer sus servicios y sacrificios. Pero, por más que se esfuerza y mortifica no lo hace en definitiva más que por amor a sí mismo y el egoísmo, el odioso egoísmo no se aparta de él. He aquí por qué lo llamo egoísta involuntario. Todos sus esfuerzos y todas sus preocupaciones para separarse de sí mismo no son más que el esfuerzo mal comprendido de la autodisolución» (1.ª parte, II, II). No creo pertinente la objeción de que Stirner sacraliza en cierto modo a su Yo, pues es evidente que no lo hace sino como réplica polémica a las auténticas sacralizaciones, a las que beatifican lo que no soy yo *precisamente porque no soy yo*. Es el mecanismo de miedo o rechazo al propio e irrenunciable ser lo que Stirner denuncia como característica alienación religiosa, aunque ésta parezca ampararse en los más laicos ideales humanitarios. Por supuesto, el egoísmo consciente en modo alguno descarta ni se opone a la relación de positivo aprecio por lo demás, sino sólo a la ilusoria motivación abnegada de ésta: «Yo también amo a los hombres, no sólo a algunos, sino a cada uno de ellos. Pero los amo con la conciencia de mi egoísmo; los amo porque el amor *me* hace dichoso; amo porque me es natural y agradable amar. No conozco obligación de amar. Tengo *simpatía* por todo ser sensible: lo que le aflige me aflige y lo que le alivia me alivia» (2.ª parte, II, II).

Pero el texto más interesante que podemos citar de Max Stirner es uno de su *Anticrítica* contra Moses Hess en el que precisa espléndidamente en qué consiste en realidad ese egoísmo que cierta concepción de la moral rechaza como abominable: «El egoísmo no es lo contrario del amor, ni lo contrario del pensamiento, no es enemigo de un dulce amor, ni es enemigo de la abnegación y el sacrificio, ni el enemigo de la cordialidad más íntima, tampoco es el enemigo de la crítica, ni el enemigo del socialismo, en resumen, no es enemigo de ningún *interés real;* no excluye ningún interés. Se dirige únicamente contra el hecho de no estar interesado y contra lo que es ininteresante, no contra el amor, sino contra el amor santo, no contra el pensamiento, sino contra el pensamiento santo, no contra el socialismo, sino contra los socialistas santos, etc...» (citado por Henri Arvon, *Aux sources de l'existentialisme,* cap. XI). Léase en lugar de «santo» desinteresado y no podremos encontrar mejor planteamiento de la defensa del amor propio que aquí estamos proponiendo en sus implicaciones éticas. De lo que aquí hablamos es de que no hay comportamiento moral desinteresado, *desprendido*, sino que por el contrario a más apasionadamente interesado apego al propio yo, cuanto más prendido se está del propio querer (ser), más moral se puede llegar a ser. Es algo que subrayó con energía Kierkegaard —cuya fe es precisamente la mayor muestra de interés que alguien puede dar por sí mismo— y también León Chestov en su comparación de las morales de Tolstoi y Nietzsche. O más recientemente Manlio Sgalambro, en su *La morte del sole:* «Quien actúa con desinterés —lo que significa contra el propio interés pero también contra el ajeno— es justamente considerado alguien poco de fiar, uno del que por tanto se puede esperar cualquier cosa» (4.ª parte, 34).

Por su parte, Nietzsche señaló adecuadamente la contradicción práctica que encierra este supuesto desinterés: «El prójimo alaba el desinterés porque *recoge sus efectos.* Si el prójimo razonase de un modo desinteresado, rehusaría esa ruptura de fuerzas, se opondría al nacimiento de semejantes inclinaciones y afirmaría ante todo su desinterés, designándolas precisamente como *malas.* He aquí indicada la contradicción fundamental de esta moral, hoy tan en boga: ¡los *motivos* de esta moral están en contradicción con *su principio*! Lo que a esta moral le sirve para su demostración es refutado por su criterio de moralidad. El principio: "Debes renunciar a ti mismo y ofrecerte en sacrificio", para no refutar su propia moral, no deberá ser decretado sino por un ser que renunciase por sí mismo a sus beneficios y que acarrease quizá, por este sacrificio exigido a los individuos, su propia caída. Pero desde el momento en que el prójimo (o bien la sociedad) recomienda el altruismo a *causa de su utilidad,* el principio contrario: "Debes buscar el provecho, aun a expensas de todo lo demás", es puesto en práctica y se predica a la vez un *debes* y un *no debes*» (*La Gaya Ciencia*, par. 21). En el fondo de toda recomendación moral altruista late el vergonzantemente utilitario —y egoísta, por tanto— «¿qué pasaría si todos hicieran lo mismo?». De tal modo que quien se ha dado cuenta de esto, es decir, de la intrínseca falsedad —o aún mejor, imposibilidad— del altruismo, pero por otra parte ha sido educado en la ecuación altruismo = moral, egoísmo = inmoralidad, pierde toda razón y aun toda sensibilidad para la exigencia moral. Nietzsche apunta a que las razones del altruismo no son altruistas: *el altruismo es posible, pero siempre desde un egoísmo u otro*. O, como más adelante veremos en la discusión de las tesis de Apel, el razonamiento moral no puede ser intrínsecamente distinto del razonamiento estratégico.

Podríamos finalmente, para cerrar este muy incompleto recorrido por los propugnadores históricos del amor propio como fundamento de los valores, hacer una brevísima referencia a Sartre. En sus recientemente recuperados *Cahiers pour une morale* reafirma y detalla su teoría de que la moral no es más que la fidelidad del sujeto individual al proyecto finito, sinceramente aceptado, de su propia libertad: «Lo posible viene del hombre concreto. Somos de tal modo que lo posible se posibilita a partir de nosotros. Así pues, aunque lo posible y por tanto lo universal sean estructuras necesarias de la acción, hay que volver al drama individual de la serie finita "Humanidad" cuando se trata de los fines profundos de la existencia. A la fuente finita e histórica de los posibles. A esta sociedad. La moral es una empresa individual, subjetiva e histórica» (p. 14). De esa raíz en el sujeto individual y finito surgirá precisamente la solidaridad, considerada de un modo que recuerda notablemente la «asociación de egoístas» propuesta en su día por Stirner: «En cuanto a la base misma de mi opción de ayudar a los demás, ahora está clara: que el mundo tenga una infinidad de porvenires libres y finitos cada uno de los cuales sea directamente proyectado por un libre querer e indirectamente sostenido por el querer de todos los otros, en tanto que cada uno quiere la libertad concreta del otro, es decir que la quiere no en su forma abstracta de universalidad sino por el contrario en su fin concreto y limitado; tal es la máxima de mi acción» (*El único y su propiedad*). Es precisamente en mi querer propio donde encuentro la razón de apoyar el querer ajeno, en cuanto que éste es un proyecto simétrico al de mi libertad, que se plantea de una forma independiente y no determinada de antemano —como el mío— pero que, como en mi caso, requiere la complicidad del apoyo humano.

c) *La polémica contra el amor propio*

Trataremos aquí los principales autores que se han opuesto a reconocer en el interés egoísta o amor propio la única raíz de los valores en general y de los valores morales en particular. Esta oposición tiene que venir apoyada en una de estas tres líneas de razonamiento:

1. Tomar «egoísmo» o «amor propio» en el sentido vulgar y derogatorio de insolidaridad, postergación injusta de los intereses ajenos a los propios, capricho individualista frente a las exigencias racionales de universalidad ética.
2. Sostener que existe en el hombre un sentimiento natural, *innato*, de simpatía y benevolencia antiegoísta, opuesto al bien conocido instinto autoafirmativo o amor propio. La moralidad provendría de ese sentimiento antiegoísta.
3. En contra de todo eudaimonismo moral, considerado fuente de heteronomía sostener que la moral proviene de una *ley* de la razón práctica, cuya formalidad regulativa se distingue de cualquier precepto de la habilidad o de cualquier consejo estratégico.

Respecto al primero de estos tres apartados no creo necesario decir mucho, pues ha sido comentado ya suficientemente a lo largo de las páginas anteriores de este trabajo. Se trata, sencillamente, de un uso restrictivo y deformado por el prejuicio de las palabras, que se atarea en alancear un fantoche al cual nadie tomó jamás por un *capo lavoro* de Praxiteles. Protestar por la insolidaridad o el individualismo depredador de los egoístas se funda también en una consideración egoísta, la del egoísmo de la mayoría o del grupo social entero: es decir, no se trata más que de minimizar el egoísmo particular para mejor optimizar el egoísmo colectivo, partiendo de la base de que esto es lo más preferible o ventajoso si se comprende adecuadamente la condición social del hombre. En realidad esta línea argumental no sólo no contradice sino que refuerza lo que ya se ha dicho sobre el amor propio como fundamento de los valores.

En cuanto al segundo apartado, uno de los autores más significativos de esta actitud fue Shaftesbury, cuyo pensamiento se convirtió en el principal punto de referencia crítico del ya citado Bernard Mandeville. Shaftesbury opina que junto a los *afectos personales* que inducen a procurar el bien del individuo y los *afectos antinaturales*, que impulsan a buscar el daño tanto de la sociedad como del individuo mismo, existen unos *afectos naturales* que llevan a actuar en prosecución del bien público, sin mezcla de consideración previa respecto al propio bienestar ni tampoco ninguna sanción religiosa que imponga tal altruismo. En sus *Characteristics of Men, Manners, Opinions, Times* sostiene que «amar a los demás, meditar sobre el bien universal y promover el beneficio de todo el mundo, en la medida de nuestra capacidad, indudablemente es la máxima bondad» (cap. I). El *desinterés* le parece algo sumamente importante, hasta el punto de que aun cuando alguien actúe en beneficio público «si en el fondo lo impulsan sólo sentimientos egoístas, él, como persona, sigue siendo imperfecto» (citado por Thomas A. Horne, *El pensamiento social de Bernard Mandeville*). Pero en esa misma obra Shaftesbury se atarea en negar que los naturales intereses personales del individuo se opongan realmente a los de la colectividad, si se los comprende de modo correcto; y por el contrario, señala que una preocupación por el bien público desmesurada puede resultar «tan abrumadora, que destruya su propio fin impidiendo prestar el socorro y alivio requeridos» (*ibidem*, p. 92). Por otra parte, deja suficientemente claro que los naturales afectos por el bien público suponen una gran fuente de satisfacciones para el individuo y que a fin de cuentas no pueden pasarse de los afectos personales para llegar a su adecuada realización. Es decir: Shaftesbury sostiene la existencia de unos afectos sociales y altruistas en el ser humano, que no son fruto directo de un cálculo egoísta, pero que en el fondo no se oponen a los impulsos egoístas y producen un tipo de satisfacción personal que ningún indivuduo con amor propio consciente puede desdeñar. En último término reincide inevitablemente en que quien busca los verdaderos bienes —es decir, *lo mejor* para sí mismo, lo más duraderamente satisfactorio— acaba redescubriendo los valores morales, que son básicamente idénticos en todas las culturas y circunstancias históricas. En su diálogo *The Moralists, a Philosophical Rhapsody,* hace la siguiente comparación entre los diversos tipos de bienes a los que puede aspirar el sujeto: «Por una parte, los que hemos encontrado inciertos y dependientes de la fortuna, de la edad, de las circunstancias, del humor; por otra parte los que, ciertos en sí mismos, se fundan en el desprecio de las otras cosas inciertas. ¿Acaso la viril libertad, la generosidad, la magnanimidad no son bienes? ¿Acaso no debemos considerar felicidad el contento de sí que brota de una coherencia de vida y de costumbres, de una armonía de los afectos, de un ánimo libre del tormento de la vergüenza y de los remordimientos, consciente de la propia dignidad y del propio mérito hacia toda la humanidad, hacia nuestra sociedad, la patria, los amigos... el cual contento es precisamente fruto indudable de la virtud?» (3.ª parte, sec. 3.ª). Los afectos morales según Shaftesbury son algo así como *el amor propio de los altruistas.* No le resultó difícil a Mandeville apurar irónica y lúcidamente la inconsistencia básica de esta posición.

Tanto David Hume como Adam Smith reclamaron la existencia de un principio de humanitarismo benevolente o simpatía distinto del egoísmo, pero apoyaron esta demanda en razones que a lo más que llegan es a probar que el llamado egoísmo —*self-love*— no es tan excluyente y despiadado como cree el uso vulgar del término. En su *Teoría de los sentimientos morales,* por ejemplo, lo más que demuestran los análisis amablemente psicológicos de Adam Smith es que no resulta de buen tono o no es muy cuerdo desinteresarse totalmente de los intereses ajenos. La razón es muy sencilla: son tan importantes para los demás como los míos lo son para mí y las circunstancias de la vida en sociedad no permiten a nadie olvidar tan fundamental analogía. En ciertas ocasiones, Smith señala la importancia —ya marcada por Spinoza— de lo mimético en la capacidad humana de valoración. Tal como en la exhortación evangélica, el amor propio es medida del amor a los demás: «Cada facultad de un hombre es la medida por la que juzga de la misma facultad en otro. Yo juzgo de tu vista por mi vista, de tu oído por mi oído, de tu razón por mi razón, de tu resentimiento por mi resentimiento, de tu amor por mi amor. No poseo ni puedo poseer otra vía para juzgar acerca de ellos.» Quizás el mejor comentario que puede hacerse a este planteamiento sea el de Eduardo Nicol en su *Introducción* a la obra de Smith antes citada: «El principio cristiano "amar al prójimo como a sí mismo" se transforma en Adam Smith —y podríamos decir en el *gentleman*— en un "no amarse a sí mismo más que al prójimo" que no carece de una punta de humor y de escepticismo.»

El autor paradigmático de la oposición al egoísmo en ética es sin duda Kant. Toda su reflexión metamoral se centra en el rechazo del eudaimonismo como principio de la razón práctica: hay que recordar que, en su *Antropología*, Kant hace equivaler eudaimonismo con egoísmo moral, lo cual es un innegable tanto de lucidez crítica. El primer paso para erradicar el egoísmo como fundamento de la ética es renunciar a dar a ésta la felicidad como fugitivo motor inmóvil, sea la felicidad inmanente en este mundo (cuya brumosa razón proviene de la imaginación subjetiva pero no de la razón universal) o sea la felicidad trascendente en el otro, de la que no podemos tener conocimiento adecuado por falta de intuición sensible. Como es sabido, Kant en último término fue incapaz de renunciar a postular ese segundo tipo de felicidad como promesa vocacional de la razón práctica. El punto de partida kantiano es el de que «es de la más patente necesidad construir una filosofía moral pura, totalmente limpia de todo lo que pueda ser empírico: perteneciente a la antropología» (*Cimentación para la metafísica de las costumbres*. Prefacio). E insiste en que «toda filosofía moral descansa totalmente en su parte pura y, aplicada al hombre, no toma lo más mínimo del conocimiento de éste —antropología— sino que, como ser racional, le da leyes *a priori*» (*ibidem*). La objeción obvia se bifurca en dos ramales: por un lado, la condición racional del hombre no es algo que pueda ser determinado en su evolución, características y funciones más que por medio de la empírica observación antropológica; segundo, el ser humano no es sólo racional ni de hecho ni de derecho, sino que en él se dan otros muchos impulsos, intereses y necesidades que la antropología estudia y que no pueden ser apartados de la reflexión moral so pena de que ésta no sea ya *pura* sino *irreal* y *ficticia*. En una palabra, las leyes morales, en cuanto provienen del funcionamiento normativo de la razón práctica, no sólo toman en cuenta el conocimiento empírico del hombre —antropología— sino que carecen de sentido sin él. Aquí el extremo racionalismo kantiano no prolonga y culmina la ilustración, sino que la traiciona: un Diderot, por ejemplo, ya había indicado con suficiente realismo el vínculo irrompible entre normativa moral y conocimiento de los intereses, necesidades y pasiones humanas.

En su definición del respeto a la ley, en el que basa todo el funcionamiento de la razón práctica —«La determinación inmediata de la voluntad por la ley de la conciencia de esa determinación se llama *respeto*» (*ibidem*, cap. I)— introduce Kant su cláusula directamente antiegoísta: «En realidad, el respeto es la representación de un valor que quebranta mi amor propio» (*ibidem*) y consecuentemente niega estatuto moral a todo tipo de interés que no sea el interés desinteresado del respeto: «Todo lo moralmente llamado *interés* consiste sencillamente en el respeto por la ley» (*ibidem*). Y, más adelante: «También la voluntad humana puede *tomarse interés* en algo sin *obrar por interés*. Lo primero implica el interés *práctico* en la acción, lo segundo el interés *patológico* en el objeto de la acción» (*ibidem*, cap. II). Sólo en el cumplimiento del imperativo racional por sí mismo, como expresión de libre acatamiento a la ley que funda la propia libertad contra la necesidad heterónoma de las leyes naturales, reconoce Kant el sello enigmático de lo auténticamente moral. *Enigmático* porque no se sabe de dónde viene tal disposición antinatural y sobre-natural hasta que no se recurre a la tradición religiosa, de la que el impulso ético —su simple *posibilidad* teórica— se convierte en testimonio afirmativo al tiempo que la requiere como corolario de inteligibilidad. Es decir: o la razón es un evolucionado producto de la naturaleza, destinada a solventar de uno u otro modo los problemas de la existencia humana (aunque cada una de sus soluciones cree mil nuevos problemas de orden superior, mediato) o es el indicio mortal de nuestra condición inmortal, el motor práctico cuya extraterritorialidad nos hace comprender que nuestro reino no es de este mundo. Lo que desde luego no puede ser es una capacidad suspendida entre cielo y tierra y no deudora de ninguno de ambos, una isla que se autoabastece y autojustifica sin recurrir ni a la antropología ni a la teología. Kant, de manera indudable, toma partido por la opción teológica, que en el fondo resulta más razonable incluso humanamente que el *descompromiso* radical de la razón práctica: «Tal es la índole del auténtico móvil de la razón práctica pura; no es otro que la pura ley moral misma, en la medida en que nos haga vislumbrar lo sublime de nuestra propia existencia suprasensible, y provoca subjetivamente respeto por su alta destinación en hombres que al mismo tiempo tienen conciencia de su existencia sensible y de su naturaleza por consiguiente muy afectada patológicamente» (*Crítica de la razón práctica*, libro I, cap. III).

Pero sin necesidad de recurrir a la esperanza de felicidad sobrenatural, que más o menos enmascarada viene a constituir la irremediable dimensión eudaimonista de la ética kantiana, no faltan otras líneas de vinculación con lo que venimos designando amor propio en cuanto raíz del proyecto ético. ¿Cómo no habíamos de encontrarlas en un pensador que hace de la *autonomía* y del *ser racional como fin en sí mismo* el auténtico centro de su reflexión ética? No hay más que reparar en el hecho —bien subrayado por Philonenko en su *Introducción* a la traducción francesa de la *Metafísica de las costumbres*— de la importancia que reciben en la doctrina moral kantiana *los deberes para con uno mismo*, que otras concepciones inmediatamente anteriores omitían o postergaban. Kant parte precisamente de ellos «pues yo no puedo reconocerme obligado hacia otros más que en la medida en que me obligo al mismo tiempo a mí mismo, ya que la ley, en virtud de la cual me considero como obligado, procede en todos los casos de mi propia razón práctica, por la cual estoy obligado, mientras que soy también el que obliga en relación a mí mismo» (*Metafísica de las costumbres*, 2.ª parte, I, & 2). El núcleo de estas obligaciones para conmigo mismo parte de un planteamiento que Spinoza no hubiera rechazado, aunque va aún más allá: «El primer principio de los deberes hacia sí mismo queda expresado en esta sentencia: vive conforme a la naturaleza —*naturae convenienter vive*—, es decir *consérvate* en la perfección de tu naturaleza; el segundo en la proposición: *hazte más perfecto* de lo que la sola naturaleza te ha creado —*perfice te ut finem, perfice te ut medium*—» (*ibidem*, & 4). Insisto en que estamos en el punto de partida de la doctrina de la virtud, no en un corolario. Por otra parte, Kant no descarta totalmente una cierta gratificación obtenida por el sujeto al practicar la virtud y como resultado concomitante a ésta. No se trata de algo placentero en el sentido patológico del término, cosa ya descartada por él de su austero paraíso, pero sí de algo que merece ser llamado «autosatisfacción». «¿No hay una palabra que designe, no un goce como el de la felicidad que debe acompañar necesariamente a la conciencia de la virtud? ¡Sí! Es la palabra satisfacción consigo mismo, que en su acepción genuina indica siempre solamente un agrado negativo por la existencia propia, cuando se tiene conciencia de no necesitar nada. La libertad y la conciencia de ella como facultad de observar la ley moral con preponderante intención, es la independencia respecto de las inclinaciones, por lo menos como móviles determinantes (aunque no como afectantes) de nuestro apetecer y, en la medida en que me percato de ella en la observancia de mis máximas morales, fuente única de una satisfacción invariable, que puede denominarse intelectual, necesariamente asociada a ella y en modo alguna apoyado en un sentimiento especial» (*Crítica de la razón práctica*, libro II, cap. II, II). No parece descabellado ni siquiera arbitrario considerar este tipo de autosatisfacción como una variante alterada por renuncias pietistas de lo que épocas e individualidades menos compulsivas denominaron abiertamente *amor propio*. Sobre todo si recordamos que en éste no sólo se incluye el afán de vida y reconocimiento, sino también ese impulso inmortalizador que pugna sin cesar por sacudir o aliviar la constricción de la necesidad, el único imperativo realmente categórico a que hemos de someternos: el peso de la contingencia.

Aún más: a fin de cuentas, el propio análisis que hace Kant de las razones por las que alguien puede querer que la máxima de su acción se convierta en norma universal remite a los cálculos de la prudencia autoafirmativa. Si yo no puedo querer sin contradicción la mentira o el crimen es un último término porque las ventajas inmediatas de tal comportamiento tienen por sobrado contrapeso —que me brinda la lección reflexiva de la memoria y mi capacidad anticipadora del futuro— los daños en reciprocidad a los que voy a exponerme. *La contradicción no existe más que entre lo que quiero si no recuerdo ni preveo y lo que quiero cuando recuerdo y preveo:* es decir, entre el primer movimiento obtuso del amor propio y su proyecto más alto e ilustrado. En cuanto desciende a cualquier ejemplo que dote de carne al nudo formalismo, el propio Kant no tiene más remedio que razonar así. En la «Doctrina de la virtud» de su *Metafísica de las costumbres*, por tomar un caso nítido pero en modo alguno único, al razonar «el deber de todo hombre de ser bienhechor, es decir, de ayudar según sus medios, sin esperar nada por ello, a los que están en la miseria para que recuperen su dicha», argumenta de la siguiente manera: «En efecto todo hombre, que se encuentre en la miseria, desea ser ayudado por los otros hombres. Pero si declarase como su máxima no querer a su vez prestar asistencia a los otros cuando estén en la miseria, es decir si hiciese de su máxima una ley universal permisiva, entonces, suponiendo que estuviese en la miseria, cada uno le rehusaría igualmente su asistencia o tendría al menos todo el derecho de rehusársela. De este modo la máxima del interés personal se contradice a sí misma, si se la transforma en ley universal, es decir que es contraria al deber y por consiguiente la máxima del interés común que consiste en ser bienhechor hacia los que están en la necesidad es un deber universal para los hombres y ello porque éstos en tanto que humanos deben ser considerados como seres razonables sujetos a necesidades y reunidos en una misma morada por la naturaleza a fin de que se ayuden mutuamente» (2.ª parte, sec. I, cap. I, & 30). Queda bien claro que el interés de universalizar la máxima no es contrario al interés personal, sino consecuencia de la autorreflexión de éste, según esas circunstancias empíricas de la condición humana que estudia la antropología y que Kant había en cierto momento considerado desdeñables desde el punto de vista de la razón práctica pura. El llamado «deber» no es lo que contraría al amor propio, sino lo que lo ilustra desde la inmediatez impulsiva hasta la mediación reflexiva; no es la negación del cálculo sino un cálculo más completo y consecuente.

El primero en señalar claramente esta fragilidad —por decirlo suavemente— del planteamiento kantiano fue Schopenhauer, quien en su tratado sobre *El fundamento de la moral* efectúa el siguiente análisis crítico: «Cuando se dice en la *Cimentación para la metafísica de las costumbres* que "el principio de: actúa siempre según la máxima cuya universalidad puedas querer al mismo tiempo como ley, es la única condición bajo la cual una voluntad jamás puede estar en contradicción consigo misma", la verdadera interpretación de la palabra *contradicción* es ésta: si una voluntad hubiera sancionado la máxima de la injusticia y de la insensibilidad, la volvería a revocar de nuevo cuando eventualmente fuese la parte *pasiva* y entonces se contradiría. De toda esta explicación se deduce claramente que aquella regla fundamental no es, como Kant no deja de afirmar, un imperativo *categórico*, sino, en realidad, un imperativo *hipotético*. Porque en el fondo está siempre subordinado a una condición implícita: la ley que se trata de establecer para mí como *agente*, al darle un carácter *universal* se convierte también en ley para mí como *paciente*; y bajo esta condición, como parte eventualmente pasiva, no puedo *querer* la injusticia y la insensibilidad. Pero si suprimo esta condición y me imagino, confiando, por ejemplo, en mis superiores fuerzas espirituales, que soy siempre la parte activa y nunca la pasiva ante la máxima de validez general que voy a elegir, entonces, suponiendo que no haya otro fundamento moral que el kantiano, puedo querer muy bien la injusticia y la insensibilidad como máxima universal, y así regular el mundo» (cap. II, & 7). Pese a lo fundado de la primera parte de esta crítica, Schopenhauer se atiene luego al planteamiento kantiano incluso allí donde Kant se contradice y no es capaz de ver —como sin embargo Kant implícitamente reconoce— que el yo verdaderamente fuerte no es el que ilusoriamente cree poder renunciar a la universalización por activa y pasiva de la máxima, sino al que comprende por qué debe limitarse y apoyarse en ella. Quien no se concibe jamás como parte pasiva en el juego de la práctica no tiene más fuerza espiritual sino peor comprensión de su condición. Pero Schopenhauer es un caso especial entre los negadores del amor propio como fundamento de la ética: tan especial que no cuadra en ninguno de los tres apartados que hemos establecido al comienzo de esta sección. Es el único filósofo occidental que intentó llevar hasta sus últimas consecuencias el proyecto de una ética purificada de todo componente autoafirmativo. Se atreve a tomar en serio la parte más dura de Kant, cuando éste afirma que la tranquilidad de ánimo producida por el cumplimiento del deber «es efecto de un respeto a algo completamente diferente de la vida, en comparación y oposición, con lo cual la vida con todo lo que tiene de agradable carece de valor. Sólo sigue viviendo a base del deber, no porque encuentre el menor gusto en la vida» (*Crítica de la razón práctica*, lib. I, cap. III). Esto es lo que sostendrá Schopenhauer, la verdadera ética no autoafirmativa y renunciativa, la *ética como negación de la vida* y de lo que permite u obliga a vivir. Este punto extremo de llegada sirve como confirmación *a contrario* de lo hasta aquí expuesto: la ética no puede renunciar de veras al amor propio sin dejar de ser arte de bien vivir, convirtiéndose en cambio en aniquilación consciente de la vida. Pero este aspecto, por su especial interés, lo he desarrollado separadamente en mi trabajo: *Schopenhauer y la crisis del amor propio*. (*Vid.* segunda parte de este libro).

Para concluir este apartado, añado una visita al pensamiento de los actuales éticos de la comunicación, el conjunto de reflexiones de Karl Otto Apel y Jürgen Habermas justificadamente considerados como la aportación más notable a la teoría moral acaecida en los últimos quince años. En principio, no hay ninguna razón para considerarlas incompatibles con lo hasta aquí dicho sobre el amor propio; la «situación ideal de habla» de Habermas o la «comunidad de comunicación ideal» de Apel, en su proyección menos idealista, pueden ser consideradas como *el ámbito de relación interhumana en que queda mejor garantizado el amor propio de los afectados por las decisiones que han de ser tomadas*. Pero quizás el resabio kantiano de los autores —mucho más evidente en el caso de Apel— introduce planteamientos que pueden parecer negativos en cuanto a la base de amor propio o egoísmo ilustrado de los valores éticos. Por ejemplo, es especialmente importante la distinción y en cierta medida oposición entre «comportamiento estratégico» (categoría tomada, como es sabido, de Max Weber, no sin especiales énfasis y derivaciones añadidas) y «acción consensual-comunicativa». El comportamiento estratégico es decididamente autoafirmativo —sea de grupos o de personas— y pretende ante todo el éxito del propósito acometido; la acción consensual-comunicativa renuncia imparcialmente a la carga autoafirmativa y busca ante todo la comprensión entre los participantes, por medio de las pautas de validez de la estructura comunicativa. Pese a que Apel no deja de señalar que determinados componentes estratégicos deben siempre colaborar con los elementos básicos consensual-comunicativos, parece creer que ambos sistemas de acción responden en último término a instancias fundamentalmente diferentes y que la moralidad, para serlo de veras, ha de ser no estratégica y por tanto no autoafirmativa. La tarea de la teoría ética «no consiste en eliminar del discurso toda referencia a la praxis, es decir, toda realización con los conflictos de intereses de la interacción humana, sino en posibilitar una solución *racional pero no estratégica* de las diferencias de opiniones y de los conflictos de intereses de la praxis de la interacción, es decir, una solución de los conflictos exclusivamente a través del cumplimiento de las pretensiones de validez problematizadas. Para esto justamente se necesita una descarga de aquellos intereses de autoafirmación de la praxis vital-mundanal que están también siempre en juego a nivel de las "acciones comunicativas" y por ello imposibilitan en el mundo vital prediscursivo una separación real entre el actuar "orientado hacia la comprensión" y el "orientado hacia el éxito" (*Ensayos éticos*). No hay una renuncia ni cualquier tipo de marginación del comportamiento estratégico, pero los límites de sus objetivos quedan dolorosamente claros, incluso con ejemplos obtenidos de la práctica política: «La racionalidad estratégica no podría, por sí sola, lograr nunca que los países ricos y desarrollados se vieran impulsados a compartir los recursos del mundo con los países pobres y subdesarrollados, de una forma tal que pudiera ser calificada de *justa*. La garantía de un equilibrio ecológico —considerada como problema de interacción estratégico— no es idéntica con la garantía de un equilibrio humano» (*ibidem*. p. 38).

La pregunta que habría que hacerle a Apel es: *¿por qué?* ¿Por qué la autoafirmación de los individuos y grupos humanos no podría llegar a convencerse racionalmente de la necesidad de solucionar el problema del hambre o de la injusta administración de los recursos del planeta? ¿Por qué presuponer ese estrechamiento de miras y esa limitación dañina de objetivos en el comportamiento estratégico? ¿Por qué el éxito buscado ha de ir contrapesado con el fracaso de otros para ser auténtico éxito? ¿No podría la acción comunicacional-consensual ser realmente la culminación del comportamiento estratégico, la autoafirmación estratégica no de unos individuos o de tal o cual grupo, sino de la humanidad identificada racionalmente en su conjunto de objetivos? En un artículo reciente, tras describir adecuadamente los objetivos estratégicos de los hombres hasta el plano de la supervivencia de la especie, Apel se pregunta: «Sin embargo, este modo de hablar encubre un problema importante: a saber, la cuestión de mediante qué comportamiento y en base a qué racionalidad de acción pueden conseguir los hombres fijar entre ellos los fines y reglas de juego de la acción estratégica —en especial de la acción colectiva.— ¿Puede realizarse esto sólo en función de la acción estratégica? ¿O la acción estratégica *debe* completarse —por motivos puramente antropológicos y praxiológicos— con una forma de racionalidad y de acción no estratégicas: la de la acción consensual-comunicativa?» (*La situación del hombre como problema ético*). Queda aquí suficientemente claro que la acción consensual-comunicativa sirve como regulación racional para fijar los fines y las reglas de la acción estratégica, es decir, que se trata de una meta-estrategia, de una estrategia de segundo grado que posibilita y enmarca la del primero. A fin de cuentas ¿qué otra razón podría impulsar a aceptar esta normatividad potenciadora del juego estratégico que los intereses autoafirmativos mismos, pero convenientemente comprendidos y por tanto universalizados? *La acción consensual-comunicativa es la reflexión de la autoafirmación estratégica sobre sí misma por medio del per-*

feccionamiento racional del instrumento que más éxitos ha conseguido para nuestra especie: la sociedad. Habermas reprocha a Nietzsche no haberse decidido moralmente en la elección «entre Kant y Darwin». Pero quizá quepa decir, en clave kantiana, que Kant sin Darwin es vacío y Darwin sin Kant, ciego... algo, precisamente, que la perspicacia moral de Nietzsche comprendió muy bien.

La actitud ética más opuesta al amor propio en nuestros días es sin duda la del destacado pensador franco-judío Emmanuel Lévinas. Su reflexión moral, tan impregnada de teología que apenas puede ser considerada en sentido estricto filosófica, se basa en la llamada permanente del otro a mi conciencia de sujeto libre. El Otro se muestra desde el Rostro e invoca el deber de mi responsabilidad, pero sin anclaje alguno en los mecanismos cooperativos y recíprocos que la antropología no deja de señalar. Ni espero ni temo nada del Otro, no me acerco a él ni me siento responsable de él por ninguna razón digamos *inmanente*: «(Otro) que no es mi enemigo (como lo es en Hobbes y Hegel), ni mi "complemento", como lo es aún en la *República* de Platón, la cual se constituye porque algo falta a la subsistencia de cada individuo. El Deseo del Otro —la socialidad— nace de un ser al que nada falta o, más exactamente, nace más allá de todo lo que puede faltarle o satisfacerle» (*Humanisme de l'autre homme*, VII). El Mal no tiene las mismas raíces que el Bien, ni siquiera puede aspirar a una simultaneidad contrapuesta a él: el Mal es, precisamente, lo que hemos denominado amor propio y sobre el Bien —que es Bien del Otro— la filosofía ha de callar irremisiblemente y la teología, por lo visto, no acierta a ser todo lo convincente que debiera: «El mal se muestra pecado, es decir responsabilidad, pese a sí mismo, por el rechazo de las responsabilidades. Ni al lado, ni frente al Bien, sino en segundo lugar, inferior, por debajo del Bien. El ser que persevera en su ser, el egoísmo o el Mal, dibuja así la dimensión misma de la bajeza y el nacimiento de la jerarquía. Ahí comienza la bipolaridad axiológica. Pero el Mal se pretende el contemporáneo, y el igual, y el hermano gemelo del Bien. Mentira irrefutable —mentira luciferina. Sin él que es el egoísmo mismo del Yo poniéndose como su propio origen —increado— principio soberano, príncipe sin la imposibilidad de abatir ese orgullo, la anárquica sumisión al Bien no sería ya anárquica y equivaldría a la demostración de Dios, a la teología que trata a Dios como si perteneciese al ser o a la percepción, al optimismo que una teología puede enseñar, que la religión debe esperar pero sobre el que la filosofía se calla» (*ibidem*, 2.ª parte, IV). La verdad es que cuando la filosofía se calla aquí pierde su derecho a hablar sobre cualquier otra cosa. La única filosofía que calla ante esta cruda transcripción semilaica del pensamiento religioso es la de quien la ha amordazado previamente para ejercer desde su impotencia el ventriloquismo teológico. Por mi parte, ni siquiera hace falta decir que me quedo sin duda con la irrefutable «mentira» de Lucifer... Por supuesto, Lévinas no se priva de utilizar el más sobado y —¿por qué no decirlo?— miserable argumento de la heteronomía moral contra la autonomía ética, la invocación al poder nihilista de la muerte: «La muerte hace insensato todo cuidado que el Yo quisiera tomarse por su existencia y su destino. Una empresa sin salida y siempre ridículo: nada es más cómico que el cuidado que se toma por sí mismo un ser abocado a la destrucción; tan absurdo como el de quien interroga en vistas a la acción a los astros cuyo veredicto es inapelable. Nada es más cómico o nada es más trágico. Corresponde al mismo hombre ser figura trágica y cómica» (*ibidem*). Pero, por muy tragicómico que pueda llegar a ser, el esfuerzo del hombre por inmortalizarse en la medida siempre tambaleante de la dignidad compartida que a él le toca fundar y sostener, siempre será más digno de respeto que la actitud de quien basa su causa en el poder irrefutable de esas tinieblas de las que se presenta como providencial administrador. Ello hizo decir a otro pensador judío, cuya guía hemos elegido desde un comienzo en estas reflexiones, que «el hombre libre en nada piensa menos que en la muerte y toda su sabiduría es sabiduría de la vida» (Spinoza, *Ética*, 4.ª parte, prop. LXVII).

Conclusión

Tzuetan Todorov, en *El último Barthes*, cita una frase que Roland Barthes repetía en uno de sus últimos seminarios: «Hay que elegir entre ser egoísta y ser terrorista». La moral que prescinde de su fundamento en el amor propio practica una interesada hipocresía cuando se trata de denunciar y demoler el egoísmo ajeno desde un supuesto «desprendimiento», «desinterés» o «altruismo» propios. Tal demolición es terrorista en cuanto inmortaliza el apego primordial al propio ser —al ser concreto, individual, de cada uno— y fantasmiza unos valores cuya sublime misión es castigarnos por ser lo que somos y como somos. El terror viene de que cualquiera medianamente lúcido y sincero comprende que si los valores no brotan del amor propio sino que lo condenan jamás nadie podría tener la moral a su favor *salvo contra los otros*. Por ello habrá que ser terrorista, es decir, inquisidor, es decir, «desprendido», «desinteresado» y «altruista», representante de la hostil moral contra el apego de cada individuo a sí mismo, o egoísta, esto es, partidario de valores éticos que surjan de la estilización racional del amor propio y de ningunos otros. *Tertius non datur*. Las páginas anteriores han intentado plantear temática e históricamente las razones que llevan a optar por la segunda opción de este dilema.

He intentado dejar más o menos claro que el amor propio no se agota ni se realiza *mejor* en el puro enfrentamiento predatorio de cada cual contra todos, o contra los más débiles, o de unos cuantos contra los demás. El lugar común que simplistamente opina lo contrario es insostenible incluso a los niveles más elementales de mera supervivencia. El gran psicoanalista Bruno Bettelheim, que por su condición de judío pasó más de un año en los campos de concentración nazis de Dachau y Buchenwald, aporta un testimonio que ningún estudioso de la moral debería ignorar. En su espléndido texto *Sobrevivir* (incluido en su libro del mismo nombre, que lleva como subtítulo «El holocausto, una generación después»), Bettelheim polemiza contra una película muy celebrada en su día —«Siete bellezas», de Lina Wertmüller—, en la que se presenta a un recluso en uno de esos campos de la muerte que comete todo tipo de inmoralidades y trapacerías para lograr sobrevivir. La lección que parece desprenderse de este film coincide con la convicción más superficial del cinismo llamado «egoísta»: en circunstancias extremas, sólo un tonto se atendría a las normas éticas, pues éstas no sirven para garantizar la propia perduración sino sólo la autoinmolación a los fuertes. La lección que sacó el psicoanalista de su experiencia reflexiva es completamente diferente: de las dos posturas posibles entre quienes se veían internados en los campos (una, abandonar toda restricción moral al hallarse en una situación extrema en que cualquier exigencia de humanidad «normal» parecía abolida y no por culpa de los prisioneros; dos, intentar respetar las normas de la dignidad propia y ajena dentro de lo que las atroces circunstancias no lo hicieran estrictamente imposible) eran quienes optaban por la segunda quienes conservaban más posibilidades ya no de gozar una vida *buena* —impensable en ese marco bestial— sino de guardar sencillamente la vida. El cálculo autoafirmativo del cinismo yerra su diana frente a un cálculo superior, más rico en variantes y en acumulación de experiencias, pero sobre todo más adecuado a lo que el hombre realmente *quiere* (ser).

Los adversarios del amor propio lo aproximan al egoísmo de la rapiña, identificándolo con la desmesurada e injusta acumulación de posesiones. Nada puede ser más erróneo. Según una distinción ya insinuada por Aristóteles y después hecha explícita por Fichte, el dogmático *amor a las cosas* es lo opuesto al libre *amor a uno mismo*. Es a partir y en nombre del amor propio como se aman los objetos, pues en caso contrario se estaría intentando cubrir con ellos el desdén o la hostilidad contra uno mismo. Es el narcisismo primario, según Freud, lo que nos permite después tener relaciones libidinales positivas con lo real, pero éstas nunca pierden su fundamento primordial y revierten más tarde maduramente sobre él. La imagen meramente acumulativa del amor propio, la perdición en las cosas, muestra un déficit en la autoafirmación del yo, no un superávit: ni siquiera hay que recurrir a ningún esquema moral para entender esto. El yo se afirma y se establece en las relaciones con otras autoconciencias, no en el mero y desalmado tráfico de las pertenencias. Habría aquí que enumerar las dimensiones del amor propio —sus misterios gozosos— siguiendo la pauta hostil de los padres de la Iglesia: *libido sciendi, libido sentiendi, libido dominandi*. La pasión de conocer y desentrañar, reprobada por los partidarios de una santa ignorancia o fe que en verdad no reclama sino obediencia; la pasión de sentir y disfrutar —o experimentar, al menos— que escandaliza a los puritanos que cuestionan la primordial dignidad ética del placer, sin la cual ni hay vida moral ni merece haberla; la pasión de primacía, ordenamiento y excelencia, por la que se instituyen las jerarquías que irritan a los resentidos o los timoratos y sin las cuales la sociedad de los hombres sería un indistinto engrudo. El ideal del yo, que siempre ha de guardar su distancia con el yo efectivo para no incurrir en la identificación maniática señalada por Freud, está fraguado con esos anhelos, en la variable medida de la propia disposición de cada carácter y cada circunstancia histórico-cultural.

El amor propio no es afán de simple supervivencia, sino también de una determinada imagen ideal del propio yo en cuya consolidación el reconocimiento y apoyo de los demás es imprescindible. Y un proyecto inmortalizador cuya fragilidad resiste, por medio de uno u otro subterfugio, a la evidencia abrumadora y constante de la muerte. Sin todo esto, ni la supervivencia es posible, porque al hombre no le está permitido sobrevivir más que como humano. Pero es cierto que se es humano de muchas maneras y que los valores del amor propio entran antes o después en trágica colisión. La final «lucha de dioses» a la que se refirió Max Weber pudiera no referirse a una opción entre valores más allá de lo racional e irreductible a ello: quizá se refiera a que la *razón misma es trágica*, o sea que finalmente desemboca en polivalencias y no en jerarquía consensual-utópica, como parecen suponer los antitragicistas comunicacionales. En el núcleo de la libertad del sujeto hay una adhesión final a ciertos valores que ni pueden discutirse ni admiten refrendo consensual, no por irracionalismo, sino porque la razón sabe trágicamente que no todas las razones son compatibles. Aunque ello sea así, la calidad del esfuerzo a realizar no varía, sólo el derecho a la esperanza. En cualquier caso, el fundamento buscado de la vida buena no está más allá de nosotros. La única lección que el moralista puede brindar a quien le escuche, para no caer en el oscurantismo entristecedor o en la estéril sátira denunciados por Spinoza, se condensa no más que en tres palabras: *tua res agitur*.

Nota sobre los universales éticos

Para algunos estudiosos, la enorme disparidad de las morales realmente existentes —tanto en un eje sincrónico como diacrónico— es la mayor dificultad para aceptar un fundamento único de la moralidad, aunque sea tan genérico como la autoafirmación de lo humano o lo que en este libro se viene denominando *amor propio*. Es cierto que hay una enorme diversidad de *normas* morales y que lo más recomendado en unas latitudes o épocas puede ser aborrecido en otras (hay un fragmento célebre de la sofística al respecto): incluso en tradiciones relativamente homogéneas es evidente esta pluralidad contradictoria de valoraciones, comparando por ejemplo el aprecio que merecen virtudes como la humildad o el arrepentimiento en la ética cristiana y en la de Spinoza o Nietzsche. Pero en cuanto a los *principios*, la confluencia de criterios es ya mucho mayor. El más rotundo y genérico de todos («Favorece a tus semejantes como quisieras ser favorecido; no les dañes como no quisieras ser dañado») es de aceptación práctica universal: lo único variable es la extensión del término «semejante». La moral recomienda querer para los otros lo que quiero para mí y no querer para ellos lo que no quisiera para mí, es decir, la buena intención no puede tener otra guía que el querer de cada cual, su amor propio. La perversión de este principio resulta tan difícil que casi habría que considerarla dentro de la teratología de la conciencia. Lo mismo ocurre con el otro gran principio («Perfecciónate a ti mismo cuanto te sea posible»), que tampoco conoce excepciones y que es por cierto el que distingue a la moral de la política o el derecho. Que procurar ser mejor es lo mejor que uno puede procurarse es también recomendación ética sin excepciones históricas o antropológicas perceptibles, por mucho que varíe en cada caso el criterio de perfección.

Pero no es imposible señalar una serie más amplia de lo que podríamos denominar *universales éticos*, por similitud con los ya buscados universales lingüísticos. Estos universales son rasgos *intrínsecos* de la moralidad, es decir: componen en su concomitancia el perfil reconocible de una actitud ética y su ausencia convertiría la conducta estudiada en una variedad psicológica no encuadrable directamente en el marco axiológico. La diversidad de las culturas afecta a las normas éticas circunstanciales y a su fundamentación religiosa o laica, pero jamás favorece la omisión de estos universales. Los partidarios de precisar la evolución de la conciencia moral —en la línea de Piaget o Köhlberg— pueden preguntarse a cual de los grados inventariados pertenecen los universales éticos, si surgen sólo en la cima posconvencional o están ya presentes en niveles anteriores. Tiendo a suponer que pertenecen al propósito moral mismo en su totalidad, pero su concreción va evolucionando en finura y complejidad de acuerdo con el desarrollo de la individuación ético. Es decir, nunca faltan del todo, pero se transforman cualitativamente de manera muy relevante.

Ignoro cuántos universales éticos puedan señalarse. Spinoza optó por suponer que los atributos de la sustancia (que es también la naturaleza o Dios) son infinitos, aunque el conocimiento humano no alcance más que a dos. Desde luego debe haber bastantes menos universales éticos, aunque probablemente más de los siete que componen mi lista provisional.

1.º *Reconocimiento*: el valor ético como señal primordial de humanidad propia y de aceptación de la humanidad del otro, en imprescindible interrelación.

2.º *Reciprocidad*: todo valor ético establece una obligación y demanda —sin imposición, por lo general— una correspondencia. No es forzosa la simetría pero si la correlación entre deberes y derechos.

3.º *Compasión*: la simpatía por el sufrimiento o la alegría ajenas, basada en la elemental experiencia propia, es el dato básico de cualquier compromiso moral. Su ausencia supone la mutilación irreparable de la voluntad ética y la auténtica imbecilidad humana.

4.º *Conservación*: el valor ético se orienta primordialmente a defender los lazos individuales y/o colectivos con la perpetuación autoafirmativa de lo vital, manteniendo la tradición, reinventándola o proyectándola hacia el futuro.

5.º *Potenciación*: el valor ético tiende esencialmente a acrecentar las posibilidades de realización de proyectos del individuo y/o el grupo, en su sentido más genérico y plenario (menos limitadamente instrumental).

6.º *Coherencia*: los valores éticos forman un conjunto cuyas partes se equilibran y apoyan mutuamente; la personalidad moral sobresaliente no es unilateral, sino compleja, consistente y duradera en sus disposiciones.

7.º *Excelencia*: la vocación permanente de la personalidad moral es la búsqueda de la eminencia o perfección, no tanto como competición con los logros ajenos (vanidad) sino como superación de los límites propios (orgullo).

Nota sobre el altruismo

Pese a utilizar de forma convencional el término «altruismo» (principio que considera básicamente como aceptación práctica de la realidad de los otros al modo de la que yo me concedo en necesidades y apetencias), Thomas Nagel debe admitir: «Altruistic reasons are parasitic upon self-interested ones; the circumstances in the lives of others which altruism requires us to consider are circumstances which those others already have reason to consider from a self-interested point of wiew» (*The Possibility of Altruism*). El altruismo no puede ser *mejor* ni radicalmente diferente en el plano ético que el amor propio a partir del cual resulta inteligible. En último término, por mucha realidad que conceda a los otros, la pregunta de por qué deberé portarme moralmente respecto a ellos permanece en pie y no obtiene respuesta en el puro altruismo. Por el contrario, sí es contestada en la ética como amor propio. La respuesta puede formularse con las palabras de W.H. Walsh: «La cuestión "¿por qué debo ser moral?", declarada por muchos escritores de ética como totalmente ilegítima, después de todo tendrá una respuesta: debo ser moral porque no puedo obtener lo que realmente deseo sin serlo» (*La ética hegeliana*). Mi única observación a este condensado resumen de los puntos de vista aquí expuestos sería preferir la palabra «ser» allí donde Walsh pone «obtener».

II

EL IDEAL DEL AMOR PROPIO

> This one fact the world hates; that the soul *becomes*.
> Ralph Waldo EMERSON

En el terreno moral se contraponen dos actitudes fundamentales: la de quienes sostienen que el comportamiento moral estriba en renunciar al instintivo amor propio y actuar de acuerdo con la Ley (humana o divina), el amor al prójimo o a la humanidad, frente a la de quienes creen que la moralidad consiste en *estilizar* y radicalizar hasta su plenitud el amor propio. Cada una de las dos posturas admite modulaciones cuyas diferencias no siempre son únicamente de matiz: compárese por ejemplo, dentro de la primera, el contenido del Sermón de la Montaña con el formalismo kantiano o la compasión schopenhaueriana, mientras en la segunda habría que avecinar incómodamente a Spinoza, Nietzsche y los varios utilitarismos. El propósito de esta nota es indagar la genealogía de esa contraposición básica de actitudes éticas y, asumiendo decididamente la segunda, explorar las raíces psicosociales del ideal del amor propio y mostrar su vinculación simbólica con los ideales de la valoración estética. En una palabra, trataremos de señalar las similitudes, préstamos y connivencias entre ética y estética.

En el imperativo moral —dejando ahora de lado su naturaleza hipotética o categórica— han coexistido en todas las épocas y en todas las culturas dos ingredientes: la interiorización de la norma social y el proyecto de excelencia personal. Esta coexistencia nunca ha sido del todo pacífica, sino que siempre ha conocido un más o menos acentuado vaivén de naturaleza dialéctica. Por un lado, la moral impone el respeto a lo colectivo y el doblegamiento de la autoafirmación individual en pro de la autoafirmación del grupo o incluso de la humanidad en su conjunto. Nótese que nunca se trata de pasar del *interés* al *desinterés*, sino de un interés más estrecho a un interés más general; o si se prefiere, de un interés más frágil y comprometido —el del individuo— a un interés más seguro, estable y consolidado, el de la colectividad. El interés del individuo —es decir, aquello a lo que tiende su energía activa o voluntad— puede ser denominado de un modo muy amplio *inmortalidad*, en un sentido específico que más adelante detallaremos. En un primer momento, el individuo no se siente con fuerzas suficientes —con suficiente voluntad— ni siquiera para concebir la inmortalidad como una aspiración o destino personal; hace falta que se sienta arropado por la voluntad de inmortalidad colectiva, enchufado a la dinamo social que instituye y potencia la resistencia biológica y simbólica a la muerte. Por otro lado, en un momento posterior en el proceso de la genealogía ética, el asentamiento de la inmortalidad como empresa colectiva devuelve al individuo la plenitud de su deseo autoafirmativo, pero ya en cuanto proyecto o destino personal. Nietzsche sostuvo que fueron en primer lugar individuos destacados por su voluntad individual los que acuñaron en el grupo —como el artista graba en la cera o esculpe en el mármol— las dolorosas leyes de la inmortalidad comunitaria; una vez establecidas éstas, los individuos creadores resultaron un estorbo para el grupo por ser una excepción de las leyes gregarias por ellos mismos impuestas y se tendió a desmocharlos y a hacer reinar la nivelación; con el tiempo, el gregarismo creció tanto que volvió a dar ocasión para que brotaran en su seno individuos opuestos al nihilismo igualitario imperante y deseosos de excelencia propia.

Esta cuestión genealógica es tan difícil de dilucidar como la del origen del lenguaje y por los mismos motivos: no podemos imaginar unos hombres sin lenguaje capaces de inventarlo ni un lenguaje que precediese a los hombres y configurase su humanidad; del mismo modo, no podemos imaginar unos individuos cuya fuerza creadora de normas sea anterior a la determinación social, ni una colectividad cuyo código nada deba a la voluntad dominante de ciertos individuos excepcionales. No es un problema semejante al del orden causal originario entre el huevo y la gallina, sino más bien a la interrelación entre agricultura y sociedad sedentaria. Sea como fuere, toda ética de la excelencia individual interioriza y potencia los valores de un grupo, cuyos miembros aceptan un mismo marco axiológico que define su competencia y delimita su competición, en tanto que las morales del bien común nunca dejan de proponerse como una vía abnegada hacia la perfección personal. Aunque en estas condiciones decidir una prioridad genealógica es opción que entronca más con el mito que con la ciencia experimental, no parece en cambio inverificable el apuntar ciertas tendencias evolutivas en el proceso de categorización moral. Las éticas transcurren de códigos indistintamente colectivos hacia otros distintamente personalizados, de la inatacabilidad sagrada de la norma a la puesta en cuestión y recreación subjetiva, de la fundamentación ancestral a la proyección histórica, del acatamiento del tabú al reconocimiento de la utilidad, de la exterioridad coactiva a la interiorización del deber, del predominio de la lógica de pertenencia (y exclusión) propia del grupo a la dinámica de la participación relativa y la apertura universal propias del individualismo, etc. Es decir, de la moral de *fusión necesaria* a la de *libre distinción*.

El proceso social por el que se ha producido una conciencia individual capaz de soportarse a sí misma sin pánico ni búsqueda inmediata de expiación ha sido sumamente trabajoso y dista aún hoy de estar concluido. Al comienzo, lo que individualizaba al sujeto era su *culpa*: el individuo no llegaba a segregarse de la colectividad más que por culpa suya y, claro está, a su costa y riesgo. El pecado distinguió a Adán y Eva de los restantes seres naturales del Jardín y la marca de su crimen separó a Caín del resto de los hombres. Psicológicamente, esto continúa siendo en buena medida así pero con el signo invertido: no es la culpabilidad transgresora la que individualiza, sino la individualidad la que, al autoafirmarse, es sentida primariamente como falta y transgresión. Desculpabilizar la voluntad individual ha sido precisamente la gran empresa de los pensadores morales modernos más directa y consecuentemente opuestos a la tradición cristiana, como Nietzsche o algunos psicoanalistas. Este proceso no consiste, por cierto, en retomar de nuevo sin más el eudaimonismo de la moral clásica, pues ésta desconoció precisamente la noción de voluntad en cuanto algo diferente al enfrentamiento entre instintos (o «pasiones») *versus* razón. El querer-ser humano no puede reducirse al ser natural ni al deber-ser sobrenatural. La voluntad individual se afirma tentativamente gracias a la energía recibida de la voluntad social capitalizada, pero esta afirmación es padecida para empezar como enfrentamiento y por tanto como amenaza de destrucción. Sólo en un campo la autoafirmación de la individualidad ha logrado tradicionalmente superar la culpa frente a lo colectivo por la vía de transformar la agresividad antiindividualista en admiración ritual: en el terreno estético. Más adelante volveremos sobre ello.

Como ya ha quedado señalado, toda moral tiene su raíz en la búsqueda decidida de lo más conveniente para el sujeto, de lo que más le interesa. En comunidades primitivas, el interés propio de cada cual no se desliga en modo alguno del de la comunidad, que sale garante de él. Sociedades más evolucionadas y por tanto menos homogéneas posibilitan socios cuyo interés propio ya no está tan directa y evidentemente ligado al de lo colectivo (del que siguen dependiendo, en cualquier caso, la gran mayoría de los intereses individuales). La voluntad —es decir, la capacidad activa de procurar la inmortalidad— comienza a ser experimentada en ciertos casos o en ciertos aspectos como aventura individual y no solamente como participación irremediable en un fondo energético común. Por «inmortalidad» no se entiende aquí la negación de la muerte ni la supervivencia espiritual después de la muerte, sino la resistencia institucional ante la desvalorización aniquiladora que la presencia permanente de la muerte impone a toda actividad humana. La inmortalidad no niega la muerte, sino que resulta una exigencia vital ante su irrefutable constatación: de tal modo que muerte es *vacío* y la inmortalidad reclama *plenitud*, muerte es *acabamiento* y la inmortalidad busca *duración* o *perpetuación*, muerte es *olvido* y la inmortalidad quiere *memoria*, muerte es *despojamiento* y la inmortalidad procura *propiedad*, muerte es suprema *indiferencia* y la inmortalidad pretende *distinción*, muerte es *inacción* y la inmortalidad se afirma en la *actividad* creadora, muerte es *disgregación* caótica y la inmortalidad establece una *coordinación* ordenada, muerte es *insensibilidad* definitiva y la inmortalidad no puede renunciar al *placer* y a la satisfacción... en una palabra, muerte es cese del *sentido* de una condición cuya humanidad estriba en tenerlo e inmortalidad es consolidación del sentido frente a la muerte y pese a la muerte. Toda institución humana es en un grado u otro inmortalizadora y no hay más cultura que la pretensión de inmortalidad.

Las morales de grupo han denunciado la voluntad individual como incapaz de asegurar la inmortalidad y han aconsejado renunciar a ella en beneficio de la más potente voluntad colectiva; las morales religiosas han ordenado abjurar de toda voluntad individual o colectiva y obedecer exclusivamente a la única voluntad omnipotente, la divina («hágase tu voluntad y no la mía»); las éticas del amor propio o de la perfección personal recomiendan el refuerzo y afinamiento crítico de la voluntad propia como fundamento insustituible de la participación en cualquier proyecto social de inmortalidad. Sólo este grupo tercero puede ser llamado *autónomo*, frente a la heteronomía de los dos primeros. En la situación moral de la modernidad coexisten representaciones de los tres tipos axiológicos, mezclados a veces en el mismo pensador o en el mismo código social de manera casi inextricable. Por lo general, se considera vulgarmente que sólo merece el nombre de «moral» la conducta que responde a los dos primeros tipos, es decir, los que renuncian a la voluntad propia en beneficio de la colectiva o de la divina, mientras que las éticas autónomas son tachadas de «egoístas», «inmorales» o «nihilistas». La mayor parte del esfuerzo estudioso de los que reflexionan sobre cuestiones morales sigue versando sobre cómo convenir y establecer la voluntad colectiva que ha de sustituir a la propia o, en menor grado, como reconocer la voluntad divina aplicada a cada caso concreto. La indagación en la voluntad propia de cada cual es considerada un subjetivismo peligroso que sólo puede ser afrontada por motivos terapéuticos, es decir para *normalizarla* y curarla de su anomalía peculiar (al menos tal ocurre en la mayoría de los casos): como ciertos licores demasiado embriagadores, la subjetividad no puede ser empleada más que a pequeñas dosis, por motivos clínicos y preferentemente en friegas externas...

Naturalmente, en la compleja y evolucionada sociedad en que vivimos la pretendida renuncia (o la puritana condena) al individualismo moral sólo funcionan como una forma de hipocresía culpabilizadora. Obligado *en conciencia* a renunciar al interés propio en nombre de algún otro más general y elevado, el sujeto no aprende a vivir mejor sino sólo a mentirse a sí mismo de manera más edificante. Cuanto más se le predica que la moral consiste en renunciar al egoísmo o amor propio, menos capaz se siente de amar a los demás y someterse a normas sociales que se le presentan como directamente contrarias a su interés. De modo que supondrá que la moralidad es imposible (pues impone la renuncia al propio interés, tarea no sólo irrealizable en la práctica sino incluso *impensable*) y que la sociabilidad no es más que una forma obligatoria de enajenación que hay que respetar en tanto no se pueda violar impunemente. Cuando en el secreto culpable de su conciencia el sujeto se confiese su apego a sí mismo, se propondrá como ideales de su amor propio los opuestos a la mitificación colectivista del renunciamiento cuya veneración se le ha impuesto. De este modo, logrará ser asocial o cultivar las modalidades más disarmónicas y predatorias de la sociabilidad sin acercarse por ello ni un ápice a la comprensión, reconocimiento y verdadera aceptación de su interés propio. Como ha señalado Erich Fromm, «resultado de ello es que el hombre moderno *vive* de acuerdo con el principio de autonegación y *piensa* en razón del interés propio. Cree que está actuando en favor de su interés, cuando en realidad su interés supremo es el dinero y el éxito; se engaña a sí mismo acerca del hecho de que sus potencialidades humanas más importantes permanecen estancadas y que se pierde a sí mismo en el proceso de buscar lo que supone que es mejor para él» (*Ética y psicoanálisis*).

Este último aspecto es quizás el que requiere más atención, porque aparece de inmediato como un obstáculo cuando se establece que la ética autónoma parte y retorna siempre del amor propio. ¿A quién ama el amor propio? ¿No puede el sujeto creer que se ama a sí mismo —es decir, que procura lo que realmente es mejor para él— mientras se extravía en lo que le es más ajeno y aún dañino? Dadas las circunstancias sociopolíticas en las que vivimos, ¿no será quizá quien menos se obstine en la egolatría amorosa tan reiteradamente publicitada a nuestro alrededor quien tenga en realidad más posibilidades de hallar su verdadero contento? El ya citado Erich Fromm es el más accesible de los psicoanalistas que han afrontado explícitamente esta cuestión. En un párrafo en el que resuenan ecos claramente perceptibles de la diatriba heideggeriana contra el «man» («uno» o «cualquiera») inauténtico —lo que Edgar Poe llamaba «el hombre de la multitud»— y también de la teoría marxista de la alienación, Erich Fromm formula el siguiente diagnóstico: «*Nuestro problema moral es la indiferencia del hombre para consigo mismo*. Radica en el hecho de que hemos perdido el sentido del significado y la individualidad del hombre, que hemos hecho de nosotros mismos los instrumentos de propósitos ajenos a nosotros, que nos experimentamos y tratamos como mercancías y que nuestros propios poderes se han evadido de nosotros. Nos hemos transformado en objetos y nuestros prójimos también se han transformado en objetos» (*ibidem*). El fundamento ideológico de esta situación se halla, según Fromm, en el desastroso antagonismo establecido por las morales heterónomas entre amor por uno mismo y amor por los demás. En realidad, estos dos tipos de amor no son alternativos, ni siquiera realmente distintos, porque la disposición activa y placentera a amar no es divisible: «Si un individuo es capaz de amar productivamente, también se ama a sí mismo; si solamente puede amar a otros, no puede amar a nadie» (*ibidem*).

Dado que lo propio del hombre es ser social, su amor propio (su fidelidad cuidadosa y emprendedora a sí mismo) no puede ser asocial ni antisocial, del mismo modo que como lo propio del hombre es ser corporal su amor propio no podrá ser desencarnado. A este respecto, el mejor análisis de los contenidos del amor propio y de los obstáculos que se oponen a su efectivo despliegue sigue siendo la *Ética* de Spinoza. No se trata de una actitud edificantemente optimista, sino de un pesimismo sereno: el amor propio incluye entre sus notas la disposición a la cooperación social, pero a cambio toda comunidad tiene como límite irremediable de su proyecto el amor propio de cada uno de sus miembros. La discordia es siempre posible y el conflicto interno, en las sociedades complejas, perfectamente inevitable. Sin embargo, el dictamen de Pascal («*le moi est haïssable*») nada resuelve; su planteamiento desesperado, recogido más tarde casi literalmente por Schopenhauer («*En un mot, le moi a deux qualités: il est injuste en soi, en ce qu'il se fait centre du tout; il est incommode aux autres, en ce qu'il les veut asservir: car chaque moi est l'ennemi et voudrait être le tyran de tous les autres*), muestra solamente una de las caras de la moneda, que no puede ser contrarrestada más que desde la domesticación racional del yo que se sueña infantilmente omnipotente, pero nunca desde la edificante condena del necesario apego de cada cual a sí mismo. El más profundo hallazgo del amor propio no es el aislamiento hostil y depredador contra los semejantes sino el vínculo libidinoso y cómplice que nos los hace imprescindibles. Henrik Ibsen, en su *Peer Gynt* —un poema dramático que no le cede en altura filosófica al propio *Fausto*—, desarrolla ejemplarmente lo que podríamos denominar *la paradoja del amor propio*. Peer Gynt es un vitalista aprovechado y defraudador que cree no pensar más que en sí mismo y utiliza descaradamente a todo el que se cruza en su camino para obtener inmediato beneficio. Ha centrado su yo en torno al dinero como instrumento de universal dominio, tal como él mismo explica: «El yo *gynteano* es un ejército de codicias, concupiscencias y deseos; el yo *gynteano* es un mar de ideas, exigencias y pretensiones... En pocas palabras: todo lo que hinche mi pecho y haga posible mi vida como tal. Pero lo mismo que Nuestro Señor necesita la Tierra para existir como Dios del mundo, yo a mi vez necesito el oro para brillar como un emperador» (acto IV). Pero cuando llega la hora de su muerte, descubre que va a ser fundido de nuevo en el crisol de la nada como alguien que ha carecido de un yo propio. Sus diversas aventuras y tropelías no le han confirmado ninguna sustancia, sino que más bien le han mutilado de la que tenía: ni siquiera logra un puesto como pecador en el purgatorio, pues también para merecer castigo hay que tener un yo propio... Finalmente, cuando ya su suerte está al parecer sentenciada, encuentra a Solveig, una campesina a la que amó y abandonó en su juventud. Peer Gynt le pregunta angustiadamente la respuesta al enigma que le acucia: ¿dónde ha estado él mismo —su yo—, el íntegro y auténtico, durante toda la perdición de su vida? Y Solveig, sonriente, responde: «En mi fe, en mi esperanza y en mi amor». Alguien ha guardado para Peer Gynt el yo que éste, en su atolondrado egoísmo, no había sido capaz de preservar.

La principal objeción contra la ética como amor propio, que ha sido formulada muchas veces y de diversas maneras (quizá la más ilustre para nosotros sea la de Kant), dice así: el instinto de autoconservación y autopromoción, de apego a sí mismo, es común por naturaleza a todos los hombres y aún a todos los seres vivos; entonces, ¿qué puede haber de meritorio y libre, es decir de moral, en obedecer los dictados de tal impulso? A ello cabe responder: primero, la ética, cuando es pensada de modo consecuentemente inmanente, no puede hincar sus raíces más que en nuestros dispositivos llamados naturales (entre los que se hallan, por ejemplo, cosas como el lenguaje y la cultura); segundo, la libertad es la *estilización* y *afinamiento* (Spinoza prefería decir: la comprensión justa) de lo necesario, no su refutación arbitraria; tercero, el mérito no es un valor generado por la renuncia bien intencionada a cualquier interés patológico, sino el reconocimiento de una eficacia de más amplias perspectivas. El amor propio no es el amor a nuestras propiedades, sino el amor *a lo que nos es propio*. Por supuesto, apropiarse de ciertas cosas y de cierta manera es cosa propia de los humanos, por lo que un determinado tipo afinado y estilizado de propiedad forma parte inconsútil de lo propiamente humano. Es decir, sin apropiación no hay humanidad, pero la apropiación no agota la humanidad.* En cuanto a lo que propiamente nos es propio, no se trata de algo dado de una vez por todas y cerrado para siempre, que sólo cabría descubrir y acatar, sino más bien de algo que inacabablemente va llegando

---

* A este respecto, recordemos a William James: «The Empirical Self of each of us is all that he is tempted to call by the name of *me*. But it is clear that between what a man calls *me* and what he simply calls *mine* the line is difficult to draw» (*Principles of Psychology*).

a ser a partir de lo que es, algo que hay que proponer y debatir. En el amor propio se encierra un *instinto* y un *proyecto:* la moral no consiste en sacrificar el primero al segundo ni en doblegar el segundo al primero, sino en transcribir en términos cada vez más abiertos e intensos lo exigido por el primero en lo elegido por el segundo.

Aceptemos para ilustrar este punto las aportaciones menos ramplonas y también menos cabalísticas del psicoanálisis. Freud concibe el yo no como una unidad dada psíquicamente desde un principio, sino como algo que ha de ser más o menos trabajosamente desarrollado. El yo se va constituyendo por medio de la disciplina de la realidad a partir de las urgencias libidinosas llamadas inconscientes. Su formación incluye la amenazante tutela de un super-yo, instancia que reprime y normaliza socialmente con su presión mutilatoria las apetencias en principio desenfrenadas (en el sentido de ilimitadas, propias de una demanda que no se restringe ni siquiera para proponerse la determinación de un contenido) del afán infantil de omnipotencia. Todo nuestro psiquismo brota de la megalomanía primaria —incluso prenatal— de un dios antes de haber creado el mundo, cuya existencia llenaba por completo el cosmos inmaterialmente material, situación divinamente unitaria, omnipotente, supuestamente autónoma, invulnerable, etc... Como bien ha dicho Bela Grumberger, «si Dios ha creado al hombre a su imagen, el hombre ha creado a Dios a su imagen prenatal» (*El narcisismo*). El amor propio proviene de esta fase de transitorio y equívoco privilegio; nuestra esencial y traumática herida narcisista nos la inflige el nacimiento, es decir, la encarnación. Cada uno de nosotros es un dios que nunca logra reponerse del todo de la humillación de haberse hecho hombre, de convertirse en verbo hecho carne. Gradualmente nos va penetrando el cáncer de la fragilidad de nuestros poderes y el pánico a la impotencia total de la muerte tras haber conocido —tras haber *sido*— la pura omnipotencia intangible. Pero entre la omnipotencia divina y la impotencia letal está la *homopotencia*, el establecimiento simbólico de las capacidades humanas. Si antes del nacimiento somos dioses, después de nacer tendemos a ser *fanáticos*, en el sentido que daba Hegel a esta categoría: aquel que considera toda existencia positivamente ajena (es decir, no asimilable de inmediato a la propia) como un límite y pretende destruirla. La presunción de divinidad y la propensión al fanatismo son invariables humanas que pueden ser culturalmente encauzadas, pero nunca extirpadas del todo del meollo de nuestra alma: el *pesimismo racional*, síntoma de cordura, proviene de la aceptación consecuente de este dato.

Lo que aquí estamos denominando «amor propio» tiene indudable relación con lo que Freud y tras él numerosos psicoanalistas han denominado «narcisismo». Según Freud, el narcisismo es el complemento libidinal del egoísmo o instinto del yo, compañero del instinto sexual que en un principio apoya la satisfacción del anterior para luego independizarse. En el narcisismo, la libido tiende a desinvestirse de los objetos y a volver regresivamente sobre el yo, intentando recuperar el beatífico autocontento de la primera infancia. El objeto exterior se introyecta para asegurar una satisfacción que en el mundo de «fuera» siempre está amenazada, lo cual puede llevar a una posición de escoramiento hacia gratificaciones irreales y comporta una dificultad para establecer relaciones adecuadas con las personas y las cosas. Pero Freud no presenta el narcisismo como un fenómeno patológico sin más connotaciones que las puramente negativas. Reconoce la necesidad de un determinado nivel no regresivo de narcisismo —un narcisismo digamos equilibrado, que no simplemente acumula toda la libido en el yo como objeto, sino que la revierte después sobre los objetos a partir de la consolidación libidinal del yo— como medio para asegurar la salud psíquica y aún para prevenir algunas enfermedades orgánicas, de las que nos advienen «por no querernos lo suficiente». Precisamente el síntoma fatal de una de las peores dolencias del alma, la melancolía, es una drástica disminución del amor propio. En el terreno sociopolítico, los individuos carentes de narcisismo y culpabilizados en cuanto agentes individuales son propicios a buscar en la formación de masas un *transgresor colectivo* que los descargue de su responsabilidad; al frente de esta nueva horda aparecerá un líder carismático —es decir, dotado de fuerte narcisismo— cuya personalidad maníacamente satisfecha presentará un atractivo irresistible para quienes no se atreven del todo a quererse a sí mismos (o sea, a querer por sí mismos).

La ambivalencia respecto al narcisismo mostrada por Freud no ha sido compartida por otros estudiosos del tema, el mas destacado y lúcido de los cuales es probablemente Bela Grumberger. En su libro *El narcisismo*, Grumberger sostiene abiertamente que «se observa a menudo que cuanto más es capaz un hombre de invertir en su propio Yo en cierto modo, de más libido dispone para el mundo objetal». Considera el *narcisismo moral* como «la referencia del instinto de conservación al aspecto psíquico estrictamente individual del sujeto como tal», una definición que probablemente Spinoza no hubiera rechazado para el *conatus* del sujeto humano. En cuanto a la culpabilización del narcisismo, la tiene por una consecuencia indeseable de la influencia del Super-Yo colectivo bajo cuya férula vivimos, según la cual «la felicidad narcisista es vista como un pecado, cuando en realidad una vez asumida constituye el componente esencial y obligatorio de la madurez objetal más cumplida, y se prefiere aferrar inmediatamente su contrario, que es una cierta forma de la relación objetal conflictual fija a un cierto nivel». A fin de cuentas, los más severos censores del narcisismo lo recusan en nombre inconfesado de su narcisismo propio: se culpa al narcisismo del otro por no hacer suficiente caso del narcisismo propio y se reprocha al vecino el amarse tan concienzudamente que no le quedan tiempo ni fuerzas para amarnos a nosotros, como es su obligación... ¡desde el punto de vista de nuestro narcisismo! Es significativo que el primer momento de indignación virtuosa que suscita la propuesta de una ética como amor propio equivale de manera más o menos embozada a una protesta del tipo: ¿y de mí entonces quien va a ocuparse? Tal suele ser, como ya lo señaló en su día Nietzsche, el verdadero contenido de la exhortación al *desprendimiento* o *desinterés*.

Freud habló de la formación de un *ideal del yo*, un dispositivo para conciliar el impulso narcisista con las restricciones amenazantes del super-yo. El ideal del yo reúne todas las restricciones que imponen al sujeto psíquico los padres, las instituciones sociales y el conjunto mismo de la realidad; pero en lugar de ser vistas de una manera puramente negativa y castradora, son consideradas como un proyecto positivo que el propio yo se siente destinado a alcanzar. Sin embargo, también el ideal del yo puede funcionar como una fuente de aflicción para el sujeto, cuando se eleva excesivamente sobre la realidad efectiva del yo y le condena a perpetuo empequeñecimiento y autohumillación, como ocurre en la situación del melancólico. En el caso opuesto, el ideal del yo resulta más bien un yo ideal, es decir una hipóstasis gloriosa del yo del sujeto que no reconoce ninguna de sus limitaciones ni carencias, con lo cual no se siente sometido a ninguna inhibición ni remordimiento: tal es la característica del tipo maníaco, en la terminología de Freud, peligrosamente apto para convertirse en líder de masas necesitadas de una identificación exaltada que compense las inmadureces narcisistas de cada uno de sus miembros. Se dan en el planteamiento del tema del ideal del yo por Freud una serie de sugerencias acerca de problemas éticos esenciales que merecen ser muy tomadas en consideración, aunque se trate en parte de una consideración crítica. El paso central es la formación evolutiva del sujeto moral por medio de una incorporación y ensalzamiento subjetivos de los valores socialmente aceptados; por decirlo con las acertadas palabras sintéticas de Agnes Heller, «el hombre llega a ser individuo en la medida en que produce en su Yo una síntesis, transforma conscientemente los objetivos y las aspiraciones sociales en objetivos y aspiraciones suyos particulares y *socializa* así su particularidad» (*Historia y vida cotidiana*). Pero esta descripción puede sonar a algo demasiado pasivo, demasiado exteriormente determinado. A veces parece que el ideal del yo no es para Freud más que el acatamiento sumiso de una serie de limitaciones a las aspiraciones regresivas de omnipotencia narcisista infantil. Y sin embargo no debe olvidarse la dimensión fundamental de *empresa* —es decir, de elección y estímulo activo— que puede tener esta noción cuando se la considera de manera no restrictiva.

Me parece más adecuado hablar de *ideal del amor propio* en lugar de ideal del yo. Podría definirse el ideal del amor propio como *el trato que el yo quiere para sí mismo*. La palabra «trato» ha de tomarse en su doble sentido de «cuidado o relación con algo» y también «pacto, transacción»: el yo configura en el ideal de su amor propio la calidad y tipo de miramientos que desea para sí mismo y también establece el tratado a que quisiera atenerse en su inserción necesaria en la realidad social y natural. Su papel al fijar (al fijarse) en este trato no se limita sencillamente al acatamiento de la fuerza castradora de lo real pero vuelta a imaginar y sublimada como objetivo propio: ello equivaldría a poco más que pasar de la gloria de la omnipotencia a la glorificación de la impotencia. De lo que se trata, empero, es de instaurar lo que antes he llamado *homopotencia* o poderes de lo humano, en otras palabras, señalizar el ámbito efectivo de la creatividad (distinta de la creación por simple afirmación de la voluntad y también de la aceptación resignadamente abúlica de lo ya dado). El ideal del amor propio no es una sencilla y pasiva interiorización de los valores vigentes, porque entre la multiplicidad de éstos *selecciona*, *jerarquiza* y después los *reinterpreta* subjetivamente. Esta labor descarta unos valores, atrofia otros y los demás los perpetúa y potencia pero modificándolos con un sesgo personal. De aquí el sentido de culpable angustia que puede acompañar a la afirmación del ideal del amor propio, derivada de la agresión y enfrentamiento contra el mundo (social/natural) que la instauración del ideal comporta. Como todo ideal, es algo que *reclamamos* y algo que *nos reclama*, no simplemente algo que asumimos tal como se nos da. En cuanto que es algo que reclamamos, nunca puede ser identificado con nuestro yo actual, tal como sucede en la perversión maníaca; en cuanto que nos reclama, debe concedernos la posibilidad de avanzar hacia él y no la simple aniquilación de lo que ya somos, como sucede en el padecimiento melancólico. El ideal del amor propio es el trato que yo quiero para mí mismo, como se ha dicho, no el culto que yo me rindo a mí mismo ni la inmolación de mí mismo a la omnipotencia de lo real que me ha derrocado de mi trono infantil.

Aspecto esencial de la cuestión es señalar que el ideal del amor propio no interviene más que como mediación entre la voluntad pura y la acción efectiva, es decir que nunca es el objetivo de lo que hacemos sino una orientación, a menudo conflictiva, del hacer. Habría que recordar aquí cuanto sobre la categoría de *proairesis* dejó dicho Aristóteles, cuyo eco se escucha sin dificultad en este párrafo de Agnes Heller: «Los hombres no eligen nunca valores, del mismo modo que no eligen nunca el bien, ni la felicidad. Siempre eligen ideas *concretas*, fines *concretos*, alternativas *concretas*. Sus concretos actos de elección están, naturalmente, relacionados con su actitud valorativa general, del mismo modo que sus juicios lo están con su imagen de mundo. Y recíprocamente: su actitud valorativa se robustece en el curso de los actos concretos de elección» (*ibidem*). Esta relación de interdependencia entre el ideal valorativo del amor propio y cada una de las opciones puntuales de la libertad, con su mutuo reforzamiento y también con su posible enfrentamiento culpabilizador, emparienta el juego moral autónomo con el otro campo principal de autonomía creadora humana, el artístico. Tanto la ética como la estética estudian el sentido y alcance de la práctica humana en sus facetas no estrictamente instrumentales, las que van más allá de los forzosos gestos dirigidos a asegurar la supervivencia. En ambos casos se imagina un ideal sumamente amplio y directamente relacionado con la libertad, en ambos casos el ideal reúne tradición e innovación, sociabilidad y desafío a lo comúnmente aceptado, homenaje y rebelión, objetividad y subjetivismo... Tanto el ideal del amor propio moral como el ideal artístico se fundan en el reconocimiento de lo humano por lo humano, pero conservan una dimensión irreductible de sanción íntima que desafía a la intersubjetividad en lo que tiene de exterioridad. Es decir, que la ética y la estética se apoyan en la comunicación, pero en ambas permanece un núcleo —el más significativo, por cierto— que resiste a la transparencia comunicativa y gracias a cuya opacidad secreta, precisamente, algo puede ser comunicado. En ambos casos los gestos electivos del sujeto apuntan siempre a la concreción del caso en cuestión y no a la procura directa del ideal, que se mantiene más bien como una instancia regulativa a la que le corresponde aprobar lo hecho o culpabilizar por lo cometido. Tanto en el terreno moral como en el artístico las preceptivas son posibles y aún beneficiosas, pero insuficientes: la sensibilidad y el gusto del sujeto son en ambos casos inconmesurablemente más importantes que la rígida sumisión a la norma o al cánon. En los dos terrenos es posible el juicio crítico desde fuera o la valoración tomada según la opinión mayoritaria de los expertos, pero en último término la aprobación o el rechazo del propio sujeto permanecen indomeñables y plenamente significativos: por mucho que la causa de los vencedores agrade a los dioses, la de los vencidos puede seguir contando con el terco refrendo de Catón. Ni uno ni otro ideal aparecen dados nunca del todo, sino siempre en formación, en proceso, en perpetua y viviente reinterpretación.

Ya hemos señalado antes que el interés que el individuo pretende asegurar es el de su inmortalidad, que no es mera supervivencia sino vida al resguardo de la necesidad y a despecho del (des) fallecimiento: perduración de la intensidad, pertenencia a lo eterno. La forma más accesible —digamos la más *barata*, porque es la que menos cuesta aunque no sea la de mejor calidad— de lograr este objetivo es la entrega efusiva a un grupo ya consolidado, a una tradición social, la identificación con un líder o con un pueblo, la fe en un Dios y en una religión salvadora en lo transmundano. Estas opciones tienden a suprimir el obstáculo más evidente para la inmortalidad, que es la fragilísima particularidad del sujeto individual. En último término son fórmulas más o menos sofisticadas de la perduración en la *especie*, que destruye a los particulares pero conserva y reproduce indefinidamente lo genérico. Por otro lado, y esto es muy importante, ayudan a soportar la culpabilidad que siente el yo al afirmarse activa y por tanto agresivamente frente a lo que le preexiste. *La culpa del individuo al obrar como tal es el presagio de la muerte que ha de castigar su finitud.* Ruptura con la matriz de la especie o el clan, amenaza de castración paterna o legal, enfrentamiento con la hostilidad numerosa de los demás, soledad ante las consecuencias nunca totalmente previsibles de la elección propia, desafío a la monstruosa naturaleza que se nos va cobrando de uno en uno... Pero otros sujetos no se afilian automáticamente a la vía de inmortalidad colectiva —o no del todo, no principalmente— y quieren conservar juntamente lo individual y lo específico, lo particular y lo genérico de su propia entidad. Es decir, se plantean el problema de dar un sello irrepetible y distinto a la fórmula de inmortalidad, requiriendo la complicidad y el sostén de la colectividad, desde luego, pero negándose a la vía despersonalizada de los que renuncian a su alma para salvarla mejor. Algunos fracasan en este propósito, porque no son capaces más que de plantear una demanda de amor estratégicamente equivocada: logran que los demás se interesen por su caso pero no para inmortalizarlos, sino para discriminarlos, compadecerlos, perseguirlos, temerlos o intentar curarlos. Tal es la condición de los neuróticos, de los grandes criminales y de los profetas de mensaje tan idioléctico que repele a los otros en lugar de convocarles. En cambio los artistas (en cuanto o cuando son aceptados como tales) y las personas que optan por tomarse en serio la moral autónoma logran una cierta aceptación para su demanda particularizada de inmortalidad: *la estrategia de quererse a sí mismos para hacerse querer y de este modo ganar una cierta invulnerabilidad más allá de su finitud tiene en lo fundamental éxito*, aunque éste no pueda ser nunca absoluto. El artista y el hombre moral son mejores estrategas que el llamado «enfermo mental», afirman su peculiaridad pero enraizándola de tal modo en lo específicamente humano que sus compañeros en el juego social sienten admiración o gratitud por ellos, no rechazo.

En su célebre parágrafo 59 de la *Crítica del juicio*, Kant establece las analogías entre la belleza y la moralidad, aunque sin descuidar nunca sus importantes diferencias, y propone con cierta timidez lo bello como símbolo de lo bueno o, mejor dicho, del bien. Quizá fuese más significativo, empero, trazar un paralelo genealógico entre el *arte* y la *moral*. Nacen en la anónima sacralización animista, como propiciadores de las actividades esenciales de mantenimiento del grupo, vinculados a la tradición mítica; entre los griegos se convierten en la afirmación de valores armónicamente conjuntados de la polis, de los que son a la par símbolos y gratificación sensible; en el medievo se trascendentalizan ultramundanamente en una visión religiosa y jerárquica de la praxis humana; el renacimiento y después la revolución burguesa los individualizan cada vez más, van desatando sus vínculos con la comunidad orgánica, los someten a mecenazgos más azarosos y comerciales, enredan la responsabilidad de sus lazos con el poder político y la reforma social... En el siglo XX arte y moral han funcionado al servicio de los totalitarismos y de los nacionalismos o contra ellos, mientras se convertían en actividades cada vez más dignas de sospecha a ojos filisteos, que ya no saben si posiciones tan subjetivas merecen en realidad aún su ilustre nombre. Muerte del arte, muerte de la moral, confusión de ambos con la política, el negocio o la ciencia, rescate transitorio de los dos por los buenos oficios de los medios de comunicación, etc. Aún podría profundizarse y sutilizarse mucho en este paralelismo, que no tiene nada de gratuito. Y hasta no es disparatado jugar con determinados rótulos de la historia del arte moderno para describir algunas escuelas de pensamiento ético: el expresionismo nietzscheano, por ejemplo, o el cubismo de los oxonenses, el mitigado realismo socialista de Habermas y Apel, etc. Tanto el heideggerismo sacro de Lévinas como ciertos arrobos neokantianos parecen indicar que volvemos en ética a alguna variedad de gregoriano moral; mientras que el neoutilitarismo y la ética del amor propio pertenecen más bien a la estética del videoclip. Pero dejémoslo aquí, pues la pendiente es peligrosamente tentadora.

Que la complicidad entre ética y estética en la *Crítica del juicio* no puede llevarse demasiado lejos es algo patente, remachado entre nosotros recientemente por Felipe Martínez Marzoa en su breve y preciso estudio sobre la obra kantiana. Pero en cambio Schiller, lector romántico de Kant, avanzó en sus «Cartas sobre la educación estética del hombre» en la dirección de aproximar ambos ideales en una noción no estrictamente común, sino más bien bicéfala: la belleza del bien, el bien de la belleza.

Quizá la noción más importante a este respecto de la obra de Schiller sea la de *nobleza*, tan sugestivamente descrita en una nota a pie de página de las *Cartas:* «Noble es, en general, todo espíritu que posee el don de transformar el negocio más nimio y el objeto más pequeño en un infinito, por el modo de tratarlo. Noble es toda forma que imprime el sello de la independencia a lo que por su naturaleza es un simple *medio* para otra cosa. Un espíritu noble no se contenta con ser libre: tiene que poner en libertad a lo que le rodea, aún a lo inanimado. Ahora bien: la única expresión posible de la libertad es el fenómeno de la belleza.»

En estas líneas queda vigorosamente ceñido ese impulso que introduce lo infinito en cuanto toca, que independiza a lo que no comenzó siendo más que simple medio, que aspira a la libertad de liberar y no a la de simplemente complacerse en el estatuto pasivo de liberado. Su expresión es la belleza, pero no en cuanto contemplación sino en cuanto requerimiento perpetuo de lo más alto —es decir, de lo menos repetitivo y sumiso— que puede ser merecido y disfrutado. De este modo cabe afirmar, como conclusión, que el contenido del ideal del amor propio no es otro que la puesta en práctica de la nobleza.

III

TOPOLOGÍA DE LA VIRTUD

>...ese deseo de uno mismo que es la inmortalidad de los que murieron...
>
> Ramón Gómez de la Serna, *El libro mudo*

En un conciso pero muy estimulante texto titulado *The basic question of moral philosophy*, en el que intenta una puesta al día personal del esquema kantiano de la razón práctica, Agnes Heller plantea así la que considera pregunta fundamental de la filosofía moral: «Las personas virtuosas existen; ¿cómo es posible?». ¿Cómo puede haber *hoy* alguien que merezca ser tenido por virtuoso, por decente? La respuesta más trivialmente desmitificadora (que normalmente sus usuarios toman por el colmo de sagacidad anti-idealista) establece que en cuanto conociésemos los verdaderos motivos de actuación de las personas tenidas por virtuosas, nos daríamos cuenta de que no lo son tanto como parecen. Es decir, las *causas* de las acciones virtuosas (sean inconscientes o conscientes, psicológicas, genéticas o socio-económicas) son enemigas de su *mérito* moral. La virtud es una «cualidad oculta» de ciertas acciones que resuelve edificante y escolásticamente la cuestión de su sentido: el generoso es generoso por la virtud de la generosidad, lo mismo que el opio adormece gracias a su virtud dormitiva. Pero indagando con paciencia científica la composición química del opio y el funcionamiento del sistema nervioso humano disolvemos o resolvemos la supuesta «virtud dormitiva» en una serie de mensurables reacciones, lo mismo que sometiendo la generosidad a un análisis psicológico, social o lingüístico pierde su aura mística de «virtud» y se convierte en un irremediable efecto de ciertos dispositivos quizás hasta formalizables. Este proceso *desvirtualizador* ya despertó en su día las fáciles iras del tempestuoso don Miguel de Unamuno: «Ante un acto cualquiera de generosidad, de heroísmo, de locura, a todos estos estúpidos bachilleres, curas y barberos de hoy no se les ocurre sino preguntarse: ¿Por qué lo hará? Y en cuanto creen haber descubierto la razón del acto —sea o no la que ellos suponen— se dicen: ¡Bah!, lo ha hecho por esto o por lo otro. En cuanto una cosa tiene razón de ser y ellos la conocen, perdió todo su valor la cosa. Para eso les sirve la lógica, la cochina lógica» (*Vida de don Quijote y Sancho*).

Dejemos por esta vez tranquila a la lógica y sus tautológicas cochinadas. Quizá sea mas provechoso dirigir nuestra atención (o nuestras iras, si somos de estirpe unamuniana) hacia los principios mismos de los que derivan sus conclusiones los reduccionistas. Si aceptamos, con Kant y los kantianos de toda laya, que sólo merece ser llamada «virtuosa» la acción realizada sin otro móvil que el respeto a la ley, radicalmente libre de cualquier apego al propio interés patológico, y si descubrimos o inventamos plausiblemente cualquier motivo o causa para la acción distinta del respeto a la ley, un estímulo interesante propia y patológicamente para el sujeto, el consiguiente «¡bah!» desmitificador no suena desde luego injustificado. Y es que cualquier motivo de acción que implica fruición o cuidado del hombre por sí mismo resulta abrumadoramente más *verosímil* que el desencarnado respeto a una ley que nos interesa desinteresadamente, proviene de un más allá del que nada sabemos (o de mas allá de todo lo que sabemos) y que cuando no es puro requisito formal transmite preceptos asombrosamente idénticos al decálogo mosaico. Si *virtud* es un interés más allá de todo interés y un motivo extranaturalmente inconmensurable con cualquier otro motivo, pertenece al género opiáceo de la *virtud dormitiva* y es justo que siga su mismo camino hacia el ridículo aniquilador. En caso contrario, que aprenda a explicarse mejor.

Volvamos a la pregunta de Agnes Heller: ¿cómo es posible que existan personas virtuosas? Imaginemos que estamos jugando *squash* con la pregunta y que la devolvemos haciéndola rebotar en otro plano diferente a aquel del que nos vino: ¿cómo no habrían de existir personas virtuosas, si cuanto sabemos de la virtud lo hemos aprendido de ellas? El problema no es la existencia —hoy o cuando fuere— de personas virtuosas, porque el término «virtuoso» lo hemos inventado precisamente para calificar a determinado tipo de personas (si no existieran con sus peculiares características, podríamos habernos ahorrado este trabajo de invención denominadora), sino la existencia de algo así como la «virtud», una categoría cuyo perfil desconcertante se nos haría totalmente indigerible si no se dieran previamente determinados comportamientos personales de los que destilarla. *Es la virtud y sus requisitos la que termina por hacernos dudar de las personas virtuosas, mientras que éstas son la única prueba a su favor con que cuenta la virtud.* Desde Aristóteles sabemos que lo que se da en primer lugar en el terreno moral no es la formulación abstracta del principio virtuoso, sino el ejemplo concreto de *vida buena*. Quien quiera saber qué es la generosidad no aprenderá nada buscando la definición del término en un tratado de moral, sino observando a una persona generosa. Los ejemplos preexisten a la norma que nació para describirlos y clasificarlos, pero ésta no es nada sin aquéllos. Kant aceptaba con sobrehumano desinterés que pudiera no haber habido un solo gesto moral en el mundo de acuerdo con su definición del imperativo categórico, pero lo cierto es que la simple asunción de tal posibilidad es la prueba definitiva contra su doctrina de la razón práctica. Si puede imaginarse que nadie ha sido virtuoso en el sentido dado por Kant a la palabra (a mi juicio, lo difícil es imaginar que alguien haya podido serlo), esta posibilidad no es una simple conjetura sobre lo que es, sino que afecta también decisivamente al deber ser. Porque el deber ser de la virtud lo hemos obtenido de la admiración despertada por los hombres que fueron y son de hecho virtuosos. El deber ser proviene del ser como su categorización proyectiva, merced a la mediación valorativa del querer (ser).

Dejemos de lado el criterio kantiano de virtud, al menos por un momento: esta *epojé* transitoria no puede hacernos demasiado daño... Comprobamos y admiramos la existencia de hombres virtuosos (y de gestos de virtud también, capaces en algunos casos de ascender a su sujeto a la categoría normalmente frecuentativa y gradual de «virtuoso»); pero no suponemos que tales personas actúan como lo hacen por obra de ningún móvil específico y enigmático llamado «virtud», en pugna con los demás instintos, tendencias e intereses que a todos los hombres mueven. El virtuoso fabrica su virtud no a pesar o por lo menos al margen de las urgencias de su cuerpo natural, de su condición histórica y cultural, de sus ambiciones, necesidades y apetitos, *sino precisamente con todos estos elementos*. De allí mismo de donde otros sacan vicio, debilidad o crimen, él obtiene virtud. De igual modo, Velázquez o Picasso crearon sus obras maestras con pigmentos y lienzos semejantes a los que sus coetáneos más incompetentes emplearon en sus cuadros mediocres. Y aquí sí que cabe la indignación unamuniana, cuando alguien pretende degradar al virtuoso señalando posibles móviles compartidos por cuantos se interesan en sí mismos, para rebajar sus méritos: porque lo que cuenta es el logro obtenido a partir de materiales indiferentes y comunes. Ante el «¡Bah! lo ha hecho por tal o cual motivo como el que nos mueve a cualquiera de nosotros» hay que proclamar con reconocimiento triunfal: «Sí, pero lo ha hecho y nosotros no; con mimbres semejantes a los nuestros ha trenzado un cesto de excelencia superior». El virtuoso ha utilizado mejor los motivos habituales —es decir, egoístas— vigentes en la totalidad de las acciones humanas. Y cada uno alcanzamos parcialmente la virtud no cuando queremos desde un punto de vista diferente, menos corporal o interesado, sino cuando estilizamos de modo más excelente nuestro querer.

La virtud es algo que puede ser visto, que puede ser reconocido a simple vista en el espacio público donde ocurre la interacción social. No es un motivo o una intención, sino un *ejercicio*. En este aspecto de la visibilidad de la virtud ha insistido, con su agudeza ejemplar, Hanna Arendt. La virtud es lo que debe ser *reconocido*, en el doble sentido de distinguido y agradecido. No se trata de formular un juicio, sino de orientar nuestra capacidad esencialmente humana de imitación y emulación. El momento de la decisión de la libertad, la raíz causal que motiva tal o cual acción, tal o cual forma de vida, permanecen en necesario secreto para todos salvo para el sujeto... y aún en parte para él. Por lo tanto, el gesto más estimable puede haber sido originado por móviles contrarios a los aparentes, por una disposición no *más* interesada, sino *peor* interesada, es decir, por un apego a sí mismo menos potentemente razonado. ¿Hará falta recordar lo de que la hipocresía es el homenaje que el vicio rinde a la virtud? ¿O la deformación propagandística que actualmente acompaña los gestos políticos superficialmente más nobles y filantrópicos? Y, sin embargo, es fundamental insistir en que *la vía de perfeccionamiento moral pasa por la imitación de actos excelentes y no por la aplicación de reglamentos o el respeto a leyes*. Sólo en vivo, en carne y hueso, podemos comprobar la eficacia gloriosa de la virtud y aprender a distinguirla de otros tipos letales de eficacia y de triunfo. Respecto a la íntima motivación de nuestro modelo nada sabemos, pero ello no disminuye su valor como modelo. La verdadera hazaña de los héroes es despertar en quienes los admiran lo mejor de sí mismos (pues admiramos con lo que en nosotros mismos dormita de admirable), quedando oculto en su alma cuanto de vocacional o espúreo en su heroicidad a ellos sólos concierne. En ocasiones, incluso, estos héroes «de carne y hueso» pueden ser de carne y hueso literario o cinematográfico, con lo que el trasfondo real de su ejemplaridad queda aún más comprometido. Pero lo importante no es la realidad de la virtud en quien me la enseña, sino la realidad de la virtud que aprendo. La virtud simulada por un falso excelente me ayuda en cualquier caso mejor a comprender en qué consiste lo virtuoso que la lectura de un sano principio teórico. Si los motivos de mi admirado no estuvieron a la altura del ejercicio visible de su virtud (si prefirió en el fondo la opacidad necesaria de algún objeto al asentamiento armonioso de su propio ser), ello no impedirá que yo pueda emular su ejercicio pero mejorando sus íntimos motivos. Quizá para el mismo «falso» héroe que tan propiamente imita la virtud, su práctica virtuosa y ejemplar sea mas auténtica que los móviles que en su fuero interno acierta a reconocerse.

Y es que la virtud no es ninguna motivación separada y desinteresada (más bien se trata de la gestión o jerarquización de los restantes motivos), ni tampoco es un tipo peculiar de carácter (aunque las determinaciones del carácter predisponen a diferentes géneros de virtud), ni la sumisión externa e interna a ciertas rutinas o leyes (en las cuales, empero, los mejores resultados de la virtud pueden buscar su institucionalización), ni mucho menos una pauta de conducta idéntica para todo caso individual (cada cual tiene las virtudes o vicios que se le parecen y nadie puede ser virtuoso sin dar su propio *semblante* a su virtud), sino que la virtud es un *estilo de vida*, un buen estilo de vida. Por ello sólo puede ser comprendida y aprendida a partir de ejemplos vivos, de situaciones vitales: la apropiación de la virtud es un proceso *narrativo* más que normativo, tal como sostuve hace bastantes años en *La infancia recuperada* y después MacIntyre en *After Virtue*, aunque con muy sustanciales diferencias de planteamiento. La virtud no es el cumplimiento de un precepto ni la disposición bienintencionada a la universalización preceptiva, sino un *complejo* o nódulo de actitudes que perfilan el sesgo adecuado de una forma de vivir, la armonía entre la existencia propia y la asistencia al prójimo (luego volveremos a ello), el desentrañamiento correcto del apego a uno mismo en que consiste la inmortalidad de los mortales. Ese amor propio máximamente interesado en lo que me conviene (es decir, en la potenciación de lo que soy) es la única prenda no hipócrita de mi fidelidad al linaje del que provengo y a los que me sucederán: conservo y celebro lo más propio de quienes pertenecieron y pertenecerán a mi humana condición. Cuando defiendo, disfruto y cumplo mi mismidad formo por fin parte de un todo no mutilador.

La virtud, ya lo hemos dicho, es un ejercicio, por lo tanto no una producción ni una prédica. Constituye el pináculo donador de sentido de esas artes de la ejecución que se mantienen intransitivas y siempre en marcha, que nunca reposan sobre lo conseguido o edificado, que nunca se establecen: la virtud es como la vida, que jamás *se sienta*. Ha de ser gestionada por la razón práctica, no por la técnica productiva, según la siempre válida distinción aristotélica. Pero si algo va produciendo —sigamos con la lección del maestro estagirita— es al propio sujeto que ejerce en ella su libertad. La moral no es sino el arte delicadísimo e impostergable de tornearse bien a sí mismo. Ese «bien» no viene dictado por el inmutable paradigma de la naturaleza, sea entendida ésta al modo de Spinoza o según las exigencias automáticas de perduración genética abogadas por los sociobiólogos, sino que proviene del conflictivo discernimiento de lo humano por los humanos. Pretende la virtud perduración y potenciación sin límites del sujeto activo en *dignidad* y *gloria*, entendiendo por la primera atención exquisita a lo no intercambiable en cada cual que todos deben respetar y por la segunda celebración de los gestos del ánimo por parte de los mejores, quizás aún no llegados, quizá ya idos. La dignidad y la gloria son los aspectos nobles de esa visibilidad que es característica inexcusable de la virtud, lo cual no equivale a decir que la virtud sea exhibicionismo o fingimiento. Fue Rousseau quien creó el malentendido de que los requerimientos del social *amour propre* —frente a la naturalidad impecable del *amour de soi*— son sólo vanidosas pompas surgidas de una colectividad artificial, más preocupada en aparentar y en rivalizar que en ser auténticamente. Se pierde así en la fácil y quizás oportuna denuncia de excesos puntuales de vacua concurrencia una verdad más honda: que la virtud está ligada en su esencia misma al *reconocimiento* y por tanto a la institución de un espacio público de agonismo y cooperación.* No podría aprenderse la virtud sin mímesis (aunque el puro afán mimético también es capaz de destruir las virtudes, según adelantó Spinoza y más tarde razonó novelescamente René Girard) ni podría sustentarse sin un sano *temor* a los otros que no es conformismo (se es inconformista frente a un grupo de hombres determinado por fidelidad a otra comunidad posible o a lo más digno de per-

---

* Compárese la opinión de Rousseau con esta otra de La Mettrie, más acorde con la mayoría de los enciclopedistas: «La frágil inconstancia de la virtud mejor adquirida y más fuertemente arraigada, prueba no sólo la necesidad de los buenos ejemplos y de los buenos consejos para mantenerla, sino también la de halagar el amor propio mediante elogios, recompensas y gratificaciones que lo animan y le excitan a la virtud. Sin lo cual, a menos de que uno sea incitado por un cierto punto de honor, por mucho que se exhorte, declame y enardezca, un mal soldado desertará. Con razón se dice que un hombre que desprecia su vida puede destruir a quien le parezca bien. Ocurre lo mismo con un hombre que desprecie su amor propio. ¡Adiós a todas las virtudes, si se llega a ese punto de indolencia! La fuente estará forzosamente apurada. Sólo el amor propio puede nutrir el gusto al que ha dado lugar. Su defecto ha de temerse mucho más que su exceso» *(Anti-Séneca o Discurso sobre la felicidad).*

duración de los hombres todos) sino la aceptación lúcida de nuestra condición social. Precisamente porque se trata de un cometido intransferiblemente personal, la virtud exige el marco establecido en el que la acción intersubjetiva excelente es reconocida como digna y gloriosa. De aquí su dimensión declarada y antirroussonianamente *convencional*, en el doble sentido de admitir que resalta sobre el convenio en el que mutuamente nos instituimos y que es conveniente para la mejor perpetuación de tal convenio.

En cuanto manifestación más acendrada del amor propio, la virtud busca la honrada concordancia entre lo que se es y lo que se representa ser. Por mucha carga crítica que hubiera en el comentario platónico de que la comunidad democrática es una especie de *teatrocracia*, señala algo que puede ser defendido provechosamente sin atisbo de ironía: no el ser por mor de engañosamente parecer, sino parecer por mor de sociable y reconocidamente ser. En su ejercicio, la virtud es también representada: lo puesto en práctica no puede dejar de ser puesto en escena. De ahí la condena contra lo obsceno, lo que no debe ser mostrado ni expuesto, lo inconfesable. El requisito de visibilidad de la virtud, la búsqueda de coherencia entre principios y gestos, es el fundamento de la *responsabilidad* moral, no en lo que tiene de pesquisa penal sino en cuanto garantía aceptada de que las acciones provienen de un sujeto y van diseñando un perfil, es decir que son libres. Es la peor miseria de nuestra época el que envilecedores argumentos científicos hagan preferir a los más quebradizos el refugio de la irresponsabilidad antes que la imputación de culpabilidad. Asumir que los defectos de esta (o de cualquier otra) sociedad dispensan de la responsabilidad por todas y cada una de las acciones cometidas —otra cosa es que distorsionen judicialmente la búsqueda de responsables y su sanción— equivale a triturar lo único sobre lo que en cada hombre puede apoyarse la comunidad racional: no es reclamar la libertad (cuyo alcance por el contrario se minimiza) sino apoltronarse en la esclavitud rumiantemente consentida. A este respecto, bueno resultará releer la obra del psicoanalista Bruno Bettelheim *Sobrevivir*, acerca de las respuestas morales en los campos de concentración nazis. El amor propio que se avergüenza cuando nos mostramos como no queremos ser es el reverso decente de la hipocresía, no su interiorización. Es fácil olfatear cuanto hay de mercantil y filisteo en el consejo anotado por Benjamin Franklin en su *Autobiografía* («*In order to secure my credit and character as a tradesman, I took care not only to be in* reality *industrious and frugal, but to avoid all appearances of the contrary*»), pero en tosca filigrana puede leerse también ahí la diferencia entre una sociedad igualitaria basada en el mérito y la responsabilidad frente a otras regidas por la jerarquía de la sangre o la institución de la rapiña. La virtud es la demostración práctica y visible de la posibilidad mejor: tiene algo de *promesa* (lo ha señalado Agnes Heller en el texto citado y también a su modo Nietzsche) puesto que sostiene la confianza depositada por nosotros mismos en cuanto sujetos y los demás socios del espacio público donde nos manifestamos en la eficacia triunfal de la libertad. Una superstición derogatoria supone que al virtuoso le rodean la admiración algo clínica suscitada por el martirio y el interesado agradecimiento de los demás contendientes ante quien renuncia a los atajos en la carrera por el trofeo de este mundo; pero el modelo no es válido, pues la virtud así reconocida o no es tal o es reconocida por quienes se encuentran tan debilitados por la trama de las necesidades que ya no saben qué cosa es virtud. El único santo y seña nada sufrido que debe acompañar al ejercicio de la virtud por parte de quienes aún tienen paladar para este deporte superior es la propia plenitud de aquel comentario tantas veces malgastado: ¡Qué bien vives!

La idea penitencial de la virtud no es fácil por lo visto de desarraigar. Sigue en pie la idea intuitiva o piadosamente razonada de que es un deber que hay que cumplir en detrimento de nuestras más íntimas apetencias, cuando no un precio que hay que pagar por ciertas ventajas comunitarias. El justamente respetado John Rawls, por ejemplo, escribe con edificante resignación: «Ahora bien, es verdad que los sentimientos morales son desagradables, en un sentido ampliado de desagradable; pero no tenemos forma de evitar estar expuestos a ellos sin desfigurarnos a nosotros mismos. Este estar expuestos a ellos es el precio del amor y la confianza, de la amistad y el afecto, y de una lealtad a instituciones y tradiciones de las que nos hemos beneficiado y que sirven a los intereses generales del género humano» *(Justicia como equidad).* Este párrafo reconoce explícitamente aquello que muchos dan por supuesto para comprometerse menos: que los sentimientos morales son desagradables, en el mismo sentido ampliado en que es desagradable llevar cilicio; que sin embargo, a semejanza de otros virus desagradables como los del SIDA, no hay preservativo seguro contra ellos que no desfigure poco o mucho lo que somos; que dejarnos contagiar por ellos es el precio que debemos pagar por una serie de comodidades muy estimables que van desde el amor conyugal hasta la protección judicial de la infancia desvalida; que no hay que desanimarse pues, por mucho que nos duela, merecen la pena. En este parvamente estimulante esquema, la virtud como alegría en marcha (según dijo Hermann Nohl, siguiendo a Spinoza) está desde luego fuera de lugar. De todas formas, se plantea un problema: admitamos que los sentimientos morales sean el fastidioso impuesto que hay que pagar a regañadientes para seguir disfrutando de ciertas instituciones y tradiciones de acreditado beneficio público (lo cual no tiene nada de extraño, pues hasta los más kantianos de entre nosotros sufrimos un poco al pagar los impuestos) pero ¿por qué nos resulta tan desagradable exponernos a aquello sin lo cual quedaríamos desfigurados? Si nosotros queremos ser lo que somos, es decir: nos queremos a nosotros mismos, ¿por qué nos duele lo que resguarda y potencia lo que somos? ¿Acaso preferiríamos ser lo que somos *automáticamente*, sin el esfuerzo doloroso de la voluntad libre? Si somos libres y ello nos resulta desagradable, ¿no sería mejor dimitir de una vez de la voluntad? Si no podemos evitar ser libres —ni queremos, pues amamos lo que somos— ¿desde dónde juzgar desagradable lo que forma prácticamente nuestra libertad, que es algo así como deplorar nuestra capacidad matemática o los requisitos de nuestra función digestiva? La obligación de comer todos los días o las exigencias de la sexualidad son también quizá «desagradables» en un sentido ampliado del término por lo que tienen de forzoso, pero los hombres parece que nos las hemos arreglado para *estilizar* su imposición de modo que se conviertan en placenteras fuentes de cultura y arte que dan una *intensidad* a la vida de la que la mayoría de las personas sanas no quisiera prescindir. ¿No es precisamente la moral el caso paradigmático en el que se ha logrado *convertir necesidad en virtud*? ¿No estriba el auténtico sentido de la libertad en esa transformación, tal como enseñó Spinoza?

Quizá lo que quiere señalar Rawls es que la moral nos impone servidumbres que realmente contrarían nuestros impulsos más espontáneos y exige fatigas que nunca aceptaríamos *per se* sin considerar la recompensa social que comportan.* Por ejemplo antonomásico, recurramos al propuesto por Agnes Heller en el texto ya citado: según la moral, es preferible padecer una injusticia que cometerla. Esto es algo evidentemente «desagradable» en un sentido amplio del término. Salvo por miedo a perder nuestro *status* moral y sus implicaciones establecidas, no parece haber ningún otro tipo de motivo para aceptar una contrariedad tan antinatural. Sin embargo, queda ese punto ya señalado por Rawls, la preocupación de no desfigurarnos a nosotros mismos, de conservar nuestra propia y humana *figura*. Porque, veamos: ¿qué significa llamar a una acción «injusta»? Implica ante todo no querer que un trato como ése sea dado a los hombres. La injusticia es el trato opuesto al que según nuestro *leal* saber y entender deseamos para la humanidad. Aquí «leal» vale por suficiente y sinceramente ilustrado: si, por ejemplo, supongo que no deseo el trato injusto para mí pero en cambio creo en ciertas ocasiones desearlo para otros no soy más egoísta o menos «bondadoso» (en el tibio sentido desinteresado del término), sino que soy menos perspicaz y cultivo una imagen mutilada o reductiva de mí mismo. Yo no quiero la injusticia porque ésta atenta contra mi figura de persona humana: no quiero sufrirla ni cometerla, pero si me limito a padecerla voy menos directamente contra lo que quiero (ser) que si la inflijo activamente a otro. Naturalmente que puedo obtener algún tipo de *ventaja* de la injusticia cometida pero ¿puede ser una ventaja realmente —es decir, leal y racionalmente consi-

---

* Recordemos que Kant dice algo parecido del agobio que la razón impone al hombre: «Entre él y su oasis de delicias se interpone la afanosa e incorruptible razón, que le apremia al desarrollo de las capacidades en él depositadas y no permite que vuelva al estado de rudeza y de sencillez de donde le había sacado. Le empuja a aceptar pacientemente el penoso esfuerzo, que aborrece, a buscar el trabajo, que desprecia, y a olvidar la misma muerte, que tanto le espanta, por todas aquellas pequeñeces cuya pérdida le alarma todavía más» (*Comienzo presunto de la historia humana*).

derada— superior al trato que yo quiero para la humanidad en la que participo? Padecer una injusticia me lesiona en mis derechos —o sea, en mi relación convivencial e institucional con los demás hombres— pero cometerla me desfigura en mi ser, en lo que quiero (ser). Luchar por la conservación y reconocimiento de mis derechos forma parte de mi amor propio, desde luego; pero resguardar y potenciar mi ser —la perfección inmortalizadora que quiero conseguirme— es una urgencia prioritaria de mi amor propio. Cuanto más me quiera a mí mismo, más dispuesto estaré a preferir padecer la injusticia que cometerla. Si en demasiadas ocasiones me vence el obtuso impulso de cometer la injusticia no es tanto por la recompensa que voy de inmediato a obtener —esa recompensa que me desfigura— sino por desconfianza (¡triste forma de *humildad*!) ante lo que yo puedo libremente concederme a mí mismo. Me siento abrumado por la brevedad de mi tiempo y la fragilidad de mi esfuerzo: ¿por qué no entregarme a algo más sólido, más opaco, aunque sea esa necesidad que me niega? Traicionamos nuestro auténtico deseo, la libre obligación virtuosa dictada por el amor propio, porque nos azora la falta de tiempo y admitimos con resignada debilidad que en plazo tan breve no merece la pena ser como queremos. Preferimos perdernos a nosotros mismos para no perder las cosas que el tiempo de todas formas se va llevando. Como bien dice Agnes Heller, «si por un milagro a la humanidad le fuese garantizada la inmortalidad sobre la Tierra, la mayor parte de las personas preferirían sufrir la injusticia en lugar de cometerla, pues ya no tendrían nada que perder» *(ibidem).* Esa promesa de inmortalidad sobre la Tierra, no milagrosa sino cultural, es lo que todas las civilizaciones humanas no cesan cada una a su modo de intentar establecer. Esfuerzos para que el amor de los hombres por sí mismos —cada uno amándose irreductiblemente a sí mismo y en ese amor propio perpetuándose el *conatus* de la humanidad toda— prevalezca con frágil eternidad en la indiferente contingencia universal. El virtuoso es quien sin contar con el milagro actúa desde el punto de vista de la inmortalidad. Y ¿no será precisamente este virtuoso, más allá de retóricas protofascistas, el verdadero *ultrahombre* del que contradictoria e inspiradamente habló Nietzsche? ¿No será el ultrahombre quien se atreve a quererse a sí mismo como si fuera inmortal y la gran política no podría resultar la institución pública del verdadero amor propio?

Por lo mismo que obtenemos nuestro conocimiento sobre la virtud de los ejemplos individuales y no del establecimiento universal de principios, se da una lógica repugnancia ante los discursos virtuosos a los que no respalda efectivamente ninguna práctica. La filosofía debe evitar en general ser edificante, según el dictamen hegeliano, pero en el caso de la reflexión sobre la virtud nunca logrará suficientemente librarse del empalagoso contagio de la prédica pastoral. De ahí que antes de adoptar los usos untuosos del análisis formal, sea preferible recurrir a procedimientos narrativos o a la exhortación perentoria del grito de guerra. Todo antes que dar por sentado que en estas cuestiones pueden ser dos cosas disociadas el predicar teóricamente y el dar trigo en el espacio público. A la palabrería sin obras, es decir, sin carne moral, se le podría hacer el mismo reproche que el buen Pedro Bermúdez hizo al infante de Carrión según el *Cantar de Mio Cid*:

E eres fermoso, mas mal barragán.
Lengua sin manos, cuemo osas fablar.

¿Cómo se atreve a hablar la lengua sin manos, el deber ser desentendido del ser y no apoyado radicalmente en él? Más vale un vicioso en activo que un virtuoso en el púlpito... Y es que la virtud misma, en su ejercicio, necesita la expresión como su vehículo natural porque ella en sí es una forma de *comunicación*. El virtuoso al obrar está fundamentalmente *afirmando* algo, y algo desde luego decisivo sobre la condición humana y la comunidad en que traba su red de interrelaciones. Este es un aspecto que no siempre me parece convenientemente destacado en los recientes intentos de ética comunicacional. El papel central de la comunicación como eje axiológico de la acción parte de la *crítica del juicio* kantiana y, a través de Karl Jaspers (según el cual ante toda idea o experiencia a valorar habría que preguntarse si favorece la comunicación o la obstaculiza, si encierra «una seducción de la soledad o un estímulo de la comunicación») llega hasta K.O. Apel y Jürgen Habermas. En estos últimos, la ética parece brotar de la urgencia teórica de haber explícitos los requisitos implícitos de una comunicación sin trabas. Según el condensado resumen que hace Raphaël Lelouche: «La fundamentación de la ética se encuentra, pues, en el proceso de justificación argumentativa de los juicios. El proceso es esquemáticamente el siguiente: cuando un conflicto de juicios o de pretensiones interrumpe la comunicación que está siempre establecida en los intercambios "naturales", dos vías se abren. Sea la interrupción de la comunicación y el estallido de la violencia, sea la puesta en marcha de un proceso de justificación racional por el discurso. Este representa el paso a un segundo nivel que implica una toma de distancias con la comunicación "natural". Pero el *hecho* de que se argumente significa que ya se han reconocido implícitamente las normas morales universales sin las cuales la argumentación no tendría sentido» (*K.O. Apel o la autonomía de la filosofía*). De modo que se señala la intervención ética allí donde la comunicación se interrumpe, para reconstruir su imprescindible posibilidad racional frente al caos de la violencia, pero no en cambio donde la comunicación se asienta y se mantiene. Y sin embargo, no sólo pertenece a la ética lo que en el terreno de la relación recíproca sustituye el reconocimiento *del* otro en el riesgo jerarquizante de la violencia por el reconocimiento *en* el otro de la comunicación racional, sino también lo que conserva y radicaliza esta última posibilidad en la aspiración de perfección propia que ante todo toma en cuenta los episodios por los que transcurre en cuanto tal el sujeto libre. Es decir: la ética no sólo es el recurso antiviolento de resolución de los litigios, sino también, y aún antes, la autoafirmación de cada cual en el sentido progresivamente humano de su libertad. En modo alguno hay contradicción entre estas funciones, pero me parece importante subrayar este segundo aspecto para no *externalizar* convencionalmente en demasía la actitud moral. Antes de requerir el debate con el otro ni mucho menos su aquiescencia consensual, el gesto de virtud comunica de por sí la disposición del sujeto hacia la perpetuación común de lo mortalmente amenazado.

    Entonces ¿dónde habremos de localizar el ámbito de ejercicio de la virtud? O, por decirlo con la antigua expresión que nombraba en el medievo el lugar donde se dirimían duelos, justas y ordalías: ¿dónde tiene la virtud su *campo de la verdad*? Evidentemente, este lugar de la virtud no está inscrito sin más en nuestros dispositivos naturales de conservación de la propia existencia. La autoafirmación que en ella se realiza no es simplemente la de la vida en cuanto mero proceso biológico del individuo ni tampoco la conservación paradójicamente egoísta/altruista de los genes específicos. Por supuesto, tales condicionamientos existen como datos brutos a partir de los cuales se lleva a cabo la estilización moral y están aún más equivocados quienes pretenden negar todo parentesco evolutivo entre aquéllos y ésta que los más obtusos reduccionistas. Pero el instinto de supervivencia y los mecanismos de selección de los más aptos no pueden dar cuenta de la amplísima y sutilmente diversa gama de vías que ha seguido el proyecto de inmortalidad cultural, del mismo modo que la libido sexual por sí misma no es capaz de explicar las diferencias entre la lírica provenzal, John Donne y la poesía amorosa de Rimbaud. Lo que trata de perpetuarse en la virtud es un sentido de la excelencia en el que la afirmación indudable de la vida no puede separarse en absoluto de la *forma* en que esa vida quiere ser vivida y de las *formaciones* instituidas que esa autoafirmación pretende darse. La etología o la genética no disuelven las perplejidades de la antropología cultural ni las complejidades de la teoría política, ética o jurídica por la misma familia de razones que impiden al análisis químico de los pigmentos presentes en un cuadro alcanzar la verdad significativa de éste mejor que la consideración estética, por imprecisa que pueda ser. Lo cual no supone que cierto adiestramiento en química de pigmentos vaya a resultarle inútil a un estudioso del arte con vocación concienzuda... Por otra parte, la virtud tampoco se aposenta en los dictados y exigencias del medio social en que se forma el sujeto. Más bien se diría que la sociedad *propone* una serie de modelos de estilización moral entre los que el individuo debe elegir tanto intensiva como extensivamente. Nadie puede inventar *ex ovo* su virtud, desde luego, pero tampoco a nadie se le impone como mero determinismo compulsivo de la colectividad. De hecho, la moralidad estriba precisamente en la interiorización de la forma de vida preferida en lo tocante al tipo y jerarquización de las normas sociales aceptadas. La virtud no es *sin* la norma pero tampoco se reduce solamente al cumplimiento de la norma: implica una reinterpretación personal de ésta y a veces su transgresión creadora.

Para ubicar el ámbito donde tiene lugar el ejercicio de la virtud, podríamos echar mano de una noción acuñada por el psicoanalista británico D. W. Winnicott, el *espacio potencial*. En la utilización que Winnicott hace de esta figura mental llega a cubrir todo el campo de la cultura, pero en beneficio de nuestro interés teórico podemos restringirla exclusivamente al campo de la verdad de la ética. Según Winnicott, «el rasgo específico de ese lugar en el que se inscriben el juego y la experiencia cultural es el siguiente: *la existencia de ese lugar depende de las experiencias de la vida*, no de las tendencias heredadas» (*Playing and Reality*). No es un espacio trascendental ni instintivo *a partir del cual* comprendemos el mundo, sino un espacio en el que entramos *como parte de* nuestra comprensión del mundo, de hecho como el núcleo de sentido de dicha comprensión. Esta incorporación no es automática, sino gradual y deliberada (o, al menos, cuenta siempre con la cooperación de la voluntad) y proviene de experiencias vitales (aprendizaje, ejemplos, relaciones intersubjetivas...) que van configurando un estilo propio, una forma de juego. No brota de nuestra directa vinculación al medio, ni tampoco de nuestra afirmación beligerante contra él. El espacio potencial es esa área importante de la experiencia «entre el individuo y el medio, ese espacio que al comienzo une y separa al niño y a la madre, cuando el amor de la madre que se revela y manifiesta por la comunicación de un sentimiento de seguridad, otorga de hecho al niño un sentimiento de confianza en el factor del medio» (*ibidem*). Lo importante aquí, por supuesto, estriba en que el espacio potencial *une* y *separa* al individuo respecto a esa figura mediadora, metapersonal, que simboliza su asentamiento no ya simplemente biológico sino humano en el mundo. Unión y separación, *autonomía* y *filía*, sin las cuales el gesto moral puede quedar constreñido o definitivamente coagulado. Sin ese sentimiento de seguridad en la posición ante sí mismo y ante el medio, la fuerza de la virtud no sólo no será nunca ejercida, sino ni siquiera comprendida aceptablemente con esa comprensión de ejercicio (no «lengua sin manos») que es la única que a la virtud corresponde. La virtud, que representa una forma de vigor y aún *atrevimiento* autoafirmativo, nunca un movimiento reflejo ni una genuflexa concesión, hinca sus raíces genealógicas en un hábito de *confianza* que depende en gran medida de la trayectoria inicial de cada sujeto. «Este espacio potencial varía ampliamente de un individuo a otro. Se apoya en la confianza que tiene el niño en su madre tal como la experimenta durante un período suficientemente largo de ese momento crítico de la separación entre el no-yo y el yo, de ese momento en que el establecimiento de un yo autónomo está en su estadio inicial» (*ibidem*). La confianza en uno mismo —embrión del amor propio— es en su comienzo confianza en otro pero que aún no es percibido del todo como otro. Así se traza el puente entre lo que anhelo y lo que me *corresponde*, en el doble sentido de esta palabra. La aparición del super yo que mutila y legisla (el momento en que lo paterno toma el relevo moral de lo materno) se inscribe *después* sobre este espacio potencial ya creado, pero ni lo inventa ni puede sustituir sin traumatismo la básica confianza inicial cuya falta conviete la virtud en terror autopunitivo o agresiva intolerancia.

La virtud es el gesto por el que afirmamos que algo en el mundo nos corresponde: es decir, que nos es debido y que está dispuesto a responder a nuestra reclamación. Se ejerce en el espacio potencial aparecido en la zona de escisión entre el yo y el no-yo, cimentado sobre la confianza originaria inducida por la atención materna. Así se realiza el despejamiento primordial del carácter cuya circunstancia es diferente para cada cual: a esto entre otras cosas debió referirse Aristóteles cuando sostuvo que la felicidad —moralmente entendida— depende también del azar. De aquí la íntima convicción seminal de que el mundo, que resiste y se opone, luego es *real*, puede ser persuadido, seducido o conquistado, luego en cierta medida es *nuestro*. En ese espacio potencial el mundo insinúa su apertura acogedora hacia el sujeto y éste se lanza a por él. Se instaura lo que en la vida resiste y responde a la muerte, que también nos corresponde. La interiorización de este ímpetu será denominada *voluntad* y a partir de aquí podremos hablar de *deseo:* la pretensión ética no proviene de ninguna otra parte. Lo que inicialmente el análisis de la actividad tuvo como *causas*, manteniéndose en la trabazón eficaz de la energía vista desde fuera, pasa a ser asumido interiormente como *motivos*. Aquí podemos recurrir a la conveniente síntesis de Paul Ricoeur: «Esta superposición del lenguaje de la causalidad apunta hacia esa región de nuestra experiencia en la que, por el cuerpo o mejor la carne, nuestra existencia está arraigada en la naturaleza. Este confín de lo natural y de lo cultural, de la fuerza y del sentido, es el deseo; finalmente, es el *status* del cuerpo propio, en la frontera de la causalidad natural y de la motivación, lo que funda la continuidad entre causa y motivo» (*El discurso de la acción*). La libertad no es superación del cuerpo (en cuanto carne, o sea haz de determinaciones naturales orientadas por el placer y el dolor) ni tampoco abandono del cuerpo, sino vocación o desembocadura del cuerpo en cuanto asumido conscientemente como propio. Sólo en el espacio potencial de la confianza en lo que nos corresponde el cuerpo propio se hace *imaginable* a partir de su apertura a lo *posible*. Y la virtud no es ni más ni menos que la posibilidad de lo más excelente, es decir, lo posible en cuanto altamente compatible con lo que en el ámbito voluntario de la experiencia nos corresponde (ser).

Como ya hemos apuntado, la virtud no puede ser desglosada y atomizada en virtudes, salvo por un empeño diseccionador que probablemente convertirá en edificante formulismo lo que de hecho es triunfal forma de vida. Los aspectos de la virtud no se dan por separado, sino más bien como una especie de plural iridiscencia; además, ninguna virtud puede ser definida en abstracto, con desatención al estilo propio de quien la vive y le da su auténtica eficacia. Quizá los gestos de la virtud admiten cierto juego taxonómico, pero la virtud en cuanto tal permanece única en cada cual como el rostro nítido o borroso, adolescente o envejecido, de su propia excelencia. Los franceses hablan de personas que a cierta edad han logrado *se faire une tête* y de modo paralelo podríamos decir que el virtuoso va *haciéndose una virtud* en consonancia con los recursos de su fuerza y las oportunidades de su biografía. Establecidas estas cautelas, empero, podemos incoar el rastreo de los varios tipos de haces en que son agrupables esos gestos creadores por medio de los cuales se van dibujando los rasgos idiosincrásicos de cada virtuoso. Creo que se dan dos bloques principales de gestos virtuosos, el primero referido a la calidad del temple autopoiético del sujeto y el segundo centrado en su capacidad o vocación de implicarse en la cooperación con los otros hombres. Hablaremos, según esto, de *virtudes de existencia* y *virtudes de asistencia*. Las virtudes de existencia configuran la entidad moral del sujeto en cuanto subsiste diferenciadamente en su propia historia: perfilan su disposición ante el placer y la adversidad, el nivel sereno de su contento de sí mismo, la urgencia perfectiva y azuzante de su descontento, la firmeza y la honradez crítica de sus principios de valoración, etc. El núcleo de las virtudes de existencia (si queremos hablar en lenguaje de ordenadores, el *disco duro* donde están conservadas todas) es el *coraje*, cuya ambigua e inexcusable querencia se halla mejor expresada en novelas como *Lord Jim* de Conrad que en ningún manual de ética. En realidad, el coraje es como el cemento de toda virtud: sin él, cualquier edificante apariencia no es más que un castillo de arena en espera del primer vientecillo crepuscular que desmoronará sin esfuerzo sus inconstantes almenas. Las virtudes de asistencia reúnen los movimientos excelentes de apertura y colaboración hacia los otros, el esfuerzo de comprensión (que nadie hable en vano) y la seriedad con el propósito de hacerse comprender, la compasión por el dolor y la simpatía por el placer que presenciamos (bien entendido que tal compasión y simpatía sólo son virtuosas si son activas), la capacidad de prometer (sin la cual no habría cultura, ni instituciones, y las relaciones humanas perderían toda entereza y adoptarían los modos más negativos del peor sueño), la graciosa facultad de perdonar (sin la cual también las promesas se convierten en pesadillas), la amplia y consecuente amistad... El disco duro de estas virtudes lo constituye la *generosidad,* de la que podríamos decir que tiene en cuanto a la fuerza del sujeto la función que Spinoza reclamó para la verdad: sirve de sello inequívoco para sí misma y para su contrario. Y ahora queda aún más en claro la unidad irremediable de la virtud, porque las virtudes existenciales del coraje hallan su campo natural de ejercicio prestando energía a las virtudes asistenciales de la generosidad y éstas disuelven toda amenaza de esclerosis arrogante en las primeras. Si este libro fuera supersticioso en lugar de spinocista como es y aquí cometiésemos la grosería teórica de hablar de *vicios*, ahora tocaría demostrar que toda modalidad de éstos nace del coraje sin generosidad o de la generosidad sin coraje...

La flor misma de lo virtuoso es, para concluir, el *sensus communis* o sentido común que Kant apoya en el parágrafo 21 de su *Crítica del Juicio* sobre la condición necesaria de la comunidad universal de nuestro conocimiento, presupuesta por toda lógica y por toda ciencia. Pero el sentido común a que nos referimos no debe ser tomado en su acepción adocenada y restrictiva, sino en la más clásica, aquella a la que se refería Voltaire al recordar que «*sensus communis* significaba entre los romanos no solamente sentido común, sino humanidad, sensibilidad» (*Dictionnaire philosophique*). En cuanto realmente común y posibilitador de la comunidad, se orienta en cada caso a precisar el interés de los hombres, es decir lo que *inter-esse*, lo que está entre ellos para enfrentarlos pero también para unirlos. En el espacio potencial de la virtud lo que nos une no es sino la *reflexión* de lo que nos separa. Y en cuanto sentido de la acción libre aspira a localizar y orientar lo más radicalmente posible ésta en su contexto universal, según la excelente definición brindada juvenilmente por Ortega: «Y esto es la profundidad de algo: lo que hay en ello de reflejo de lo demás, de alusión a lo demás. El reflejo es la forma más sensible de existencia virtual de una cosa en otra. El "sentido" de una cosa es la forma suprema de su coexistencia con las demás, en su dimensión de profundidad» (*Meditaciones del Quijote*). El sentido común es el arte de descubrir y aprovechar la composibilidad de lo posible, por hablar una vez en leibniziano. A esto precisamente llamó Aristóteles «prudencia», la virtud práctica de *acordarse* (en el doble sentido de tener presente y obrar en consecuencia) de y con el orden trágico del mundo, tal como ha estudiado magníficamente Pierre Aubenque. En un mundo sin referencias axiológicas unánimes ni definitivas, este sentido común o prudencia humanitaria constituye la *virtù* más audaz y delicada (la utilización del término renacentista, humanista, es todo menos casual): en ella se cifra el buen estilo de la libertad. Arte de la intervención oportuna, justeza crítica en el aprovechamiento del *kairós*, tarea del héroe moderno, según he mostrado ya en otra parte. Porque todo lo que venimos denominando ética como amor propio no es sino el *heroísmo del sentido común* que redescubre y conserva la humanidad como empresa realmente querida y por tanto —y sólo por tanto— obligada.

IV

EL ESCÁNDALO DEL PLACER

> Selfish father of men!
> Cruel, jealous, selfish fear!
> Can delight,
> Chain'd in night,
> The virgins of youth and morning bear?
>
> William BLAKE, Songs of experience

«Placer» es una palabra de resonancias propagandísticas y por tanto fundamental y cosquilleantemente *inmorales*. Admitimos la búsqueda sin excusas del placer cuando nos dedicamos a la buena mesa o a la diversión del fin de semana, pero tenemos más remilgos si se nos pide reconocer su primacía a la hora de trabar nuestros amores o establecer otras relaciones personales y evitamos con cuidado mencionar su égida al publicar nuestras preocupaciones políticas o nuestros ideales morales. El placer es un motivo poco digno, bueno todo lo más para andar por casa pero no para enjaezar los momentos ilustres de nuestra vida. Como otras palabras de catadura no menos dudosamente recomendable —v.gr. «egoísmo» o «interés»—, este término conserva un doble juego en nuestra motivación explícita: velado con pudor en el ámbito de lo altisonante, asoma de vez en cuando la oreja en tanto motor latente de casi toda elección. Antes o después se le afirma como en un desplante, como si se pronunciara en voz alta el nombre por todos conocido y oculto de lo irremediable. En ello consiste el llamado «cinismo», que no es más que una sinceridad ingenua que trata de enmascarar su mala conciencia bajo una capa de provocación. Lo que dice el cínico no es sino «ya sé que deberíamos ser buenos, pero nadie —ni ustedes ni yo— lo somos, de modo que no finjamos más». En cuanto a la noción propiamente dicha de en qué consiste «ser bueno», el cínico comparte los prejuicios de la ursulina...

En el terreno de lo más «serio», la moral, el placer sigue siendo *escandaloso* y en ello hacen algunos consistir la diferencia entre esa seriedad y la frivolidad manipulada del reclamo publicitario o la propaganda demagógica: los moralistas de hoy —y la mayoría de los de ayer— rechazan el placer como el probo funcionario desdeña con indignado pundonor un soborno. Los escandalosos partidarios del placer, en cambio, descartan o ridiculizan la severidad moral: se proclaman *inmoralistas*, como creen que hizo Nietzsche los malinformados que le confunden con André Gide, lo cual redunda a fin de cuentas en un reforzamiento de la segregación entre lo placentero y lo moralmente conveniente. Por ello siguen conservando toda su frescura subversiva (en el buen sentido de incitar a la reflexión de lo que permanece indebidamente acallado) muchas propuestas del viejo Epicuro, del tipo «Yo exhorto a placeres continuos, no a virtudes vacías y necias que conllevan inciertas esperanzas de futuro» o «Debemos apreciar lo bello, las virtudes y las cosas por el estilo si es que producen placer; y si no, mandarlas a paseo». Pero aún va más lejos y más hondo esta observación del supremo Montaigne, que resume en pocas líneas lo que sigue siendo inasimilable por todo puritanismo ético: «Digan lo que digan, en la misma virtud la última meta de nuestra intención es el placer. Me gusta machacarles los oídos con estas palabras que tanto les contrarían. Y si significa algún supremo placer y excesivo contento, se debe más a la asistencia de la virtud que a ninguna otra. Esta voluptuosidad, por ser más altiva, nerviosa, robusta, viril, no es sino más seriamente voluptuosa. Y le debemos dar el nombre de placer, más favorable, más dulce y más natural, no el de vigor o fuerza, según el cual la hemos denominado» (*Que filosofar es aprender a mo-*

rir). Aquí está el meollo de lo que más puede contrariar a los puritanos o inmoralistas que oponen radicalmente placer y virtud: el fondo mismo de la virtud —lo que el virtuoso *pretende*— es obtener un placer y no un placer cualquiera, sino el más voluptuoso de todos. El virtuoso renuncia al placer menos que nadie; no sólo no se desentiende de él, sino que es el más entendido y exigente en materia de placeres: ser bueno es la voluptuosidad más exquisita y deliberada. No se sostiene que cualquier placer sea virtuoso, sino que la virtud es el más voluptuoso de los placeres: *si no fuera así, no habría por qué sentir ningún interés por ella*. De tal modo que Montaigne propone que cambiemos el nombre de la virtud y en lugar de derivarlo de vigor o fuerza (*vir*) lo hagamos provenir del placer (*hedoné*). ¡Gracias, querido Montaigne, por ayudarnos a machacarles los oídos con lo que más les perturba!

La virtud como represión o resentimiento, la virtud como venganza contra los demás o contra nosotros mismos, la virtud como penalidad desagradable que hay que aceptar por respeto a la ley, rechinan al ser *descubiertas* por la sustitución de «placer» allí donde se leía «fuerza». En buena medida, ésta fue la tarea llevada a cabo por Nietzsche, el gran psicólogo moderno de la moralidad. Pero ¿qué es el placer? Resulta notable comprobar que casi todas las definiciones del placer que se aventuran son descriptivas... y circulares. Por lo visto, se trata de una noción simple, indefinible: al sustituirla por perífrasis del tipo «lo que gusta», «lo que agrada», etc. se adelanta poco, pues en qué consiste el gusto o el agrado no resulta fácil de explicar más que recurriendo a la mención del mismo placer: como era de temer, intentar precisar qué es el placer obliga a un círculo vicioso. Ni siquiera la categoría de acontecimientos a que pertenece ha sido unívocamente precisada: se habla del placer como de una sensación, un sentimiento, una emoción, un comportamiento, un síntoma... Para algunos se reduce a la satisfacción de una necesidad o el alivio de una tensión, mientras que otros lo consideran la única realización tangible del anhelo de felicidad. En cuanto a sus características, las más frecuentemente mencionadas son éstas: se trata de «algo» suficiente (mientras ocurre se basta a sí mismo y tanto más cuanto más intenso es), recurrente (nos acostumbramos a él y podemos «aprender» a experimentarlo), insistente (es «pegajoso», nos urge una y otra vez, lo deseamos), rítmico (consiste siempre en algún tipo de cadencia de intensidades, gestos, logros, etc...). Su origen puede ser meramente orgánico, psíquico, presimbólico, simbólico o mezcla de varios de éstos. Los más imprecisos consideran que su opuesto es el dolor (más adelante mostraremos las deficiencias de este punto de vista), otros que depende y se halla inextricablemente mezclado al dolor (también hablaremos de ello), pero parece más consistente oponerlo al desagrado y, en cierta medida, al rechazo en cuanto movimiento espontáneo.

Desde el punto de vista que aquí más directamente nos interesa (el de la razón práctica, es decir, el que atañe al sentido, alcance y valoración de la acción libre) lo fundamental del placer es el tipo de vinculación que establece entre el *yo* —en cuanto sujeto volitivo y valorador— y el *cuerpo*, objeto primordial y preferente de tal sujeto. Por extensión y consecuencia, esa vinculación se amplía desde el objeto-cuerpo a los otros objetos, «naturales» o «humanos». El placer es la señal de una relación satisfactoria de aceptación entre el yo y el cuerpo (y, a través de éste, entre el yo y los restantes objetos). A cada relación entre yo y cuerpo la podemos llamar una *experiencia*, incluyendo en el término facetas afectivas, judicativas y sensoriales. Por otro lado, lo que la voluntad humana —el querer-ser-humano— se propone (tanto por las técnicas de la supervivencia como por la cultura de la inmortalidad) es afirmar y reafirmar el asentamiento de los hombres en la vida/mundo. Este asentamiento se experimenta individualmente por medio de afirmaciones y rechazos, asentimientos y disensiones: placer y dolor. La voluntad humana modula su asentamiento en la vida/mundo por medio de los índices experimentales del placer y del dolor. Por tanto, avanzaremos la siguiente definición: *el placer es la experiencia del asentimiento a nuestro asentamiento en la vida/mundo.* Se trata de una «experiencia», algo que por tanto involucra el yo y el cuerpo, algo juntamente afectivo y reflexivo. Y esa experiencia es de «asentimiento», de aprobación fruitiva de uno de los aspectos del asentamiento humano en la vida/mundo. En una palabra, gozar es decir *sí* con cuerpo y alma.

Aunque el placer es analógico y se dice de muchas maneras, esta condición general de experiencia de asentimiento es común a todas sus manifestaciones. El amor propio del sujeto se cifra en lograr cuanto más placer sea posible, es decir, cuanto más asentimiento al asentamiento en la vida/mundo sea posible. Como la voluntad no tiene ninguna meta fuera de sí misma, la búsqueda del placer es el único objetivo de la razón práctica: tal es el sentido de la cita de Montaigne que antes hemos leído. En cuanto a la ética, su tarea consiste en orientar racionalmente la libertad hacia el máximo de placer compatible con la limitación histórica y ontológica del ser humano concreto. Ese «orientar» implica *discernir* y *depurar* el cúmulo contradictorio de placeres que la vitalidad inmisericorde en la que nos movemos y somos ofrece. Porque los placeres también pueden encerrar su propia contradicción mortífera en cada caso, avance o reflejo de la contradicción *necesaria* que mina nuestra condición: la epidérmica transitoriedad de nuestro por otro lado indeleble asentamiento en la vida/mundo. Hay placeres incompatibles con nosotros los humanos, que no nos *corresponden*, que afirman un asentamiento, sí, pero no el nuestro. Spinoza decía que son pasionales y potencialmente destructivos placeres de la imaginación, en lugar de activos y virtuosos placeres de la razón. Entre los más negativos está el placer de abominar del placer, de resistirse a él, de posponerlo para otro mundo y otra vida (suponer que nuestra vía para un mejor asentamiento es negar o rechazar nuestro real asentamiento), de buscar el placer como mera inversión o subproducto del dolor... Pero también fue Spinoza quien dijo que ningún afecto puede ser derrotado o *subyugado* por nada que no sea otro afecto, es decir, que ninguna experiencia de alma y cuerpo puede ser destituida por algo *incorpóreo*. Por tanto, la finalidad de la razón práctica no es repudiar el placer «malo», o dar de lado el placer en general y recomendar algo «mejor» (por ejemplo, un deber que nada tenga que ver con lo patológicamente deleitable), sino potenciar el máximo de placer, lo que un día se llamó «la vida buena» y hoy quiere ser denostado por los censores como «la buena vida». La ética no aspira a algo distinto al placer ni siquiera a un placer distinto, sino a *la distinción del y en el placer*.

Y sin embargo, hablar de placer y de ética sin oponerlos, y

más mostrando su intrínseca complicidad, sigue siendo motivo de escándalo intelectual. ¿Por qué? ¿En qué se funda y cómo se argumenta la causa seguida contra el placer, que lo fuerza a la inmoralidad o cuanto menos a la amoralidad? Desde Platón y Aristóteles hasta Kant y los deontólogos actuales, la recusación del placer como criterio y como objetivo de la virtud ha sido una constante argumentada con fórmulas sugestivamente semejantes. Tal recusación se ha visto doblada y confirmada por el rechazo de la virtud *en nombre del* placer llevado a cabo por la irreflexiva credulidad cínica, con tácita o explícita aceptación *a contrario* de la argumentación de los moralistas. El escándalo del placer no consiste en proponer el frescor jugoso de éste frente a la polvorienta grisura de la norma ética, ni en tachar de hipocresía a la virtud por buscar a fin de cuentas también el placer (como resulta de una mala lectura de Nietzsche, a veces hecha por el propio Nietzsche), sino en afirmar —y confirmar— que la virtud es virtuosa por lo que tiene de placentero, que sólo es hipócrita (falsamente virtuosa) en cuanto niega su fidelidad al placer (por otra parte inevitable), que la búsqueda firme e inteligente del placer que nos corresponde es el más alto y menos obvio *esfuerzo* humano... La fórmula más escandalosa es el lema spinozista, una vez bruñido de la escoria teológica que lo hace edificante para quien prefiere malentenderlo: el placer más completo que requiere y al que aspira nuestra naturaleza no es la recompensa de la virtud (ni mucho menos lo contrario de ésta) sino la virtud misma.

La argumentación contra el hedonismo puede centrarse en siete argumentos principales, casi todos ellos reiterados con variantes desde muy antiguo:

1) El placer es común a todos los seres vivos, animales y hombres, buenos o malos, sanos o enfermos;

2) El placer es impuro, viene siempre mezclado con el dolor;

3) El placer no es algo positivo, sino la simple supresión o alivio del dolor;

4) El placer es algo subjetivo y caprichoso, que no puede ser universalizado ni instituido;

5) El placer no es fruto de la libertad, sino algo determinado necesariamente por la naturaleza;

6) El placer es transitorio, parcial, engañoso y «falso»;

7) El placer separa a los hombres, los enfrenta y refuerza su egoísmo.

Creo que en estos siete puntos está concentrado el conjunto de la causa seguida en nombre de la «desinteresada» virtud contra el placer. Discutiendo cada uno de ellos diseñaremos al trasluz el perímetro y los rasgos capitales de la ética como amor propio *asumido* que aquí estamos estudiando.

1) Este primer argumento se encuentra, origen ilustre también de varias otras objeciones al hedonismo, en el *Filebo* platónico. Con palabras actuales lo reformula —para luego revisarlo críticamente— Erich Fromm: «¿Cómo puede guiarse nuestra vida por un motivo por el cual tanto el animal como el hombre, los hombres buenos y los malos, el individuo normal y el enfermo son motivados por igual?» (*Ética y psicoanálisis*). La esencia del asunto reside en dar por supuesto que el motivo auténticamente «moral» debe ser un *criterio* que sirva para separar las ovejas churras de las merinas, las blancas de las negras y los lobos de los corderitos. Los hijos de la luz y los de las tinieblas (no digamos las bestias y los humanos) no pueden compartir móviles. La virtud y el vicio no pueden manar de la misma fuente y entre sus respectivos manantiales no cabe ningún tipo de turbia contaminación. El placer es algo demasiado general, demasiado poco *selecto* (y demasiado poco seleccionador) para servir de sustrato a las opciones que distinguirán entre *alto* y *bajo*. Sin embargo, por el contrario, es cierto que antes de la·selección debe venir el ímpetu común a partir del cual brotarán los ramales distintamente valorados, los caminos de la libertad. Buenos y malos, virtuosos y viciosos no *vienen* de diferente origen, aunque luego *lleguen a ser* algo distinto. De hecho, la raíz de su distinción es precisamente el mejor o peor entendimiento del ímpetu común que les constituye a todos en su generalidad en cuanto activos. Y lo que la imaginación creadora de formas y normas es capaz de proyectar e instaurar a partir de lo mejor sabido. Selecciona la comprensión y estilización imaginativa de lo común, no el advenimiento transcendente de lo radicalmente excepcional.

La experiencia de asentimiento a la vida/mundo es la causa general de todos los comportamientos de los seres vivos. Spinoza denominó *conatus* o afán de perseverar en el propio ser a este sustrato absoluto de toda virtud, todo vicio y todo acto neutramente instrumental de mera supervivencia (aunque la supervivencia misma, en cuanto consciente de sus mediaciones y condicionamientos, ya es de por sí virtuosa). En los hombres, el placer es la conciencia psicofísica de realización del *conatus*: la ética —para no ser supersticiosa, en el sentido spinozista del término— ha de partir de aquí y retornar (tras un rodeo mediador por el reconocimiento humano de lo humano y sus gestos) a este mismo punto, que no admite superación salvo salto irracional de la inmanencia a la transcendencia. Aunque, desde luego, no basta con cualquier placer para reputar de virtuosa (es decir, de máximamente afirmativa al asentamiento humano en la vida/mundo) a una opción: todo placer es buena señal, pero cada señal positiva debe ser reinterpretada en una lectura de conjunto y un diálogo que nunca pueden cesar (ser humano consiste en mantenerlos siempre en funcionamiento). En una palabra: en lo tocante a la razón práctica, saber la base de la que partimos es imprescindible para diseñar el nivel axiomático que pretendemos alcanzar y las razones intrínsecas por las que deseamos alcanzarlo. Quiero ser bueno porque quiero ser íntegramente lo que soy y para ello debo ser un yo que se ama consecuentemente a sí mismo, un yo reconciliado con sus placeres y por tanto capaz de jerarquizar reflexivamente los que le corresponden. Y no hay yo sin reconocimiento intersubjetivo, o sea: me convierte en «yo» el respeto imaginativo al «ellos» y el amor individualizador a varios «tú» privilegiados.

2) De nuevo nos hallamos en el terreno de las objeciones platónicas: si el placer es lo que va a orientar nuestra libertad como lo supremamente deseable, debería ser algo perfectamente diferenciado e independiente de su opuesto, el dolor; pero resulta que los placeres se hallan casi siempre inextricablemente mezclados a dolores (el placer del reposo nace del doloroso cansancio, el placer de la bebida fresca proviene del dolor de la sed, el placer de la venganza nace del dolor de la cólera o de la humillación, los placeres sadomasoquistas obtienen su gratificación de premisas dolorosas, en general cada placer proviene

y se ve reforzado por la expectativa dolorosa del anhelo o por la incertidumbre de su logro, etc...). Este planteamiento parte de un error fundamental: considerar el placer como lo *opuesto* al dolor. En realidad, lo que pudiéramos decir que se opone verdaderamente al placer es el desagrado o el rechazo, pero no el dolor. Más bien resulta que el dolor, ese estímulo y tónico para la acción, desemboca en el placer hacia el que nos impulsa. Si hubiera que señalar un motor único de nuestras acciones (desde las meramente destinadas a la supervivencia hasta las más exquisitamente éticas) no podría ser otro que el dolor (en sus advocaciones de necesidad, carencia o miedo): el placer en cambio es la *recompensa* por las acciones a las que el dolor nos estimula, la reconciliación gratificante con la obligación vital de la práctica. El dolor y el placer están ligados como el anverso y el reverso de la actividad: el segundo constituye el *rescate* de la coacción impuesta por el primero. El dolor nos pone en marcha y el placer nos permite marchar con alegría. Por ello cabe afirmar que el placer es, literalmente, lo que *vale la pena*, es decir el valor que brota de las esforzadas penalidades de nuestra contingencia. Hay pues en los placeres una relativa complicidad con los dolores, una administración gozosa del dolor, incluso un *cálculo*. Las exageraciones algo pedestres de Bentham y su aritmética hedonista han desprestigiado el término «cálculo» en este campo, barnizándolo de filisteísmo. Pero el cálculo de penalidades forzosamente activadoras y deleites reconfortantes, de los dolores por los que en ocasiones debemos optar como renovadores y estilizadores de placeres, forman parte esencial del arte de aplicar la razón práctica, que es el corazón mismo de cualquier moral, denominado *frónesis* por Aristóteles y quizá *cordura integral* por los neospinozistas que aquí quisiéramos ser.

La capacidad de placer se educa y sutiliza en la escuela del padecer: no es la letra lo que con sangre entra, sino la plena humanización, la abnegación jubilosa del gozo. Para saber cuánto vale la pena disfrutar y cómo hacerlo mejor hay que ser *sufrido* e inteligente. La pendiente de la gratuidad regresiva nos arrastra destructivamente hacia la alucinación del delirio de omnipotencia originario del que proviene nuestra volición madura. Nada hay tan aniquilador y tan antivital como no saber sufrir, como no aceptar *a qué viene* el dolor. No es posible desarrollar la disposición al deleite sin asumir la función y hasta la fatalidad del sufrimiento. Esto no implica ninguna *complacencia* en lo doloroso ni tampoco convertir el placer en mecánica inversión del dolor (en el doble sentido topológico y económico de la palabra «inversión»). El *sentido* del dolor está en el placer, no al revés: el asentimiento a nuestro asentamiento en la vida/mundo, cuya experiencia es el placer, incluye la aceptación estimulante del dolor como perfil lúcido de finitud. Y ello hasta sus últimas consecuencias: en el extremo del placer, la muerte misma se engarza sin lúgubre discontinuidad en el asentimiento a nuestro asentamiento. Sólo el gozo puede familiarizarnos *positivamente* con la muerte, tal como Georges Bataille señaló hablando de uno de los deleites más radicales, el erotismo, al que definió como «afirmación de la vida hasta en la muerte» (*El erotismo*). Si no fuera por la extralimitación del placer (es decir, por su pendiente hacia lo incalculable que debe ser incluida en cualquier cálculo para que éste no resulte castrador) todo en la muerte nos resultaría intolerablemente *extraño* y hasta la inmortalidad dejaría de plantearse como objetivo de la cultura. Tal es el sentido más profundo de la observación que el Sócrates platónico formula como simple reconvención puritana: «El exceso de placer, mi querido amigo, llega hasta hacerle decir de sí mismo, y obligar a que los demás digan, que se muere en cierta manera en medio de estos placeres» (*Filebo*). Morir de placer como pórtico para que pueda luego quizá hablarse hasta de un placer de morir. En la máxima dilatación del placer, la muerte cobra sentido vital no desde el punto de vista de la especie sino desde la experiencia del individuo: el goce supremo tiende a alcanzar la *regeneración* de la muerte.

3) Quizá sea la objeción de más antigua prosapia y la más recurrente, pues la encontramos en los cínicos seguidores de Antístenes y en Platón, pero también en Schopenhauer y Freud. El placer, se dice, carece de contenido positivo, no es sino el cese o el alivio del dolor. Lo auténtico y eficaz es el sufrimiento, mientras que el goce no consiste más que en su abolición momentánea: por ello el infierno resulta un espacio

imaginario verosímil, mientras que el paraíso es sólo una abstracción compensatoria, según puede comprobar por sí mismo cualquier lector de *La divina comedia*. Este argumento, como es evidente, se relaciona directamente con el que hemos considerado en el punto anterior. ¿Cómo convertir en guía u objetivo de la virtud algo que carece de entidad propia, que no es más que un cese o supresión?

La formulación moderna más ampliamente aceptada de este razonamiento es la de Freud, cuyo principio de placer es ante todo un principio económico, consistente en disminuir cuanto sea posible la excitación padecida, pues ésta es fundamentalmente dolorosa. El propio Freud, más adelante, señaló algunas restricciones importantes a este planteamiento. En *Más allá del principio de placer* —uno de sus libros de mayor importancia filosófica— señala que el placer no puede ser identificado sin más con el alivio de *cualquier* tensión, puesto que hay tensiones placenteras. Pero sobre las opiniones freudianas acerca del placer volveremos un poco más detalladamente más adelante.

Para aclarar este punto quizá fuese oportuno distinguir entre «satisfacción» —entendida como el acto de colmar la urgencia de una necesidad— y «placer» propiamente dicho. El placer transciende siempre la satisfacción, aunque parta de ella; no pretende anular cuanto antes la tensión, sino que en la mayoría de las ocasiones se deleita en su excitación y la conserva: la necesidad que en el placer se satisface (la necesidad de experimentarse *voluntariamente* vivo) no es reductible a ninguna otra de la fisiología ni siquiera de la sociología, sino que es tan compleja y simbólicamente rica que la palabra «necesidad» no basta para designarla y preferimos llamarla «libertad». Los placeres son la maduración humana de las satisfacciones, lo que a partir de ellas somos capaces de inventar y merecer. En algunos casos —y sumamente importantes— buscar la tensión dolorosa de la que el placer —satisfacción mediante— procede es en extremo problemático: los placeres de la música o la poesía ¿de qué excitaciones o tensiones aliviadas provienen? Quizás hubiera aquí que mencionar el *hastío* como la tensión básica (la desazón ante nuestro asentamiento) a cuyo alivio responde la *cultura* toda (entendida como el conjunto estructurado de todas las satisfacciones y placeres que nos remedian).* En líneas generales, la noción de placer como descarga lenitiva de una excitación no es más que un reduccionismo neurofisiológico (de los que siempre tentaron a Freud) basado en la observación del arco reflejo (un polo aferente produce el aumento de la excitación hasta el umbral doloroso, un polo eferente que conduce a la descarga y al reposo aliviador). Esta despersonalización de un proceso infinitamente más complejo deja de lado como irrelevante o ilusorio el punto de vista del sujeto, para el cual cada placer no es visto como una expulsión o pérdida, ni tampoco como una simple *reparación*, sino como una positiva y relevante *ganancia*. De hecho, el placer es lo que experimentamos como ganado una vez satisfecha la pulsión apetitiva más directa (las *ganas* de tal o cual cosa).

* De hecho, no creo que haya ninguna razón seria para no admitir que la excitación y la estimulación son fuente de placeres a igual título que el alivio de las tensiones. No es cierto que nuestra conducta busque siempre disminuir la excitación, pues intentar incrementarla es un móvil igualmente omnipresente: en caso contrario, la humanidad habría alcanzado ya un estado de reposo calcificado. Esta búsqueda de la estimulación placentera puede tener desde luego sus peligros y aquí podríamos referirnos al tema de la relación entre placer y *destructividad*. La existencia de placeres destructivos, del placer de destruir incluso, no contradice la definición general del placer que venimos manteniendo aquí. Por lo común, lo buscado en la destrucción en cuanto placer es una autoafirmación defensiva, al modo ya señalado por Freud: «El ego odia, aborrece y persigue con intención de destruir todos los objetos que son fuente de sensaciones desagradables para él, sin tomar en cuenta el que signifiquen una frustración de la satisfacción sexual o de la satisfacción de las necesidades de autoconservación. Ciertamente, puede afirmarse que los verdaderos prototipos de la relación de odio se derivan no de la vida sexual sino de la lucha del ego por conservarse y mantenerse» (*Los instintos y sus destinos*). En este sentido sí que podría decirse que el placer de la destrucción proviene de la desaparición de algo amenazante o desagradable y del final de la dolorosa tensión que su presencia provocaba en el ego. También Spinoza había dicho: «Quien ve destruido lo que odia, se alegrará.» Pero otro tipo de placer destructivo puede provenir precisamente del afán de nuevos estímulos, de ir más allá de lo prescrito, del desafío *transgresor* en busca de lo insólito. Según Erich Fromm: «No sólo atrae lo no permitido, sino también lo imposible. Al parecer, el hombre se siente profundamente atraído hacia los bordes naturales, personales y sociales de su existencia, como si quisiera echar una mirada más allá del angosto marco dentro del cual se ve obligado a existir. Este impulso puede ser un factor importante conducente a los grandes descubrimientos y también a los grandes crímenes» (*Anatomía de la destructividad humana*. Agradezco a mi compañero Víctor Sánchez de Zabala haber llamado mi atención sobre esta obra de Fromm).

Pero en el reproche que tilda al placer de mera supresión del dolor hay algo más que un reduccionismo falsamente objetivo o cientifista: se intenta la desvalorización del placer acusándole del más grave delito desde la óptica de la razón práctica, la *pasividad* o *inactividad*. Uno de los mejores especialistas en el tema, Thomas S. Szasz, escribe estas palabras esclarecedoras que condensan mucho de lo que venimos diciendo: «Mientras que el dolor es una orden de actuar, el placer (que puede ser asimilado en este caso al contento o a la felicidad) no reclama ningún acto. En su deseo y su experiencia esencial, el yo desea que *ningún cambio* intervenga en la situación existente. En la medida en que este afecto es una orden —o un deseo— reclama el *statu quo*» (*Pain and Pleasure*). Esta vocación de remanso en el deleite, que atrae desde su quietud (de modo no tan diferente al de la divina *energeia akinesis* aristotélica), es quizás el aspecto más auténticamente escandaloso del placer desde la perspectiva de cierta superficialidad moralista. En cambio, Nietzsche ancló precisamente aquí la superioridad del placer sobre el dolor: «El placer es más profundo aún que el sufrimiento. El dolor dice ¡pasa! Mas todo placer quiere eternidad, ¡quiere profunda, profunda eternidad!» (*Así habló Zaratustra. La segunda canción del baile*). La superioridad del placer consiste en que ya tiene lo que quiere, lo cual no equivale a decir que ya ha dejado de querer, sino que ahora quiere lo que tiene. Esa pasividad relativa (pues no es esclerosis ni abandono, sino gozo extático de la propia suerte) no se convierte en un indicio regresivo en lo psicológico ni culpable en lo moral, sino que constituye la señal definitivamente favorable que predispone al placer. El hiperactivo Fausto no consigue gritar a ninguna ocasión de este mundo su «¡detente!» porque su enfermedad mefistofélica es la convicción de que todo lo existente merece perecer, o también: que nunca puede proclamarse directamente el *sí* a ninguna belleza terrenal, sino sólo como paradójica consecuencia de un «no» activamente destructivo. De ahí que finalmente el reino reconciliado de las Madres sea cosa de la tumba... o del más allá transcendente. El ultrahombre nietzscheano es un Fausto capaz de gozar y por tanto de eternizarse en algo inmanente: de decir «¡detente!» antes de morir o de oír los coros celestiales, o sea, decir «¡detente!» cuando aún queda tiempo por detener.

Asumir la quietud y *saborearla* es la última lección de la razón práctica, su ápice. La actividad del hombre, su esfuerzo ingenioso, su heroísmo, su solidaridad, su arte, no llevan a nada que trascienda de esa experiencia afirmativa del asentamiento en la vida/mundo que denominamos *placer*. Todo lo que prácticamente tiene sentido para los hombres lo tiene en cuanto conduce, posibilita o promete algún placer humano. No hay destino más alto: no hay altar superior al que el placer humano deba ser inmolado. El resto es superstición. El hombre no ha sido hecho para nada sino para sí mismo; y en cuanto trasciende la biología y alcanza sentido simbólico, ha sido hecho por sí mismo. Sentir y afirmar la experiencia de vivir son su meta permanente, única. Lo que hay al final de cada uno de sus más altos logros es un recogimiento que se contenta en sí mismo y que no quisiera concluir... pero que concluye. Ese placer cada hombre lo ha de experimentar por sí mismo, de forma individual y antigregaria. Ahí está el escándalo, siempre inspirado por la superstición clerical que nos quiere perpetuamente *congregados* en espera de un objetivo superior y futuro. En este sentido, el placer es *nihilista* porque subvierte cualquiera de los grandes Ideales venerables que lo trascienden o los Principios que lo minimizan, pero es un nihilismo que reconcilia al hombre consigo mismo y que convierte tal reconciliación hedónica en fuente de valores. El placer es *anticolectivista*, porque sostiene —sin necesidad de decirlo— que el destino de la intervención social del hombre no es sacrificar al individuo para perfeccionar lo colectivo, sino perfeccionar lo colectivo para dar nuevas oportunidades de gozar al individuo. En el placer y en su ápice extático, cada cual vuelve sobre sí mismo y halla el sentido de todo el plural esfuerzo humano. Por eso la Santa Congregación de Ritos se indigna con la afirmación del placer, con el retiro a lo privado o a lo íntimo, con cuanto nos sustrae aunque no sea más que por un instante —e incluso en plena multitud— de la obligada *función pública*. No al gozo sensual sin mañana, no a la meditación improductiva, no a la embriaguez o a lo ingenuamente distraído: hay que estar siempre *de guardia*, como los centinelas y las farmacias. Aquí es lícito recurrir a cualquiera de los grandes solitarios, como el novelista John Cowper Powys, quien al comienzo de los años treinta escribía *In Defence of Sensuality*, afirmando blasfemias como éstas: «La mayor ilusión del mundo nace del culto tribal a la actividad social, que se remonta a las hordas de cazadores y guerreros de tiempos prehistóricos. El único resultado benéfico de la mecanización del mundo moderno es haber liberado al individuo de esa barbarie tribal que consiste en conceder a las tareas efectuadas por la tribu más importancia de la que en realidad tienen. Es preciso que esas tareas se realicen; es preciso que haya alguien para hacerlas; es vil y mezquino sustraerse a ellas. Pero de aquí a tomarlas en serio hasta el punto de ver en ellas la meta misma de la existencia, hay mucho trecho (...). Debemos pagar a la humanidad lo que le debemos. Pero hay una cosa por la que no somos deudores a nadie y es nuestra alma viva. Y resulta que ese alma viva en cada uno de nosotros se alimenta de sensaciones tenues y simples, y de un arte oculto de la pasividad. Ese arte secreto supone que se mantenga una guerra incesante contra los aspectos superficiales de nuestra civilización mecanizada y contra la pesada tiranía del hormiguero.»

4) Si las objeciones anteriores han sido de cuño más bien platónico, la que ahora afrontamos pertenece a la estirpe kantiana. El placer queda aquí tachado de subjetivismo, de ser un capricho de la imaginación que no puede someterse a la disciplina racional de universalización e institucionalización. El placer es lo que le pasa a uno —o lo que uno cree que le pasa— mientras que la razón práctica debe atarearse en establecer lo que traspasa a todos, la Ley cuyo respeto constituye la moralidad. Los placeres son contradictorios: se alimentan de crueldad o de abnegación, de exceso o de ascetismo, de sumisión o de arrogancia, de expolio o desprendimiento, de disciplina o desorden... en numerosas ocasiones, de varios de estos afectos contradictorios a la vez. Cualquier cosa puede ser o parecer placentera según la arbitraria subjetividad que juzgue. ¿Qué puede edificar la razón práctica sobre estas arenas movedizas, sobre este traicionero pantano de apetencias irreductible y puerilmente biográficas? ¿Cómo la necesaria institucionalización de la justicia podría atender reclamaciones tan discordantes y enfrentadas?

Ahora bien, cabe preguntar: ¿es cierto que los placeres, como fruto de una irresponsable fantasía, son imposibles de reconciliar entre sí, no dentro de una pauta de universalización instituida del goce, sino ni siquiera dentro de la universalización instituida del *respeto* a los goces? ¿Son los placeres más diversos y antagónicos que los usos efectivos de la razón, en nombre de la cual vemos instituirse tan crueles y opuestas normativas? ¿Es de veras más difícil hacer concordar los placeres entre sí de lo que evidentemente resulta hacer concordar la razón consigo misma? ¿Es la caprichosa discordancia de las fantasías de placer lo que imposibilita la armonía sociopolítica de la comunidad o es más bien la discordancia de la sociedad la que enfrenta y disparata traumáticamente la condición de los goces? Sin duda la capacidad imaginativa de la voluntad, de la que proviene cuanto individual o colectivamente hacen los hombres de literalmente *creador*, tiene un papel muy importante en la procura de nuestros placeres, pero en absoluto excluyente de toda otra consideración intersubjetiva o fundamento natural. La imaginación creadora es en sus funciones tan universalmente potente y tan irreductiblemente plural como la razón, ni más ni menos: de hecho, sólo por un vacuo artificio metódico puede ser contrapuesta a ésta. Los placeres son subjetivos, pero ello no supone que carezcan de fundamento generalizable ni mucho menos que sean espejismos ilusorios. Como el resto de nuestras disposiciones activas y pasivas, brotan de la amalgama indisociable formada por el resultado de la evolución biológica de nuestro organismo y del precipitado de la evolución cultural, autopoiética, de nuestra psique. Su diversidad es ni más ni menos irreductible que la de las formas simbólicas de asentamiento humano en la vida/mundo: proviene de necesidades comunes y de variadas respuestas inventivas.

En particular el enfrentamiento sin mediación institucional y la crispada frustración de la sociedad contribuyen a la desvirtuación de los placeres, hasta el punto de volverlos contra la libertad y apoyo mutuo de los individuos. La comunidad agresiva y atemorizada segregará placeres a su imagen y semejanza. Esta constatación no dice nada contra el placer como objetivo irrenunciable de la razón práctica, sino contra el tipo de comunidad inadecuada. Y por ello la razón práctica no puede renunciar al inacabable proyecto de perfeccionamiento sociopolítico. Siempre es mejor esforzarse por abrir el ordenamiento al placer que encerrarse en el placer de ordenar. Los impulsos subversivos más estimables de nuestro siglo —englobados en lo que por simplificar llamaremos «el espíritu de mayo del 68»— responden precisamente a este criterio. El pensador que más valientemente se adentró por esta línea de reivindicación revolucionaria del placer fue el ahora no por azar minimizado Herbert Marcuse. Su interpretación marxista de la degradación de los placeres no se volvió contra éstos ni los negó como objetivo, sino que denunció la perversión instituida del imprescindible goce: «Cuando la ética idealista rechaza al hedonismo a causa de esta particularidad y subjetividad esenciales de su principio, detrás de este rechazo se oculta una crítica justificada: ¿no exige la felicidad, con la pretensión inminente de aumento y permanencia, que en ella se elimine el aislamiento de los individuos, la cosificación de las relaciones humanas, la contingencia de la satisfacción, es decir, que esta felicidad pueda ser armonizable con la verdad? Pero, por otra parte, este aislamiento, cosificación y contingencia es la dimensión de la felicidad en la sociedad actual. Por consiguiente, el hedonismo tenía razón precisamente en su error, en la medida en que sostenía la exigencia de felicidad en contra de toda idealización de la desgracia. La verdad del hedonismo estaría en su superación en un nuevo principio de organización social, no en otro principio filosófico» (*A propósito de la crítica del hedonismo*). Pero habría que completar este planteamiento subrayando que por perfectibles que sean los goces en la sociedad aún esencialmente injusta, no por ello son menos reales ni globalmente desdeñables en nombre de cualquier aplazamiento utópico indefinido. El empeño de transformación sociopolítica, para no convertirse en resentimiento inquisitorial, tiene que simultanearse con los placeres y aún partir de éstos, pero sin subordinarlos. Así lo sostuvo en un ensayo caótico pero brillante otro pensador del 68, el ex-situacionista Raoul Vaneigem: «No haré de los placeres una vía hacia la revolución, no remedaré esa impaciencia que os ha provisto de un pretexto para no atreveros a vivir, como si la verdadera vida comenzase al día siguiente de la Gran Noche. Ya es hora de que los placeres se basten a sí mismos, pues su autenticidad, su unidad y su variedad inagotable dependen solamente del placer obtenido por cada cual al crear la vida que lleva en sí» (*Le livre des plaisirs*). Luchar por una organización social menos antagónica y destructiva no es cumplir un deber moral o un destino histórico, sino defender racionalmente nuestro placer. Pero éste, a su vez, no puede esperar al advenimiento de las condiciones sociopolíticas ideales para ejercerse, pues la subjetividad no quiere —y por tanto no debe— ser inmolada a la edificación de lo objetivo. Si no disfrutásemos afirmativamente de la vida hasta que tal disfrute estuviese institucionalmente garantizado en todo y para todos, la instauración del paraíso nos cogería demasiado desentrenados para poder aprovecharlo. Además nunca le perdonaríamos su intolerable retraso: la llegada por fin de la utopía y la inauguración de la era del placer sin culpa nos convertiría a los hasta entonces sacrificados en amargos rebeldes con la mejor de las causas. Ya ha pasado antes. Por tanto, la buena vida debe preceder paradójicamente a la buena sociedad cuya función será posibilitarla...

Pero existe otro índice por el que se universaliza *a contrario* el placer, se exterioriza intersubjetivamente y desvanece su culpable mueca caprichosa. Se trata de la conciencia abrumadoramente presente de cuánto lo impide y a cuántos se les impide. Podemos denominar «remordimiento» a tal conciencia y comparte con el placer su carácter de experiencia, es decir —utilizando la expresiva retórica de Cowper Powys—, «parece surgir de esa región de nuestra identidad en donde están en contacto el cuerpo y el espíritu. Este dolor puede ser anestesiado por la acción, adormecido por el goce, acunado por el amor, embotado por el trabajo, enmascarado por la ansiedad, obliterado por otro dolor; pero sin tregua, en el fondo de una grieta del glaciar de las noches, desde el fondo del pozo de mina de paredes resbaladizas del abigarrado mediodía, vuelve una y otra vez a sonar su demoníaco tam-tam. Es un cordón umbilical que liga nuestra buena suerte personal al infortunio de todas las otras sensibilidades. Es el aullido de la víctima en manos de la policía, es el gemido de los desdichados que mueren de hambre, las lágrimas de los linchados, el grito terrible de los que van a ser ejecutados, la desesperación apática de los parados; en una palabra, es el espantoso dolor universal infligido por las pinzas de Cáncer, el cangrejo cósmico...» (*In Defence of Sensuality*). Este tipo de remordimiento no es un proceso mórbido, paralizador, destinado a envenenar con su tam-tam el concierto de nuestra vida, sino el inevitable reverso de la *individualización de la voluntad*. Al relativizarse la simbiosis con el grupo (como veremos por extenso más adelante, cuando la *pertenencia* se convierte en *participación*), el sujeto que toma en cuenta su destino como aventura personal formada por elecciones propias recibe como contrapartida la imposición de *hacerse cargo* de los otros: cuanto más radical y madura es la individualización, más universal resulta la *compasión* por los demás. Quien pertenece esencialmente a un colectivo padece su solidaridad orgánica pero disfruta con buena conciencia el egoísmo de grupo; el individuo que participa selectivamente en asociaciones —es decir, desde la conveniencia racional de su amor propio— sufre en cambio el remordimiento de su autoafirmación en forma de vinculación intrínseca con los sufrimientos y frustraciones vigentes entre quienes le son semejantes no en afiliación sino en individuación. El remordimiento por el dolor universal de los seres humanos (que Schopenhauer y otros extenderían a todos los restantes seres vivos, a mi juicio indebidamente) es el tributo agradecido que cada cual rinde a la personalización en él del proceso humanizador. Pero el dolor de este remordimiento (Schopenhauer y Nietzsche, desde valoraciones distintas, prefirieron hablar de «compasión») es, como todo otro dolor, un *acicate* y desemboca también en la forma de placer que lo rescata. El placer que corresponde a la inacabable lucha contra el dolor humano, acicateada por el remordimiento de la individuación y la compasión universal, es lo que se ha llamado en varias culturas *santidad*. En ella, el amor propio se atreve a sentirse perfectamente invulnerable, ya no se preocupa de *resguardarse* en modo alguno, sino que se entrega por completo en acción, contemplación o ambas a lo que *adeuda* por haber llegado a ser ese algo distinto y único. El santo descubre y saborea a través de la demanda de su reverso universal la calidad más impersonal y por tanto más exquisita de la afirmación humana de asentamiento en la vida/mundo. Su testimonio a favor del hedonismo es, sin duda, el más desinteresadamente interesante...

5) También es Kant (y aún más Fichte) el principal valedor de este motivo para desvirtuar la inspiración práctica del placer. Lo característicamente moral en el empeño de la razón práctica es sostener un designio libre contra la ciega determinación natural: pero el placer nos viene impuesto por nuestro condicionamiento psicobiológico (podemos *refinar* nuestros placeres, pero no *elegirlos*) por lo que nunca puede ser considerado racionalmente como estímulo de libertad. El placer es algo así como un soborno de la necesidad para plegarnos a su imposición heterónoma; se trata de algo demasiado burdamente orgánico como para poder concederle ningún mérito ni dignidad. Lo mejor que puede ser dicho respecto a él es que es tanto más «elevado» y menos grosero cuanto más se desprenda de su envoltura material y espiritualice su contento. Pero a fin de cuentas siempre se tratará de una afección patológica (es decir, algo que padecemos porque se nos impone) y no el resultado de una actividad verdaderamente libre (o sea, fruto directo de un interés no patológico, *desencarnado*).

En este planteamiento resulta obvio el resabio no ya «espiritualista», sino *transmundano* (como diría Nietzsche): la oposición cuerpo/espíritu, aquel producto del determinismo y la materia, éste hijo de la libertad y del cielo. La ética, según esto, no consiste más que en defender los privilegios del espíritu frente a las brutales urgencias del cuerpo. Los más tolerantes de estos transmundanos aceptan con virtuosa resignación la carne (puede ser pecado de arrogante angelismo desdeñarla en exceso), pero siempre que sea una carne domesticada, subyugada por el espíritu y gobernada por su ascético control. Incluso puede que no haya nada expresamente *malo* que decir contra los placeres (al menos contra los menos desvergonzados de ellos), pero desde luego tampoco se merecen que se diga algo realmente *bueno*, ascendiéndoles a un rango nada menos que moral. ¡Bastante nos tiran de por sí y bastante imperio tienen sobre nosotros sin semejante propaganda! Estos razonamientos no suelen ser expuestos con tanta crudeza como yo lo hago aquí —incluso quizá sean rechazados como injuriosas simplificaciones— pero subyacen a cualquier planteamiento ético (deontológico o como se le quiera llamar) que minimice o desdeñe la consideración del deleite que ha de recompensar la conducta virtuosa. Siempre tropezamos con nuevas versiones sofisticadamente neuróticas del viejo *soma/sema* de regusto órfico, constataciones del bochorno y el espanto que verse encadenados a una bestia física supone para el «fantasma» que en realidad creemos ser. Se cede así al refinado y exangüe placer de atormentarnos en nombre del deber (y con sabia dosificación hipócrita, eso sí) como fingimiento de renuncia a goces que ni pueden ni deben ser extirpados. Goce de la represión y represión del goce, placer de la vergüenza y vergüenza del placer... ¡Y a esto se le sigue llamando «moral», que nadie lo dude!

En el fondo, lo único literalmente *indecente* (lo por antonomasia inmoral) es la suposición de que la *vida buena* no ha de incluir (o es irrelevante que incluya o no) gratificaciones placenteras en toda la extensión corporal y carnal de la palabra. La libertad humana (entendida como capacidad de elección, invención y reflexión sobre la preferencia) no se opone a nuestra corporalidad, ni la desmiente, ni se desentiende en modo alguno de ella, sino que emerge y corona la carne como la flor emerge y corona el organismo vegetal que la sustenta. Por decirlo de otro modo, la libertad humana —en su sentido inmanente, no en el «transmundano»— es la disposición activa de administrar y potenciar recursos que recibimos de manera necesaria de la biología y la cultura. A partir de este pie forzado hay *maneras* de ser libre, pero sin este pie forzado no habría manera de ejercer ni concebir siquiera la libertad. Sin embargo, ningún código —biológico o sociológico— determina por completo una disponibilidad abierta que, a partir de lo dado, invente lo nuevo. En la *vida buena* se reúnen los placeres corporales y los espirituales a cuyo equilibrio llamamos *cordura* y cuya posibilidad instituida merecería ser llamada *civilización*. En el lenguaje cientifista de la modernidad, diríamos que la vida buena incluye y exige los deleites del sistema límbico y del hipotálamo tanto como los de la cerebración cognitiva superior. Las modulaciones y arpegios de esa armonía admiten fórmulas muy distintas, en cuya progresiva estilización estriba el perfeccionamiento ético; en cláusula justamente famosa, Tucídides dijo por boca de Pericles en su oración fúnebre que los atenienses «amamos lo bello con frugalidad y el saber sin extravagancia ni blandenguería». Es una de las opciones posibles, pero también resultan justificables otras.

La mentalidad transmundana insistirá en que este «naturalismo» ético derivado de la fidelidad al placer (cuya fórmula podría ser así: «No hay virtud que no parta y sea impulsada por algún afán de goce, ni tampoco que no se vea recompensada por algún indudable deleite») nos esclaviza a recompensas heterónomas que también podrían garantizarnos ciertas descargas eléctricas aplicadas a determinados centros nerviosos o el consumo de algunas drogas. Sin retroceder ante todas las implicaciones concretas de esta supuesta recusación (no hay por qué negar que consideramos los analgésicos, calmantes y otras drogas de estimulación imaginativa o sensorial como logros moralmente estimables de la razón práctica) es conveniente hacer algunas precisiones más sobre la naturaleza del placer. Seguiremos aquí una clasificación establecida de modo más o menos convincente por Freud, aunque en parte tomada de autores anteriores (Fechner, etc...). Según ésta, habría que distinguir entre «placer de la función» (el más fisiológicamente justificable, ligado a la satisfacción de una función vital), «placer del órgano» (desligado de la función, inmediatamente gratificatorio y autoerótico, con frecuencia regresivo respecto a la madurez de goce alcanzable en un momento dado del desarrollo psíquico del sujeto) y «placer de la representación» (que consiste en el deleite —o, en su caso inverso, desagrado— que se obtiene en el presente al representarse los efectos futuros de la acción a emprender). Pues bien, hay que subrayar que lo característicamente humano (lo cual no implica, desde luego, minusvalorar ni censurar los otros dos tipos de placer) es el tercer nivel placentero, en cuya hipóstasis consiste en buena medida la cultura. Como ha señalado con tino Cornelius Castoriadis, «en el ser humano hay desfuncionalización del funcionamiento psíquico, que se traduce particularmente en la desfuncionalización de la imaginación y en la desfuncionalización —que a menudo se convierte, como es sabido, en contrafuncionalización— del placer y particularmente en el predominio del placer representativo sobre el placer del órgano» (*Domains de l'homme I*). La capacidad representativa se superpone y a veces se contrapone a la determinación digamos más «natural» de los placeres funcionales o del órgano. El máximo placer representativo es la confirmación del poder vital o, en otras palabras, *la represen-*

tación de la inmortalidad. Ni las satisfacciones funcionales ni los deleites del órgano pueden prevalecer completamente sobre éste, en el cual se basa en cambio tanto la virtud como la perversión de la razón práctica. Ningún reduccionismo puritano o grotescamente sensualista puede obviar este dato esencial de la escala hedonista. En líneas generales, es válida la escandalosa afirmación de que *ser mejor es sentirse mejor*, pero en ella debe incluirse para su adecuada matización la exigencia de superación personal y el afán de transformación del medio, ingredientes esenciales de la maduración individual de ese placer de la representación humanamente prioritario.

6) Esta línea argumentativa está ligada con el aspecto tratado en el punto anterior, del que en cierto modo deriva. Se subraya aquí el carácter *espasmódico* del placer, su cualidad de afecto transitorio y fugaz, parcial, y por tanto «falso». En cuanto a esta última descalificación, dejaremos aparte la «falsedad» supuestamente derivada de la mezcla de dolor que comportan ciertos (o todos, según gustos) placeres, pues ya nos hemos referido anteriormente a este aspecto (también hemos hablado del aspecto económico o de cálculo de la consideración prácticamente racional del placer en su mixtura intrínseca con el dolor y podríamos señalar el papel que *la victoria sobre el dolor* en cuanto confirmación de la invulnerabilidad y afirmación de la vida tiene en la configuración del placer de representación). Nos centraremos en la falsedad derivada exclusivamente de la brevedad y parcialidad de la emoción deleitosa.

Para comenzar: ¿qué quiere decir que un placer es «falso»? No por supuesto que *parezca* placentero pero *en realidad* no lo sea, pues precisamente la gracia del placer —en el sentido más carismático de la palabra «gracia»— consiste en la superación de la dualidad acostumbrada entre «apariencia» y «realidad»: cuando algo parece un placer lo es y nada puede ser placentero sin parecerlo (es decir, sin ser buscado, reiterado, requerido, echado en falta o defendido sea consciente o inconscientemente). En el placer, *ser es gustar* (lo cual es válido incluso en la *tentación*, en la que el placer seduce en cuanto tal y repele o asusta por las consecuencias desagradables de cualquier tipo que pueden acompañarlo) y ello porque su entraña reside en *gustar de ser*. La supuesta falsedad viene, pues, de que su duración es decepcionante (siempre «se hace corto») y de que no abarca la totalidad de nuestra personalidad ni de nuestra vida, sino sólo la hipóstasis transitoria de una de sus facetas. Ya los antiguos hablaron del *hedoné monochronos*, del placer momentáneo, y Epicuro lo opuso al *catastematikós*, más estable y difuso, semejante a lo que mucho más adelante en la historia se llamó *joie de vivre*. Es cierto que los placeres más intensos son de duración limitada, por características neurofisiológicas del hombre y por lo funcionalmente errático de nuestra atención. Pero su relativa «brevedad» los hace tan poco «falsos» como la relativa brevedad de la vida hace a ésta «falsa» (en el sentido transmundano de que deba haber *otra*, ésta inacabable). La fidelidad al placer es *trágica* tal como lo es la fidelidad a la vida (lo que Nietzsche llamó «el sentido de la tierra») pues asume su carácter finito —su perpetuo estar-ya-cesando— no como un mentís a su realidad sino como el índice irrefutable de ésta. La actitud trágica —que acepta el placer vital como objetivo de la razón práctica— puede conllevar dos posturas ante la permanente pérdida en que consiste la temporalidad esencial de lo humano: la *aceleración de la intensidad* (quemándose en deleites audaces de riesgo o belleza, juveniles, que no consientan la decadencia que forma parte de toda duración prolongada) o la *garantía de la reiteración* (buscando deleites templados de estudio, creación o servicio, más representativos que orgánicos, maduros y aún crepusculares). Aunque la segunda opción haya gozado de mayor lustre moral que la primera, ella se debe exclusivamente al máximo encomio social de la productividad frente al derroche, del fasto sobre el gasto, de la seguridad paulatina de conservar el ciclo por encima del arbitrio individual de experimentarlo con fulminante entrega. Desde la conciencia sin prejuicios del amor propio, cada una de las dos actitudes tiene su propia entidad ética y sus virtudes características: la literatura lo ha concebido con mayor penetración que la reflexión moral, porque no siente tanto la obligación de ser edificante. Ambas decisiones no son sino dos formas mortales de asumir la inmortalidad, es decir: dos estilos de *inmolación*, ni más ni menos.

Centrar la razón práctica en el placer no es a fin de cuentas una actitud nihilista (aunque ocasionalmente pueda resultar aniquiladora), siempre que lo experimentalmente pretendido sea el asentamiento afirmativo en la vida/mundo (con su transitoriedad y su dolor) y no la asqueada confirmación aparentemente hedonista de no ser ni valer nada, por despecho ante la transmundanidad carcomida. Pero ésta es una cuestión tratada ya por Nietzsche con su genial y a menudo paradójica agudeza. Se achaca a los placeres su parcialidad (frente a la fácil totalidad de los ideales transmundanos y de las instituciones fundados sobre ellas) pero Nietzsche supo mostrar en esa propensión al Todo de los ideales transmundanos la clave del auténtico nihilismo moderno, es decir, del olvido del inmanente sentido de la tierra. Totalizar no es acreditar auténtico valor, sino convertir al ideal en desvalorizador del intrínseco estar-ya-cesando que caracteriza nuestra implantación real en la vida/mundo. Más allá de la denuncia hecha por Adorno de la totalidad como mentira, es lícito reconocer en la pretensión totalizadora (concretamente en nuestro siglo) el principal factor de polución de la siempre litigiosa reconciliación humana con lo humano. Ahora que pensar y realizar la universalidad ética es tarea inaplazable, el peligro totalizador debe ser advertido con la mayor vigilancia: la universalidad es lo opuesto de la totalidad, pues aquella pretende confianza y comunicación (asumiendo el conflicto), mientras ésta aspira al monólogo absolutizador de sentido en cuyo temor todo falsamente se apacigua, es decir, se pone *a morir*. Lo total bloquea la comunicación, *inunda* la receptividad del otro: para comunicar hay que parcializar, hay que aceptar la fragmentación. En cuanto urgencia lograda de parcialización —y por tanto querencia de lo concreto— el placer se opone a la totalidad cuya verdad es la supresión insignificante de lo individual. En cuanto Todo, la vida no puede ser experimentada de modo favorable, sino como la perpetua inminencia de cuanto nos resulta insostenible: si no lográsemos parcializar nuestra experiencia vital por medio del placer, nuestra concepción de mundo se parecería más al peor estremecimiento teórico schopenhaueriano que a la serenidad spinozista. Este punto ha sido visto muy acertadamente por Otto Rank: «El placer es el resultado de una parcialización *lograda*, en la cual la evitación del miedo, cuyo elemento debe necesariamente estar presente en la totalidad de la experiencia, actúa para realzar las emociones agradables. Cada sensación agradable debe también incluir, además de satisfacción positiva (parcialización lograda), un estar-al-resguardo, sea del miedo, de la totalidad o de la vida...» (*Art and Artist*). En el placer rescatamos algo del Todo amenazante y temible, lo ponemos a salvo, es decir: lo aceptamos vitalmente. El Todo no es tanto la mentira como la *locura* y el *pánico*. Quizá la cordura no consista más que en saber protegerse frente a la hipnosis contaminante y destructiva del Todo: pero esta imprescindiblemente cuerda parcialización sólo se consigue eficazmente en el placer, en el cual ponemos al resguardo sensaciones, emociones, palabras, imágenes, gestos, decisiones, intercambios... Aquí coinciden las tareas de la estética y de la ética, pues ambas reflexionan sobre maestrías en la fragmentación eficaz —triunfante— de la experiencia, lo cual equivale a decir que ambas versan sobre *métodos* de placer.

7) De todas las expuestas, es esta la objeción con mayor carga de moralina de las que se le hacen al rango ético del placer. En el deleite los hombres se enquistan en sí mismos, rompen sus lazos con el prójimo, se desentienden de los demás. El hombre que goza —dice el resentimiento puritano— ni necesita ya a nadie ni se preocupa por nadie: lo único que desea es que no le estropeen su fiesta hedonista. El placer nos separa de todos y nos aísla, mientras que el dolor nos abre a los demás en busca de consuelo o ayuda. Hay siempre en el goce cierta *inconsciencia* que obnubila la capacidad de responder —la responsabilidad— en la que se basa nuestra integración social. Empecemos por responder a este último aspecto. Es cierto que hay placeres de la (deliberada y consentida) inconsciencia, lo mismo que otros requieren conciencia vigilante o aún superestimulada. En ellos cortamos amarras externas (por dentro siempre —o nunca— permanecemos igualmente acompañados) con los demás y con nuestra responsabilidad social. ¿Y qué hay de malo en ello? Somos compañeros de los otros, no sus siervos; somos partícipes de la sociedad, no engranajes esclavizados por ella. El don de la inconsciencia (o recordando al poeta, *el don de la ebriedad*) es derecho de la ciudadanía madura y consentida, garantía de libertad. Si no tuviésemos la posibilidad y el derecho

de recurrir de vez en cuando al alivio de la inconsciencia, seríamos más miserables que el galeote más forzado. Ya que la *existencia* se nos impone en todo caso, la *asistencia* debe ser al menos optativa (cuando se nos niega esta opción —por el dolor insuperable— la obligación de existir se hace con total licitud cuestionable). Los estoicos estaban familiarizados con este aspecto irrenunciable de la dignidad humana que hoy una concepción avasalladora de la salud «pública» convierte en delito; alguien tan escasamente orgiástico como Séneca podía escribir serenamente al tratar de la tranquilidad del alma la siguiente recomendación: «No dudemos, de vez en cuando, en emborracharnos, no para ahogarnos en el vino sino para encontrar en él un poco de reposo: la embriaguez barre nuestras preocupaciones, nos agita profundamente y cura nuestra morosidad como cura ciertas enfermedades. No llamaron al inventor del vino Liberador porque suelte la lengua, sino porque libera nuestra alma de las preocupaciones que la avasallan, la sostiene, la vivifica y le devuelve el valor para todas sus empresas» (*De tranquillitate animi*).

¿Nos aísla y separa el placer? El fondo de esta objeción es que el placer conscientemente requerido y estilizadamente disfrutado es un factor individualizador y también una posibilidad brindada por la individualización. Pues bien, aceptémoslo no como reproche al deleite, sino como elogio y prenda de gloria. El hábito parcializador del placer es un elemento fundamentalmente *personalizador* (y civilizador, por tanto). Somos personas individuales porque podemos proponernos disfrutar y distinguirnos en la asunción vital de nuestros goces. Y la sociedad buena no tiene objetivo superior que posibilitar y facilitar los goces de las personas que la componen: no hay «unidad de destino en lo universal», sino «pluralidad universalizada de destinos particulares». Por supuesto, la mayoría de los placeres nos vincula a los demás en lugar de separarnos de ellos: nuestros goces son irremediablemente tan sociales como nosotros mismos. Para casi todos nuestros disfrutes necesitamos de un modo u otro la complicidad de alguien, de unos cuantos o de muchos. El más indispensable y básico de los placeres, el reconocimiento de nuestra humanidad, nos viene de los demás y nos vincula a ellos, pues exige que lo otorguemos para poder recibirlo; lo mismo, pero en un nivel más sofisticado, puede decirse de la autoafirmación inmortalizadora en forma de gloria y dignidad, objetivo final de toda virtud. Por mucho que en ocasiones —siempre cuestionables— el placer nos aísle, su efecto más general es ligarnos de manera *gozosa* a los otros: y que conste que no lo establecemos como mérito especial, sino que lo afirmamos como descripción de funcionamiento. Si esta capacidad del placer fuese aceptada sin escándalo, podrían intentarse un replanteamiento de la *salud* que desarmara a la inquisición médica del Estado clínico en el que hoy vivimos. En este supuesto, el índice de la salud ya no sería la productividad laboral, ni la ausencia de conflictos, ni la simple prolongación de la vida biológica, sino el placer: la salud pasaría a ser una *invención personal* en lugar de una *imposición pública* como es ahora. Que este objetivo tan irrenunciable y cuerdo parezca hoy forcejeantemente utópico es prueba de que a los demócratas aún nos quedan fundamentales empeños motivadores para la intervención política...

Pero quizá fue Rousseau (explícito oponente del *amour propre* en nombre del *amour de soi*, pero fino y a veces desvergonzado analista de sus avatares) quién indicó mejor la raíz del interdicto contra el placer a causa de la pérdida de sociabilidad. En su *Émile* señala Rousseau que lo antisocial del placer es que contraría el amor propio de quien lo contempla como espectador, bien sea porque produce envidia o bien porque hace ostensible que el gozador no nos necesita, lo que provoca en el azorado contemplador una sensación molesta de inexistencia o de «estar de sobra». Como de hecho mi amor propio se alimenta por la dependencia del otro respecto a mi buena y supuestamente «desinteresada» voluntad, verle gozando, es decir, ver que no me necesita (aunque sea por el momento) y que no puedo hacer nada por él, hiere narcisísticamente mi ego(centrismo). ¡Bien por Jean-Jacques!, diría Nietzsche. En cambio, el dolor nos vincula medularmente al prójimo, porque le pone literalmente *en nuestras manos*. «Es en las penas de los otros donde mejor vemos la identidad de nuestra naturaleza» (*Émile*). Nuestra piedad, que *secuestra* al prójimo y por ello nos lo adhiere, queda cortocircuitada por el espectáculo de un placer que nos obligaría a una vinculación más generosa, más genuinamente *desprendida*. ¡Valiosa reflexión para curanderos no solicitados de almas o cuerpos, para apóstoles demasiados apresurados, para redentores incontrolables por sus víctimas! Y por supuesto, para teóricos del puritanismo so capa de ética. Sigue válido para todos ellos el soberbio párrafo en el que Ramón Gómez de la Serna expresa la íntima e invencible hermandad que el placer establece entre los hombres: «No rechazar nada estas mañanas en que se siente la señal de gracia en el olor a eucaliptus, ese olor pulmonar que como el de todas las arboledas va curándonos de desproporciones... No sentir como aisladores a los otros, sentirlos violados por la misma vida, desflorados por su misma concupiscencia idónea e irremesible, que juega como a correr la pólvora a través de todos. Hace tan animosa y tan impúdicamente el gesto de aquella aguafuerte de Rops el Amor Primitivo, en la que encarnizada en una selva tremante y erupcionada, una mujer primitiva, en el gesto más recio, abate la cabeza cogida por los cabellos de un hombre bárbaro y reacio, sobre su sexo. Así de cogidos, de violentados, de cuerdos por fuerza, por trituración, por penetración hasta la quinta esencia, todos los hombres» (*El libro mudo*).

V

LA SOCIEDAD INDIVIDUALIZANTE

> Es ist nur ein Streit in der Welt: was nämlich mehr sei: das Ganze oder das Einzein.
>
> Friedrich Hölderlin, *Carta a Karl*, 1801

El recurrente tema del individualismo ha vuelto a ponerse de moda en el pensamiento político, ético y filosófico de los últimos años. Para unos se trata de la más alta conquista del hombre posindustrial y posmoderno, libre por fin o en vías de liberarse de las ataduras del colectivismo estatista que limitó sus posibilidades concurrenciales en nombre de algún totalitarismo o incluso del *welfare state*. Otros opinan que es una peligrosa recaída en la insolidaridad atomizada que enfrenta a todos contra todos, aplasta a los débiles y engrosa las arcas de las poco escrupulosas multinacionales capitalistas. Los primeros sostienen que por fin cada cual puede afirmar sin trabas su valía y elegir lo que le conviene; los segundos señalan que nunca la libertad de opción se ha visto tan uniformemente dirigida ni tantos carecieron de la posibilidad real de elegir nada. Aquellos defienden la primacía de la sociedad civil y denuncian el proteccionismo estatal y el neocorporatismo gremialista; éstos intentan reforzar los lazos sindicales, sociales o nacionales para evitar la desintegración que pone a los aislados en manos de los amos del mundo. Etcétera...

En realidad, ambos diagnósticos no son tan opuestos como parece: coinciden en señalar un mismo conflicto pero lo calibran de un modo distinto, según concedan relevancia a determinados peligros o ventajas. A estas alturas nadie puede dudar de que la gran revolución política de la modernidad es la afirmación del individuo como centro decisorio insustituible de la organización comunitaria. El comienzo del tránsito renovador del *homo hierarchicus* al *homo aequalis*, por emplear la terminología de Louis Dumont, suele situarse —al menos desde Jacob Burckhardt— en el Renacimiento, cuando se desmontan las categorías esenciales de la pirámide social del medievo y empieza la afirmación de valores igualitarios, humanistas, antiabsolutistas, científicos, antitradicionalistas, críticos, tolerantes y utilitarios. Pero ya mucho antes la estirpe grecorromana y cristiana había decantado la categoría de *persona* cuya genealogía estudió Marcel Mauss en un texto famoso: «De la simple mascarada a la máscara, del personaje a la persona, de ahí al nombre y luego al individuo; de este último a un ser poseedor de valor metafísico y moral; de la conciencia moral al ser sagrado; desde este último a una forma fundamental de pensamiento y acción, tal es el camino recorrido» (*La noción de persona*).

Quienes ahora suelen preferir la noción más positiva, autónoma y *cálida* de «persona» a la de «individuo», más intercambiable y robotizada, no deben olvidar el devenir de su parentesco, condensado en esas pocas líneas por Mauss.*

El individuo no es una categoría solamente jurídica, económica, política, ética, metafísica o religiosa. Es todo ello y también una actitud estética, una posibilidad psicológica, el punto de partida de una narración mítica: una perspectiva completa y compleja sobre lo real, cuyas consecuencias en el plano de lo teórico y contemplativo son menos importantes que las derivadas en cuanto actitud *práctica*.

* Para una más detallada descripción del origen del individualismo en la antigüedad grecolatina, debe consultarse el precioso ensayito de Jean-Pierre Vernant titulado «*L'individu dans la cité*», incluido en las actas del coloquio de Royaumont «*Sur l'individu*» (Du Seuil, 1987). En él distingue Vernant las raíces del individuo *stricto sensu*, del sujeto y del yo (o la persona), referidos en términos de género literario a la *biografía*, la *autobiografía* o memorias y los *diarios íntimos* (o «Confesiones») respectivamente.

Lo que llamamos «individualismo moderno» no es algo de carácter únicamente subjetivo, el capricho legítimo o desafortunado de ciertos miembros de la comunidad, cosa por tanto aleatoria que se puede tomar o dejar, sino una situación histórica general de occidente, es decir: algo *obligatorio* y de génesis estrictamente *social*.

Es importante insistir en este último aspecto porque de aquí provienen muchos de los malentendidos sobre la cuestión. El individualismo está presente no sólo entre quienes lo afirman jubilosamente, sino incluso entre quienes lo aborrecen verbalmente y pretenden remediarlo. No hay refugio contra él porque la sociedad pre-individualista ya ha sido destruida y su restauración *ad integrum* no es cosa que dependa de la voluntad de unos cuantos individuos, ni siquiera de la voluntad de *todos* los individuos en cuanto tales. El mencionado Louis Dumont ha mostrado con acierto que incluso un movimiento totalitario como el nacionalsocialismo hitleriano no fue menos individualista de lo que pudieran serlo la revuelta de mayo del 68 o el neoliberalismo. Quienes creen que el énfasis individualista es un invento del posmodernismo narcisista se buscan un enemigo demasiado fácil o no dejan de ser muy ingenuos...

El individualismo se dice de muchas maneras —positivas y negativas, entusiastas o reticentes, crueles o fraternales— y no está menos presente en la lucha por los derechos humanos que entre los tiburones financieros que juran por Hayek y Milton Friedman.

En contra de la suposición más superficial, el individualismo no es un proyecto de asocialidad sino un logro de la sociabilidad. Se trata de una producción colectiva, no de una opción privada. En realidad, *es la sociedad misma la que en su progresivo refinamiento ha ido funcionando como un mecanismo individualizador*. En toda época y cultura, la sociedad humana ha pretendido garantizar a sus miembros una defensa contra la muerte y el abandono, una garantía de compañía y de memoria duraderas. El desarrollo técnico —en el que se incluyen la evolución de las formas políticas que lleva de la necesidad sagrada a la participación libre de los socios y el predominio gradual del racionalismo experimental sobre la imaginación mágica— ha ido posibilitando el reforzamiento de cada cual sin destruir

(¡aunque no sin zarandear!) la armonía del conjunto. Lo que antes sólo podía lograrse mediante una estructura rígida, intangible y opaca a la diferenciación voluble del elemento subjetivo, con el tiempo está en vías de garantizarse de un modo más flexible y personalizado, aunque en modo alguno menos comunitario. Por tanto, sólo es parcialmente cierto lo que señala Alasdair MacIntyre sobre el diferente sentido de la afirmación de la excelencia individual en la poesía épica griega y en el pensamiento de Nietzsche, por poner un ejemplo de muy común malentendido: «*What Nietzsche portrays is aristocratic self-assertion; what Homer and the sagas show are form of assertion proper to and required by a certain role. The self becomes what is in heroic societies only in and through its role; it is a social creation, not an individual one*» (*After Virtue*). Sí, pero... también el individualismo decimonónico de Nietzsche es una creación social, fruto de un desarrollo determinado de las instituciones comunitarias, que ha concedido más iniciativa y flexibilidad de proyecto a lo que antes estuvo sometido a lo unánime; del mismo modo, los modelos de excelencia homéricos no pueden ser pensados sin postular la incidencia ejemplar de determinados casos individuales (véase al respecto lo dicho en las primeras páginas de *El ideal del amor propio*).

El gran pensamiento europeo ha insistido siempre tanto en la relevancia insustituible de la individualidad como en que ésta surge socialmente y revierte luego en la sociedad. Ha hecho falta un inmenso esfuerzo civilizatorio para posibilitar el individualismo moderno y despegarlo de sus ataduras nacionales o étnicas hasta hacerlo universal. Nadie se hace a sí mismo: brotamos de una *sociedad individuante* que es resultado de una larga y apasionante evolución cultural y política. Pero los grandes principios individualizadores —personalizadores— son siempre comunitarios: no nos aíslan, sino que nos acercan... incluso cuando funcionan desde el enfrentamiento conflictivo, que es el principal creador de instituciones. Como bien señala Georg Simmel, «ya sea naturaleza, razón o humanidad, en lo que el hombre se encuentra cuando se ha encontrado su propia libertad, su propio ser-sí mismo, es siempre algo compartido con otros» (*El individuo y la libertad*). La capacidad relativa de inventarse a uno mismo es también una disposición socialmente adquirida y que no tiene sentido más que dentro de un marco social. Uno de los más grandes estudiosos del proceso civilizatorio, Norbert Elias, ha hecho especial hincapié en la obligada relación entre el sentido que la existencia adquiere para el sujeto individual y la consideración intersubjetiva que recibe en el juego social: «Resulta bastante fútil el intento de descubrir en la vida de una persona un sentido que sea independiente de lo que esa vida significa para otros. En la práctica de la vida social, resulta sobremanera clara la relación que existe entre la sensación que tiene una persona de que su vida tiene un sentido y la idea que se hace de la importancia que tiene para otras personas, así como de la que tienen otras personas para ellas» (*La soledad de los moribundos*). Pero también se ha hecho resaltar inequívocamente la fundamental dimensión única e irrepetible de la vida humana, que ningún parámetro globalizador puede minimizar. Quizá sean los pensadores existencialistas quienes más convincentemente hicieron hincapié sobre este aspecto de la cuestión: «El establecimiento de leyes económicas, sociales y psicológicas apartan la mirada de lo que hay en realidad: una aventura singular y limitada en la que nada es susceptible de ser generalizado» (Jean-Paul Sartre, *Cahiers pour une morale*).

La polémica en torno al individualismo que hemos señalado al comienzo proviene de un *olvido* y de un *temor*, ambos peligrosos. Por un lado, el interesado olvido de la raíz social y sociable del individualismo, que lleva a fantasear una libertad basada en la pura negación de los otros y de cualquier institución que pretenda equilibrar armónicamente lo común a todos. Con la institución social de la persona nace el concepto éticamente básico de *responsabilidad*, que es tanto la vocación de responder *ante* los otros como ser responsable *de* los otros. Los derechos humanos están indisolublemente ligados a la idea individualista —sólo el individuo puede *hacerse cargo* de lo universal— y detallan el alcance de su responsabilidad. En cuanto al temor, podríamos vincularlo con lo que Otto Rank llamó el trauma del nacimiento, es decir, la angustia de saberse separado de una totalidad protectora que nos abastecía plenamente sin exigir de nosotros iniciativa ni riesgos. El miedo a la libertad individual y su responsabilidad ha promovido los intentos totalitarios de nuestro siglo, los liderazgos carismáticos que permitieran al sujeto atemorizado una identificación poderosa y gratificante, las ideologías del Pueblo, la Clase o la Nación como unanimidades coactivas de la real pluralidad. Pero en el fondo esos aunamientos no reúnen más que para excluir a los otros, vinculan negando los vínculos universales, y sus efectos son a plazo no muy largo más disgregadores que el individualismo menos solidario.

Por ello nunca hay que cansarse de reclamar ese don que Walter Benjamin echaba en falta entre sus compatriotas fanatizados, «el más europeo de todos los bienes, esa ironía más o menos conspicua con que la vida del individuo pretende seguir un curso distinto del de la comunidad en que le ha tocado recalar» (*Dirección única*).

No todo el mundo, empero, es capaz de ese sano movimiento irónico. El impulso social hacia la individualidad, como cualquier otra afirmación descarada de la voluntad autónoma del sujeto, va siempre acompañado de un respingo de temor y sobre todo de una viva punzada de *culpabilidad*. La modernidad que ha hecho socialmente no sólo posible sino forzoso el individualismo lo impregna a la vez de culpabilizaciones ideológicas, lo tacha de *asocial* (como si no hubiera brotado de la propia evolución de la sociedad), egoísta, etc., y profetiza que será causante de los peores males tanto para el grupo como para el miembro atomizado del conjunto. La sustantividad de responsabilidad e iniciativa del individuo se presenta como *aislamiento* y *hostilidad* contra los demás socios. Al mismo tiempo, se da a entender que la peligrosa individualidad es en el fondo ilusoria, que nunca el sujeto hace tanto honor a su denominación, es decir, nunca está tan *sujeto* a la forzosa unanimidad de la masa y al control de quienes la rigen como al entregarse al espejismo individualista. Esta paradoja puede entenderse de dos modos opuestos pero ambos negativos: o bien el individualismo sería deseable pero es en efecto imposible o bien es demasiado posible pero resulta indeseable.

Marx es el mejor exponente de esta ambigüedad condenatoria, pues el egoísmo individualista burgués es el carburante depredador de la sociedad capitalista en la cual, sin embargo, según su propia doctrina, sólo el capital tiene personalidad e iniciativa, siendo los individuos átonos e intercambiables. No se sabe si su defecto estriba, pues, en no tomar lo suficientemente en serio su individualidad o en potenciarla de un modo desconsiderado.

Esta culpabilización y la consiguiente sensación de temor que la acompaña han favorecido desde los inicios de la modernidad la aparición de movimientos unanimistas, colectivizadores en el plano simbólico, reproductores de algún regresivo consuelo para la pérdida del seno materno comunitario y el traumático nacimiento a la individualidad. Mitos como los de la Nación o el Pueblo son intentos de recuperar la antigua *lógica de la pertenencia*, basada en la fusión orgánica en el todo social y la incorporación sin fisuras de valores inatacables por cualquier crítica individual. La moral de la pertenencia consiste en la enfática afirmación de inclusión en el clan como única seña de identidad imprescindible: no sólo «soy de los nuestros» sino «soy *porque* soy de los nuestros». Pertenecer a tal o cual grupo no es un medio para conseguir algo o una circunstancia histórica con ventajas e inconvenientes que pueden ser racionalmente calibrados, sino un fin en sí mismo que da sentido a todo lo demás, un *destino*, la justificación más alta de la existencia de cada miembro comunitario. En los pueblos primitivos, es decir pre-universalistas, la moral de la pertenencia es un mecanismo de agrupamiento que carece de la especial malicia embrutecedora que tiene en cambio cuando se da en las sociedades modernas, donde su función ya es abiertamente antiuniversalista. Porque el universalismo —luego volveremos sobre ello— renuncia a toda lógica de la pertenencia *selectiva* y conserva la irrepetible diferencia de los individuos en la fundamental igualdad de la condición que comparten.

Para desculpabilizar la contrapuesta pluralidad de voluntades en la que todos los miembros de un grupo están implicados, se ensalza una superindividualidad unitaria a la que le está permitido querer su provecho propio sin pecado: al identificarse con ella, el individuo descarga el peso diferenciado de su propia personalidad, pero a la vez conserva la gratificación narcisista de su querer. La identidad colectiva diluye la carga de responsabilidad pero conserva intacta la caricia autoafirmativa de la soberbia.* El divino cuerpo del rey —véase Kantoròwicz— cumplía antes esta función simbiótica, que luego pasó al cuerpo de la Nación o del Pueblo. La culpa ya no es de cada uno, sino de todos —es decir, en concreto de nadie— en tanto que somos uno. A esto se le llama, por cierto, Bien Común... Aquí está la raíz de todo *conformismo*, distinto a la lógica e imprescindible dosis de *conformidad* que necesita cada socio para integrarse provechosamente en su grupo social, tal como ha sido bien señalado por Agnes Heller: «Todo hombre necesita inevitablemente cierta medida de conformidad. Pero esa conformidad se convierte en conformismo si el individuo no aprovecha las posibilidades individuales del movimiento, objetivamente presentes en la vida cotidiana de su sociedad, de modo que las motivaciones conformes de la vida cotidiana permean las formas no cotidianas de actividad, ante todo las decisiones morales y políticas, hasta que éstas pierden su carácter de decisiones individuales» (*Historia y vida cotidiana*). ¿Qué diferencia hay entre Nación y Pueblo, estos dos preservativos modernos contra el también moderno individualismo democrático? La Nación pertenece a la ontología: es la justificación de la voluntad colectiva en el reino de las esencias eternas. El Pueblo es una categoría apologética, cuya función es la glorificación de quienes se identifican entre sí y con la Nación. La Nación se invoca para asuntos exteriores, contra las otras naciones o las asechanzas desarraigadas del cosmopolitismo; el Pueblo es de uso interno y sirve para aislar y condenar a los disidentes. De aquí la piadosa relación filial que les emparienta: la madre Nación y su hijo el Pueblo.

En ambos casos se trata de arraigar en algo que no sea la simple *convención* humana el concilio de las voluntades de los socios. En otro tiempo, este papel fue resuelto teocráticamente,

* Esta es una cuestión muy bien vista por Miguel de Unamuno: «La sociedad tiene que tomar sobre sí los crímenes para liberar de ellos, y de su remordimiento, a los que la forman. Y ¿ no hay acaso un remordimiento social, desparramado entre sus miembros todos? Sin duda, y el hecho este del remordimiento social, tan poco advertido de ordinario, es el móvil principal de todo progreso de la especie. Acaso lo que nos mueve a ser buenos y justos con los de nuestra sociedad es cierto oscuro sentimiento de que la sociedad misma es mala e injusta; el remordimiento colectivo de una tropa de guerra es tal vez lo que les mueve a prestarse servicios entre sí y aun a prestárselos, a las veces, al enemigo vencido» (*Vida de don Quijote y Sancho*).

sea por la invocación a los antepasados míticos o al derecho divino de los reyes. Después la vía se hizo naturalista, como se refleja por ejemplo en estas palabras de Sieyès: «Debe concebirse a las naciones sobre la tierra como a los individuos fuera del lazo social... en estado de naturaleza». La Nación posee *naturalmente* aquello a que cada individuo por separado aspira en el impúdico caos revolucionario del final de la realeza: en ella el miembro volverá al todo y podrá ser él mismo al ser lo mismo. El Pueblo añade un toque de excelsitud moral a la naturalidad nacionalista: dentro del consorcio nacional, representa el unánime corazón voluntarioso que no puede ser puesto en cuestión ni discutido. Todo el Pueblo es bueno, porque quien no es bueno no es Pueblo. Los teóricos del Pueblo, como Michelet o Lammenais, coinciden en su carácter cuasi-sagrado, elemental, misterioso, irreductible a la razón, *infantil*. El Pueblo lo merece todo y puede reivindicarlo justificadamente todo, porque está compuesto por la parte *sana*, *abnegada* y *doliente* de la comunidad: quien habla en nombre del Pueblo puede ser combatido, pero nunca refutado, porque desde el punto de vista social la razón la tiene siempre el Pueblo y de antemano, por definición. Como los niños, a los que tanto se parece, el Pueblo es ingenuo y puede ser engañado, pero no hay perversidad en él: su cólera es terrible, pero justa. El Pueblo quiere la libertad, aunque siempre está un poco esclavizado, conserva las esencias puras de la verdadera tradición pero a la vez posee el impulso revolucionario hacia el futuro. Su esencia es oponerse al individuo egoísta: el individuo tiene *intereses*, mientras que el Pueblo tiene una *misión*. No sólo es superior a los individuos, sino que ni siquiera está hecho de individuos en el sentido discreto del término: por eso no hace falta contarlo y la expresión de su voluntad prefiere la voz inapelable y única del líder a la incertidumbre discutible de las urnas. El Pueblo no posee otra libertad que la de ser quien es, pero, como Dios, no puede negarse ni contradecirse a sí mismo... aunque a ojos vilmente humanos lo haga constantemente. ¿Hace falta continuar esta descripción o ya está suficientemente claro que la conflictiva e incierta libertad democrática de los individuos no puede ser sino una libertad *impopular*?

La invocación a la Nación o al Pueblo como mecanismos

de adhesión *automática* que permiten disfrutar de una mayoría que no se molesta en contar votos y de una razón *esencial* no sujeta a caprichosa controversia (al Pueblo o a la Nación le está permitido por definición lo que sería criminal en cualquier individuo) no agotan las modalidades de la lógica de la pertenencia. Cioran señala en alguna parte que todo el que dice «nosotros» miente; sin llegar a tanto, parece razonable desconfiar de cuanto grupo o asociación se empeña siempre en funcionar «como un solo hombre». Si hay más de un hombre, lo sano es que se note: sólo bajo condiciones excepcionales en cuanto a gravedad y urgencia —¡y aun así!— es comprensible que desaparezca en una solidaridad instintiva la exigencia de pactar condicionalmente la colaboración entre individuos. También los partidos políticos suelen recurrir a la llamada regresiva de la pertenencia, que siempre implica definición de identidad por enfrentamiento a los otros. Al vacilante se le achaca hacer el juego al adversario (que por definición no puede tener razón en nada, ya que la única razón válida la dispensa el grupo): «o con nosotros o contra nosotros», «¿con quién estás?», etc... Aunque no se reconozca explícitamente, los entusiastas del partido confunden el muy razonablemente individual deseo de *participar* con otros para la obtención de algo con el atávico y desculpabilizador afán de *pertenecer* a algo (preferentemente, pertenecer a algo encarnado en *alguien*).

De este modo, la lógica de la participación se opone —como alternativa ilustrada de la democracia— a la lógica de la pertenencia. La participación es condicional, convencional, transitoria, sometida a periódica revisión y se funda en la elección individual; la pertenencia es absoluta, incondicional, irrevocable (¡mientras dura!), fruto de la naturaleza o el destino o la necesidad histórica. Quien participa da más importancia a lo que pretende conseguir que al grupo a que se ha incorporado para conseguirlo, por lo que si se convence de que otro grupo diferente puede ayudar a lograr el objetivo de una manera más eficaz, lo apoyará con buena fe; quien pertenece a un grupo juzgará oportuno y deseable solamente lo obtenido por los suyos y preferirá renunciar a lo que antes le parecía la meta que llegar a ella a costa de perder la identificación con su colectivo de unanimidad. Respecto a las implicaciones políticas de esta actitud ha escrito un interesante ensayo Paolo Flores d'Arcais (*Il disencanto tradito*, «Micromega», n.° 2).

Quizá cierta dosis de pertenencia sea imposible de erradicar de las disposiciones psico-políticas de los humanos. El impulso de pertenencia representa lo que Spinoza llamaría un *afecto* que gratifica y alivia el desamparo constitutivo de cada cual, única cosa que sin beatería retórica puede ser considerada «su libertad». En tal caso sería oportuno favorecer ciertos tipos de pertenencia veniales, desdramatizados (deportivos, culturales, folklóricos, etc...), aun a riesgo ocasional de que reproduzcan en pequeño las brutalidades anti-irónicas de colectivos más sacralizados. Este sentido tienen las modernas *tribus* (de las que se ha ocupado recientemente Michel Maffesoli, aunque viendo en ellas inconsecuentemente la negación del individualismo en lugar de su cauce y complemento) de grupos de edad, aficiones musicales o artísticas, costumbres sexuales y rescate de formas de vida peculiarmente tradicionales. Pero también Spinoza enseñó que «a todas las acciones a que somos determinados por un afecto, que es una pasión, podemos ser determinados, sin él, por razón». Éste es el máximo de esperanza que puede permitirse un pesimista reflexivo: y no es poco. La colaboración entre individuos, que hasta ahora apenas ha sido motivada por otros mecanismos que los de pertenencia, tantea en la modernidad en busca de ese otro vínculo que es la participación racional (es decir, «interesada» en lugar de «misionera», «personal» y por tanto «impopular»). La lucha en torno a los *derechos humanos*, que es a la vez política, jurídica y ética, representa la vía más prometedora en esta línea de emancipación respecto a la sociedad tradicional basada en la mitología y la genealogía, la una sanguinaria y la otra sanguínea. Un detalle etimológico nada ocioso, que ha subrayado la clarividencia de Hanna Arendt, es que la palabra latina *homo*, de la que proviene el calificativo de tales derechos, significó originalmente el hombre sin más, el hombre sin propiedades y que no pertenece a ninguna *gens*, el esclavo. Hablar de derechos humanos es hablar de los derechos que se tienen por pertenencia a la condición humana (ni siquiera a la Humanidad en cuanto entidad mítica supraindividual) y no a tal familia, a tal linaje, a tal nación, etc.: lo antes esclavizado por el grupo se libera aquí, por la evolución y refinamiento de la propia conciencia social gradualmente esclarecida. Por ello no cabe mezclar con estos derechos, cuyo sujeto es *siempre* individual, cuestiones como, por ejemplo, el llamado «derecho a la autodeterminación de los pueblos», que no pretenden sino embrollar maliciosamente la cuestión. Es el individuo quien tiene derecho a que se respete su lengua materna, su identidad cultural, sus creencias y su libertad de asociación: pero ello en tanto individuo y no por pertenecer a ningún colectivo con afanes más o menos justificados de sustancialización estatal.

A mediados del siglo pasado, uno de los grandes revolucionarios europeos de la época, Alexander Herzen, escribió estas estimulantes palabras: «Comprender toda la extensión y la realidad, comprender toda la santidad de los derechos de la individualidad y no destruir ni despedazar en átomos la sociedad, es el problema social más difícil. Probablemente la historia misma lo resolverá para tiempos futuros; en el pasado no ha sido nunca resuelto» (*Cartas de Francia y de Italia*). En nuestros días, las resistencias contra el desarrollo y afinamiento desculpabilizado del proceso de individuación —en el cual estriba la gran revolución democrática moderna— vienen de dos actitudes ideológicas aparentemente contrapuestas. La primera considera el individualismo como el más detestable de los males que nos afligen, lo relaciona con lacras tan acreditadas como el «egoísmo» y la «insolidaridad», lo considera un truco de los amos del capital para mejor vencer dividiendo a sus víctimas: «¿para qué quieres que sea individualista?», «¡para explotarte mejor!»... ¡Cuánta estupidez se ha acumulado en la ideología desde que Jean Jaurès se atrevía a decir valientemente: «El socialismo es un individualismo lógico y completo» (*Socialisme et liberté*)! Como se niegan virtuosamente las razones de interés propio —es decir, egoístas— para colaborar en la emancipación social, la iniciativa personal nunca puede ser solidaria; corolario: la solidaridad sólo puede ser impuesta coactivamente por la minoría esclarecida a la masa amorfa, en nombre de cualquier superstición reconfortantemente colectivista. Quien habla en nombre de los demás termina cerrando la boca a los demás para que no hablen, es cosa de sobra probada; y los que todo lo hacen por los otros exigen de un modo u otro que los beneficiados compensen la ofrenda de su vida, remendando las frustraciones privadas de las que han huido para esconderse «generosamente» en la cosa pública. ¿No hay entonces ninguna gran tarea colectiva que acometer desde el punto de vista individualista? Por supuesto, la más esclarecidamente *social* de todas: instaurar y defender los derechos humanos, es decir, consolidar el proceso individuante de la sociedad moderna. Y de paso superar la división nacional-estatista de los grupos humanos, que no han servido para preservar las diferencias sino para institucionalizar la guerra de las diferencias y el sometimiento jerárquico de unos por otros. A esta tarea se oponen también paradójicamente muchos de los que se proclaman individualistas en el sentido neoliberal del término. Para ellos, el proceso individuante debe detenerse ya y hay que impedir la puesta a punto de nuevos mecanismos socioeconómicos que favorezcan la individuación de los muchos ahora despersonalizados por la miseria, el hambre y la guerra. Tienen derecho a la individualidad sólo los que hasta ahora la han alcanzado, a los demás les prueba ser masa. Estos falsos individualistas ignoran groseramente la *colaboración social sincrónica y diacrónica* necesaria para la fabricación efectiva de cada individuo y desdeñan lo que en el individualismo no sea un proyecto de aislamiento ni de sometimiento del prójimo, sino de comunidad.

Probablemente en la pugna entre culpabilidad y desculpabilización en torno al individualismo puede atisbarse el choque entre dos dioses contrapuestos, en el sentido weberiano de la expresión: la Felicidad y la Salvación. El psicoanalista Otto Rank lo señaló así en su día: «Hay que hacer notar también que felicidad y salvación, al menos tal como las entendemos en el individuo de hoy, representan de hecho cosas contrarias y no solamente grados diferentes de una aspiración dirigida hacia la supresión de la individualidad. Pues el deseo de felicidad es un punto culminante del individualismo y de su afirmación jubilosa del querer por la conciencia personal; mientras que la aspiración de salvación busca por el contrario la supresión de la individualidad, la igualdad, la unidad, la unificación con el todo» (*Verdad y realidad*). A estas dos diosas contrapuestas habría que añadir, para completar lealmente el perfil mitológico contra el que se recorta el individuo moderno, un implacable demonio: el *hastío*. La disipación de las grandes entidades colectivas y la privatización del contento, que antes se reanimaba por mimesis empática con el contento público, permitió descubrir el abismo repetitivo de la identidad que cada cual ha de fabricarse día tras día y minuto tras minuto. Madame du Deffand, Schopenhauer, Leopardi o Beaudelaire exploraron mejor y antes que Heidegger o Sartre esta consecuencia dolorosa de la individuación; en nuestros días, Niklas Luhmann ha insistido perspicazmente en este aspecto en *The Individuality of the Individual*. La búsqueda de modelos vitales que alivien el aburrimiento siempre acechante de no ser más que lo que cada cual somos y las fidelidades fragmentarias, participativas, con agrupamientos de sentido o de placer son exigencias del esfuerzo personalizador hacia el que la sociedad individuante nos aboca. El proceso de individuación no sólo es un producto social y una perspectiva sobre la sociedad, sino también una vía de *interiorización* y por tanto de riesgo. La ética del amor propio puede servir de *suplemento de alma* para esta exploración delicada y necesaria.

VI

FUNDAMENTO Y DISPUTA DE LOS DERECHOS HUMANOS

> ¿Quién no admirará a este camaleón nuestro? O, mejor, ¿quién podrá admirar más ninguna otra cosa? No sin razón el ateniense Asclepio, a causa de su aspecto cambiante y también de una naturaleza que se transforma en fin a sí misma, dice que en los misterios el hombre estaba simbolizado por Proteo.
>
> Giovanni Pico Della Mirandola

> Not Man but men inhabit this planet. Plurality is the law of the earth.
>
> Hannah Arendt

Al igual que el nombre del régimen político más comúnmente elogiado, «democracia», o que la denominación de los ideales más anchamente anhelados, «justicia» o «libertad», los derechos humanos son invocados tantas veces en vano o incluso a contrasentido que corren el riesgo de convertirse en términos vacíos. Aún peor, funcionan a menudo como comodines neutralizadores que ciertos regímenes políticos o determinados jerarcas utilizan para en unas ocasiones bloquear y en otras diluir cualquier intento serio de transformar positivamente lo que

Mounier llamaba «el desorden establecido». En nombre de los derechos humanos se reprime al rebelde y se conserva la estructura opresiva; los estados sólo se acuerdan de ellos para justificar su hostilidad contra sus rivales o incluso contra sus presas; los terroristas los reclaman en su favor como un medio de socavar el orden que pretenden derribar. Cada cual maneja su nombradía prestigiosa y vacua como un arma para consolidar su poder o debilitar al adversario. Como son tan diversos, siempre hay modo de apelar a uno de ellos para legitimar la postergación de los demás: se los acepta como un menú en el que se eligen los platos favoritos, pero se descarta implícita o explícitamente la posibilidad de consumirlos todos. En una palabra, no es injustificado decir que los derechos humanos han llegado a ser algo tan abstracto, tan amplio y tan retórico que se los puede considerar como el más temible obstáculo a su propio cumplimiento. Los derechos humanos son invocados demasiado frecuentemente para impedir su realización efectiva o excusar su conculcamiento.

Y, sin embargo, esta situación conflictiva no es fruto de su decadencia, sino de su auge, al menos en el terreno de la teoría política. Hace veinticinco años eran una antigualla dieciochesca, ineficaz para los revolucionarios y deletérea para los conservadores. Hacer hincapié en ellos era siempre síntoma de segunda intención política o de incurable reblandecimiento ideológico. Pero hoy, abandonados otros estandartes más radicales, desaconsejados por la prudencia de la época los extremismos revolucionarios o absolutistas, vuelven los derechos del hombre a verse entronizados como ideal de primera magnitud. Hasta el punto que el periodista francés Jean Daniel (en *Le Débat*, enero de 1987) se pregunta si se han convertido en la nueva religión de los creyentes, mientras se discute muy seriamente si pueden constituir por sí mismos una guía política completa (*vid.* la confrontación teórica entre Lefort y Gauchet, de la que hablaremos más adelante). Pudiera decirse que no es su olvido lo que ha debilitado a los derechos humanos, reforzando sus contradicciones, sino más bien la reclamación vehemente y generalizada de su vigencia.

La primera confusión que parece aquejar a los derechos humanos es la que oscurece el *orden axiológico* al que pertenecen.

En algunos juegos infantiles de adivinanzas, en los que hay que descubrir algo pensado por otro mediante un número determinado de preguntas, la primera de éstas suele ser: ¿persona, animal, vegetal o cosa? Respecto a los derechos humanos, la pregunta parece que habría de ser: ¿pertenecen al orden de lo moral, al de lo jurídico o al de lo político? Temo que la mescolanza de estos tres niveles es particularmente grave en la teoría actual. Incluso analistas tan cuidadosos como Habermas no parecen discernir siempre correctamente entre ellos, lo que me parece la razón última de muchas de las críticas sufridas por la ética comunicacional. En cuanto al nivel más profano del uso de los términos, es habitual escuchar a políticos que respaldan sus opciones gubernativas con justificaciones morales o moralistas de urgencia que recomiendan sus normas por el excelente efecto político que podrían llegar a causar. Por supuesto, es obvio que *en último término* la raíz de los valores propugnados por la ética, el derecho o la política tiene que ser en buena medida común. Los más esclarecidos de los antiguos no lo dudaron y tampoco aquí conviene olvidarse atolondradamente de ellos. Pero la división de poderes es una exigencia de la modernidad que corresponde de modo insoslayable a la evolución autoinstituyente de la comunidad humana. La perfecta delimitación de lo legislativo, lo ejecutivo y lo judicial es un *desideratum* que permanece efectivamente incumplido en todos los países, pero cuya exigencia no puede decaer sin peligrosa aproximación a las peores tiranías. De igual modo, la adecuada distinción entre el área axiológica de la ética, la del derecho y la de la política ha de ser mantenida con escrúpulo, so pena de caer en alguna dictadura teórica de las bellas almas o en una bruma de buenas intenciones y malos resultados de la que se prevalece la que a sí misma se llama «razón de Estado».

En el *Protágoras* cuenta Platón que Zeus envió a su mensajero Hermes para que repartiera entre los hombres los dos fundamentos esenciales de la civilización humana: *aidós* y *dike*. «Dales de mi parte una ley —dijo el padre de los dioses—: que a quien no sea capaz de participar de *aidós* y *dike* lo eliminen como a una enfermedad de la ciudad» (*Protágoras*, 322 d). *Aidós* es el pudor, el respeto, el sentido moral; *dike* es el recto sentido de la justicia. El área de la ética es la que responde a *aidós*, entendida como la disposición del sujeto libre de reconocer la humanidad de los otros sujetos y la decisión de no tratarlos de modo coactivamente instrumental; el área del derecho pertenece a *dike*, comprendida como institucionalización formal de lo que a cada cual corresponde y conjunto de garantías que aseguran su protección. ¿Y la política? ¿Diremos que es el área respectiva a *kratos*, la fuerza violenta que se impone avasalladoramente para asegurar la estabilidad jerárquica de la propia comunidad y la defensa o propósito de conquista frente a las vecinas? Demasiado evidente ha sido que desde el origen de la historia, allá donde se desnuda impúdicamente *kratos* han de padecer escarnio *aidós* y *dike*; quizá por ello muchos gobernantes dan por supuesto que estas dos disposiciones imprescindibles enviadas por Zeus a través de Hermes son muy humanas pero demasiado humanas, mientras que la otra es la auténticamente divina porque el irascible dios de dioses se la guardó para sí mismo y ellos ahora la reservan al moderno dios-Estado. Por otro lado, parece que sin la colaboración sustentadora de *kratos* ni *dike* ni *aidós* encontrarían ese marco constituido en el que pueden ejercerse. Es decir, la dejación política de *kratos* comportaría la esterilización absoluta de *aidós* y *dike*, de un modo no menos cierto que su potenciación irrestrictiva concluye en el despiadado martirio de las dos virtudes civiles. Tal es la condición escabrosa de la política: no tiene otro objetivo superior que el de permitir el eficaz asentamiento de la moral y el derecho, pero ni puede someterse directamente a estas dos instancias —lo que imposibilitaría su labor de sostén— ni independizarse voluntariosamente de ambas, lo que supone a fin de cuentas una estricta *perversión*, es decir, un volverse contra su única auténtica razón de ser. Desde luego no serán las declaraciones verbosas de buenas intenciones las que vayan a resolver definitivamente la inestabilidad de este equilibrio.

Volvamos a la pregunta antes formulada: ¿a cuál de estos órdenes pertenecen los derechos humanos? Algunos de ellos parecen claramente una explicitación normativa del reconocimiento ético de las exigencias efectivas de lo humano; otros corresponden al área del derecho, pues se ocupan de cuestiones de justicia, tanto en lo tocante a distribución de bienes como en lo que respecta a prevención o reparación de males; otros son de índole netamente política, pues pretenden regular los mecanismos de imposición del Estado sobre los individuos y la participación de éstos en la administración del poder. En realidad, los derechos humanos, tal como hoy están recogidos en la declaración universal de las Naciones Unidas, son una propuesta de generalización internacional de los principios que idealmente fundan las constituciones liberales de aquellos países que reaccionaron contra el absolutismo monárquico en el siglo XVIII. En cuanto superación de todo ámbito nacional, trascienden cualquier proyecto constituyente de los hasta ahora conocidos. Al no tener ningún poder político tan universal como ellos mismos que garantice su aplicación, padecen o quizá disfrutan de una peculiar *coloratura* utópica que los sitúa a medio camino entre la promesa ideal y la estricta sobriedad del reglamento. Transversales a la ética, al derecho y a la política, intentan proporcionar el código donde las exigencias de éstas se reúnen sin confundirse. De aquí provienen sus peculiares insuficiencias y también su innegable y aún creciente fascinación.

Nomen omen: las primeras dificultades respecto a estos derechos provienen de su propia denominación. Se habla de derechos humanos, derechos del Hombre, derechos fundamentales, incluso derechos morales. Las quejas surjen por doquier: ¿es que hay derechos que no sean humanos? ¿ese Hombre sujeto de los derechos, cómo se compagina con la diversidad de los hombres efectivamente existentes? ¿no es acaso hablar de derechos morales un contrasentido, como hablar de madera de hierro o círculo cuadrado? Si no figuran en ninguna legislación positiva, tales «derechos» no pueden ser derechos, sino una enumeración vehementemente normativa de *aspiraciones morales*. O quizá debiésemos considerarlos *aspiraciones jurídicas*, es decir, presupuestos básicos que deberían encabezar todo código constitucional de acuerdo con la sensibilidad progresista y liberal de la modernidad occidental. Por mi parte, no creo que puedan reducirse a aspiraciones morales, pues hay en ellos un propósito *institucional* que trasciende el básico nivel de virtud y perfección individual que constituye el nivel ético propiamente dicho. Ni tampoco son sólo aspiraciones jurídicas, pues parece —justificadamente— esperarse de ellos que sirvan de instrumento para valorar códigos o para decidir entre códigos y no sólo que funcionen como preámbulo a legislaciones positivas. Es decir: pertenecen demasiado al área de la moral como para poder ser solamente derechos positivos, por fundamentales que fueren, y tienen demasiada vocación de institucionalización jurídica como para que puedan ser llamados sin reduccionismo «morales». En cuanto al problema estrictamente nominal se refiere, quizás una solución aceptable de compromiso sea la de quienes proponen denominarlos *derechos de la persona*, lo que evitaría también la connotación masculina de la titulación actual. En Europa, por ejemplo, el partido radical transnacional apoya este rótulo, también sujeto sin duda a escocer algunas sensibilidades propensas al inacabable puntillismo.

Vamos a intentar un análisis del tema que precise al máximo su fundamento y características, así como las principales dificultades suscitadas. Veremos sucesivamente la raíz especulativa y el perfil jurídico de los derechos humanos (1), las objeciones propuestas a su viabilidad desde la izquierda (2) y desde la derecha (3), acabando con el sentido actual del movimiento político que los reclama (4).

1. *Derecho universal y derechos individuales*

Como hemos señalado antes, al referirnos a la relación entre lo jurídico y lo político, todo derecho debe ir respaldado por la fuerza de una autoridad que defienda su aplicación. En primer término, tener un derecho es tener la posibilidad reconocida normativamente por la autoridad establecida de ejercer alguna capacidad o disfrutar de algún beneficio. Allá donde no hay poder constituido ni normas más o menos explícitas, no parece posible hablar de «derecho». ¿Cómo puede hablarse de tener realmente derecho a algo que ninguna autoridad ostenta competencia para respaldar? Esta es la más obvia dificultad que presentan los derechos humanos: en cuanto que corresponden a los hombres en cuanto tales, no en cuanto ciudadanos de tal o cual estado, ninguna autoridad establecida puede responsabilizarse totalmente de su mantenimiento. Sólo si se incorporan en calidad de presupuestos programáticos a alguna legislación nacional concreta pueden alcanzar eficacia jurídica. De aquí el consecuente esfuerzo de los valedores de estos derechos por incorporarlos a las constituciones políticas de cada uno de los países y ponerlos así bajo la tutela y garantía de las respectivas fuerzas estatales. Paradójicamente, los derechos del hombre, para llegar a ser derechos en toda la extensión de la palabra y no entelequias piadosas *al modo de* los derechos efectivos, tienen que reconvertirse en derechos con apellido de tal o cual comunidad nacional.

Mucho se gana, desde luego, con este concretarse los derechos humanos estado por estado: puede ser el paso de la impotente declaración de buenas intenciones a la plena vigencia. Pero también es claro que algo se pierde y algo realmente *esencial*: el carácter supranacional y supraestatal, es decir, la ambición de universalidad. No hay que entender esta cualidad simplemente de modo extensivo, es decir que los derechos humanos quieren ser universales porque debería haberlos en todos los países, sino que su universalidad apunta a un tipo de comunidad distinta a la formada por cada una de las agrupaciones estatales. Cuando se convierten en una ley como cualquier otra, los derechos humanos dejan de reclamar aquello implícito sólo tangencialmente en cada una de las leyes, aquello de lo que las leyes normales no son más que imperfecta evocación práctica. A saber, que antes de que cualquier fuerza estatal respalde sus derechos, cada uno de los hombres tiene derecho a ser respaldado por algo más que la simple fuerza. Ese algo más es precisamente *el sentido legal de la fuerza*, que ha merecido a lo largo de la historia nombres oscuros y prestigiosos como «Naturaleza», «Dios» o «Humanidad». A lo que apuntan los derechos humanos, a través de su enumeración circunstanciada e históricamente circunstancial, previamente desde luego a incorporarse a los principios de ninguna constitución estatal, es al universal derecho humano a ser sujeto de derechos. No estriba la cuestión tanto en que los humanos tengan universalmente tales o cuales derechos, sino que tener a alguien por humano consiste en reconocerle ciertos derechos. Conceder a otro y por tanto a uno mismo la condición humana es admitir lo lícito de la reclamación de sus derechos. Y sea cual fuere la evolución histórica del asunto, el orden del pensar queda así claro: no tenemos los hombres derechos porque el desarrollo de la fuerza socio-estatal nos los otorgue o reconozca, sino que la pura fuerza se institucionaliza socio-estatalmente para sostener unos derechos. Base y esencia de los derechos universales del hombre, es el universal derecho de cada hombre a tener derechos.

Situación aparentemente contradictoria, profundamente dialéctica, la de este protoderecho anterior a la institucionalización estatal de los derechos efectivos (entiéndase «anterior» no de manera diacrónica sino en cuanto a la exigencia especulativa). Se habló en su día por ello, con término no menos contradictorio, de un *derecho natural*, postulando un estado de naturaleza previo y sustentador de la naturaleza del estado. Conociendo los principios de tal estado de naturaleza, era posible llegar a comprender el fundamento racional de la justicia estatalmente establecida. En su obra ya clásica *Derecho natural e historia*, establece Léo Strauss: «Toda doctrina del derecho natural pretende que los fundamentos de la justicia son accesibles al hombre en tanto que tal. Se supone por tanto que al menos una verdad fundamental puede serle accesible» (p. 37). Esta capacidad humana de alcanzar la comprensión de lo esencial es inseparable de la pretensión de un derecho natural, por muchas limitaciones que por lo demás se le supongan a tal facultad cognoscitiva: «No puede haber derecho natural si el pensamiento humano, a despecho de su imperfección esencial, no puede resolver el problema de los principios de la justicia de forma auténtica y universalmente válida» (*ibid.*, p. 34). Y poder conocer esa verdad fundamental supone también que tal verdad existe, que hay una verdad natural o si se prefiere una verdadera naturaleza, distinta radicalmente de las opiniones que los hombres tienen en común: «El común acuerdo basta quizá para hacer reinar la paz, pero es impotente para dar a luz la verdad» (*ibid.*, p. 22). Esa verdad de la naturaleza así conocida, en la que se basa la verdad de la justicia instituida por el Estado, provee al

---

* Los derechos comportan necesariamente una cierta posibilidad de respuesta llamada *responsabilidad*, en el más amplio y menos penal de los sentidos. Sin este *deber* no puede haber derechos, sino concesiones graciosas. ¿Lo aprenderán de una vez quienes hablan de «derechos» de los animales?

hombre de una dimensión que escapa a la sujección de sus habituales determinaciones transitorias: «El descubrimiento de la noción de naturaleza es la realización de una virtualidad humana que, por lo menos según su propia interpretación, es trans-histórica, trans-social, trans-moral y trans-religiosa» (*ibid.*, p. 90). O, por decirlo en una sola palabra, *universal.*

El convencionalismo jurídico y el positivismo rechazan semejante verdad absoluta y la correspondiente capacidad humana de aprehenderla. Los verdaderos deseos naturales del individuo son invariablemente contrarios a la justicia instituida y no buscan más que el provecho y la satisfacción personales; no hay justicia fuera de los límites de la convención estatal, ni hay justicia idéntica para todas las distintas convenciones estatales, ni las prescripciones del llamado «derecho natural» son otra cosa que vacuas generalizaciones que no cobran sentido preciso y útil hasta ser especificadas por las diversas leyes positivas. En su escrito contra la noción de los derechos naturales, Jeremy Bentham estableció: «Los hombres hablan de los derechos naturales cuando desean conseguir sus propósitos sin tener que argumentar» (*Supply without Burden*). Es decir, el sentido del derecho —siempre convencional— es hacer surgir la paz por medio del acuerdo impuesto, pero no intentar revelar la verdad única e inapelable.

Obviamente, escapa a la competencia de esta nota y de quien la redacta zanjar con detalle argumental suficiente la ardua disputa del derecho natural. Pero algunas vías de aclaramiento de la cuestión, al menos en lo tocante a lo que hoy llamamos derechos humanos, parecen imprescindibles como inicial empeño. Señalaremos por lo pronto tres, sin descartar que después volvamos con alguna más en los apartados posteriores.

La primera indicación versa sobre el carácter de *patrón* o *baremo* que tiene el derecho natural en algunos autores, como por principalísimo ejemplo Aristóteles. En la *Ética a Nicómaco* queda claramente afirmado, por un lado, que la justicia puede ser natural y legal, siendo la primera «en todas partes de la misma fuerza y no sujeta al parecer humano», y por otro —contra quienes creen que no puede haber justicia natural, porque las cosas naturales son inamovibles «como el fuego que quema aquí y en Persia», mientras que las cosas justas varían— queda dicho que «hay una justicia natural y, sin embargo, toda justicia es variable, aunque hay una justicia natural y otra no natural». Esta aparentemente contradicción no lo es si distinguimos entre un uso *dogmático* del derecho natural y un uso *crítico*: el primero busca el establecimiento inexpugnable de la verdad, el segundo un instrumento capaz de descubrir por contraste lo falso. Lo que brinda el derecho natural es un patrón o baremo universal para juzgar la rectitud de los derechos vigentes en cada estado, no un superderecho inmutable cuya autenticidad es base de todos los restantes. Gadamer lo ha señalado bien en *Verdad y método*: «Según el mismo Aristóteles, la idea de derecho natural es absolutamente indispensable, dada la necesaria deficiencia de todas las leyes en vigor. Esta idea se revela de una actualidad particular en el punto en que trata del juicio de equidad. Pero su función es crítica, en el sentido de que la referencia al derecho natural no es legítima más que allá donde surge una discordancia entre derecho y derecho». Este carácter de baremo se señala numerosas veces en la presentación de las diferentes declaraciones de derechos del hombre, desde la francesa de 1789 (que precisa en su preámbulo como fin de tal proclama «que los actos del poder legislativo y los del poder ejecutivo, pudiendo ser comparados en cada instante con el fin de toda institución política, sean más respetados») hasta la de las Naciones Unidas de 1948, que también subraya su condición de «ideal común que alcanzar por todos los pueblos y naciones», con el cual contrastar las vigentes situaciones políticas. La importancia del uso *crítico* de los derechos humanos frente a su postulación *dogmática* es algo sobre lo que volveremos en el último apartado. Baste por el momento lo hasta aquí dicho.

La segunda indicación trata de la íntima conexión de los derechos humanos con las necesidades humanas. El primero que subrayó con total nitidez este nexo fue Thomas Hobbes, que sólo por ello ya merecería ser considerado sin disputa padre del derecho natural moderno. Hobbes da la mejor réplica posible a quienes sostienen que los impulsos naturales de los hombres son egoístas, depredadores y antisociales, por lo que toda justicia ha de ser un artificio destinado a domeñar y encauzar esta hostil naturaleza; responde Hobbes que los impulsos naturales de los hombres, *precisamente* por ser egoístas, rapaces y mutuamente enfrentados, dan lugar necesariamente al pacto social. No es la naturaleza social de los hombres la que establece la justicia, sino por el contrario su naturaleza asocial la que exige la justicia como remedio de supervivencia. El derecho natural de cada hombre es aquella disposición feroz que en todos termina por abocar naturalmente en el establecimiento estatal del derecho. «El derecho de naturaleza —leemos en el *Leviatán*, en la parte dedicada a "El Hombre"—, que los escritores llaman comúnmente *Ius Naturale*, es la libertad que tiene cada hombre de usar su propio poder como quiera él mismo para la conservación de su propia Naturaleza, esto es, de su propia vida; y consecuentemente, de hacer cuanta cosa conciba en su propio juicio y razón ser el medio más adecuado para ello». En la misma línea de pensamiento afirma también: «Una ley de naturaleza —*lex naturalis*— es un precepto o regla general, descubierta por la razón, por la que se prohíbe a un hombre hacer lo que es destructor de su vida, o suprimir los medios de conservarla, y omitir aquello con lo que piense que puede conservarla mejor». Es decir, lo que prescribe la ley natural y el derecho del mismo género no es una verdad más profunda ni más misteriosa que ésta: el hombre debe primordialmente conservar su vida y su obligación fundamental es hacer todo lo que le parezca adecuado a este fin. Este movimiento natural primero le enfrentará a los restantes hombres, competidores despiadados en la supervivencia, pero luego le unirá a ellos por una colaboración netamente ventajosa para la conservación de la vida. Tal como más tarde expondrá su herético seguidor Spinoza, para Hobbes ni el derecho ni la ley naturales establecen el Bien y el Mal absolutos, sino sólo lo bueno y lo malo respecto a lo conveniente para la vida humana. Esto equivale a decir que el derecho natural es la libertad humana de atender a lo *necesario*. Uno de los pensadores más hostiles a los derechos del hombre, el conservador Edmund Burke, comentó despectivamente «El pequeño catecismo de los derechos del hombre se aprende en seguida; y son las pasiones humanas las que os dirán su conclusión» (citado por Strauss, *op. cit.*). Hobbes habría convenido en que las pasiones tienen mucho que ver con los derechos del hombre, pues son impulsos ciegamente puestos al servicio de la primordial necesidad de vivir, pero no con su conclusión, pues ésta se deberá más bien a la intervención socializante de la razón. Y es que la Naturaleza pura y simple nos ha puesto en una mala condición «aunque con la posibilidad de salir de ella, debido en parte a las pasiones, en parte a la razón». La razón convierte el impulso pasional en derecho natural y éste, necesariamente, desemboca en el pacto social.

¿Qué *necesita* el hombre para vivir? Para vivir, como es claro, humanamente, no para su simple supervivencia biológica. Si pudiésemos contestar con precisión convincente a esta pregunta, habríamos dado un paso definitivo para comprender la universalidad reivindicativa de los derechos humanos. Los derechos humanos serían entonces el catálogo de las necesidades primordiales de los hombres, en cuanto propios seres humanos y no en cuanto ciudadanos de tal país o miembros de tal cultura. Más adelante veremos las objeciones suscitadas por este ideal. Lo cierto es que la teoría de las necesidades humanas en relación con la fundamentación de la ética está aún por hacer, pese a los análisis marxistas de la cuestión, particularmente agudos en el caso de Agnes Heller (vid. *Teoría de las necesidades en Marx*). Quizás el temor a la llamada «falacia naturalista» y los bizantinismos de ella derivados tengan algo que ver en este atraso especulativo. Por lo demás, ni la noción misma de necesidad humana ni el repertorio de tales necesidades son fáciles de establecer. Uno de los intentos más recientes de clarificar esta problemática, el llevado a cabo por David Braybrooke en su libro *Meeting Needs*, muestra bien en sus propias vacilaciones e insuficiencias la dificultad de completar victoriosamente lo que ya es tarea imprescindible. En lo tocante a necesidades estrictamente físicas la controversia parece un tanto amortiguada: «No tenemos ninguna razón para pensar que la ciencia va a descubrir que los seres humanos no necesitan alimento, o ejercicio, o mantener sus cuerpos intactos. Los seres humanos no son, como los dioses, inmunes al daño físico; y no hay perspectivas de que vayan a llegar a serlo» (Braybrooke, p. 52). El problema es, desde luego, que no resulta evidente cuál sea el *quantum* ni el género de alimento necesario o que no faltan razones que hacen imperioso mutilar un cuerpo para conservar la vida. Pero estas perplejidades son sencillísimas comparadas con las que se presentan al aproximarse a las necesidades sociales o simbólicas de los hombres, es decir, a lo que hace humano lo que de otro modo sería un simple proceso biológico. En conjunto, Braybrooke compara en su libro cuatro listas posibles de básicas necesidades (una propuesta por Jan F. Drenowski, economista de las Naciones Unidas, otra de Ernest Mandel, destacado teórico marxista de tendencia trostkista, una tercera de Nestor E. Terleckyj, experto de la National Planning Association de Washington y la cuarta propiciada por la OECD), a partir de las cuales propone una lista de listas y también un criterio de inclusión de otras necesidades en la lista propuesta. No es caso aquí discutir lo pertinente de sus conclusiones, pero lo evidente es el parecido de todas estas listas con la de los derechos humanos y el paralelismo entre cualquier criterio de inclusión en tal repertorio y lo que el viejo Hobbes hubiera llamado «*lex naturalis*». Puede ser muy cierto que ninguna necesidad humana, por básica que sea, se presenta nunca carente de una serie de importantísimos y a menudo determinantes componentes culturales, es decir, convencionales; pero no lo es menos que las necesidades básicas de la vida humana no son simplemente cuestión convencional. Cuando se habla de «derecho natural» o de «derechos humanos», ésta es una pista que debe ser prioritariamente investigada.

La tercera y última indicación que en este apartado vamos a proponer es la siguiente: ¿por qué no considerar que en los derechos humanos la verdad *natural*, es decir, inmutable y universal, de la justicia así reclamada es *además* una conquista histórica, resultado de la evolución y conflicto de las convenciones valorativas? Quizás Hegel pueda ayudarnos a pensar esto, pues propuso un espíritu que despliega a través y por medio del tiempo su contenido esencialmente eterno. O, más modestamente, los descubrimientos científicos brindan el ejemplo de convenciones históricamente costrastadas pero cuya operatividad no se limita solamente al ámbito cultural de la época o nación en que surgieron. La Naturaleza revelada por la física moderna es el diseño resultante de unos discursos científicos perfectamente fechables y cuyas transformaciones sucesivas pueden ser estudiadas o incluso previstas, pero no se nos propone sin más como un capricho de *l'esprit du temps*: su vinculación polémica con el concepto de *realidad* nos permite comprender y actuar sin permanecer escépticamente fascinados por lo transitorio. Siguiendo con la analogía, es indudable que nada desinteresadas exigencias políticas guiaron o propulsaron —como hoy día— el desinterés objetivo de la ciencia, que sus aplicaciones bélicas o depredadoras resultan fehacientes, que hay en su planteamiento teórico un cierto imperialismo que no respeta mitos, tradiciones ni peculiarismos folklóricos: sin embargo, deriva de un proceso de racionalidad emancipadora cuya irreversibilidad debe ser tomada en cuenta como algo más que un dato fatal para nostálgicos de no se sabe qué edad de oro. No parece conveniente olvidar sus sombras, pero aún lo sería menos despreciar sus luces. Hemos de volver sobre esto más adelante. Quede aquí simplemente señalado que no es imprescindible reverenciar una capacidad humana de alcanzar el incontrovertible fundamento esencial de la justicia para obtener y hasta codificar un perfil de lo justo que trascienda —desde la historia misma— las legislaciones positivamente establecidas por los estados.

2. *Vista a la izquierda: ¿derechos del hombre o derechos del burgués?*

Durante mucho tiempo, el desprestigio entre teóricos y militantes de izquierda de los derechos humanos —que hoy todavía perdura, pero de modo ya muchísimo más cauto— se basó en el contundente ataque lanzado contra ellos por el propio Marx. Por lo general la parte más conocida de esta polémica es la contenida en *La cuestión judía*, una obra juvenil en la que Marx responde a otra de Bruno Bauer sobre el mismo tema. Pero en muchos otros lugares de su obra se lanzan también andanadas contra estas construcciones ideológicas que, según el autor de *El Capital*, surgen condicionadas por los intereses económicos y políticos de la burguesía. Un buen estudio de toda esta trayectoria crítica es el libro de Carlos Eymar, *Karl Marx, crítico de los derechos humanos*, que citaré diversas veces en el curso de la exposición siguiente. El resumen del punto de vista marxista es ya sobradamente conocido: los llamados derechos del hombre —con sus reivindicaciones de libertad, igualdad, participación en el poder político, etc.— no son verdaderamente sino los derechos del burgués, dueño ya de un Estado destinado a garantizar sus privilegios y deseoso ahora de eternizar en un código inmutable los principios del librecambio. En la sociedad burguesa, todos los hombres concretos pierden sus perfiles sometidos a la abstracción igualadora del dinero, pero no alcanzan la auténtica realización de su ser genérico, sino que sencillamente se pliegan a las exigencias del sistema capitalista. Lo que se presenta como un ideal político inspirado por lo más noble de la naturaleza humana no es, en el mejor de los casos, más que el repertorio de piadosos deseos y buenas intenciones imposibles de cumplir en el Estado vigente o un enmascaramiento sublimado de la situación real: «La esfera de circulación o del intercambio de mercancías, dentro de cuyos límites se mueve la compraventa de la fuerza de trabajo, era en realidad el verdadero Edén de los derechos innatos del hombre. Lo único que allí impera es libertad, igualdad, propiedad y Bentham. ¡Libertad!, pues el comprador y el vendedor de una mercancía, por ejemplo, la fuerza de trabajo, no están determinados más que por su libre voluntad. Contratan como personas libres, jurídicamente iguales. El contrato es el resultado final en el que sus voluntades se dan una expresión jurídica común. ¡Igualdad!, pues sólo se relacionan entre ellos como propietarios de mercancías, e intercambian equivalente por equivalente. ¡Propiedad!, pues cada uno dispone estrictamente de lo suyo. ¡Bentham!, pues cada uno de los dos se interesa exclusivamente por sí mismo. La única fuerza que los une y los pone en relación es la de su egoísmo, su ventaja particular, sus intereses privados» (Eymar, *op. cit.*, p. 100).

Hay una curiosa paradoja en el planteamiento crítico de Marx: por un lado, niega que los llamados derechos humanos puedan ser calificados legítimamente como «naturales», pues el concepto de Naturaleza implicado en tal denominación es insostenible; por otro, convierte a estos derechos en la pura transcripción en código del verdadero orden —o mejor, desorden— natural, en una clave curiosamente paralela al sistema de Hobbes. En cuanto al primero de los aspectos, la naturaleza no puede ser nunca totalmente asumida en la inmediatez del sujeto humano, pues siempre resistirá como materia externa a sus esfuerzos transformadores (aspecto, precisamente, en el que Marx siempre se mantuvo auténtico *materialista* y *pesimista*, por tanto): «Los derechos humanos —señala Carlos Eymar en la obra citada— no pueden, según él, ser calificados de naturales e innatos, pues se ha desvelado cómo la naturaleza, en la que pretenden apoyarse, no puede ser aislada en su inmediatez, ni ser investida de un carácter normativo o axiológico. En este último caso estaríamos en presencia, según Marx, de una transferencia de los piadosos deseos o representaciones del ideólogo al concepto de naturaleza» (p. 187). Pero, desde otra perspectiva (mejor sería quizá decir desde la misma, pero diferentemente valorada), los derechos humanos expresan realmente las imposiciones de lo natural revestidas de una apariencia falsamente social: «Marx concluye que ninguno de ellos (se refiere a los derechos humanos recogidos en el artículo 2.º de la Declaración de 1793) va más allá del hombre egoísta, del hombre miembro de la sociedad burguesa, del individuo replegado sobre sí mismo. Lo que hace el reconocimiento de los derechos humanos es consagrar una sociedad en la que el único vínculo que mantiene unidos a los individuos es la necesidad natural, la satisfacción de sus apetencias e intereses privados, la conservación de su propiedad y de su persona egoísta» (Eymar, *op. cit.*, p. 54). Los derechos en cuestión deben ser llamados más bien *inhumanos*, precisamente porque surgen del orden de la necesidad natural y su enfrentamiento azaroso y rapaz entre las relaciones materiales. Los derechos humanos no expresan auténticos vínculos sociales entre los hombres, sino que perpetúan los antagonismos naturales para cuya superación la sociedad se constituyó. Son derechos inhumanos porque son naturales, es decir, azarosos como el juego de fuerzas de la materia; para ser humanos deberían hacerse antinaturales, es decir, acabar con el salvaje librecambio de mercancías propio del sistema capitalista. Lo humano es la deliberación de la cooperación social frente a lo natural que es la contingencia de unas relaciones materiales no inspiradas por nada más alto que la apetencia instintiva. Tal como Hobbes supuso, la triste condición natural del hombre es el egoísmo depredador y la mutua hostilidad violenta; pero esa primera alianza entre pasiones y razón que llevó, por la vía de la autoconservación esclarecida, al pacto social, no hizo más que volver a instaurar de nuevo el orden de lo natural barnizado de una apariencia de socialidad humana que es aún puro proyecto: hace falta un esfuerzo posterior, revolucionario, que establezca un sistema de producción y propiedad colectiva capaz de rebasar con la auténtica realización genérica de lo humano el nivel del antagonismo natural. Los derechos humanos no son sino instrumentos maquillados de la realidad hobbesiana del Estado vigente.

Las características naturales perpetuadas por los derechos humanos desde la óptica marxista son el egoísmo burgués, el individualismo, el repliegue en una vida privada que no es consolidación sino apagamiento definitivo de la personalidad de cada cual, pues sólo el Señor Capital es personal y vivaz frente a lo mortecino e idéntico de sus súbditos. La universalidad falsa así propuesta no es más que la vehiculada por el elemento de universal nivelación, el *dinero*, cuyo adorador prototípico es precisamente el *judío*, no en vano introductor en Occidente del monoteísmo abstracto y el universalismo igualador. Nada menos casual que el tema de los derechos humanos salga a la palestra en dos obras consagradas a la cuestión judía, la de Bauer y la de Marx. Como tampoco es coincidencia que los pensadores de la nueva derecha vayan a insistir en el carácter netamente judaico de los derechos humanos, aunque desde planteamientos sociológicos y antropológicos diferentes a los de Marx. El judío es prototipo del egoísta, porque establece abiertamente el cálculo racional de su interés, del cosmopolita, pues carece de arraigo nacional, y del individualista, pues no acata más que externamente la imposición estatal. Hoy cierta derecha y cierta extrema izquierda, cara a los países islámicos, no desdeñan hacerle de nuevo representante del imperialismo y del megacapitalismo transnacional.

Como hubiera deseado el propio Marx, su crítica de los derechos humanos debe ser hoy —casi cincuenta años después de su primera formulación— contrastada con el devenir histórico. Al menos dos acontecimientos fundamentales contradicen gravemente el núcleo de su argumentación, ante todo en cuanto a los resultados que se siguieron de la situación descrita por Marx. El primero es la incorporación a las sucesivas declaraciones de una serie de derechos sociales y asistenciales —salud, instrucción, protección de la infancia y la vejez, laborales, etc...— que difícilmente encajan en el somero bosquejo diseñado por Marx para facilitar su ataque. La reivindicación de estos derechos ha sido el objetivo de numerosos movimientos populares durante el pasado siglo y el nuestro, habiéndose logrado finalmente un diseño de lo humano sustancialmente más completo que el brindado por los derechos criticados por Marx, pero deudor directo de aquellas primeras declaraciones. Seguir manteniendo la imagen de unos derechos que sólo reflejan el interés de las clases dominantes y la pugna insolidaria y azarosa de todos contra todos es hoy día una posición diacrónica y sincrónicamente inconsistente, aunque por supuesto como toda posición teóricamente inconsistente no carezca de vehementes partidarios. El segundo acontecimiento, tan siniestro éste como esperanzador es el antes citado, ha sido la implantación en nuestro siglo de Estados totalitarios, algunos de los cuales se han reclamado precisamente herederos del proyecto marxista. Es importante señalar —lo ha hecho ya Claude Lefort, en *Droits de l'homme et politique*— que el Estado totalitario no comete simplemente determinados abusos autoritarios contra algunos individuos (no dejando escribir a tal escritor, por ejemplo, o componer a tal músico), lo cual sería un defecto a corregir pero quizá compensado por otros logros globales, sino que mutila irreparablemente la dimensión política de *todos* los miembros de la sociedad. Al fácil y atroz catálogo de horrores de los Estados totalitarios —horrores no puntuales y transitorios, sino permanentes y acumulativos— hay que añadir ya la ineficacia en la gestión económica y en el estímulo de la calidad mayoritaria de vida, que hoy comienza a reconocerse y a repararse tímidamente en algunos de esos poco afortunados países. Las diatribas de Marx contra la insulsez rutinaria de los goces en la sociedad capitalista, tan entusiastamente secundadas luego por los críticos culturales de la vulgaridad masificada, obtiene su patética *reductio ad absurdum* en la contemplación de la monotonía agobiante del más alegre de los socialismos ofensivamente llamados «reales». En ninguna parte podría ver mejor el viejo Marx a lo que lleva sustituir el a menudo sagaz egoísmo individual por el uniformemente lerdo egoísmo estatal.

Claude Lefort reprocha a Marx haberse quedado en la superficie ideológica de los derechos humanos, alcanzada con tino por su crítica, pero haber ignorado el resultado subversivo que su aplicación práctica iba a traer a la vida de las sociedades europeas. Empeñado en desmitificar el contenido sacralizador que los ideólogos de la burguesía triunfante imbuían en los derechos humanos, Marx no fue capaz de ver el formidable instrumento de transformación política que de ese modo se ponía en funcionamiento, recogiendo las mejores promesas —entre mil insuficiencias y lamentables contrapartidas— de la ilustración revolucionaria. En la teoría marxista, a la regeneración radical de las condiciones económicas seguiría un reabsorbimiento cuasi-milagroso del estado por la sociedad: ninguna de las instituciones que deberían mediar en tal proceso fue ni siquiera esbozada y la caricatura histórica ha sido sobradamente cruel en la fabricación de esas articulaciones olvidadas. Hoy los derechos humanos se han convertido en el horizonte revolucionario de todos los países fatalmente «liberados» de las corrupciones e insuficiencias de la democracia formal burguesa. Al releer los trenos de Marx contra el egoísmo individualista, la maldición esterilizadora del dinero y los azares naturales de la sociedad contra la que se rebelaba, conviene recordar también un párrafo que escribió en su día contra el reformismo político y que hoy parece aplicársele, por obra y desgracia de la historia, mejor que a nadie: «El principio de la política es la *voluntad*. Cuanto más parcial, o sea cuanto más perfecta es la razón *política*, tanto más cree en la *omnipotencia* de la voluntad, tanto mayor es su ceguera frente a los *límites naturales* y mentales de la voluntad, tanto más incapaz es, por tanto, de descubrir la fuente de las dolencias sociales» (citado por Eymar, *op. cit.*, p. 194).

3. *Vista a la derecha: soberanía nacional contra derechos humanos*

También desde la derecha la oposición a los derechos humanos va a invocar el egoísmo individualista, pero ya no en nombre de la realización de una justicia superior al capitalismo burgués, sino reivindicando la soberanía de cada nación y el espíritu de cada pueblo contra el intento de establecer algún marco jurídico universal. Esta argumentación crítica contra los derechos humanos se basa en los siguientes puntos: a) no existe el hombre en sentido general, sino hombres diversos pertenecientes a diferentes etnias, culturas y nacionalidades; b) los pueblos y naciones son los únicos creadores y depositarios del derecho; c) los individuos sólo pueden tener derechos en cuanto miembros de algún pueblo o nación, pero no por encima o contra el pueblo o nación al que pertenecen. El santo patrono de esta doctrina es el anti-ilustrado, ultramontano y fascinante Joseph de Maistre, quien escribió en sus *Considérations sur la France* esta famosa ironía: «No hay un hombre en el mundo. He visto en mi vida franceses, italianos, rusos. Sé también, gracias a Montesquieu, que se puede ser persa: pero, en cuanto al hombre, declaro no haberlo encontrado en mi vida». Y en otro lugar de su obra establece con saludable energumenismo la siguiente doctrina: «Todos los pueblos conocidos han sido felices y poderosos en la medida en la que han obedecido más fielmente a esa razón nacional que no es otra cosa que el aniquilamiento de los dogmas individuales y el reino absoluto y general de los dogmas nacionales, es decir de los prejuicios útiles» (citado por Finkielkraut, en *La derrota del pensamiento*). Como aplicación y extensión actual de estos criterios, utilizaré dos textos de Alain de Benoist y Guillaume Faye, titulados «La trampa de los derechos humanos» y «Génesis de una ideología», ambos incluidos en el volumen *Las ideas de la «Nueva Derecha»*.

Para comenzar, deben establecer que el concepto de humanidad, es decir, la unificación de los hombres en un sola especie, es correcto desde el punto de vista biológico y sólo desde él. «Ahora bien, no pensemos que el hombre se puede definir únicamente por sus características. Nosotros pensamos, por el contrario, que lo que hay de específico en el hombre, lo que establece y constituye el hombre-en-tanto-que-hombre, se deriva de la cultura y de la historia. El hombre no es solamente un animal; no se define únicamente por su pertenencia a la especie. Aún es más, de todos los animales, es el único que no está determinado por esta pertenencia. El hombre es un ser cultural. Ahora bien, sobre el plano cultural, no hay paradigma común de la humanidad. Históricamente hablando, las culturas se cristalizan siempre en plural. Hablar en un sentido cultural, específicamente humano, de "humanidad", es retrotraer la cultura a la naturaleza, reducir la historia a la biología» (*op. cit*, p. 395-396). En apoyo de estos planteamientos, los dos autores citados aportan el testimonio del antropólogo Edmund Leach, que avisa seriamente contra los peligros irreparables de intentar trasladar la unidad específica desde el terreno de la biología a otro nivel, como por ejemplo el de la cultura o el de la moral: «Quizás una generación futura descubrirá lo que fue el paralogismo desastroso de nuestro tiempo: habiendo descubierto, gracias a los métodos científicos, que el hombre en tanto que especie zoológica es efectivamente uno, nos hemos afanado, mediante la coerción y la propaganda política en imponer al hombre, en tanto que ser cultural, persona moral, un sentido unitario análogo, contradictorio con la esencia misma de nuestra naturaleza humana» (*op. cit*., p. 407).

Pero es que además «el hombre que defiende la ideología de los derechos humanos es un hombre desarraigado. Un hombre que no tiene pertenencia ni herencia, o que quiere destruir tanto la una como la otra» (*op. cit*., p. 401). Y ello ¿por qué? «El pueblo tiene derechos. La nación tiene derechos. La sociedad y el estado tienen derechos. Inversamente, el hombre individual también tiene derechos, en tanto que pertenece a una esfera histórica, étnica o cultural determinada —derechos que son indisociables de los valores y las características propias de esa esfera. Es ésta la razón por la que en una sociedad orgánica, no hay ninguna contradicción entre los derechos individuales y los derechos colectivos, ni tampoco entre el individuo y el pueblo al que pertenece» (*op. cit*., p. 399). No pueden ponerse ningún tipo de derechos por encima de los establecidos por cada nación, pues ello comportaría una desvalorización del debido primado de la política en la vida colectiva: «La primacía de los derechos individuales sobre las soberanías nacionales supone un grave fenómeno contemporáneo: la sustitución de las categorías políticas por las categorías jurídicas» (*op. cit*., p. 417-418). Lo cual vendría a ser instaurar una *nomocracia* para impedir al poder político que se declare «omnipotente» y pueda «rivalizar con Dios», alarma cuyo origen mosaico salta a la vista. Pero se olvida así que «una ley, para ser justa, debe ajustarse a los valores específicos de la cultura o del pueblo para quien ha sido creada» (*op. cit.*, p. 420) y que «fuera de la soberanía, no hay garantía posible del derecho: no hay libertad» (*op. cit.*, p. 439). <u>A fin de cuentas, los derechos humanos expresan el perverso deseo del individuo de juzgar a la sociedad sin la que no sería ni podría nada: es el enfrentamiento de la célula contra el cuerpo social.</u> De ahí que Raymond Ruyer, citado también como testigo de cargo por Benoist y Faye en este proceso, haya podido asegurar que los efectos de esta doctrina sobre las costumbres son más destructores que los producidos por las peores doctrinas revolucionarias y anarquistas: «Las reivindicaciones de los derechos humanos son en el fondo la reivindicación del derecho a desinteresarse de la permanencia y de la supervivencia del pueblo al que se pertenece, a desentenderse de su cuarta dimensión y a vivir en la libertad del presente» (*op. cit.*, p. 401).

Pero los autores de la «nueva derecha» también han leído su Marx y, sobre todo, conocen bien el discurso de cierto izquierdismo tercermundista, para el que los derechos humanos no son más que un intento de imperialismo moral judeoccidental que refuerce el otro imperialismo de las multinacionales. En la reivindicación de tales derechos, exportados a regímenes recién salidos de la era colonial, «se trata únicamente de hacer respetar el modelo "democrático" y mercantil basado en el universalismo occidental y en el individualismo burgués» (*op. cit.*, p. 410). ¿Qué derecho tiene Occidente a imponer sus muy determinados e hipócritas valores a los pueblos que hasta ayer mismo sufrieron su férula, cuando no la sufren hoy todavía? «¿No ha creado el mundo moderno occidental formas nuevas de "esclavismo" y de servidumbre colectiva a través del imperialismo económico, de la dominación cultural y de la dictadura de los medios de "comunicación de masas"?» (*op. cit.*, p. 408-409). Recordemos que el abogado de Klaus Barbie adujo argumentos semejantes referentes al proceder de Francia en Argelia y en general de Europa respecto a los pueblos colonizados para exculpar al oficial nazi de los crímenes contra la humanidad que se le atribuían, difuminando la noción misma de tales «crímenes» y de tal «humanidad». Y es que los derechos humanos pueden encubrir una agresión cultural que resulte contraproducente aunque no fuera más que por ser considerados como ideología propia de los países cuyo yugo se intenta sacudir: «Conceptuada como una doctrina importada de Occidente, la ideología de los derechos humanos no puede tener más que una influencia desastrosa en los sistemas jurídicos y constitucionales de los países del Tercer Mundo» (*op. cit.*, p. 410). Este nuevo imperialismo moral arrolla con la mejor conciencia ética del mundo tradiciones y legalidades que tienen su propio arraigo, perturbando así lo que podríamos denominar *el equilibrio ecológico de las axiologías*. Es cosa que denuncia por ejemplo Gilles Anquetil, en artículo aparecido en *Les Nouvelles Litteraires* el 6 de marzo de 1980: «En nombre de los derechos humanos se puede perfectamente rechazar, sin examen, como barbarie, la justicia de inspiración islámica, el sistema de castas de la India o una multitud de ritos sociales africanos, sin darse cuenta de los valores profundos, organizadores de un auténtico orden del mundo, que estas prácticas transmiten».

Hasta aquí la requisitoria desde la derecha contra los derechos humanos: merecía la pena exponerla con cierto detenimiento, porque se solapa en muchas ocasiones con determinados aspectos del discurso diferencialista sostenido por la llamada izquierda contracultural y porque insiste también en tópicos antiilustrados sostenidos por esta última. La respuesta que vamos a brindar aquí va a ser global y no tan pormenorizada, pues no pretende más que señalar las líneas que la argumentación fundamentadora de estos derechos debe seguir para justificar toda una concepción de lo ético-jurídico que no puede por principio arrasar el campo de lo razonable en torno suyo. Lo primero que ha de ser señalado es que el concepto de «humanidad» que subyace a la declaración de derechos universales no es en modo alguno una regresión a lo biológico sino una aspiración de lo político. No han sido los progresos de la zoología comparada los que han concluido en la unidad específica del hombre, sino precisamente los viajes, el conocimiento mutuo y la comunicación entre las diferentes culturas. Los etnólogos y antropólogos han establecido de modo concluyente que es posible no sólo describir los esquemas de valores propios de otras tradiciones, sino también en cierta relevante medida *comprenderlos* como tales valores, lo que exige como mínimo el reconocimiento de unos ciertos *universales axiológicos*, semejantes a los universales lingüísticos postulados por los etnolingüistas. No hay valores morales o jurídicos fuera de una determinada cultura, pero tampoco hay cultura en la que no pueda ser determinado un esquema formal de valoración cuya similitud de fondo con el de cualquier otra no sea por lo menos tan digna de reflexión como sus diferencias. Si se puede hablar de una determinada «unidad» básica de los hombres es precisamente gracias a lo aprendido en la interacción cultural entre los grupos humanos, no simplemente merced a estudios de fisiología o anatomía. El concepto de humanidad así surgido brotó como instrumento de acercamiento y reconocimiento entre los hombres, para evitar en lo posible el ciego antagonismo que opone distintas realidades irreductibles. Donde es más importante la diferencia que la semejanza, la hostilidad no tiene freno y puede llegar sin escrúpulo hasta el exterminio: es por el contrario el descubrimiento de lo mismo bajo la diversidad lo que marca límites a la instrumentalización del otro y a la enemistad depredadora. Desde el padre Las Casas hasta los abolicionistas de la esclavitud o los combatientes hoy contra el racismo se mantiene la resistencia de esta revelación de lo humano por lo humano. La aspiración política al reconocimiento universal de la humanidad señala el marco que debe restringir la ferocidad de los conflictos e incluso apunta hacia el ideal siempre postergado de una paz perpetua que no fuera la de los cementerios. Incluso quienes hablan del *derecho a la diferencia* está asumiendo implícitamente este proyecto universalista: en efecto, no se constata sencillamente la existencia de diferencias entre los hombres y las culturas, tal como las que se dan entre las plantas de un herbolario, sino que se reclama un derecho a ellas y ese derecho no puede ser también diferente para cada una sino común a todas. El derecho a la diferencia es lo que comparten todos los diferentes y lo que, pese a sus diferencias, les une.

La «nueva derecha» y el populismo nacionalista, por otra parte, convierten a los pueblos y naciones en una suerte de entidades platónicas, inmutables, situadas más allá del bien y del mal, a las que el individuo humano está adscrito como el siervo a la gleba. Son como mónadas perfectamente delimitadas, cerradas sobre sí mismas, un poco al modo como imaginó Oswald Spengler las civilizaciones. Las incesantes transfusiones culturales, el mestizaje fertilizador de las diversas tradiciones que no han quedado fosilizadas en el apartamiento y el atraso, el intercambio de nociones lingüísticas, jurídicas y filosóficas, el cosmopolitismo esencial de los grandes artistas o científicos, todo ello induce a matizar muy sustancialmente el alcance axiológico de la enquistada categoría de soberanía nacional, ya por otra parte muy comprometida por la economía moderna y las alianzas internacionales. ¿Hasta qué punto alguien puede proclamarse hijo de una sola cultura o una sola tradición, salvo por obstinación o ignorancia? ¿Por qué el individuo no podría distanciarse de su nicho nacional y valorarlo desde otros parámetros que también son suyos en este mundo que cada noticia recorre en cuestión de segundos y que ya ha sido contemplado como una totalidad única desde el espacio exterior, cuando es algo que no se privaron de hacer en su día Aristóteles o Demócrito? A fin de cuentas, las naciones son convenciones al servicio de los hombres y no al revés, ¿no es cierto? Benoist y Faye, desde luego, no opinan lo mismo: «Los gobiernos no han sido instituidos únicamente para garantizar los derechos individuales, sino que se han instituido a sí mismos para satisfacer diversos fines, entre los que figura en primer lugar el deber de dar a los pueblos un destino» (*op. cit.*, p. 416). Quienes no pensamos que los gobiernos se instituyan a sí mismos —aunque no ignoramos que muchos gobernantes creen tal cosa— sabemos que el llamado «destino» de los pueblos nunca ha sido más que una amalgama de militarismo e intolerancia, amasado con la sangre de los propios súbditos y la de sus vecinos o rivales. ¡Bendito sea, pues, el individualismo militante frente al soberano nacionalismo militar!

Cuando Benoist y Faye se declaran defensores de lo particular frente a lo universal no resultan tampoco convincentes. Según ellos, la ideología de los derechos humanos «homogeneizando las fuentes del derecho, crea las condiciones —que explotarán las tiranías modernas— para la derogación permanente de los derechos particulares y diferenciados, en nombre de un derecho "universal"y "natural"» (*op. cit.*, p. 402). No conozco tiranías modernas impuestas en nombre del derecho natural y de los derechos humanos: que me las enumeren los autores de la «nueva derecha». Las conozco en cambio en nombre de particularismos como una raza superior, una nación llamada a liderar las otras, la verdad única de un dogma religioso o la colectivización científica que no puede hacer concesiones al sensiblero humanitarismo burgués. Y conozco también las tiranías surgidas de esos movimientos anticoloniales a lo *Condenados de la tierra* de Franz Fanon, hoy imitados obcecadamente por nacionalismos surgidos en el interior de estados modernos occidentales. «Si, con una regularidad que no falla, esos movimientos de liberación han secretado regímenes de opresión, es porque, a ejemplo del romanticismo político, han fundado las relaciones interhumanas sobre el modelo místico de la fusión, más bien que sobre ese otro —jurídico— del contrato, y porque han pensado la libertad como un atributo colectivo, nunca como una propiedad individual» (Finkielkraut, *op. cit.*). El pueblo es uno y los demás son enemigos o traidores: por eso no hace falta *contar* dentro de él a los aquiescentes ni a los discrepantes; el pueblo tiene unos derechos seculares, que provienen de lo más propio, de lo que siempre ha sido así, por lo que no pueden ser sometidos a la crítica del presente ni son revocables por recién llegados a la historia; el pueblo conoce su propio bien —lo que él es— y su propio mal —lo que él no es— por lo que está más allá de nociones de bien y mal extranjerizantes o de individualismos corruptores. Del imperialismo colonial se libera el pueblo nacional: pero del pueblo no se libera ya nadie y los individuos siguen más sometidos que nunca. Los usos tradicionales no son conservados por excelentes o útiles, sino por propios; y también, *last but not least*, porque en torno suyo hay toda una red de intereses que no quieren ser desplazados por la subversiva introducción de costumbres o reglamentos foráneos. El individuo, es decir, el hombre real de carne y hueso, vive semidigerido por una amalgama totalizante, pero no es miembro subsistente e irrepetible de un consorcio comunitario. Y sus administradores en nombre de la esencia colectiva no están dispuestos a admitir que cada hombre quizá se parezca más en deseos y necesidades a los otros hombres que al ideal nacional al que se le intenta reducir.

4. *Derecho universal y derechos individuales*

Volvamos a una pregunta que hicimos al comienzo: ¿son los derechos humanos la expresión de una aspiración moral, el proyecto de una suprema instauración jurídica o una ideología política que sustituya a revolucionarismos ya gastados y conservadurismos inaceptables? En todos estos registros pueden ser leídos y no sin provecho. También con evidentes limitaciones. Las más obvias, en el campo de lo político. Claude Lefort sostuvo que pueden convertirse efectivamente en el eje de una acción política en aquellos países totalitarios que no los reconocen o que sistemáticamente los conculcan. Pero Marcel Gauchet por un lado y Jean Daniel por otro han mostrado los equívocos de semejante entronización política cuando los derechos humanos son defendidos en países democráticos que los reconocen y, dentro de ciertos límites, los respetan. En algunos casos, según llega a señalar Daniel, parecen convertirse en una especie de religión para descreídos en todas las demás, bálsamo y unción de nuevas almas bellas que desean sentirse edificadas, comprometidas en grandes causas y a la vez tener confortablemente lejos los campos de las batallas que libran. Ayer los revolucionarios alucinaban el paraíso en confusas noticias llegadas de Rusia, China o Cuba; hoy proyectan el infierno a esos mismos parajes y aplican sus oraciones a la redención de esos nuevos paganos con envidiable ánimo misionero: son sucesivas formas de *ineficacia*, de renuncia a tratar en clave realista los problemas que realmente afectan a las comunidades de la Europa desarrollada. Incluso puede llegar a convertirse este procedimiento en un subterfugio reaccionario, como apunta Gauchet: «Se ve claramente cómo cierta manera de dar prioridad a los derechos del hombre equivale indirectamente a legitimar el orden occidental establecido: en cuanto no hay comunismo o fascismo, todo va bien. Todo va infinitamente mejor, y se precisa la mala fe específica de nuestra inteligencia para haber negado durante tanto tiempo el inmenso privilegio que representa la democracia. Pero nada se ha resuelto del problema social que nos requiere; como mañana, suponiendo que se acabe con el totalitarismo rojo, nada estará empero resuelto en cuanto a la cuestión de una sociedad justa, igual y libre» (en «Le Débat», n.º 3, 1980, p. 7). Tan indecente sería renunciar a apoyar la reivindicación de los derechos humanos en países en los que la población los reclama y no puede obtenerlos, como reducir el esfuerzo político en los que ya los tienen a su autocomplaciente celebración ritual.

Existe también, desde luego, el problema del etnocentrismo occidental. Es dolorosamente obvio que el desarrollo de la ilustración burguesa europea, como tantos otros fenómenos civilizadores, ha sido pagado con la sangre y el sometimiento de muchos grupos humanos: pero esto no invalida la ilustración, sino que aporta la seriedad trágica con que debe ser vivida y defendida. Ya hace mucho lo había señalado Nietzsche con su crudeza ejemplar: «¡Ay, la razón, la gravedad, el imperio sobre las pasiones, toda esa maquinación tenebrosa que se llama reflexión, todos esos privilegios pomposos del hombre, cuán caros se pagan! ¡Cuánta sangre y horror se encuentran en el fondo de todas las *cosas buenas*!» (*Genealogía de la moral*, II Tratado, par. 3). Lo cual no quita para que esas cosas buenas deban seguir siendo llamadas *buenas*, y procuradas y sostenidas. Lo que queda fuera de lugar y de decencia es la vanagloria etnocentrista, pues esas cosas buenas de la civilización han sido fraguadas en lo que realmente tienen de universal humano tanto por quienes formularon su teoría como por quienes soportaron y así corrigieron su práctica.* Hoy los derechos humanos son patrimonio tanto más auténtico de quienes sufrieron el ímpetu imaginativo y rapaz de Occidente que de los mismos occidentales. Pero la debida modestia con que ha de ser considerado este tema por los europeos no quita que haya otros *etnocentrismos pasivos* o ciertos *escepticismos etnocéntricos* que deben también ser cuidadosamente evitados o combatidos. Llamo etnocentrismo pasivo a la convicción de que hay valores deseables en los regímenes políticos occidentales pero que no son propios de otras regiones y otros pueblos menos afortunados o más «peculiares». Los etnocentristas pasivos son por ejemplo celosos defensores de la libertad de expresión en su país, pero la consideran un lujo innecesario en otros; quieren un gobierno

---

* Para mejorar sus remordimientos etnocéntricos, lo único que propondría a quienes los padecen es la jaculatoria de san Vicente de Paúl: «Oro porque los pobres nos perdonen por ayudarles.»

civil elegido democráticamente y que pueda ser depuesto del mismo modo, pero consideran que hay latitudes en los que una junta de comandantes triunfadores en una insurrección pueden dar lugar con su autoperpetuación por las armas a un régimen político adecuado para aquellas gentes, etc. Los escépticos etnocéntricos sostienen la asombrosa convicción de que no hay posibilidad de juzgar desde el punto de vista de lo deseable y razonable a ningún grupo al que no se pertenezca: el régimen de castas o la lapidación de adúlteras son creaciones espontáneas del espíritu humano tan dignas de respeto o al menos tan inabordables a una crítica objetiva como el sufragio censatario o la instrucción pública obligatoria. Para ellos, la mayor forma de deferencia que puede otorgarse al prójimo es tratarle como si perteneciera a otra especie o acabara de llegar de otro planeta. Con la misma razón algo más extendida sería imposible valorar ningún comportamiento de nuestros conciudadanos o ninguna conducta política de un partido al que no pertenecemos...

Hechas estas consideraciones sobre el problema etnocéntrico, conviene citar un párrafo esclarecedor de Jean Daniel, en su artículo «De la revolución a la resistencia» («El País», junio de 1987): «Existe una "violación de lo universal" que todo pensamiento *universalista* está obligado a combatir. No existe un pueblo elegido para defender e imponer los derechos del hombre. No hay una religión de los derechos del hombre que instaurar, y cuyos sacerdotes fueran, por ejemplo, los intelectuales europeos hablando en nombre de Europa. La conversión a los valores europeos de los antiguos marxistas tercermundistas y mundialistas es un exaltante fenómeno de progreso. Pero perdería todo su sentido si, en lugar de ser una disposición de ayuda, ese fenómeno asumiera una dimensión imperial. En este sentido puede decirse que, huyendo de la violación de lo universal y del enfeudamiento de la historia, el intelectual debe elegir favorecer la difusión de los valores de Europa. Una difusión por contagio, exclusivamente». Opinión muy digna de ser suscrita, pero con dos puntualizaciones: una, que por el antedicho precio que otros han pagado por su difusión política, esos valores y esos derechos ya no pueden ser llamados con justicia excluyente «europeos», pues quizá lo más realmente europeo de su condición es haber sabido una vez dejar de serlo;

y otra, que ese contagio debe ser potenciado al máximo por todos aquellos medios no bélicos, incluida en su caso la maniobra política.*

Los derechos humanos tienen un aspecto crítico, de baremo o paradigma, que ya hemos tenido ocasión de señalar antes. Según éste, lo importante no es pergeñar una lista más o menos satisfactoria de derechos del hombre sino mantener sin desfallecimiento *el derecho a ser hombre*. Pues la condición humana no es un hecho, sino un derecho, porque implica una demanda a los semejantes y la aceptación de un compromiso esencial con ellos. No con los compatriotas, no con los correligionarios, sino con cuantos comparten nuestra misma suerte: la conciencia del deseo y la conciencia de la pérdida. Este derecho es *individual*, porque sólo el individuo sufre y muere, por lo tanto sólo el individuo puede exponer noblemente su reclamación sin límites ni preciso destinatario; este derecho es *universal* porque no se gana ni se pierde con nada que individualmente se logre, sino que se mantiene en la fuerza colectiva del reconocimiento de lo humano por lo humano. Es derecho no sólo a la diferencia, lo cual a menudo puede resultar caprichoso o trivial, sobre todo cuando se colectiviza, sino a lo *irrepetible*, rasgo que re-

---

* El pensamiento de la *universalidad* (ligada a la entraña existencial de la libertad individual) es el núcleo duro (lo que aún pide ser *más y mejor* pensado) de la reflexión ética en la actualidad. Me gustaría tener fuerzas y perspicacia para dedicarme a ello —quizá en relación con el tema de la *justicia*— en los trabajos posteriores a este libro. Por el momento, vaya este espléndido párrafo de Luc Ferry y Alain Renaut, cuya oportunidad para nuestro tema es evidente: «¿Cómo no ver en efecto que lo universal no tiene, en el humanismo auténtico, la significación de una norma, sea la que fuere, en nombre de la cual sería hecha violencia a lo particular, o sea en nombre de la cual sería practicada la exclusión o el exterminio de los particulares? La referencia a lo universal, a este propósito, significa, por una parte, que si es algo "propio del hombre", pertenece a *todos* los hombres (por ello el racismo jamás podrá ser un humanismo); pero también por otra parte que, si ese algo propio del hombre es nada o libertad, si es capacidad para extirparse de los múltiples códigos que sin cesar amenazan aprisionar a los individuos, la idea de universalidad es necesariamente el horizonte de tal extirpamiento. Dicho claramente: cada hombre corre el peligro incesante de confundirse con determinaciones *particulares*, puede *concebirse* como perteneciendo a una nación particular, a un sexo, a una etnia o a un grupo, a un papel, a una función social cualquiera, puede ser pues "nacionalista", "sexista", "racista", "corporativista"... pero puede también (y en ello reside la *humanitas* del hombre) trascender esas definiciones *para entrar en comunicación con otro* (universalidad)». (*Heidegger et les modernes*).

sume y potencia cuanto de trágico hay en nuestra finitud. En cuanto a su lista definitiva, por el carácter mismo de lo que se trata de preservar está excluido que pueda trazarse un día para siempre: «Lo que también significa —como bien ha subrayado Claude Lefort— que su formulación contiene la exigencia de su reformulación, o que los derechos adquiridos están necesariamente llamados a sostener derechos nuevos» (*op. cit.*, p. 24-25).

Pero además del uso crítico hay también en los derechos humanos un esbozo de algo por venir, el empeño de una institución aún no lograda. En la Tierra habitada por cinco mil millones de seres humanos y en rápido crecimiento de esa cifra de población, la reivindicación de lo universal no es un delirio religioso ni un nuevo mito laico occidental, sino una necesidad política que no admite colores nacionales ni aplazamientos interesados. En este sentido, los derechos humanos pueden ser considerados el adelanto de la futura constitución del estado mundial o del centro de control al que pueda recurrirse con eficacia por encima de los estados nacionales. Quizás ésta sea la vía del cumplimiento de un viejo anhelo libertario, porque el Estado como hoy lo conocemos desaparecerá cuando ya no sea instrumento de enfrentamiento militar contra otros, sino una administración global de lo que forzosamente ha de ser común o desaparecer. Cuando ya no haya más que un Estado, éste dejará de ser Estado al menos en el sentido clásico que hoy conocemos. Es difícil exagerar la importancia de esta perspectiva, que hoy tiene más que ver con la supervivencia que con la utopía, a no ser que aquélla no sea ya más que la postrera y desesperada manifestación de ésta. Pero también es difícil exagerar los peligros que el cumplimiento perverso de este ideal comportaría. Esta perspectiva enlaza, empero, no sólo con amenazas totalitarias de control sino también con una nueva ilustración política del individualismo, tal como la señalada por C.B. Macpherson: «No podemos esperar conseguir una teoría válida de la obligación del individuo a un solo Estado nacional. Pero si postulamos simplemente el grado de discernimiento racional que siempre ha sido necesario postular para cualquier teoría moral de la obligación política, hoy puede ser posible una teoría aceptable de la obligación del individuo a una autoridad política más amplia» (*La teoría política del individualismo posesivo*). La implacable presencia del hambre en el mundo es una realidad que no admite sosiego y anuncia terribles formas posibles de esclavitud futura; el paro y la llamada crisis económica, de perfiles tan discutibles y coartada de chantajes tan patentes, reclama una alternativa al trabajo-producción que no sea ni ocio pagado ni marginación de la actividad creadora. La demanda verídica de los derechos humanos, en su aspiración a verse de un modo u otro institucionalizada, no puede olvidar este urgente transfondo sobre el que recorta sus reclamaciones. Las palabras de Ernst Bloch vienen bien aquí como cierre provisional del acercamiento teórico a esta cuestión esencialmente práctica: «De suerte que la dignidad humana no es posible sin la liberación económica y que ésta, más allá de los emprendedores y las empresas de todo orden, no lo es tampoco sin la causa de los derechos del hombre. Estos dos resultados no nacen automáticamente del mismo acto, pero reenvían recíprocamente uno a otro, la prioridad es económica, el primado es humanista. No hay verdadera instauración de los derechos del hombre sin final de la explotación, no hay verdadero final de la explotación sin instauración de los derechos del hombre. Hay en ellos algo de lo que llevó a Beethoven a romper la dedicatoria de la *Eroica* cuando Napoleón se coronó emperador. El trazo fundamental del derecho natural, sobre todo clásico, es masculino: pretende instaurar la *facultas agendi* de hombres finalmente no alienados en la *norma agendi* de una comunidad finalmente no alienada».

VII

EL PESIMISMO ILUSTRADO

> Tout enfant, j'ai senti dans mon coeur deux sentiments contradictoires: l'horreur de la vie et l'extase de la vie.
>
> Charles BAUDELAIRE

La idolatría de la Ilustración, que ocupó al pensamiento progresista durante el siglo pasado y comienzos de éste, cedió el paso a un cauteloso escepticismo que después tomó visos de denigración calumniosa. En la actualidad es común oír hablar de Ilustración «incompleta», «insatisfecha», «insuficiente», cuando no se la hace directamente responsable de la esclavitud colonialista del pasado o de los totalitarismos de nuestro siglo. Entre los muchos pecados que se achacan al movimiento ilustrado, uno de los más recurrentes y mejor documentados es el de *optimismo*. Consiste este delito en la beata autocomplacencia en los recursos del hombre y en su avance ininterrumpido y triunfal a lo largo de los tiempos, que ninguna evidencia contraria logra hacer flaquear: héroe y mártir de esta doctrina es sin duda Condorcet, escondiéndose asediado por el terror jacobino mientras se dedica a trazar el victorioso esquema de los progresos del espíritu humano. Ciego ante los males que él mismo padece, el ilustrado parece aún menos perceptivo ante los daños que causa: a las víctimas explotadas del desarrollo industrial burgués, a los miembros de culturas diferentes a los que arrolla, a la sensibilidad mágica o mítica que destruye sin acertar a compensarla, a la propia naturaleza que manipula instrumentalmente sin miramientos. El optimismo ilustrado resulta así fundamentalmente *depredador* y Adorno y Horkheimer efectuaron en su *Dialéctica del iluminismo* la arremetida crítica más contundente contra este aspecto de un proceso intelectual del que se saben (y se reclaman) herederos.

¿Qué caracteriza ante todo a la Ilustración? Sin duda, el énfasis en la *razón* humana pero también la delimitación de la razón. El privilegio y sostén del hombre es la facultad racional que posee, no el recurso a la revelación religiosa o a la autoridad tradicional, ni por supuesto la imaginación indisciplinada y caprichosa. Pero esta facultad racional (atributo universal de carácter único para todos los hombres, épocas y culturas, al menos en los inicios del movimiento ilustrado) no es un don que nos conecta con lo infinito, sino un procedimiento para manejar la finitud; no establece sus principios por sí misma, autónomos y etéreos, sino que los obtiene de la observación de lo real, de la experiencia, del análisis, del tanteo y el cálculo. «El poder de la razón humana no consiste en *romper* los límites del mundo de la experiencia para facilitarnos una salida hacia el mundo de la trascendencia sino enseñarnos a *recorrer* con toda seguridad este mundo empírico, a habitarlo cómodamente. (...) La razón se define mucho menos como una *posesión* que como una forma de *adquisición*» (Ernst Cassirer, *La filosofía de las luces*). La razón es método e instrumento, camino y arma: pero se ilustra realmente no cuando deja disparatar hasta lo sobrenatural su ambición, sino cuando establece con precisión lo que la alimenta y lo que la limita. También en otras épocas —en el medievo, por ejemplo— la razón hizo profesión de humildad respecto a sus pretensiones, pero entonces fue en beneficio de la revelación religiosa (como entre los románticos abdicó a veces parcialmente en favor de la intuición poética o la sensibilidad emotiva). Lo propio de la razón ilustrada es aceptar su carácter dependiente de la experiencia, servicial ante la vida en lugar de capaz de dictar leyes a lo real, siempre inferior en su radio de comprensión a la extensión de lo incognoscible (es decir que cada aumento de la zona iluminada aumenta también y multiplica la presunción de sombra), pero sin hacer por ello concesiones positivas ni a la revelación religiosa ni a la intuición estética.

Modestamente pesimista cuando se considera a sí misma, la razón ilustrada es en cambio arrogantemente optimista cuando se compara con otras vías cognoscitivas. Sus críticos le reprocharán tanto esta interesada modestia como su impositiva arrogancia. A este último respecto, los pensadores de la sensibilidad y la intuición la acusarán de seca, de incolora, de obtusa para los aspectos mágicos e incluso delirantes de la vida, de minimizar la realidad inesquivable del dolor y de naturalizar abyectamente el escándalo de la muerte, de ignorar con cerrazón uniformizadora e individualista los aspectos *efusivos* y *fusionales* de nuestra condición: el éxtasis y el peculiar espíritu nacional, el arrebato transgresor de los sentidos y la mística unión popular, los milagros y abismos del amor junto a la tradición mítica que nos vincula vertebralmente al pasado. Por su parte otra línea censora, encabezada este siglo por Adorno y Horkheimer, va a insistir en reprocharle su aceptación acrítica de la limitación instrumental, su acatamiento del universal propósito dominante y mercantil de la burguesía en lugar de reclamar para sí la fundamentación metaempírica de los objetivos últimos de la libertad: emancipación, reconciliación, armonía infinita de la finitud, aunque éstos fueren ideales del deber ser práctico, exponencialmente inalcanzables. La razón ilustrada está demasiado contenta de sí misma, hasta la agresividad, pero se contenta con demasiado poco, hasta la resignación cómplice con el mal supuestamente necesario.

La razón ilustrada es *progresista*: el reproche de optimismo que suele merecer en nuestra época desencantada proviene comúnmente de este rasgo. Cree en un desarrollo más o menos rápido, pero constante, de las capacidades humanas de dominio sobre lo natural y control sobre lo social. Ni desastres, ni matanzas, ni desequilibrios hacen auténtica mella en esta fe que parece sustituir a la que antaño se tuvo en la llamada Providencia. La noción de progreso ha sido considerada por los apocalípticos como una burla sangrante contra el palmario horror de la vida moderna, tal como ejemplifica este párrafo retóricamente admirable del anti-ilustrado Léon Bloy: «*Alors, sur cette planète maudite, condamnée à ne germiner que des épines, s'accomplissait, en soixante siècles, pour la race déchue, l'épouvantable dérision du Progrès, dans le renouveau sempiternel des itératives préfigurations de la Catastrophe qui doit tout expliquer et tout consommer à la fin des fins»* (Léon Bloy, *Le désesperé*). Con menor patetismo pero quizá más eficazmente, otros han visto en el progreso una coartada para legitimar lo peor de lo conseguido presentándolo como instrumento necesario de lo mejor a conseguir: «La idea de progreso es la autojustificación permanente del presente por el futuro que se concede a sí mismo ante el pasado con el que se compara» (Hans Blumenberg, *Die Legitimität der Neuzeit*). Sin embargo, más allá de las indudables y numerosas utilizaciones apologéticas de la noción de progreso, hay también en ella el eco de un prudente gradualismo que promete avances no tanto como muestra de esperanza en la inevitabilidad final de lo perfecto sino como resistencia activa contra la demasiado verosímil desesperación. En el mejor de los casos, la confianza progresista no viene a brindar una versión laica de la salvación religiosa sino un remedio contra la depresión paralizadora al saberla definitivamente imposible.

La ambivalencia de la Ilustración respecto al planteamiento maniqueo optimismo/pesimismo tiene quizá su mejor exponente en el propio Voltaire. Tanto por su confianza en la razón en cuanto instrumento clarificador y guía práctica como por la irónica convicción de sus límites y de que un fondo de apasionado desvarío siempre amenazará con su empuje la frágil cordura de los hombres. Las costumbres han progresado, la civilización es fundamentalmente mejor que la barbarie, sin duda ni regateo lo ganado compensa ampliamente lo perdido; pero quedan en pie poderosas contingencias adversas, la naturaleza tanto en el interior del hombre —pasiones, envejecimiento, muerte— como en el exterior —terremotos, enfermedades— nos guarda una hostilidad que ningún Dios benevolente quiere remediar, la perduración de la guerra convierte la historia en un estúpido martirologio. Voltaire no desespera de la condición humana, pero ni la beatifica ni se hace demasiadas ilusiones sobre ella. Hacer la vida soportable exige un esfuerzo constante de sensatez racionalista, nunca consolidada del todo y siempre en peligro de retroceder ante los desbordamientos del fanatismo, la intolerancia o la ambición. La actitud volteriana ante el optimismo leibniziano de raíz netamente teológica y ante sus posibles secularizaciones queda explícita en múltiples lugares de su obra, de *Candide* al poema sobre el desastre de Lisboa, pasando por el artículo «*Bien (Tout est)*» de su diccionario filosófico. Pero quizá su parábola más concentrada y significativa a este respecto sea su pequeña narración *Le monde comme il va. Vision de Babouc*, donde parafrasea a su modo la célebre *Fábula de las abejas* de Mandeville, cuya lectura debió resultarle particularmente inspiradora. Un enviado celestial llega a Persépolis, corrupta Babilonia actual de perfiles netamente parisinos, para informar a los más altos poderes sobre la oportunidad de su eventual destrucción. El ángel Babouc comprueba muchos males y vicios, pero también generosidades y propuestas de belleza o al menos comodidad: el problema es que unos y otros, lo más detestable y lo digno de ser conservado, se hallan mezclados de una manera inextricable. Finalmente, decide dejar que el mundo siga tal como hasta ahora va, porque «*si tout n'est pas bien, tout est passable*». Haríamos muy mal considerando esta conclusión como una muestra de cinismo, pues en realidad se trata más bien de una invocación al coraje cuerdo, en el cual se reúnen la esperanza en logros parciales y la desesperanza en lo tocante a una regeneración total.*

El pesimismo es una actitud vital e intelectual radicalmente calumniada, tanto por los que se oponen a ella y la tachan de deletérea como en buena medida por quienes la exhiben de manera más estentórea. En una de sus inteligentes humoradas (a veces próximas a Krause o Kafka, pero en otras ocasiones peligrosamente cercanas a Campoamor), Elías Canetti establece: «Los pesimistas no son aburridos; los pesimistas tienen razón: los pesimistas son superfluos» (*El corazón secreto del reloj*). Se desmiente aquí una de las calumnias más frecuentemente oídas contra el pesimismo, pero se refuerza otra quizás aún más negativa. Es habitual oír la queja de que cuando los pesimistas dicen «lo que todo el mundo sabe», no hacen sino repetir mil

---

* Sobre la relación entre progreso y pesimismo ha escrito unas páginas interesantes Carlos Thibaut, «Progreso moral y pesimismo», en «Época de filosofía», Nº 1.

veces el mismo quejido, no aportan nada nuevo y hasta niegan la novedad, en una palabra: aburren. Su frecuentación inteligente basta para desmontar tal inepcia: quien se aburre leyendo a Lucrecio, Leopardi, Schopenhauer, Freud, Cioran o Bernhard no es desde luego por culpa de estos autores sino de su propia inanidad espiritual. Por el contrario, los auténticos pesimistas suelen ser de una diversidad pasmosa en el hallazgo de matices y tonos con que modulan su pensamiento básico. Quienes traen la buena nueva y prometen radiantes maravillas nunca vistas confían en lo insólito de su mensaje y descuidan el estilo: léase a los principales utopistas, maestros en el arte de la novedad *monótona*. En cambio Pascal o Madame du Deffand, que no sólo no traen noticias sino que desmienten la trascendencia de las incesantemente promulgadas, valoran hasta la alquimia la perfección estilística de su mentís. Se hace patente que la invectiva da inventiva: mientras que el optimismo explícito empalaga a las pocas cucharadas, el pesimismo es como esos aperitivos crujientes —idénticos pero irresistibles— que una vez probados nos invitan a seguir y seguir hasta concluir todo el paquete. El optimista cuenta para distraer con la baza de lo inverosímil, unida a nuestra complicidad superficial con cuanto nos tranquiliza; el pesimista, demasiado verosímil para ser divertido y más alarmante que curioso, no cuenta más que con la buena literatura para defender su mensaje. Caso modélico el de Schopenhauer, estudioso insobornable del hastío pero uno de los filósofos más auténticamente *legibles* de nuestra tradición, que se opone a tanto pensador edificante que jamás menciona el aburrimiento en su obra pero avanza con pedante parsimonia entre abrumadores bostezos.

Sin embargo, Canetti sostiene que el pesimista es «superfluo». Entiendo que se refiere por un lado a la evidencia irrefutable de sus planteamientos, que hacen ocioso insistir en ellos, y por otro a lo poco *rentable* tanto en lo teórico como en lo práctico de este tipo de reflexiones. Por lo general sólo se concede al pesimismo cierta episódica rentabilidad *espiritual*, entendido este calificativo en un sentido no muy diverso al que recibe cuando se habla por ejemplo de «ejercicios espirituales» ignacianos. De vez en cuando, para templar el carácter o bajar los humos a la arrogancia del ego, conviene practicar el saludable molinillo del «morir habemos... ya lo sabemos». De hecho, Canetti es discreto limitando su crítica contra los pesimistas al reproche de superfluidad, pues muchos les consideran enemigos del progreso y de las luces, reaccionarios, traidores a la causa común del mejoramiento de la comunidad y predicadores aparentemente apocalípticos y en realidad confortablemente instalados en la primera clase de esta galera social en la que otros reman. Lo que yo, por el contrario, pretendo sustentar en esta nota es la tesis siguiente: el pesimismo nace con la Ilustración y acompaña *siempre* a las manifestaciones de este movimiento (a más Ilustración, más pesimismo); el afán racional de transformación de las condiciones sociales y culturales en las que viven los hombres no es intrínsecamente incompatible con el pesimismo (éste puede ser tanto depresivo como tonificante); en todo caso, el experimento pesimista aporta una dimensión insustituible no sólo a la riqueza de los planteamientos teóricos sino también a la sensatez de la razón práctica (tiene virtudes dianoéticas y éticas).

Antes de entrar más detalladamente en la justificación de estas tesis, hagamos un esfuerzo por precisar qué vamos a entender por *pesimismo*. Evidentemente, cualquier definición sólo puede ser aproximada, pues tanto «pesimismo» como «optimismo» son denominaciones fundamentalmente derogatorias que sirven para caracterizar negativamente la actitud filosófica de un oponente. Para sí mismo, nadie es pesimista ni optimista, pues cada cual se precia de ver las cosas ni más ni menos que como son: con exacto y objetivo realismo o con un subjetivismo tan inevitable que se convierte en una variante de la objetividad. Por otra parte, el pesimismo se presta a ser caricaturizado antes que descrito y en ocasiones se confunde con un *estado de ánimo* que puede influir en las teorías de quien lo padece, pero que en sí mismo no posee trascendencia teórica ninguna.

El pesimismo es una disposición teórica fundamentalmente referida a los propósitos y resultados de la acción humana: no es tanto una concepción del mundo como una perspectiva *práctica*. Considera que los más altos ideales humanos (felicidad, justicia, solidaridad, etc...) nunca pueden ser conseguidos ni individual ni colectivamente de modo plenamente satisfactorio;

que ni siquiera son del todo compatibles entre sí; que los hombres no ocupan ni remotamente el centro del cosmos, que no ha sido instituido ni organizado con el fin de satisfacerles; que el dolor y la contrariedad tienen una presencia abrumadora y determinante en la existencia humana; que en cada caso dado, *ceteris paribus*, es más probable que la situación se incline hacia lo insatisfactorio para el hombre en lugar de colmar sus esperanzas; que esto se debe tanto a la estructura de la realidad —opaca y poco permeable a nuestros deseos— como a la índole de nuestros deseos mismos, racionalmente incontrolables, mucho más volcados hacia la desmesura que hacia la conformidad; que la muerte es la única liberación definitiva, aunque temida y no deseada, de tantas dificultades. El pesimismo absoluto es inmanente y reconoce esta descripción de nuestro caso como definitiva, mientras que el pesimismo relativo permite una cierta apertura hacia la trascendencia y fantasea soluciones ideales en un más allá ultrahistórico o teológico. El pesimismo tiene una acentuada vertiente *moral*: el incurable egoísmo de los hombres les imposibilita para una auténtica cooperación social, por lo que la anhelada reforma de la comunidad nunca podrá ser realmente llevada a cabo o de serlo producirá trastornos tan graves o más que los males erradicados. Este último aspecto o su énfasis es el que motiva lo más radical de la oposición de los optimistas, que consideran el pesimismo como una *self-fulfilling prophecy*, una justificación sofisticada del inmovilismo conservador.

Antes de tratar la última cuestión planteada, será bueno hacer patente que el pesimismo no tiene por qué basarse en ese *nihilismo* esencial que Severino considera la constante definitoria del pensamiento occidental. Lo que el pensador italiano llama «la locura nihilista» consiste en suponer que cuanto existe viene al ser desde la nada, dura precariamente un poco y vuelve a la nada, esa nada hipostasiada por los griegos «más oscura que cualquier tiniebla, más exangüe que cualquier palidez, más diáfana que cualquier transparencia, más indigente que toda pobreza» (*Introducción a la Orestiada*). Los hombres tejen, pues, verdades e instituciones contra la nada necesaria y a ellas fían su salvación: pero estos instrumentos se revelan como aún más temibles que la amenaza que se quería conjurar. Frente a esta «locura occidental», la no-locura afirma: «No tenemos necesidad de ningún resguardo; ¡no tenemos necesidad de salvación! No somos pobres cosas: todas las cosas, todos nosotros somos eternos» (*ibidem*). Valga lo que valga este planteamiento, no atañe a la cuestión del pesimismo tal como aquí la tratamos. El pesimismo sereno y alegre de Spinoza coincide con el pesimismo convulso y doliente de Schopenhauer en la negación metafísica del nihilismo: ambos afirman que nuestro verdadero ser —o el de cualquier cosa existente— ni proviene de la nada al nacer ni puede ser destruido por la muerte. El nihilismo ontológico puede dar lugar a pesimismos u optimismos prácticos, indistintamente, mientras que hay pesimismos abiertamente antinihilistas como los mencionados.

Volvamos al reproche de inmovilismo y complicidad resignada que suele hacerse al pesimismo. Lo primero que hay que advertir es que la cuestión no es determinar si tales o cuales teóricos pesimistas fueron efectivamente reaccionarios o inmovilistas en cuestiones políticas, sino establecer hasta qué punto es compatible el talante pesimista con una actitud reformista o aún revolucionaria. Doy por hecho, sin más disputa, que es preferible este último género de posturas a las otras: la Ilustración creyó sin excepción que era posible y oportuno que los hombres intervinieran para mejorar la administración de los asuntos humanos. No voy a recurrir tampoco al término *meliorismo*, propuesto en ocasiones como un grado intermedio entre el quietismo pesimista propiamente dicho y el activismo optimista; sería dar por supuesto que el pesimismo en cuanto tal es un obstáculo para la actividad reformadora mientras que el optimismo la promueve, siendo ambas opiniones contrarias a lo que aquí pretendo sostener. Pero voy a permitirme como introducción al tema la narración de una pequeña parábola.

Supongamos que hace dos siglos mantuvieran dos personas una discusión amistosa sobre las posibilidades que tenían los hombres de llegar a volar. A uno de ellos le llamaremos Óptimo y al otro Pésimo, según los caracteres que vamos a decidir para ellos. Sus respectivas posturas hubieran sido éstas, resumidas a lo esencial:

Óptimo: Los hombres han deseado siempre volar, han sentido desde épocas remotas un impulso irresistible hacia el libre movimiento por las alturas. Lo atestigua la mitología y la protociencia, desde Ícaro a Leonardo da Vinci. Este impulso hacia lo alto no puede quedar perpetuamente frustrado: si el hombre *quiere* volar, es porque está llamado a volar. Llegará un día en que los hombres volarán, desembarazados por fin de la esclavitud de la gravedad que hoy los ata a la superficie terráquea. Y al despegar del barro, despegarán también de cuanto de bajo y sucio en su condición les emparienta con él. Cerca del cielo, de las estrellas y de Dios, su vida será más libre y más hermosa, más desprendida, sutil y fraterna que la nuestra. Apenas podemos imaginar cómo llegarán a ser esos futuros miembros de la humanidad volante, pues poco tendrán que ver con lo que hoy somos nosotros.

Pésimo (sonriendo con amarga compasión): ¡Ay, amigo mío, cómo desbarras! El hombre es evidentemente un cuerpo más pesado que el aire, por lo que nunca podrá ser sostenido por éste. Los hombres han soñado siempre con volar, cierto, pero precisamente porque no pueden volar: el hombre sueña con cuanto no alcanza, con cuanto desmiente su triste e irremediable condición. Investiguemos todo lo que quieras las propiedades de la materia, pero te apuesto cien a uno a que jamás lograremos encontrar un método capaz de permitirnos despegar hacia las nubes...

Un genio quizá no tan maligno como el supuesto por Descartes pero al menos burlón permite a los dos contertulios volver al mundo doscientos años después. La reacción de Óptimo ante el sensacional despliegue de un gran aeropuerto es de amarga decepción, mientras que en cambio Pésimo se entusiasma.

Óptimo: ¡Qué desengaño! Sí, los hombres han conseguido finalmente volar tal como yo supuse, pero ¡a qué precio! Van enlatados en unos cacharros renqueantes, con menor iniciativa y libertad de movimientos que cuando pasean. Sufren accidentes masivos, comen y beben productos infectos y además deben gastarse cantidades considerables de dinero. Están en manos de compañías que no piensan más que en sus beneficios y en los aeropuertos se les imponen controles policiales que merman su ya de por sí escuálida libertad. En modo alguno el hecho de volar ha conseguido mejorar su condición psíquica o moral, sino que más bien ha contribuido a potenciar sus ambiciones y concupiscencias. ¡Los terribles bombardeos de Hiroshima y Dresde son fruto de esa capacidad maravillosa que yo añoraba ver realizada, así como quizá la futura destrucción del planeta entero!

Pésimo: Vaya, vaya, vaya... ¡De modo que por fin lo hemos conseguido! Parece increíble, pero pese a nuestras evidentes limitaciones los hombres tenemos una gama sorprendente de recursos. ¡Qué magnífico es esto de volar y cuántas sustanciales ventajas aporta al comercio, al turismo y a la guerra! Naturalmente los hombres van a seguir siendo ni más ni menos humanos que antes, pues lo intrínseco de su condición es inmodificable, pero han desarrollado una capacidad nueva, con sus riesgos y sus ventajas. Algunos se beneficiarán mucho más que otros del invento, pero es que de la vida no todo el mundo puede disfrutar por igual, porque ni somos todos idénticos ni es deseable que lleguemos a serlo. Ya es algo haber logrado esquivar en cierto modo, aunque sea menesterosamente, nuestra condición de terrícolas que ayer parecía inexorable. ¡Quién lo iba a decir!

Y Pésimo se incorporó de inmediato a una Escuela del Aire para llegar a piloto de pruebas, mientras que Óptimo encabezó a un grupo de manifestantes ecologistas que se oponían a la construcción de otro aeropuerto en Francfort.

No pretendo decir con esta fabulilla que todos los pesimistas deban reaccionar de manera tan tónica como Pésimo, pero es evidente que nada en su pensamiento excluye en principio esta actitud y bastante la propicia. Lo cierto es que muchas veces los que pasan por pesimistas no son sino optimistas decepcionados o contrariados en sus magníficas expectativas. El optimista se queja de lo mal que va todo comparado con lo bien que según él podría y debería ir; el pesimista se conforma con que no vaya todo lo mal que temía y se aferra con desesperado entusiasmo a los beneficios parciales de cuya probabilidad dudaba y de cuya fragilidad está convencido. El optimista no tiene reparo en echarlo todo a rodar —al menos con su negación crítica— pues está impaciente por el advenimiento de lo Mejor cuya aparición retrasa lo ahora existente; el pesimista intenta conservar y potenciar lo bueno conseguido que nos resguarda del siempre inminente ataque de lo Peor. No hacerse ilusiones sobre la condición del hombre y los logros que puede alcanzar no es lo mismo que rendirse ante lo inevitable y renunciar a mejoras racionales que no parecen imposibles.* Incluso convencidos de que la suma de dolor del mundo siempre será superior a la de placer o serenidad no hay porqué dimitir en el renovado intento de disminuir los dolores más evidentes. En una de sus cartas a Lucilio, Séneca dice que debemos combatir el mal «no con la pretensión de hacerlo desaparecer, sino para tenerle a raya». Y el príncipe Hamlet, en su monólogo celebérrimo, se pregunta: «*Whether it's nobler in the mind to suffer/ The stings and arrows of outrageous fortune,/ Or to take arms against a sea of troubles/ And by opposing end them?*». Pregunta típica de un pesimista ilustrado, que no duda de que la fortuna que nos corresponde sea «*outrageous*» ni que estemos

---

* Norberto Bobbio ha precisado con su habitual nitidez la vertiente práctica actual del pesimismo ilustrado frente a otros términos falsamente considerados sinónimos: «Dejo establecido que cuando he hablado de pesimismo hablaba de pesimismo de la inteligencia que, como todos saben, es perfectamente compatible con el llamado optimismo de la voluntad. "Resignación", en cambio, es el pesimismo de la voluntad, dado que se puede hablar correctamente de pesimismo, que es una manera de *mirar* la realidad, refiriéndolo a la esfera de la *acción*. En cuanto a pesimismo y derrotismo, pesimista es el que *teme*, derrotista el que *espera* lo peor. No sería posible imaginar dos enfoques más antitéticos. El pesimista teme lo peor justamente porque desea ardientemente lo mejor; el lema del derrotista es "cuanto peor, mejor". El pesimista comprueba que las cosas van mal y esto le perturba profundamente; el derrotista comprueba que van mal y se alegra. El primero tiene miedo (ese miedo del que tanto se ha hablado en estos días) porque espera; el segundo no tiene miedo porque ha perdido ya toda esperanza, porque desespera» (*Las ideologías y el poder en crisis*). El miedo pesimista es el reconocimiento lúcido del inevitable factor *novedad* en los acontecimientos humanos. Quien no teme al futuro —históricamente hablando— es que no concibe de veras que vaya a ocurrir nada realmente nuevo, es decir, imprevisible (lo cual no quiere decir *nuevo* en cuanto contrario a la básicamente inmutable condición humana). El gran historiador Johan Huizinga lo ha expresado convenientemente: «Nada puede vaticinar la historia, sino sólo esto: que nunca se produce un gran cambio en las relaciones humanas que vaya a parar a las formas pensadas por los que le antecedente. Sabemos positivamente que las cosas llevan un curso distinto del que *podemos* pensar. En el resultado de un período hay siempre un componente que no se comprende hasta después; es lo *nuevo*, lo inesperado, lo antes inconcebible. Este elemento desconocido *puede* representar la perdición. Pero mientras le sea dado a la esperanza vacilar entre la perdición y la salvación, el deber del hombre es esperar» (*Entre las sombras del mañana*).

en un «*sea of troubles*», pero admite la posibilidad e incluso la más alta nobleza de una resistencia valerosa e inteligente ante tan irrefutable adversidad.

El fondo del pesimismo ilustrado, que se va haciendo cada vez más evidente desde la proto-ilustración de un Hobbes o un Spinoza hasta los autores en los que el movimiento *madura*, como Schopenhauer, Nietzsche o Freud, es la consecuencia lógica de la renuncia a la benevolente providencia del Dios monoteísta. La muerte de Dios es el final de la garantía de que todo va a acabar bien, de que todo *tiene* que acabar bien, de que de un modo u otro *debe* acabar bien; es el final de la ilusión de que la trama del universo, el argumento incesante de la vida y de la muerte nos tiene por protagonistas: la muerte de Dios es el más terrible atentado contra nuestro *narcisismo* metafísico. El amor propio y su ética intentarán reparar en lo posible esta herida narcisista, pero a partir de una quiebra fundamental, irrefutable: éste es el pesimismo. Mientras se conserva de un modo u otro la fe en el Dios moral, más o menos secularizada, la Ilustración no llega a completarse definitivamente. Continúa el apego regresivo a la imagen teológica del narcisismo infantil: en este sentido, Kant supone un retroceso respecto a los materialistas del siglo XVIII. Schopenhauer y Nietzsche han llegado a ser considerados «anti-ilustrados» sencillamente porque complementan sin complacencias timoratas el movimiento mismo de la Ilustración. El pesimismo epistemológico de Kant, cuya crítica de la metafísica dogmática es también una crítica de la primera Ilustración en cuanto aún permanecía atada a ella, sólo alcanza al uso teórico de la razón pura: la necesaria crítica pesimista de la razón práctica tuvo que hacerla Schopenhauer. Y Nietzsche —al cual malinterpretan crónicamente algunos recuperadores de la Ilustración pasada por agua bendita, como Habermas— llama transvaloración de los valores no al rechazo del poder legislador de la razón en su uso práctico, sino a la aceptación experimental de que tal poder legislador no se funda más que en un presupuesto teológico que ya no puede confesar su nombre. La voluntad culpable de Schopenhauer todavía es teológica, pero en cuanto desesperada nostalgia; sólo en la afirmación trágica de Nietzsche se cumple realmente el proyecto ilustrado al atreverse —por primera vez y con pleno conocimiento de sus implicaciones— a decir: «Hágase mi voluntad y no la Tuya». *Incipit tragoedia...*

El punto de vista de Nietzsche, como casi siempre, es el más interesante. En el terreno moral, ni cede a la tentación teológico-optimista como Kant ni a la teológico-pesimista de Schopenhauer —quien, dicho sea de pasada, es el verdadero adalid moderno de la *teología negativa*— sino que asume una postura razonablemente optimista ante el pesimismo y razonablemente pesimista ante el optimismo, actitud a la que cabe denominar *trágica*. Ni teísta engañado como Kant ni desengañado y contrariado teísta como Schopenhauer, sino el primer ateo contemporáneo, es decir: que se da cuenta cabal de lo que supone serlo. Cuando se refiere al pesimismo, Nietzsche lo enfoca habitualmente como una *desgana de vivir*, es decir a la schopenhaueriana. En uno de sus fragmentos póstumos de otoño de 1887 vemos anotado: «Causas del CRECIMIENTO DEL PESIMISMO: 1) Que los impulsos de la vida más poderosos y más ricos en futuro han sido hasta ahora *calumniados*, de tal suerte que una maldición pesa sobre la vida. 2) Que el creciente coraje, la probidad, la desconfianza más audaz del hombre le llevan a comprender la *indisolubilidad de esos instintos y de la vida* y le vuelven contra la vida. 3) Que sólo los más *mediocres*, que no *sienten* en absoluto este conflicto, prosperan, mientras la especie superior fracasa y se deja prevenir contra sí misma en tanto que producto de la degeneración, y que por otra parte la mediocridad, presentándose como meta y como sentido, *indigna* (pues nadie puede ya responder a un *¿para qué?*). 4) Que el empequeñecimiento, el estado doloroso, la agitación, la precipitación, el pulular, aumentan sin cesar —que cada vez resulta más fácil *representarse* toda esta explotación y la pretendida "civilización" y que frente a esta enorme maquinaria el hombre aislado se *desespera* y se *somete*». Este planteamiento explica y absuelve en cierta medida a Schopenhauer, incapaz de separar la necesaria y perpetua autoafirmación de la voluntad de todos sus aspectos calumniados por el monoteísmo. De lo que se trata es de percibir qué significa ser hombre cuando la sociedad y sus jerarquías teocrático-genealógicas ya no funcionan como intermediarios privilegiados entre la autoafirmación de lo humano y el sujeto humano mismo en cuanto tal, es decir, el producto individual de la Ilustración moderna. La religión social colectivizaba el sentido de la vida y la muerte e idealizaba el optimismo remitiéndolo al más allá, mientras que se permitía la mirada más cruda y calumniosamente desencantada sobre el mundo real. Los primeros negadores de la religión conservaron aún matizadamente ese idealismo optimista, pero remitiéndola al futuro histórico. Schopenhauer fue el primero en Occidente que perdió a Dios y se quedó con el desengaño ante la vida y la constatación irremediable del dolor, lo que le llevó finalmente a una *epifilosofía* que no es sino una mística cristiana pero sin fe, o un budismo occidentalizado, es decir: agónico. Nietzsche, en cambio, concluye su trayectoria en una nota lúcidamente *calma*, en la que dibuja un hombre trágico en la época del nihilismo triunfante que se parece sorprendentemente al más ilustrado de los pesimistas que pudiera proponer un Voltaire: «¿Qué hombres se revelarán entonces como los más fuertes? Los más moderados, los que no tienen *necesidad* de artículos de fe extremos, los que no solamente admiten una buena dosis de azar y de absurdo sino que la cultivan, los que pueden pensar el hombre con una considerable reducción de su valor, sin hacerse por ello pequeños o débiles: los más ricos en salud, los que tienen talla para afrontar la mayoría de las desdichas y por tanto no temen demasiado a las desdichas —hombres *seguros de su poder* y que representan con orgullo consciente la fuerza *alcanzada* por el hombre».

El pesimismo en cuanto desgana de vivir crece con el conflicto entre las básicas exigencias autoafirmativas de la vida y los ideales morales renunciativos culpabilizadores de la voluntad. Freud confirma este diagnóstico de Nietzsche, cuando señala como raíz de la angustia del individuo la difícil situación del yo, impulsado por los desbordamientos urgentes del ello y amenazado por la severidad castradora del super-yo. Pero lo que he llamado pesimismo ilustrado no tiene por qué equivaler a ese malestar vital, sino que por el contrario puede servir de ancla razonable para un nuevo compromiso creativo de apego a la vida: me parece que el último texto citado de Nietzsche apunta a este nuevo tipo de cordura no meramente resignada sino emprendedora. El pesimismo deriva de la renuncia a cualquier modelo único y definitivo de *salvación*: no habrá redención ni reconciliación definitiva, no habrá fin de los tiempos. Pero quien es capaz de asumir esta pérdida (ilusoria, por otra parte, pues nada podemos perder ya que en verdad nada tuvimos salvo un espejismo) sin resentimiento contra los otros ni amargura contra sí mismo, descubrirá con nuevo apego *el sentido de la tierra* y se gozará en él y trabajará por él. La ética que deriva de esta actitud sólo será una forma de inmoralismo a ojos del monoteísmo pre-ilustrado; en realidad, se trata de un relativo retorno a los valores del paganismo o mejor al modo de valorar pagano. Retorno *relativo*, por supuesto, pues determinadas incrustaciones del cristianismo quedan ya como irrenunciables y nunca ha de desvanecerse ese perfume de eternidad que conservará incluso la más radical entrega al presente que vuelve y vuelve, aunque nunca deba ir *más allá* de sí mismo.

Los caracteres definitorios del paganismo los recoge con mucho acierto Marc Augé en su *Génie du paganisme*: «No es dualista, ni opone el espíritu al cuerpo ni la fe al saber. No constituye la moral como un principio exterior a las relaciones de fuerza y de sentido que traducen los azares de la vida individual y social. Postula una continuidad entre el orden biológico y el orden social que por una parte relativiza la oposición de la vida individual a la colectividad en la que se inscribe, por otra parte tiende a hacer de todo problema individual o social un problema de lectura: postula que todos los sucesos son signos y que todos los signos tienen sentido. La salvación, la trascendencia y el misterio le son esencialmente extraños. Consecuentemente, acoge la novedad con interés y espíritu de tolerancia; siempre dispuesto a alargar la lista de los dioses, concibe la adición y la alternancia, pero no la síntesis». La recuperación de estas características pasa por el polémico tamiz de la permanencia aún de una estructura básicamente cristiana de la sociedad. Nietzsche es tan provocativo porque advierte mejor que nadie esta pugna y no se le escapa que la esencial y naturalista *cordura* pagana, parcialmente recuperada por la Ilustración, ya no podrá ser la misma que en la antigüedad: la impregnará hasta el tuétano —para lo mejor y lo peor— la desmesura anhelosa del cristianismo. De aquí provendrá la máxima amenaza nihilista, la realización totalitaria de un paganismo fervoroso y *redentor*. El nazismo y el stalinismo son híbridos despiadados que carecen juntamente del equilibrio legislador de los paganos y de la caridad cristiana. De aquí la importancia históricamente revelada de conservar el pesimismo como talante apropiado para un paganismo sin delirio. Hay peligros que un ilustrado dieciochesco no podía conocer, pero que un ilustrado de finales del siglo XX no puede ignorar. Hoy es más importante *evitar el regreso* (a oscurantismos de la sangre, del pueblo o de la nación) que propiciar el progreso; y es más urgente, ante cada promesa de salvación por el terror o la guerra, *resistir a la perdición*. En evitar el regreso y resistir a la perdición consiste la ley no escrita del actual pesimismo ilustrado.

¿Qué rasgos ha aportado el pesimismo al juego de valores del ilustrado, es decir, de quien se niega a sacrificar su razón —tan frágil, tan limitada— y su autonomía —tan supeditada a condiciones— en el altar de los atavismos? Voy a enumerar los principales:

— Sentido de la realidad definitiva del *cuerpo*. Tanto en sus límites como en sus posibilidades («Nadie sabe lo que puede un cuerpo», señaló el nada delirante Spinoza). El cuerpo es la raíz de nuestra condición irrepetible y también la frontera frente a lo que vivimos en común.

— Asunción de la fundamental permanencia y universalidad de la *naturaleza humana*. El optimista ve a los hombres como infinitamente maleables, capaces de ser dados la vuelta como guantes viejos, mientras que el pesimista es consciente de lo inmodificable en nosotros, de las constantes negadas y reafirmadas que vuelven sin cesar, emparentándonos con los individuos humanos más remotos en culturas, épocas y espacios.

— Culto simultáneo e interrelacionado a un cierto *escepticismo* y una parcial *tolerancia*. Siempre sabemos menos de lo que creemos, es decir que siempre tenemos que creer más de lo que sabemos. Por ello todas las inquisiciones son infundadas en su principio mismo... salvo la que toma precauciones contra el ascendente predominio de los inquisidores. El espíritu —subjetivo, objetivo y hasta absoluto— debe ser lo más amplio posible, pero nunca vacío. El espíritu se debe a sí mismo la mayor amplitud compatible con la firmeza que le saca del vacío.

— *Utilitarismo hedonista*. El fundamento del amor social es el amor propio, la búsqueda mimosa de lo preferible para nuestra acosada contingencia. Ningún grupo humano puede reivindicar designios «superiores» ni «destino en lo universal» a los que deba inmolar el bienestar real —que no es puramente filisteo, pues incluye la pretensión de sentido e inmortalidad— de la mayoría de sus miembros individuales.

Una reflexión ética realmente inmanente (es decir, que no se contente con la in-trascendencia) no puede dejar de plantearse como cuestión de fondo el tema del pesimismo. Es una aportación ilustrada inseparable de las restantes —incluida la superficialmente optimista noción de «progreso»— y constituye el reverso obligado de la *desmitificación* o *profanación* moderna del mundo de que habló Max Weber. Toda ética actual que no asume su fundamento pesimista (más en el sentido trágico de Nietzsche que en el renunciativo de Schopenhauer) es regresiva hacia el teocentrismo moral, que probablemente no tendrá lucidez o coraje suficiente para asumir. Decir «pesimismo» equivale a lo más delicado, a lo que más hiere a la genérica, acrítica y semi-forzosa noción de camaradería sin exclusiones que debe asumir hoy quien no quiera incurrir en oprobio. Su precipitado final es éste: «*On trouve le bonheur rarement en soi, jamais ailleurs*» (Chamfort). Propuesta de relación con los otros para reafirmar lo mejor de uno mismo, la ética carece de recompensa asamblearia: y ni en la complejidad del presente, ni en la esperanza del futuro colectivo, ni en la fe en el más allá del tiempo hay retribución más segura e imparcial que la que cada cual por sí mismo se atreve a alcanzar. La moral trata de la vida de cada cual con todos, cierto, pero no por ello deja de ser un asunto radicalmente privado: en su planteamiento, en su ejecución y en su premio o castigo. Aún más: el mismo resultado íntimo puede ser premio o castigo según quien lo ha merecido. Por lo demás, todo es absolutamente frágil, salvo lo que nos niega. Tanto Schopenhauer como Nietzsche (siguiendo a Spinoza) advirtieron esto, que es lo fundamental, y lo padecieron desde disposiciones muy distintas. Tal diversidad de posturas se explica porque el verdadero pesimismo socava por igual los asideros de la trivial alegría y también de la tristeza trivial. Queda la *trivial pursuit*, la búsqueda sin más ni menos significado que aquello a lo que cada sujeto se *expone*.

En sus *Diálogos en el limbo*, George Santayana imagina este *credo* de un hipotético epicúreo renacentista que quizá no sea del todo inoportuno estampar ahora aquí para concluir: «Hay plagas y horrores del todo inevitables; en lo que libremente elegimos y situamos ante nosotros mismos, todo debería ser, al menos, perfecto y bello. El tiempo y los bárbaros me han enseñado esto. No es posible a ningún ser humano alcanzar la felicidad. No es posible que ninguna ciudad sea perfectamente bien gobernada, unánime y siempre victoriosa. Pero a algunos de nosotros les es posible poner una daga enjoyada en nuestro cinto, y olvidar siempre muchos males y todos los males de vez en cuando.

»Es posible elegir muchos deleites absolutos y gustar, antes de morir, algunos momentos de total encanto. Yo los he arrebatado repetidamente en la caza, en la música, en el vino y en el amor. El resto es esclavitud. He sido ocasión para otros de placeres tan puros como los que yo he gozado. Y estoy contento de haber transportado y redimido de la vulgaridad, por un momento, a los que me han amado en mis días».

SEGUNDA PARTE

COMPLEMENTOS DIRECTOS

SCHOPENHAUER:
LA CRISIS DEL AMOR PROPIO

> Of what is't fools make such vain keeping? Sin their conception, their birth, weeping, their life, a general mist of error, their death, a hideous storm of terror.
>
> (John WEBSTER, *Duchess of Malfi*)

El hombre, cada hombre, se ama a sí mismo: se ama a sí mismo porque cada cual es para sí mismo la condición de posibilidad imprescindible de todo lo demás. Si no se amase a sí mismo, no podría amar ninguna otra cosa, pues todas le llegan a través de sí; en cuanto ama cualquier otra cosa, se ama a sí propio como requisito necesario de la cosa amada. Cuando amo, me amo; cuando me amo, siento las bases para poder amar a los demás. Amo lo que me conviene, esto es, lo que conviene conmigo, lo que me es compatible y contribuye a consolidarme; aborrezco lo que me excluye, lo que me contraría, lo que me aniquila. Cuando amo algo, lo amo porque me amo; cuando aborrezco algo, también lo aborrezco porque me amo y ésta es la razón única por la que debe decirse que el amor es algo positivo y fundamental y el odio algo negativo y derivado. Puede haber amor sin odio, pero no puede haber odio sin amor.

El hombre, cada hombre, sufre y padece por causa de su amor propio. El amor es permanente zozobra y constante insatisfacción. El objeto de mi amor —lo que me conviene— se me da siempre de forma escasa, transitoria y mezclado con aquello que me hiere o excluye. El número de cosas que odio —es decir, que no me convienen, que me contrarían— es mucho mayor que el de objetos posibles de amor y existe en todo momento la alta probabilidad de encontrar algo irreversiblemente malo, mientras que nunca se puede estar seguro de haber hallado algo total y definitivamente bueno. Por supuesto, entiendo por «bueno» lo que me conviene y por tanto lo que amo, siendo «malo» lo que me contraría y por tanto aborrezco.

El amor propio de cada hombre, del hombre, descubre que el mundo es mescolanza inextricable de lo deseable y lo odioso, de lo conveniente y lo dañino, de lo imprescindible y lo fatal. Es decir, de lo bueno y lo malo. El hombre sufre a causa de la mescolanza de lo bueno y lo malo en el mundo, porque tal mescolanza contraría su amor propio. Por medio de su facultad racional de conocimiento, instrumento al servicio de su amor propio, el hombre intenta discernir lo bueno de lo malo, porque en muchas ocasiones lo que parece bueno no resulta serlo realmente o no lo es suficientemente, en vista del precio de mal que hay que pagar por ello. La facultad racional de conocimiento se esfuerza por distinguir lo bueno de lo malo, por evaluar lo malo que hay en lo bueno y también la vía de obtener algo bueno de lo en general malo, por conseguir y conservar lo bueno, por prever y erradicar lo malo. Esta tarea impuesta por el amor propio es la única a la que sirve la facultad racional de conocimiento. De hecho, toda la existencia del hombre, de cada hombre, no consiste más que en los intentos perpetuos del amor propio por alcanzar lo bueno y rechazar lo malo, propósito siempre amenazado por la vastedad de proporciones del mal, por su mescolanza irremediable con el bien y por la incompetencia del conocimiento humano para elegir y consolidar lo en cada caso preferible.

La doliente zozobra del amor propio ante las contrariedades y asechanzas que sufre se convierte en uno de los principales motivos de obnubilación de la ya de por sí muy limitada facultad racional de conocimiento. La impaciencia del amor propio contribuye decisivamente a que el conocimiento se equivoque respecto a lo que nos conviene y señale como bueno lo que en realidad incluye dosis excesivamente altas de mal en su composición; esa cantidad de mal se va acumulando, hasta que el aparente bien revela abiertamente su auténtica condición, para sobresalto del perplejo conocimiento y exasperación del amor propio. En este punto crítico, el amor propio reprocha a la facultad racional de conocimiento su culpabilidad en el mal advenido, mientras que el conocimiento insinúa afligidamente que es el amor propio quien ama lo que no puede o no debe ser amado. Se da entonces una disociación de la antigua y natural alianza: el amor propio renuncia a la incierta facultad racional de conocimiento y se proporciona a sí mismo alguna ciega certeza de contento, sin examen objetivo de lo real ni proyecto argumentado, una confianza desesperada en que obtiene lo que quiere ya que cree querer lo que obtiene; el conocimiento, por su parte, reniega de los designios del amor propio y reclama para sí una condición desinteresada, desapasionada, de la que consideraciones parciales sobre lo bueno y lo malo han sido desterradas y donde queda patente lo injustificado de cualquier temor y cualquier frustración al revelarse la inanidad misma del amor. El amor propio se apega a la ilusión del contento, que reitera cuantas veces haga falta, mientras el conocimiento analiza puntillosamente los datos de un problema cuyo planteamiento es tanto más exacto cuanto con mayor firmeza se crea haber renunciado a resolverlo.

Finalmente para unos y para otros, para todos, incluso para quienes han logrado mantener la frágil colaboración de amor propio y facultad racional de conocimiento (a éstos se les llama «sabios» o, menos enfáticamente «cuerdos»), llega lo que Spinoza llama el definitivo mal tropiezo, la contrariedad fatal del amor propio, lo que el conocimiento ya no puede preveer o remediar, la muerte. Este mal tropiezo puede ser diferido, pero no evitado: el amor propio sin conocimiento niega su probabilidad inminente, el conocimiento sin amor propio niega impersonalmente su relevancia, la cordura lo evita sin dejar nunca de presentirlo con resignado coraje. A fin de cuentas, ese tropiezo sin remedio, ese absoluto paso en falso, ha comenzado para cada uno de nosotros ya: «Prototipo del mal encuentro es el encuentro con el mundo, del cual no ha regresado nadie» (Manlio Sgalambro, *La morte del sole*).

Las grandes religiones renunciativas son artefactos simbólicos destinados a sosegar el malestar del amor propio. Este punto arquimédico de nuestra vida psíquica —como le llamó Miguel de Unamuno— está sujeto a múltiples desarreglos: la ansiedad y la frustración le llevan a disociarse del conocimiento racional; viéndole obcecado y desmandado, éste le condena por su insubordinación contra lo general y le culpabiliza por sus apetencias, cuyo único pecado es anhelar lo efectivamente irrealizable. Avergonzado y arrepentido, el amor propio se hace Amor Universal —pero con la sola exclusión de un único individuo, el propio sujeto amante— o general misantropía. A la *paradoja* del amor propio —me amo tanto que no sé cómo amarme sin vergüenza y con acierto— responde la religión con una solución no muy distinta a la russelliana teoría de los tipos: tu amor es tan grande que se hace incompatible consigo mismo en el mundo de primer nivel, pero resulta perfectamente viable como amor sub-uno en el metamundo que gestiona el sentido de éste. La religión exige la expropiación completa del amor en este mundo —que pasa de amor propio a amor a Dios y al prójimo por amor a Dios— para mejor reafirmarse ya sin trabas como plenitud amorosa en el metamundo, sin hartazgo, mengua, confusión, amenaza o finitud. Y también sin culpabilidad. Es decir, hágase tu voluntad y no la mía en este mundo, para que en el otro la mía se cumpla del todo sin cese ni reservas.

En la religión, el amor propio renuncia a su impulso específico para así conservarlo mejor en otro plano. Esta renuncia llega a ser tan completa que puede adoptar el aspecto de *odio a sí mismo* —odio a la condición culpable y contrariada del amor propio en este mundo— por anhelo radical de un amor a sí mismo libre de impedimentos y de zozobras. Esta es la raíz esencialmente egoísta del renunciamiento y el altruismo religiosos. Me odio en este mundo para mejor asegurar mi amor propio en el otro —allí llamado «amor a Dios o amor de Dios», es decir, amor infinito y eterno de mí mismo por mi Yo omnipotente o de mi Yo omnipotente por mí— y por tanto no tengo inconveniente en amar a los demás ahora como prueba de que mi reino, el reino de mi amor propio inalterable y duradero, no es de este mundo. Esta es la faceta más amable de la posición religiosa, pues el mismo artefacto puede tener una derivación menos simpática: según esta última, el odio a mí mismo en que se ha pervertido mi amor propio contrariado se recicla en odio a aquellos cuya sola existencia diferente zapa subversivamente mi autoestima, es decir, el culto al verdadero Dios. Manifestaciones de esta fórmula religiosa que me asegura el paraíso de los creyentes tras el doblegamiento inmisericorde de los incrédulos son la intolerancia religiosa, el fanatismo ideológico, el nacionalismo agresivo, el racismo, etc... ¡Cuánto mejor es el beato egoísmo trascendental de un místico o un santo caritativo que la fe punitiva de quien castiga en los herejes la animosidad que siente contra sí mismo!

Las morales clásicas fueron siempre autoafirmativas, es decir, eudemonistas, pues la llamada *felicidad* no es más que la concordia efectiva de mi amor propio con las condiciones de lo real, buscada por intermedio de la facultad racional de conocimiento. El ejemplo más luminoso de este proyecto de sabiduría (es decir, de cordura) es la ética de Aristóteles, cuya vigencia intelectual será por siempre prorrogable. Los planteamientos parcialmente renunciativos de estoicos, epicúreos o cínicos nunca incluyeron dimisión alguna del amor propio, sino que propusieron técnicas para su mejor resguardo en un contexto político crecientemente deslavazado e inseguro. Fue con el cristianismo con quien comenzó realmente la crisis del amor propio en Occidente, al reforzar éste tales técnicas renunciativas con una explícita posición antieudemonista en este mundo en nombre de un eudemonismo trascendente en el metamundo. El cristianismo explicita su enemistad contra el amor propio en dos rasgos esenciales: primero, aborrecimiento del *cuerpo*, de sus afectos y de sus obras, considerado como cristalización máxima del amor propio y también principal exponente de su limitación angustiosa; segundo, imposición de un amor universal por amor a Dios que se complace más en remediar al prójimo que en reforzarlo y que no excluye, sino que a menudo impone, la persecución de los remisos a la buena nueva.

A partir del triunfo general del cristianismo, todas las morales posteriores en Europa incluyeron elementos de renunciamiento formal al amor propio y a la felicidad mundana, haciendo incluso de este componente su signo éticamente característico. Las excepciones más destacadas de supervivencia de un eudemonismo clásico son Montaigne, Hobbes y sobre todo Spinoza, cuya ética es el último intento de trasplantar el equilibrado ideal de cordura de los antiguos a la perplejidad amorfa y fascinante del mundo moderno. La Ilustración dieciochesca, con su revolución individualista, tolerante y utilitaria (es decir, sustituyendo el mundo épico-teocrático-absolutista por el relativismo mercantilista del provecho burgués), dio cauce de nuevo a la ética como amor propio, es decir, a la ética laica e inmanente. Pero la crisis del amor propio había calado ya demasiado hondo y la renovación ilustrada quedó como una propuesta superficial y, en cierto modo, *inmoralista*. El universalismo cristiano, que había convertido con el tiempo su exigencia abstracta de amor a todos en una reivindicación de justicia para todos, suponía un logro moral demasiado importante y de no fácil articulación con el nuevo individualismo competitivo de la clase triunfante. La voluntad desatada de los hijos de la revolución no pudo purgarse de inmediato —ni lo ha logrado todavía— de la culpabilidad por amarse ante todo a sí misma, aquí y ahora y más que a nada.

Gran sintetizador de los avances y de las insuficiencias del pensamiento ilustrado, Kant plantea también su moral como enfrentada a las urgencias del amor propio y su afán de felicidad. «La determinación inmediata de la voluntad por la ley de la conciencia de esta determinación se llama *respeto*. (...). En realidad, el respeto es la representación de un valor que quebranta mi amor propio» (*Cimentación para la metafísica de las costumbres*). Frente al interés de quien obra por amor propio, es decir, en pos del inconcreto ideal de la felicidad, está el desinteresado interesarse del hombre moral, que *se toma interés* pero sin obrar *por interés*: «Todo lo moralmente llamado *interés* consiste sencillamente en el respeto por la ley» (*ibidem*). Es decir, que todo lo que moralmente se llama interés es la representación de un valor destinado a quebrantar mi amor propio. Y ello porque para Kant no es posible algo que Sócrates o Aristóteles hubiesen aceptado como cosa obvia: que los impulsos que llevan hacia el vicio y hacia la virtud brotan de una misma raíz. La idea socrática de que el vicioso no es más que un virtuoso mal informado le parece a Kant supremamente escandalosa y deletéreamente antimoral. Sin embargo, la renuncia a la felicidad —es decir, al contento del amor propio— de Kant es de tan corta duración y tan ingenua hipocresía como la duda metódica cartesiana: «Existe en la humanidad una predisposición a una mayor plenitud, que pertenece, en nuestro sujeto, al fin de la naturaleza respecto a la humanidad» (*ibidem*). Porque «felicidad es el estado de un ente racional en el mundo, a quien todo le va según su deseo y voluntad en el conjunto de su existencia y, por consiguiente, se funda en la coincidencia de la naturaleza con toda la finalidad de ese ente y asimismo con el motivo determinante esencial de su voluntad» (*Crística de la razón práctica*). Para que esa predisposición innata a una mayor plenitud que siente el hombre, por muy moral y respetuoso que sea, se cumpla, tal como en el fondo supone el motivo determinante esencial de la voluntad, debe postularse una causa de la naturaleza distinta a la naturaleza empíricamente conocida, una causa que rija la naturaleza permaneciendo más allá de ella y que garantice la final coincidencia exacta de la felicidad con la moralidad. Así la inmortalidad del alma y la existencia de Dios retornan triunfalmente como postulados de la razón práctica pura. Es curioso que personas que respingan sobresaltadas al oír hablar del egoísmo o amor propio como fundamento de toda moral siguen considerando la ética kantiana como el ejemplo más inmaculadamente desinteresado que pueden aportar contra tal teoría.

Schopenhauer, desde luego, no se llamó a engaño sobre la supuesta erradicación del amor propio en la ética kantiana. Ironizó sobre el chascarrillo del marido que sale de picos pardos una noche de Carnaval, corteja a una bella enmascarada y cuando va finalmente a consumar su amor descubre tras el antifaz a su propia esposa. Así le ocurre a Kant con la religión, *ergo* con el ansia de felicidad como coronación de la virtud, *ergo* con el amor propio. Pero es que ni siquiera formalmente el planteamiento del imperativo categórico es tampoco desinteresado en el sentido mundano del término. Cuando el sujeto se impone el precepto de que su acción pueda servir de norma universal y ser querida como tal, advierte Schopenhauer, de lo que en realidad se trata es de recordar que tal como es ahora parte activa pudiera ser parte pasiva mañana en idénticas circunstancias y que lo que ahora su amor propio quiere como acción hecha a otro, ese mismo amor propio no lo quisiera luego como algo a padecer por culpa de otro. En una palabra, una nueva versión pedante de la más antigua y sensatamente egoísta de todas las máximas morales: «No hagas a los demás lo que no quieras que te hagan a tí».

Pero Schopenhauer comparte con Kant y con toda la tradición cristiana la convicción de que la auténtica moral tiene que ser la negación del egoísmo, es decir, que nada moralmente valioso puede brotar de ese amor propio del que provienen todas nuestras restantes acciones no meritorias o viciosas. Pero es más extremado y consecuente que su maestro en esta línea de pensamiento. La razón no puede legislar sobre la voluntad, ni mucho menos esperar de alguna divinidad transmundana una conciliación final entre felicidad y moralidad. La felicidad humana no es en modo alguno uno de los fines de la naturaleza y la más tenaz y perniciosa ilusión del amor propio es creer lo contrario. «No hay más que un error innato: consiste en creer que existimos para ser felices» (*El mundo como voluntad y representación*, libro IV, cap. XLIX). Esta equivocación es el reflejo mítico del amor propio, su fraude esencial, el auténtico pecado original del que derivan nuestros afanes y desvelos, así como nuestros desvaríos teóricos. Cualquier ley que la razón intentase dar a la voluntad caería bajo esta aporía: o coincidiría con los dictados del amor propio y por tanto, a través de éste, con el mecanismo ciego de la voluntad misma, por lo que no sería mas que ilusoriamente una ley de la razón, o se opondría a los dictados de la voluntad y del amor propio, por lo que resultaría tan imposible de cumplir como cualquier decreto humano contra una de las leyes de la naturaleza. Las morales conocidas hasta la fecha pertenecen al primero de esos géneros, del que sólo escapan milagrosamente algunos planteamientos del budismo y de la mística cristiana. La razón no puede dar ninguna ley a la voluntad ni encontrará ningún precepto ético desinteresado que respetar en lo hondo del corazón humano: su tarea es precisamente comprender el funcionamiento de la voluntad y darse cuenta de la falsía de la promesa de felicidad, sacando todas las consecuencias oportunas de este descubrimiento. De lo que se trata no es de encauzar racionalmente la voluntad (es por el contrario la razón la que obedece a un diseño voluntarista) sino de amortiguarla por descrédito de sus ilusiones motivacionales comunes y, en último término, de abolirla.

Sólo por analogía puede calificarse este designio, al que Schopenhauer llama contundentemente «la eutanasia de la voluntad», de propuesta ética. En realidad, lo único que Schopenhauer intentó en el campo de lo propiamente ético son sus aforismos sobre la sabiduría de la vida, que desde luego pertenecen como no puede ser menos a la ilustración racional del egoísmo, lo que antes hemos llamado «cordura». Pero si la moral es considerada, como siempre ha sido, como un *arte de bien vivir* o *ciencia de la vida buena*, lo que Schopenhauer llama su «ética» no es una variedad más dentro de las muchas propuestas existentes, sino lo más contrario a todas no atendiendo principalmente a lo predicado, sino en cuanto a la intención misma por la que se predica. Él mismo lo expone claramente: «Hay dos tipos de sistemas morales, unos filosóficos y otros fundados sobre dogmas de fe. Todos intentan establecer un nexo entre la felicidad y la virtud. Los primeros recurren al principio de contradicción o al principio de causalidad; identifican la virtud con la felicidad o hacen de ésta una consecuencia de aquella; sofisma igual en ambos casos. Los otros se sirven de otro mundo que el que puede ser conocido por la experiencia. Por el contrario, según nuestra forma de ver, la virtud en su esencia íntima sería una tendencia dirigida hacia una meta directamente opuesta a la felicidad, es decir al bienestar y a la vida» (*op. cit.*, libro IV, par. 65). Schopenhauer no propone un modo de vivir mejor ni considera a la virtud una forma de vida excelente, sino que su ética —si es que sin contradicción puede ser llamada así— es una exhortación a la renuncia de la vida, una invitación a la nada.

Las influencias sobre Schopenhauer del pensamiento oriental, sobre todo los Vedas y el budismo, han sido abundantes y justificadamente subrayadas. También encontramos en su obra numerosas menciones reverentes a místicos y quietistas, algunos bastante oscuros y de una relevancia intelectual poco obvia. Pero desde el punto de vista de su doctrina ética, la influencia más importante bien pudiera ser la de Lutero. En uno de los trataditos más enjundiosos del reformador, *La libertad del cris-*

tiano, no es arbitrario encontrar semillas de las perspectivas esenciales de Schopenhauer respecto a la moral. Allí sostiene Lutero que Dios nos presenta a Jesucristo «para que puedas salir de ti mismo y liberarte de ti». Su mensaje no es otro que éste: «Te dice que toda tu vida y todas tus obras nada suponen ante él, sino que tú y cuanto tienes no merecen más que la eterna perdición». Los preceptos que se recogen en forma de mandamientos «enseñan mucho, pero sin prestar ayuda; muestran lo que debe hacerse, pero no confieren fortaleza para realizarlo. Su finalidad exclusiva es la de evidenciar al hombre su impotencia para el bien y forzarle a que aprenda a desconfiar de sí mismo». En el fondo, «ninguno de los mandamientos se puede cumplir». Lo único capaz de regenerarnos es la fe, pura y sin obras de ninguna clase. «Sólo la fe, sin obras, santifica, libera y salva». Lo que cuenta es siempre la fe que transfigura al creyente y subyace en todas sus acciones. En la fe reside la libertad del cristiano, pero esa fe es una gracia de Dios que no puede ser conquistada por ningún conjunto de obras. Al contrario, es la disposición previa la que hace buenas unas obras y malas otras: «Son exactas estas dos sentencias: "No hacen bueno y justo a un hombre las obras buenas y justas, sino que es el hombre bueno y justo el que hace obras buenas y justas"; "Malas acciones no hacen nunca malo a un hombre, es el hombre malvado el que realiza obras malas". Lo primero que, por tanto, se requiere, la condición previa para las buenas obras, es que la persona sea buena y justa; después llegarán las buenas obras que han de salir de una persona justa y buena.» ¿Es preciso recordar tras leer este párrafo toda la doctrina schopenhaueriana de los caracteres innatos? Por supuesto, el cristiano de Lutero hará lo que normalmente se llaman «buenas obras», pero esto en virtud de su fe y como un corolario prescindible de ésta, no como su fundamento. «O sea, que en la medida en que es libre [se entiende, libre por su fe], el cristiano no tiene precisión de las obras; en cuanto siervo, está obligado a hacer todo lo posible».

La idea de que el valor moral de un comportamiento depende del espíritu que anima al sujeto y no de los actos realizados o sus consecuencias prácticas es una perspectiva luterana que subyace en la teoría ética de Kant. También la asume, con mayor vigor aún, Schopenhauer: «En el fondo las acciones, esas *opera operata*, son puras y vanas imágenes y sólo una cosa puede darles significación moral: es la intención que las inspira» (*op. cit.*, libro IV, par. 66). Lo fundamental para valorar moralmente un comportamiento no pueden ser los actos realizados, puesto que todos ellos resultan explicables como derivados del amor propio y su destreza vitalista, ni mucho menos sus consecuencias, que a partir de cierto punto escapan a cualquier control o previsión, sino la benemérita intención de enfrentarnos precisamente al amor propio y sus seducciones eudemonistas. ¿Cómo describir dicha *intentio recta*? Schopenhauer lo logra en un párrafo que es también un insuperable resumen de la doctrina luterana, en el cual el reformador no hubiera tenido que añadir ni modificar ni una sola palabra: «Si las obras, que resultan de los motivos y del propósito deliberado, bastasen para conducirnos a la beatitud, la virtud, se la mire por donde se la mire, no sería nunca más que un egoísmo prudente, metódico y perspicaz. (...). La primera obligación consiste, pues, en creer que nuestra condición, en cuanto a su origen y en cuanto a su esencia, es una condición desesperada que necesita una redención; es preciso creer además que en cuanto a nuestras propias fuerzas estamos esencialmente abocados al mal, al que estamos estrechamente encadenados; que nuestras obras, en cuanto se atienen a la ley y a lo prescrito, es decir a los motivos, no pueden nunca satisfacer a la justicia ni darnos la salvación; no podemos obtener la salvación más que por la fe, es decir por una transformación de nuestra facultad de conocimiento; en cuanto a la fe, no nos es concedida más que por una operación de la gracia, es decir que viene en cierta forma desde fuera; en resumen, la salvación es cosa perfectamente extraña a nuestra personalidad; en efecto, la condición necesaria de la salvación, a la cual le corresponde la salvación misma, es justamente la negación y el renunciamiento de la personalidad» (*op. cit.*, libro IV, par. 70).

Obviamente, la fe de Lutero era promovida por una gracia que no podía ser exigida, pero al menos se sabía de dónde venía; y también Dios era el garante de una transcendencia en la que el amor propio obtendría su plenitud sin sobresaltos ni contradicciones. Con desesperada honradez, Schopenhauer renuncia a este factor religioso y de este modo la metanoia intelectual de la fe y la gracia que ha de proporcionarla resultan en su sistema, pese a sus esfuerzos, perfectamente inexplicables. Lutero renunció a todo por la fe, pero Schopenhauer va más lejos, porque su fe renuncia a todo. Allá donde había necesariamente que cumplirse la voluntad del sujeto, su amor propio, Lutero se entrega totalmente a la voluntad divina: «Hágase tu voluntad y no la mía». Pero Schopenhauer sabe que esa abdicación encierra una trampa, que la voluntad divina no es más que la hipóstasis idealizada y transcendente del amor propio del sujeto. Sin embargo, postula el mismo renunciamiento y espera la gracia que ha de propiciarlo, *gratia vocatur quia gratis datur*. El milagro resulta incomprensible y contradictorio con el pretendido rigor del sistema, por mucho que se proponga la comprobación del dolor y horror del tinglado universal como elemento catalizador de la revelación. Por decirlo con las atinadas palabras de Massimo Cacciari: «¿Cómo es posible que sujeto y Voluntad no se co-pertenezcan indisolublemente? ¿Qué expresa la dimensión de la Voluntad sino el *fundamentum inconcussum* de toda manifestación, esto es, la Subjetividad, el *Subjectum-Substratum*? ¿Cómo puede aventajar el sujeto del conocer a la iluminación-reconocimiento de la miseria de su propio estado, en cuanto manifestación de la omnipotencia del Sujeto último, en sí, de la Voluntad? ¿Cómo puede el Sujeto, en suma, desligarse del Sujeto?» (*Schweigender Bote*, Revista ER, n.º 4).

Lutero, al separar la libertad de la fe y la servidumbre de las obras, dejó campo abierto a la conquista mercantil y política de este mundo por el conflictivo empeño del amor propio. Al remitir la salvación incompatible con nuestra naturaleza humana a una gracia que vendría a rescartarnos desde la nada para llevarnos a la nada, Schopenhauer cedió el campo de la ética efectiva a un prudente saber vivir compuesto de hedonismo moderado, resignación estoica y conservadurismo estatista. Llevando hasta sus últimas consecuencias teóricas la crisis del amor propio, Schopenhauer contribuye con dos lecciones decisivas a la clarificación de la ética contemporánea. En primer lugar, subraya *a contrario* que ni hay, ni ha habido ni puede haber moral alguna que no provenga del *egoísmo* —o amor propio— en relación de colaboración o antagonismo con la facultad racional de conocimiento. En este punto coinciden las morales laicas y las religiosas, el eudemonismo y la ética kantiana del deber. Si una moral renunciase al egoísmo, es decir, si no quisiera ser un arte de bien vivir o una ciencia de la vida buena, se convertiría sencillamente en una predicación de la aniquilación de la vida que no podría pertenecer a la historia de la ética ni a la de la religión, sino a la más injustificable teratología intelectual. En segundo lugar, asentó la saludable influencia del *pesimismo* en cualquier proyecto moral que no haya de ceder a la seducción naturalista de que somos hijos de una naturaleza traicionada que nos destinaba a la felicidad con sólo ser correctamente escuchada, ni a la seducción sobrenaturalista de que somos criaturas de un Dios enigmático pero considerado con los obedientes que recompensará en otro mundo nuestros sacrificios, ni a la seducción utopista de que una sociedad convenientemente administrada disolverá todos los vicios actuales en un mundo fraterno presidido por la libertad y la justicia. El pesimismo es el certificado de cordura de cualquier proyecto ético ilustradamente materialista, es decir, no mecanicista ni espiritualista. Como bien ha señalado Manlio Sgalambro, «no debería olvidarse que el núcleo racional del pesimismo es la crítica de la vida. El pesimismo ilumina los límites de la vida como el criticismo los de la razón» (*La morte del sole*). Añadamos que ambas vertientes críticas son sin duda inseparables. Para saber qué y cómo debe pensarse para conocer bien hay que criticar la razón pura, para saber cómo debe vivirse para procurar la excelencia hay que determinar los límites de la vida y cuáles son sus antinomias. Schopenhauer dejó establecido que «el optimismo en las religiones, como en la filosofía, es un error fundamental que cierra el camino a cualquier verdad» (*op. cit.*, libro IV, cap. XLVIII). Le faltó aceptar que es el amor a nosotros mismos lo que nos mantiene pesimistas y vigilantes.

II

HEIDEGGER PARA LA ÉTICA

> Aquí quiero yo verlos. Delante de la piedra.
> Delante de este cuerpo con las riendas quebradas.
> Yo quiero que me enseñen dónde está la salida
> para este capitán atado por la muerte.
>
> (F. García Lorca, *Llanto por Sánchez Mejías*)

> C'est là ce que j'aime chez Heidegger. Quand je pense à lui, quand je le lis, je suis sensible à ces deux vibrations à la fois. C'est toujours terriblement dangereux et follement drôle, sûrement grave et un peu comique.
>
> (Jacques Derrida, *De l'esprit*)

El relanzamiento polémico de la figura de Heidegger por gracia y desgracia del abrumador estudio de Víctor Farías sobre su relación con el nazismo ha aportado pocas conclusiones pero muchas significativas reticencias. La conclusión más destacada —aunque no se trate, desde luego, de una novedad absoluta— es que Heidegger fue auténtica e indudablemente nazi en toda la extensión ideológica del término. Su nazismo no careció sin duda de rifirrafes con los jerarcas del régimen, como suele ocurrir entre un intelectual consciente de su valía —altivo, caprichoso, sólo parcialmente servil con el poder— y los representantes superficialmente barnizados de ideología pero básicamente pragmáticos hasta la brutalidad de cualquier orden político. En cierto modo, Heidegger no se llevó del todo bien con los jefes nazis porque era más nazi que ellos, es decir, porque era un nazi *ideal* y no simplemente *ideológico*. Heidegger sostuvo una actitud nazi de una trascendencia teórica tal que resultaba demasiado especulativamente rica para los sayones interesados en las tareas más sanguinarias pero también más convencionalmente simples de la jefatura del rebaño. Por otro lado —y ésta es quizá la aportación histórica más interesante del libro de Farias— el rector de Friburgo había tomado más o menos nítidamente opción por la facción «izquierdista» de Röhm, liquidada por Hitler en un célebre avatar de su lucha por el control absoluto del partido. Es lógico que su incorporación política activa menguase a partir de ese tropiezo de la tendencia que mejor podía representarle en la cúpula nazi. Lo evidente es que no le alejaron del nazismo su antisemitismo, ni su impío carácter autocrático, ni su delirio nacionalista, ni su belicismo, ni mucho menos la nostalgia de cualquier forma de democracia respetuosa de las básicas libertades políticas. A este respecto, nunca se arrepintió explícitamente de su compromiso con tanto error teórico y tanto horror práctico, sino que mantuvo un desdeñoso silencio ante una catástrofe histórica producida por la mala comprensión de lo que aún en 1953 llamaba «la profunda verdad y grandeza del movimiento nazi». En una palabra, el único reproche que Heidegger pareció guardar contra Hitler y el nazismo (quizá también contra el resto de los alemanes, por no estar a la altura de las circunstancias) es el de primero haber malinterpretado hasta la traición y luego, consecuentemente, haber llevado a la derrota el grandioso ideal del nacionalsocialismo.

Adorno aseguró, en circunstancias más bien embarazosas para él (una disculpa tardía por haber publicado una crítica musical en una revista del partido), que la filosofía de Heidegger es fascista «hasta en sus más íntimos componentes». Se trata de una exageración, sin duda, pero menos ofensiva para Heidegger que la de quienes creen que entre su adhesión al nazismo y su pensamiento no hay relación intrínseca alguna, lo que equivale a convertirle en un indecente oportunista o un esquizofrénico.

El pensamiento de Heidegger no es en absoluto *apolítico*, ni en su sentido más hondo ni en muchos de sus detalles circunstanciales. Una cuestión radicalmente política, la de la técnica, centró en buena medida su reflexión. En una entrevista concedida a *Der Spiegel* en sus últimos años asegura: «Es para mí hoy una cuestión decisiva cómo un sistema político, y qué tipo de sistema, puede ser totalmente coordinado con la era tecnológica. No conozco la respuesta a esta cuestión. No estoy convencido de que sea la democracia». En efecto, no sólo no estaba convencido de ello, sino que estuvo desde muy joven completamente convencido de lo contrario. El sistema político plenamente consecuente con y responsable del total desarrollo técnico de la «voluntad de voluntad» pudo ser para Heidegger el nacionalsocialismo o incluso —*a contrario*— el bolchevismo, pero jamás la fórmula democrática liberal y humanista. Este enfoque político no es adyacente a su obra filosófica ni tangencial a ella sólo en aspectos superficiales, sino que forma parte fundamental de su inspiración y de su temática.

¿Debe concluirse, pues, que su pensamiento no ha de ser considerado por quienes sentimos completo rechazo a la vez racional y afectivo hacia el nazismo? En modo alguno. De hecho, Heidegger es un pensador de primera magnitud no *a pesar* de haber sido nazi, sino precisamente por haberlo sido y de la manera *ideal*, es decir filosófica, en que lo fue. Nadie puede dedicarse seriamente al pensamiento en la segunda mitad del siglo xx sin intentar una consideración a fondo del *totalitarismo*, no simplemente una descripción justificadamente patética de sus efectos o el piadoso exorcismo bienpensante de su temible espectro. El propio Heidegger señaló que lo que los grandes pensadores *dan a pensar* rara vez es algo consciente y deliberadamente elegido por ellos mismos. En Heidegger, el totalitarismo nacionalsocialista no es algo exhibido o padecido, sino algo que *da que pensar*. Se trata de una aportación imprescindible y de enorme riqueza, quizá la única que permite —junto con la obra literaria de Ernst Jünger— sacar una ganancia teórica de ese aciago episodio histórico. Y desde luego ayuda a *aprovecharlo* al máximo (por despiadado que pueda parecer el término), es decir: ayuda a prevenir su episódicamente maquillada reedición. Por ello es ridículo despachar su pensamiento con el dicterio filisteo de «charlatanería» u otro por el estilo, y ello pese a la irritación no trivial que puede despertar su lenguaje «más hecho para el asentimiento que para la discusión», según observó con tino Jürgen Habermas. Penetrar intelectualmente en Heidegger es acercarse a lo que une la «solución final» totalitaria de nuestro siglo con la gran filosofía de los siglos anteriores... y también vislumbrar la ruptura radical que supone. Y además sirve para comprender la clave especulativa que ha influido de modo muy diverso en pensadores como Sartre y Camus, teólogos como Rahner o Bultmann, hermeneutas como Reindhart o Gadamer, líricos como Paul Celan y René Char, etc... Es ocioso prolongar la lista con nombres más recientes, pues lo dicho basta para asegurar que aún sin tenerle por «el rey secreto del pensamiento» de nuestro tiempo (tal como le denominó quizá con más pasión que lucidez Hanna Arendt), es figura señera e impostergable de éste.

Hemos dicho algo de la principal conclusión obtenida de la borrasca de dimes y diretes suscitada por el libro de Farias. Parece oportuno ahora referirse a alguna de esas numerosas reticencias que acompañaron la polémica. En una palabra, hablar de lo callado o de lo mencionado de refilón por la mayoría, con alguna honrosa excepción que luego será mencionada. Porque el verdadero problema no consiste en la imposible tarea de exculpar a Heidegger de su nazismo, convirtiéndolo en un malentendido o en un breve ofuscamiento de su vida (lo cual, además de históricamente inverosímil y tramposo, supone *castrar* decisivamente su pensamiento de su más imprescindible sugestión), ni en decretar que sea borrado en un Nuremberg póstumo de las actas de la filosofía por sus culpas políticas (lo cual no es sino simple y perezoso oscurantismo). La cuestión estriba en *considerar* a Heidegger sin por ello dejar de *valorarlo*, y ello según valores que no son la muy valiosa capacidad especulativa o la hondura de intuición poética. En dos palabras: lo fundamental de la «cuestión Heidegger» es mostrar reflexivamente qué aspectos irrenunciables de su filosofía confirman, desde su sugestiva aptitud teórica, la radical y decisiva *ineptitud moral* de su sistema de pensamiento. Y ello, claro está, no para ocuparnos fisgona e inquisitorialmente de la ética de Heidegger en cuanto «particular», por decirlo así, sino para estimar la lección que el Heidegger pensador supone para la ética del siglo xx.

El fenómeno de la ineptitud moral, no en cuanto debilidad en el comportamiento individual (ya se sabe que los más sanos principios éticos no logran vacunar contra conductas ocasionalmente impropias a quienes los aceptan) sino como perversión del planteamiento teórico (el gusano en la manzana), es una sombra inquietante y permanente que planea sobre los grandes (y medianos) intelectuales contemporáneos. El nazismo de Heidegger no es mejor índice de ella que el leninismo de Lukács o Bloch (no olvidemos que el totalitarismo del siglo XX no es patente de Hitler ni de Stalin, sino de Lenin); o, en el caso de la España actual, es también significativamente inquietante la «dolorida» aceptación por figuras relevantes de la intelectualidad de la violencia etarra en nombre de la autodeterminación o de la tortura y el GAL en razón de la defensa del Estado. Pero quizás aún sea más notable en cuanto expresión de ineptitud moral la postura inaccesible y *blasé* ante el requerimiento permanente de elucidación planteado por las grandes cuestiones ético-políticas de la actualidad. Para algunos, la propia mención de lo «actual» es signo de desdeñable vulgaridad: suena a televisión, a publicidad, a campaña electoral, a masificación... Se refugian éstos en la recién «urbanizada provincia heideggeriana» (Habermas *dixit*) como quien se retira a su chalet en el campo para que no le molesten los estrenos de la capital. Allí hay tranquilidad para dedicarse sin disturbios al «verdadero pensar», es decir, a la ampulosa vacuidad del perpetuo rumiar y regurgitar *esencia*. Desde la altivez algo merma de ese retiro (que, por supuesto, no renuncia a los constantes certámenes universitarios de prestigio o a la publicación «de alto estilo» salvo patética y probada incapacidad literal para cualquiera de ellos o ambos) se segrega una condescendiente irrisión sobre lo que hoy quiere ser debate filosófico en medios abiertos a todos «que no es ni puede ser más que atareamiento en lo inesencial y lo subalterno (ética, derechos del hombre, etc...), socratismo periodístico o aproximaciones antropológicas: nada que tenga que ver con el trabajo del pensamiento» (Philippe Lacoue-Labarthe, en *La fiction du politique*). La vana agitación por las cuestiones de la razón práctica, con su interés facilón por lo que nos ocurre y por lo que está en nuestra mano hacer y esperar, incurre en la condena dictada por el propio

Heidegger contra ese afán de saber demasiado ansioso de preguntas concretas: «La voluntad de saber y la avidez de explicaciones jamás nos llevan a una pregunta pensante. Querer saber es ya constantemente la solapada arrogancia de una autoconciencia que apela a una razón, inventada por ella misma, y a la razonabilidad de ésta. El *querer* saber no *quiere* aguardar lo digno de ser pensado» (citado por O. Pöggeler, *El camino del pensar de Martin Heidegger*). En tanto aguardamos a lo digno de ser pensado, todo lo que usted quería saber y se atrevió a preguntar debe ser aplazado...

En líneas generales, el núcleo duro de lo que he llamado ineptitud moral —cuya consecuencia extrema en nuestro siglo han sido los diferentes tipos de totalitarismo— es el *antihumanismo*. Para comprender someramente esta disposición teórica será preciso decir en resumen los rasgos fundamentales del *humanismo* al que se opone. El «mito del hombre» o, según otros, el «ideal de humanidad» nace históricamente a finales de la edad media, en el primer Renacimiento. Se trata en efecto de un «renacimiento», pues recupera notas características de la antigua cultura grecolatina. Su punto de máximo reconocimiento es la ilustración dieciochesca, suponiendo algunos que a partir del romanticismo se inicia su declive como idea-fuerza de la civilización occidental. Lo distintivo del planteamiento humanista es considerar al hombre como única base real de los valores que han de regir las acciones y las instituciones humanas: estos criterios de evaluación son *inventados* por la imaginación, *descubiertos* por la ciencia, *convenidos* por la sociedad y *queridos* e *impuestos* por la creadora voluntad de los hombres, no recibidos de ninguna Entidad superior —natural o sobrenatural— a la que sea debido necesario acatamiento. La cultura humanista privilegia el *individualismo* (aunque dejando constancia de su origen y destino sociales), la *subjetividad* como conciencia reflexiva, emotiva y deliberativa, la *responsabilidad* práctica en cuanto a la opción moral y las consecuencias legales de las acciones, el *conocimiento racional* por encima del recurso a potencias mágicas o al misterio religioso, el *hedonismo* o felicidad concretamente intramundana como objetivo de los individuos y las sociedades, y la *libertad* entendida como capacidad de elegir, expresarse, pactar, intercambiar, intervenir en la cosa pública, innovar o rechazar las innovaciones, organizar la solidaridad, crear y recrearse, etc., como irrenunciable principio político. Las virtudes más apreciadas por el humanismo son la *simpatía* o *compasión* por los dolientes, la *iniciativa* que propugna novedades con el fin de mejorar los instrumentos o el sistema comunitario, la *curiosidad* objetiva que lleva a la indagación científica y desconfía de la autoridad y la tradición establecidas, la *sensibilidad* estética que saborea o propone formas de goce «artificial» y la *rebelión* contra la injusticia (es decir, contra lo que conculca los restantes rasgos y virtudes del humanismo). Pero quizá la propuesta más importante del humanismo, en la que se trasciende la herencia grecolatina clásica y se incorpora la lección del estoicismo tardío, del judaísmo y del cristianismo, es la *universalidad* en cuanto reconocimiento efectivo de lo común de la condición humana, no meramente como naturaleza compartida sino en tanto idéntica capacidad autopoiética y comunidad ultrapolítica de anhelos, derechos y deficiencias.

A partir de finales del siglo XVIII comienza la reacción antihumanista, que lleva —según numerosos autores— a la definitiva quiebra del mito idolátrico del hombre. Los frentes de este ataque son múltiples y la ofensiva abrumadora. Los románticos reivindicarán la nación y el pueblo como realidades básicas frente al individuo abstracto del humanismo ilustrado; los tradicionalistas destacarán la importancia del misterio y lo religioso ante los excesos racionalistas, mientras que otros destacarán la Vida y su arrebatado flujo emotivo contra el positivismo calculador. Los marxistas dirán que el supuesto «hombre» idolizado no es más que el burgués y sus virtudes las aptitudes rapaces exigidas por el capitalismo en su fase ascendente; los antropólogos añadirán que se trata de una noción etnocéntrica, en la que el ciudadano europeo autosatisfecho proclama ingenuamente su avidez y desarraigo cosmopolita como paradigma de la humanidad toda, lo que le lleva en nombre del «humanismo» a perpetrar la esclavitud colonialista y el imperialismo expoliador. En realidad no hay tal sujeto autónomo, reflexivo y libre de la razón práctica: el devenir histórico es el despliegue del Espíritu absoluto o de la imposición total del Capital, en cualquier caso «la historia es un proceso y un proceso sin sujeto», como proclamó Louis Althusser, uno de los más prevenidos centinelas contra el «fetichismo del hombre». En cuanto a la subjetividad se refiere, el hombre no es su dueño sino que está *poseído* por ella: Schopenhauer y luego Nietzsche señalan los automatismos impersonales del psiquismo, cuya descripción sintomática y topológica será la gran tarea de Freud. La virtud es una ceremonia social, un malentendido emocional y un enfático histrionismo discursivo; dispositivos irracionales ponen la razón en funcionamiento y cortocircuitan su alcance y su proyecto. El sujeto humano, con sus pompas y sus obras, será deconstruido: la marea epistémica sube y borra en la arena, según constata Foucault, los débiles trazos del ayer venerado «hombre»...

El siglo XX, indudablemente como todos pero quizá más explícitamente que otros, ha tenido que asistir al espectáculo absoluto de la *inhumanidad* humana. Los antihumanistas no van a reconocer en este resultado histórico la consecuencia de la decadencia del humanismo, sino más bien el fruto de su ingenuo mantenimiento a contracorriente. Los promotores del horror son quienes han tenido la obcecación de imponer el subjetivismo voluntarista del humanismo más allá de las denuncias flagrantes de su perversión y pese a su apabullante desbordamiento técnico. Sólo las manipulaciones edificantes del poder y sus chantres siguen intentando bombear oxígeno a un residuo ilustrado inventor en nombre de ideales científicos y compasivos del manicomio, la cárcel, la bomba atómica y la disciplina escolar obligatoria. La verdadera rebelión es contra la Ilustración y el universalismo normalizador del fetichismo humano. Otros, en cambio, se revuelven contra los grandes pensadores de la revuelta antihumanista: Marx tiene la culpa del Gulag stalinista, Nietzsche es el padre secreto del nazismo, Freud ha inventado la retórica sexista de nuestro acondicionamiento necesario... Ante esta conjura, sin embargo, el ideal de humanidad ha perecido y ya sólo queda deplorar nihilistamente su pérdida o intentar remontar el tiempo hasta la fase pre-humanística, recuperando alguna forma de fe o de *mysterium sacrum* que permita reiniciar favorablemente el proceso todo. Existe otro punto de vista, que es el que trato de sostener y sobre el que volveré al final de este artículo, según el cual el «proceso al humanismo» del siglo XIX no supuso la «deconstrucción» en modo alguno del ideal, sino su radicalización al depurarlo de sus optimismos beatos y tradicionalismos acríticamente aceptados: el hombre y su razón autoinstituyente no fue destituido sino dotado de mayor espesor y profundidad, por tanto mejor *fundado*. Ni Marx ni Freud ni —menos que ninguno de ellos— Nietzsche representan una reacción antiilustrada o antiburguesa, sino que por el contrario coronan con su autocorrección ilustrada el esclarecido esfuerzo iniciado el siglo anterior o, mejor, en el Renacimiento. Ni en el siglo XIX ni en el XX asumir la tarea del humanismo ilustrado puede consistir nada más que en repetir a los enciclopedistas; pero conservar el núcleo básico de su perspectiva es algo éticamente impostergable y quizá hoy más que nunca, cuando aunque ignoremos *cómo* sabemos al menos *por qué* es debido. El pensamiento de Martin Heidegger no sólo se sustrajo, sino que se opuso frontalmente a esta tarea: en ello estriba el magnetismo de su desafío y la urgencia de afrontarlo.

En un principio podríamos considerar que Heidegger hace aportaciones relevantes al ahondamiento no beato del humanismo. La noción de *Sorge*, por ejemplo, como cuidado o preocupación, que acompaña al *Dasein* en *Ser y tiempo*, parece de índole renovadamente humanista. La *cura* —así suele traducirse «*Sorge*»— se proyecta hacia su realización por medio del deseo y la esperanza: aquí estriba la posibilidad de la libertad, pues —como señala George Steiner— «el hombre que no se cura de y el que no procura-por no puede ser libre» (*Heidegger*). Deseo, esperanza, cuidado, son rasgos característicos del perfil valorativo del humanismo y de su implantación concreta en el continuo vida/mundo donde el hombre acaece. La autenticidad existencial, por otra parte, no reside en nada distinto a un afrontar determinado de la cotidianidad en que cada hombre se mueve: «No es la existencia *propia* nada que flote por encima de la cotidianidad cadente, sino existenciariamente sólo un modificado empuñar ésta» (*Ser y tiempo*). Incluso resulta pertinente preguntarse si la preocupación o cura en la que estriba la posibilidad libre del *Dasein* es un cuidado por el ser en general o por su propio ser. ¿No será ante todo la cura una *cura sui*, algo muy poco diferente a lo que se ha venido llamando en la tradición humanista «amor propio»? En la *Carta sobre el humanismo*, desde luego, parece ya descartarse tal posibilidad, quedando claro —en polémica contra Sartre— que la cura no tiene nada que ver con el cuidado de la propia persona y sí con la preocupación por el ser en general. Pero esta interpretación posterior no es nada evidente que coincida con lo expuesto en *Ser y tiempo*, donde la cura parte del *Dasein* y revierte sobre el *Dasein* mismo. Por decirlo con las palabras de un especialista: «¿No es precisamente porque se preocupa de su propio ser por lo que el *Dasein* se ocupa de y en el ente? Esta dimensión estaba ciertamente presente, incluso era dominante, en 1927» (Jean Grondin, en *Le tournant dans la pensée de Martin Heidegger*). En todo caso, los planteamientos de la *Carta sobre el humanismo* y el resto de advertencias contra la tentación de leer *Ser y tiempo* antropológicamente parecen bloquear *in nuce* este apunte del pensamiento heideggeriano. El asunto quedará completamente liquidado cuando mucho después, en «Contribución a la cuestión del ser» (incluido en *Wegmarken*), Heidegger deja sentado que «el *Dasein* no es nada humano».

La clave de su pensamiento por la que Heidegger podía haberse vinculado mejor al ahondamiento de la reflexión humanista es el tema de la *muerte*. Aquí, en la autenticidad al afrontar este condicionamiento mayor de la existencia propia —la posibilidad del cese de toda posibilidad—, el íntegro ser-para-la-muerte se distingue esencialmente del *man*, del «uno» inauténtico de las habladurías y el mimetismo social. La cura del *Dasein*, entendida aún como *cura sui* y por ende del ente en general, alcanza su precipitado más potente en la *angustia* en la que se asume la posibilidad de la imposibilidad, la muerte. Para soportar tal angustia le falta denuedo al *man*, que busca derivatorios trivializadores como los conejos madriguera. Heidegger denuncia esta básica insinceridad: «"El ser-relativamente-a-la-muerte es, en su esencia, angustia" y aquellos que nos privan de esta angustia —sean sacerdotes, doctores, místicos o charlatanes racionalistas— transformándola en miedo o indiferencia mundana nos enajenan de la vida misma. O, para ser más exactos, nos apartan de una fuente fundamental de libertad» (George Steiner, en *Heidegger*). La seriedad sin ambages en el afrontamiento de la muerte se convierte en el abismo de cuyo fondo —o, mejor, de cuyo desfondamiento— extrae cada cuál la legitimación de su libertad: esto es humanismo que ha dado su paso al frente más allá del siglo XVIII, humanismo existencial tal como en sus mejores momentos reconoció Sartre. La verdad que nos hace libres es la verdad de la muerte: no en su fascinante parálisis aniquiladora, sino en su estímulo ultrabiológico y sobre-natural de inmortalización cultural, asumida personal e intransferiblemente por cada ser humano auténtico. ¿Será éste, quizá, el lazo especulativo por el que Heidegger se unirá al humanismo moderno y a la *competencia ética* que lo potencia? Sin hacer grave torsión a su obra, es imposible responder positivamente a esa pregunta. Por ejemplo Werner Marx —uno de los más conocidos especialistas en la obra de Heidegger, autor de *Heidegger y la tradición*— intenta basar en la concepción heideggeriana de la muerte la ética no metafísica que el maestro jamás escribió. Tomando a la muerte como mediación entre el ser y la nada y relacionándola con el lenguaje como el otro alojamiento apto del *Dasein*, Marx intenta responder a la pregunta planteada por Hölderlin que da título a su libro: *¿Existe una medida de la Tierra?* Tanto Hölderlin como desde luego Heidegger respondieron negativamente, pero Werner Marx cree posible sustentar en la muerte una medida de fraternidad entre los mortales, hecha de amor, compasión y respeto. Pero Marx aclara con toda honradez que este proyecto de medida (encomiable pero planteado de modo embarazosamente insípido, todo hay que decirlo) es exclusivamente suyo y desde luego no responde a lo que dejó explícito el propio Heidegger. Otro discípulo disidente, Emmanuel Lévinas, ve en la muerte «aquello que convierte en insensata toda preocupación que el Yo quisiera tomar de su existencia y su destino» (*Humanisme de l'autre homme*), lo que quizá se acerque mucho más al punto de vista efectivo del propio Heidegger. Muy consciente de la carencia esencial del pensamiento de Heidegger, Lévinas se esfuerza —con agudeza especulativa y a veces brío poético— en reinventar un humanismo basado en la presencia responsabilizadora del rostro del Otro. Pero su doctrina del reconocimiento es no sólo prehegeliana, sino también preilustrada: vuelve a la fe (con gran sofisticación, eso sí) y deposita de nuevo la posibilidad de lo humano en el regazo inhumano de la trascendencia.

En *Der Satz vom Grund*, recogiendo una inspiración del maestro Eckhart y de Angelus Silesius, Heidegger afirma hermosamente: «En el fondo más oculto de su esencia, el hombre lo es verdaderamente tan sólo cuando en su pasar es como la rosa sin-por-qué.» Desde el punto de vista de un humanismo no simplemente racionalista, sino reflexivamente racional, esta declaración heideggeriana es el sello de máxima seriedad y también el inicio de toda *ligereza*. La obra de Nietzsche, en su conjunto, podría ser considerada un audaz y a veces divagatorio comentario a esa frase que nunca llegó a leer. Cuanto en ética es de verdad inmanente, sin por ello renunciar nunca a la firmeza del criterio y la institución del valor, proviene de una convicción pareja: en su fondo lo humano es sin por qué —coincide así con el fondo de todo lo existente— y, no *pese* a ello sino precisamente *por* ello, todos los «por qué» brotan de lo humano. Los «por qué» y su respuesta o su perplejidad son un efecto superficial, quedan *arriba*; descender hacia lo oculto sin la escafandra de la hipocresía es atreverse a soportar lo sin-por-qué. En una palabra: nada que responda a la humana demanda de causa es causante de lo humano, pero la humanidad brota al ir pidiendo y dando causas. ¿Se puede obtener de este planteamiento algún principio ético —o algún principio de ética— según Heidegger? Así lo supone uno de los más inteligentes comentaristas del filósofo, el francogermano Rainer Schürmann. En su muy interesante estudio *Le Principe d'anarchie: Heidegger et la question de l'agir*, Schürmann propone algo que tiene más de teoría de la acción que de ética propiamente dicha, a partir de ese «sin-por-qué» trasladado por Heidegger de la rosa al hombre. El antihumanismo heideggeriano no pretende ser remediado de ningún modo, sino asumido en toda su radical provocación: la *deconstrucción* de la metafísica occidental es su principal consecuencia especulativa. Lo que se ha dado en llamar «metafísica» no es más que el conjunto de esfuerzos teóricos destinados a establecer un único y básico modelo o canon que pueda servir de *principium* para la acción. Este punto focal de la praxis se ha trasladado continuamente a través de las épocas: ciudad ideal, reino de los cielos, felicidad del mayor número, libertad noumenal y legislativa, consenso pragmático trascendental, etc. Desde Platón, la metafísica occidental ha buscado un punto fijo donde anclar acciones y deberes a resguardo del cambio y de la duda. A partir de la deconstrucción antihumanista de la metafísica realizada por Heidegger, piensa Schürmann que esta tarea especulativa resulta definitivamente imposible. El logro de Heidegger ha sido mostrar en nuestra época las consecuencias teóricas de la deconstrucción del *arjé*, del principio o por qué de la acción. Pero, y esto es muy importante para su ubicación histórica, «hace de la acción privada de *arjé* la condición del pensamiento que deconstruye el *arjé*» (*Le Principe d'anarchie*). La praxis desprovista de una meta o de un fin es el requisito para el pensamiento mismo del fin de las épocas metafísicas de los principios: el nihilismo en cuanto acción permite el nihilismo del pensamiento y no al revés, como pueden creer los anacrónicos subjetivistas del tardohumanismo. La acción así considerada funda el *principio de anarquía* (es decir, de la imposibilidad epocal de añadir ningún *arjé* más a la lista) que el pensamiento cosechará y convertirá en lenguaje. En este momento posmetafísico se manifiesta —y precisamente en el reino de lo político, como señala Schürmann— lo que liga entre sí las palabras, cosas y obligaciones: no es «una entidad (sujeto, ser-ahí u objeto), ni un *arjé* que dirige porque da comienzo, ni un principio que domina la sociedad porque la organiza, sino el simple evento en el cual todo aquello a lo que acaece estar presente adviene a la presencia» (*ibidem*). Ante este final de la historia metafísica y el advenimiento a la presencia de lo presente, la praxis anárquica que Heidegger (según Rainer Schürmann) considera más auténtica e incluso más *subversiva* no nace de ningún esfuerzo de la voluntad (toda voluntad necesita un *arjé*, incluso cuando se convierte en *arjé* de sí misma como voluntad de voluntad), sino de un consciente no-querer y un abrirse, un entregarse a lo presente. «Abrirse» y «entregarse» resulta más poderoso que cultivar la *hybris* de la voluntad en cualquiera de sus modalidades. No se trata de simple *pasividad*, desde luego, pero tampoco hay ética posible, porque la ética encierra siempre un reconocimiento y una orientación *por principio* de la voluntad. Lo que según Schürmann acepta Heidegger como praxis anárquica se parece un poco a la actitud de un *surfista* ante las grandes olas que un día de marejada se acercan a la orilla. Puede tomarlas en uno u otro momento, deslizarse en pie o tumbado sobre su tabla, elegir la primera o la que viene más atrás, quizá zambullirse y dejar que la espuma rabiosa le pase por encima: lo único que no le es concedido es la decisión, el aprendizaje y la búsqueda de rumbo que implica navegar.

Todo el problema de la ineptitud ética de Heidegger (que comparten aquellos de sus seguidores que no han intentado compensarla por medio de expedientes no heideggerianos, es decir, de una u otra forma neohumanistas) reside precisamente en su tratamiento de la voluntad y del sujeto libre que la protagoniza. La afirmación cartesiana del sujeto y el progresivo desarrollo de la voluntad que le corresponde son precisamente denunciados como la advocación moderna del multisecular olvido del ser. Como bien ha resumido Jacques Derrida: «Los términos de esta serie, el espíritu, pero también el alma o la *psykhé*, la conciencia, el *ego*, la razón, el sujeto —y Heidegger añade también la vida y el hombre— bloquean toda interrogación sobre el ser del *Dasein*. Están todos ellos ligados, como lo estaría también el inconsciente, a la posición cartesiana del *subjectum*. E incluso cuando inspiran la modernidad de discursos elocuentes sobre la no-cosificación o la no-reificación del sujeto, marcan, y en particular los de la vida y el hombre, un desinterés, una indiferencia, una notable "falta de necesidad" (*Bedürfnislosigkeit*) por la pregunta referente al ser del ente que somos» (*De l'esprit*). Eventualmente, Derrida sostendrá en su libro la idea de que el nazismo de Heidegger proviene de una recaída «humanista» en la por él antes resueltamente rechazada noción de espíritu, que lo lleva a intentar dotar a éste de un contenido concreto a costa de las aberraciones *völkisch* ya conocidas. ¡A esto puede llamársele ser más puramente heideggeriano que Heidegger! Pero sigamos. Para Heidegger, el sujeto cartesiano se comporta desde un comienzo de un modo voluntarista, es decir, *violador*, por oposición a la piadosa apertura a la presencia que a él le parece actitud más recomendable del «sin-por-qué». Así lo expone George Steiner: «Para Descartes, la certidumbre determina y confirma la verdad. La certidumbre, a su vez, está situada en el *ego*. El yo se vuelve el eje de la realidad y se relaciona con el mundo exterior de un modo exploratorio, necesariamente explotador. El *ego*, en tanto que conocedor y usuario, es un depredador. Para Heidegger, por el contrario, el hombre y la conciencia de sí *no* son el centro, los tasadores de la existencia: el hombre sólo es un oyente e interlocutor privilegiado de la existencia» (*ibidem*). Es curioso consignar algo así como una postura o un tono de reprobación en Heidegger cuando habla de la voluntad del sujeto y de la *técnica*, cuando por otra parte sostiene que el despliegue total de ésta ha llegado —como el *arjé* de cualquier otra época— sin por qué y, desde luego, sin culpa.

Este yo autoconsciente y voluntarista de la metafísica moderna llega a su cumbre —y también a su inmolación— en la filosofía de Nietzsche, en la que la voluntad crece y se dinamiza metafísicamente hasta el punto de tragarse a su sujeto: ya no es voluntad del sujeto o del yo, sino voluntad de poder, esto es, *voluntad de voluntad*. Este último *arjé* histórico se realiza plenamente en la técnica, cuyo despliegue total no se alcanza hasta nuestros días. Para Heidegger, Nietzsche es aún metafísico por su aferrarse a la voluntad como *arjé*, es decir, por ser el pensador de la técnica o mejor de lo que se realiza a través de la técnica; pero es posmetafísico por su liquidación antihumanista del sujeto, la verdad, Dios y restantes principios de la metafísica histórica. Sobre la lectura heideggeriana de Niezsche hay tanto para comentar que en esta breve nota apenas podemos intentar el principio de la tarea. Lo que Heidegger *ve* en Nietzsche lo ve sumamente bien, pero lo que *no ve* es de tal calibre que vicia irremediablemente lo que ve. Por otra parte, la superstición del Nietzsche antihumanista y antiilustrado recoge elementos heideggerianos pero también lukacsianos y otros varios: no hay más que ver la obstinada malinterpretación de todo un Habermas al respecto. En otras ocasiones (*v.gr.* mi contribución sobre Nietzsche en la *Historia de la ética*, dirigida por Victoria Camps) he tratado de formular mi opinión sobre el tema. Por decirlo de un solo golpe de voz, Heidegger constata con acuidad lo que en Nietzsche hay de celebración sin remilgos de la voluntad como encarnado *querer querer* sin límites, que halla su demónica posibilidad política en el acabamiento revolucionario de las antiguas legitimidades y su posibilidad de dominio natural en el salto cualitativo del desarrollo técnico. Desarraigado de la tradición monárquica, de la egología clásica que aún recibe (aunque ya empieza a modificar) Descartes, de la lógica identitaria de la verdad, del gregarismo moral del cristianismo tardío, del futuro como recompensa inmaculada y aun necesaria del presente, lo que Nietzsche piensa hasta sus últimas conclusiones es el *descoyuntamiento* sufrido por el hombre entre el Renacimiento y el siglo XIX, pero no su aniquilamiento por pérdida irreversible de sustancia mítica. Ante los hombres marchitos que padecen el crepúsculo de los grandes principios tradicionales del conocimiento, la política, la psicología y la ontología (la cuadruple muerte de Dios) como la más cómoda y amodorrante de las anemias, Nietzsche abre paso a un sujeto que obtendrá su nuevo sentido de lo humano de esas mismas carencias pero vividas con inventiva sin nostalgias ni remordimientos. El tal es algo *más* hombre y no simplemente algo *más que* hombre; ha ido más allá de la humanidad clásica pero en el camino de adentramiento en la inmanencia humana, no hacia el vértigo de nuevo transcendente de otra impersonalidad nihilista. Es esta propuesta nietzscheana de autoinvención valorativa y de autocreación humana de todos los órdenes lo que Heidegger no puede o quiere ver; la regeneración transfigurada del sujeto y del individuo que son el corazón positivo de la obra de Nietzsche permanecen ocultos para él o, más probablemente, no encajan en el esquema de su propio pensamiento, al cual somete su lectura nietzscheana. Hay en Nietzsche un Voltaire curtido en la escuela de Schopenhauer; una doctrina de la creación como destino al que ya debe despertar el hombre; y sobre todo un esfuerzo de gran finura y coraje por pensar la *libertad*, entendida —al modo spinozista— no como opuesta a la fatalidad orgánica e histórica de la que brotamos sino como su *conciencia activa*. Pero de todo esto, poco y sesgado queda en la interpretación heideggeriana.

Resulta ello sobre todo perceptible en el fascinante análisis que hace Heidegger de la técnica. El problema de la técnica es la urgencia imperiosa de su requerir, ese «desocultar provocante» que reduce todo lo existente a manejo y seguridad. Al convertir el ideal de libertad en proyecto, en voluntad de poder, el hombre pierde la disponibilidad atenta de «oyente» que asiste al desvelamiento de la presencia y de este modo cae en lo irremediablemente no-libre. Pues «la esencia de la libertad no está ordenada *originariamente* a la voluntad, ni mucho menos a la causalidad, del querer humano» y «la libertad de lo libre no consiste ni en el libertinaje del arbitrio ni en la sujeción a meras leyes» (*La pregunta por la técnica*). La producción de bienes e instrumentos y la autonomía legisladora de la voluntad, con todas sus desavenencias e interrelaciones, caen en el mismo saco de manipulación a ultranza y subjetivismo que oculta el verdadero y verificador desvelamiento: son *imposiciones* que desfiguran el resplandor e imperar de la verdad. De aquí altivas y asombrosas amalgamas como la eyaculada por Heidegger en 1949 y que encierra su única mención de cierto episodio histórico nunca condenado por él explícitamente: «La agricultura es ahora una industria alimenticia motorizada, idéntica en cuanto a su esencia que la fabricación de cadáveres en las cámaras de gas y los campos de exterminio, lo mismo que el bloqueo y el doblegamiento de países por medio del hambre, lo mismo que la fabricación de bombas de hidrógeno» (*Technik und Gelassenheit*). La mecanización de la agricultura y el Zyclon B para los judíos y gitanos, los tractores y la bomba de Hiroshima, todo ello forma parte de la misma im-posición, de idéntico desocultar provocante. ¿Por qué quejarse de Buchenwald y no de la segadora motorizada, si después de todo son avatares del mismo abuso subjetivista de la impaciencia por manejar? En este género de *indiferencia* en el repudio, tan coherente por cierto con el resto de sus actitudes como pensador y como hombre público, estriba lo que ya varias veces he denominado ineptitud moral de Heidegger. Pero no creamos que su altivo señorío es totalmente inaccesible al grito de indignación: al menos una vez —y creo que sólo una vez— Heidegger se permite la expresión concentrada de la más escandalizada e inapelable condena. Emplea nada menos que la palabra *Ungeheure*, que significa lo terrible e indeciblemente monstruoso. ¿Qué es lo que hace perder así su serenidad estilística a este contemporáneo que nada tuvo que decir sobre Auschwitz o Treblinka? La presa de un río, que acumula su caudal natural y convierte en cruel energía hidroeléctrica lo que antes libremente fluía bajo el viejo puente de madera. ¡Ah, tierno corazón ecológico del ermitaño de la Selva Negra!

De todas formas, no puede decirse que haya en Heidegger

un obcecado y supersticioso repudio de la técnica. Al contrario, en cuanto manifestación actual del *Dasein* es preciso encararla y asumirla como destino político. Es posible que sean las adherencias humanistas (deseos y proyectos utilitariamente individualistas) los que configuren su parte más inaceptable: en cuanto adopte el rostro limpio de lo inhumano ya no podremos objetarle nada. Tal fue, precisamente, el motivo de entusiasmo heideggeriano por el nazismo, comprender la «profunda verdad y grandeza de este movimiento: especialmente la conjunción de la tecnología total y del hombre moderno» (*Introducción a la metafísica*). Ningún humanismo democrático, socialista o liberal, le mereció tan grande reconocimiento ni tan sincera nostalgia. Pero es que el nacionalsocialismo tenía algo a lo que los otros regímenes no pueden aspirar: un colectivismo orgánico enraizado en lo espontáneo-minral. Y es que el *Dasein* histórico no puede alcanzar su propia autenticidad individual —como se nos dijo ya en *Ser y tiempo*— fuera de la comunidad. La herencia que el *Dasein* asume en la autenticidad, por consecuente, no es simplemente su historia individual sino de alguna manera la herencia de todo el pueblo *con* el que *está*. Ese *querer querer* que es tan destructivo en el subjetivismo individualista alcanza por el contrario su plenitud política de destino al ser empuñado por el pueblo, tal como Heidegger explicaba en sus lecciones de invierno en 1934/35: «La verdad de un pueblo es aquella apertura del ser a partir de la cual el pueblo sabe lo que quiere históricamente, al quererse a sí mismo, al querer ser sí mismo». En esta vocación de autodeterminación (hoy por cierto de tanto arraigo como remedio *patriótico* a la despersonalización caduca de las democracias formales) se halla el rescate de la técnica total y del subjetivismo disgregador que pretende apoderársela e imponerse por medio de ella. Y ello porque «el *mundo espiritual* de un pueblo no es la superestructura de una cultura, ni tampoco un arsenal de conocimientos y valores utilizables, sino que es el poder de conservación más profunda de sus fuerzas de tierra y de sangre, en tanto que poder de emoción más íntima y poder de conmoción más vasto de su existencia. Sólo un mundo espiritual garantiza al pueblo la grandeza» (*Discurso del rectorado*, 1933). En la postulación de cura contra lo epocalmente más moderno, Heidegger vuelve a lo atávico: desconfiando no ya de Eurípides -como Nietzsche— ni aún de Sófocles, sino del propio Esquilo, se entrega a las Erinias. La tecnología total no es pensada (en cuanto categorización y valoración) desde la relación entre individualismo y universalidad, sino en el retorno «desvelado» a la mineralización del valor, sin otra fluidez que la de la sangre. Una geología de la moral, no su genealogía; y una paleontología como remedio de la ontología clásica, olvidada del ser en la más fecunda de todas las amnesias. Por ello no sólo es inequívoco cuando formula su fervor pastoral por el totalitarismo, sino también en sus dictámenes derogatorios contra los valores democráticos. Por ejemplo esta observación digna de Goebbels sobre la universalidad ética y los «derechos humanos» (a favor de la cual y de los cuales, por supuesto, nunca tuvo nada que añadir): «Pertenece a la táctica metafísica de todo poder el que no puede ver todo proceder del poder opuesto desde la perspectiva de *su* propia intelección del poder sino que el proceder enemigo es colocado bajo una moral general de la humanidad que sólo tiene valor propagandístico» (*Nietzsche*, 1940).

La lección ética que se desprende de la incapacidad moral de Heidegger (y de sus discípulos menos revisionistas) es, por supuesto, más fecunda que la vacua elevación de ánimo que puede obtenerse del moralismo de algunos bienpensantes epígonos: tal es sin duda la alta tasación de su calidad como pensador. A partir de él ya es inocultable que sin un renovado pensar humanista no puede haber aptitud ética y sin ésta nada precave al pensamiento, ni al pensador, de la complicidad con los peores horrores aniquiladores de lo que se llamó desde antiguo «vida digna de ser vivida». El propio Derrida debe admitir, aunque con cierta renuencia: «Esta teleología humanista, yo no pienso criticarla. Es más urgente, sin duda, recordar que, pese a todas las negaciones y desvíos que se quiera, ha seguido siendo *hasta ahora* (en la época y en la situación de Heidegger, pero eso no ha cambiado tanto hoy) el precio que hay que pagar en la denuncia ético-política del biologismo, del racismo, del naturalismo, etc...» (*De l'esprit*). Sin duda: y he ahí, precisamente, el presupuesto básico de la actual reflexión ética. George Steiner, por su parte, es tajante en el diagnóstico: «El nazismo se le aparece a Heidegger en el momento preciso en que su pensamiento comienza a desplazar al ser humano del centro del sentido y del ser. El estilo de lo puramente ontológico se confunde con el de lo inhumano» (*Heidegger*). Este desplazamiento no le invalida, pues la reflexión desde dentro del totalitarismo —es decir, del sistema de organización e interpretación social en el que la ética como tal ha dejado de tener curso— es imprescindible para cualquier pensamiento humanista de la segunda mitad del siglo XX. Pero también es imprescindible proclamar una sana repugnancia teórica no contra Heidegger, desde luego, sino contra los *modos y remedos heideggerianos*. Que abundan y por lo general en adláteres de ideología aparentemente muy distinta y aún opuesta a la del autor de *Ser y tiempo*: el desdeñoso fustigador de la televisión «trivial» y la prensa «manipulada», el que nunca se degrada a la consideración inteligible de lo «actual», aquel que vive con dolorido histerismo la decadencia ruidosa de lo «moderno», aquel profundo profundizador para quien nada es suficientemente «esencial» y por ello nada dice (aunque eso sí, a veces con gran prolijidad), etc, etc. Recordemos la cita al comienzo del ínclito Lacoue-Labarthe... Por no hablar de quienes mimetizan la intratable jerga heideggeriana con horrendo escolasticismo. Es frente a éstos contra quienes cobra sentido y urgencia una recuperación especulativa de la ética y de la institución del derecho, un afrontamiento sin exorcismos pseudoecológicos de la técnica y una filosofía de la voluntad en cuanto subjetividad comunicativa y legisladora. En una palabra, un pensamiento no hagiográfico ni ministerial de la *democracia* en el cambio de siglo. Pues, por decirlo con Luc Ferry y Alain Renaut, autores del a nuestro juicio mejor trabajo aparecido a raíz de la polémica con el libro de Farías (*Heidegger et les modernes*): «¿Cómo no darse cuenta, en tales condiciones, que la crítica del mundo contemporáneo como mundo de la técnica es en su fondo —*el propio Heidegger lo sabía y lo decía sin ambages*— radicalmente incompatible con el mínimo de *subjetividad* requerido para que un pensamiento *democrático*, en cualquier sentido que se le entienda, sea posible? (...) ¿Cómo pensar la democracia sin imputar al hombre ese mínimo de voluntad y de señorío que Heidegger le rehúsa porque voluntad y señorío, en cualquier sentido que se los tome, contendrían ya en germen el universo de la técnica concebida como "voluntad de voluntad"?».

III

LO ABIERTO Y LO CERRADO EN MICHEL FOUCAULT

«El arte de vivir se asemeja más a la lucha que a la danza...»

Marco Aurelio

La obra de Foucault ha sido a veces considerada como una reflexión sobre la *clausura* y sus usos disciplinarios: manicomio, cárcel, cuartel, hospital, fábrica y —¿por qué no?— universidad o al menos escuela... Lugares en los que se entra para ser clasificado, vigilado, medido, normalizado, curado, reprendido, formado, conformado, reformado, castigado, convertido en miembro forzoso o aquiescente de una institución racionalmente codificada. Esta consideración de una obra suficientemente vasta pese a la temprana muerte de su autor y quizá más compleja de lo aparente es sin duda reduccionista, pero no del todo injusta: responde a la demanda práctica de *para qué* nos sirve el pensamiento foucaultiano. Tal demanda tiene una orientación decididamente *política* que quizás estuviese completamente desplazada en el caso de otros pensadores voluntariamente desligados de las luchas del presente, pero que resulta muy justificable respecto a alguien que no sólo no renunció a ellas, sino que nunca quiso separar su empeño teórico del más concreto litigio histórico. Foucault alentó a sus lectores a un uso sublevatorio de su obra y es lógico que muchos de éstos sólo recuerden de ella lo que fascina como más evidentemente referido a la denuncia de los mecanismos represivos establecidos. De cárceles, manicomios o cuarteles se había hablado hasta entonces muy poco en filosofía; de la inscripción disciplinaria que sufre el cuerpo en la sociedad moderna, en nombre de una racionalidad organizativa, todavía menos. El más perspicaz de los maestros modernos, Nietzsche, ya había advertido esta carencia y en *La Gaya Ciencia* reclama contra ella: «Hasta el momento actual, todo lo que ha dado color a la existencia carece de historia. ¿Dónde encontraríamos, por ejemplo, una historia del amor, de la avidez, de la envidia, de la conciencia, de la piedad, de la crueldad? Carecemos incluso de una historia del derecho o, si se quiere, de una historia de la penalidad. ¿Hemos estudiado acaso la división del tiempo, las consecuencias de una reglamentación regular del trabajo, de las fiestas y del reposo? ¿Se conocen los efectos normales de los alimentos? ¿Hay una filosofía de la nutrición? (...) ¿Se han hecho experiencias sobre la vida en común, por ejemplo sobre la vida claustral? ¿Se ha expuesto la dialéctica del matrimonio y de la amistad? ¿Han encontrado su pensador las costumbres del sabio, del comerciante, del artista, del artesano? ¡Queda tanto por pensar en estas materias!» (*La Gaya Ciencia*, par. 7, lib. I). En realidad no sólo es que aún hay mucho que pensar en esas materias, sino que ante todo hay que incorporarlas al ámbito de la reflexión filosófica. Nietzsche habla de «historia» de tales cuestiones, pero es evidente que aspira a algo de mayor rango especulativo que la indagación histórica positivista, algo que él mismo bautizó como *genealogía* y que requiere un arte metodológico peculiar. El programa expuesto por Nietzsche está aún incumplido en buena parte, pero Foucault avanzó considerablemente en algunos apartados y, sobre todo, nos acostumbró a la perspectiva que los asume como objetos de tratamiento filosófico. Fue, a este respecto, el más consecuente nietzscheano, no sólo en cuanto que adoptó en muchos de sus más importantes planteamientos el marco referencial brindado por Nietzsche, sino sobre todo en cuanto continuador de aquellas vías de investigación señaladas por el autor de *La genealogía de la moral*.

Foucault pensó, pues, lo cerrado o, si se quiere decir de modo más ligero, indagó cuál es el gato encerrado de la modernidad. Que en la modernidad racionalista hay gato encerrado es cosa evidente a partir de los llamados «pensadores de la sospecha», es decir, Marx, Nietzsche y Freud; pero lo común había sido preguntarse cuál era ese gato y por qué lo tenían encerrado, mientras que Foucault planteó la cuestión de *cómo* estaba encerrado el gato y hasta qué punto era gato por el hecho mismo de haber sido encerrado. Lo que encierra y clausura es el poder, es decir, un conjunto de fuerzas contrapuestas y más o menos jerarquizadas, de saberes, discursos y prescripciones normativas. Lo encerrado es el cuerpo mismo, en cuanto foco de vida indomable, de productividad y desperdicio, de resistencia a las líneas maestras del plan de control establecido. El sistema del encierro está tejido por doctrinas y razonamientos que oscilan entre lo crudamente utilitario y lo melifluamente humanitario, métodos inexorables de observación, taxonomías de las que nada puede escaparse y análisis a los que nada escapa, procedimientos disciplinarios brutales o refinados, etc... El proyecto teórico de Foucault fue estudiar con el mayor detalle posible los meandros y núcleos de tal clausura, buscando lo que hasta entonces había sido descartado por la consideración crítica; en unas conferencias pronunciadas en 1979 en la Universidad de Standford y publicadas luego con el título de *Omnes et singulatim* indicó así su línea de trabajo: «Nuestra civilización ha desarrollado el sistema de saber más complejo, las estructuras de poder más sofisticadas: ¿qué ha hecho de nosotros esa forma de conocimiento, ese tipo de poder? ¿De qué manera esas experiencias fundamentales que son la locura, el sufrimiento, la muerte, el crimen, el deseo y la individualidad están ligadas, incluso aunque no tengamos conciencia de ello, al conocimiento y al poder?». Y añadía a continuación, con desesperanza lúcida y militante: «Estoy seguro de que no encontraré nunca la respuesta, pero eso no quiere decir que debamos renunciar a plantear la pregunta».

Ahora bien, lo que al seguidor atento de la obra de Foucault puede interesarle más es el motivo radical por el que Foucault emprende esta investigación, que él mismo ve de modo inequívoco como *subversiva*. Sin duda, digámoslo con los menos matices posibles, Foucault piensa, estudia y escribe para luchar contra el orden establecido, es decir, para romper las barreras omnipresentes del encierro y liberar lo clausurado. A esta sublevación no le mueven motivos morales en el sentido tradicional y compasivo con los dolientes del término, ni tampoco argumentos políticos extraídos de las luchas emancipatorias clásicas del siglo pasado. No es un encolerizado *homo religiosus* a lo teología de la liberación, ni un marxista ortodoxo convencido de la necesidad histórica del derrocamiento de la sociedad capitalista, ni tampoco un reformista radical del Estado de derecho intentando que éste cumpla sus mejores promesas. Todos esos personajes posibles que Foucault rechaza ser representan en el más favorable de los casos *síntomas* del orden clausural en que estamos incursos y son en cierta medida *cómplices* de alguno de sus aspectos. Foucault quisiera llevar a cabo una acción revolucionaria completa, tal como él mismo expuso un día a sus entrevistadores de «*Actuel*»: «El humanismo consiste en querer cambiar el sistema ideológico sin tocar la institución; el reformismo, en cambiar la institución sin tocar el sistema ideológico. Por el contrario, la acción revolucionaria se define como un quebrantamiento simultáneo de la conciencia y de la institución; lo cual supone un ataque a las relaciones de poder de las que son instrumento y armadura» (*Conversaciones con los radicales*, Kairós, 1975). Pero esta revolución, ¿en nombre de qué? Foucault no ve por un lado crueles explotadores al servicio del invencible Dios Capital y por otro a pobres víctimas de esa misma deidad inmisericorde, sino fuerzas en conflicto, voluntades de poder contrapuestas y buscando su afirmación caiga quien caiga. En cuanto tales, cada una de estas voluntades de poder es tan respetable o tan detestable como la opuesta, aunque las hoy triunfantemente establecidas se hacen más antipáticas por su pretensión de ser las únicas razonables y dignas de veneración. Unos crearon el encierro universal por voluntad de poder, otros quieren romperlo y salir de él también por voluntad de poder; Foucault parece preferir a estos últimos porque aún no han tenido ocasión de hacer oír su voz, porque siempre han sido interpretados por sus enclaustradores y nunca se les ha dado la ocasión subversiva de *desinterpretar* y *reinterpretar* a su vez. Pero lo que Foucault no invoca en esta lucha en la que toma apasionadamente partido es el nombre tan respetado en otros círculos de la *justicia*. No es cosa de hacer justicia, ni tampoco de lograr una sociedad —es decir, un conjunto social— más justo que el ahora existente. Tal fue el punto mayor de su discrepancia con Noam Chomsky en el debate televisado que mantuvieron sobre la cuestión del poder. Chomsky quería transmutar las instituciones y relaciones sociales en nombre de una posible situación social más justa que la existente; para Foucault, esta pretensión no tenía demasiado sentido y de lo que se trataba era de conquistar un poder al que los hoy desposeídos tienen ni más ni menos idéntico derecho que los actuales amos. Noam Chomsky lucha por la justicia, Foucault combate por el poder mismo que en el ejercicio del enfrentamiento y la resistencia se despliega. No le preocupa «el conjunto de la sociedad»; cuando le preguntan por él, responde: «El conjunto de la sociedad es lo que no hay que tener en cuenta, a menos que se tome como objetivo a destruir. Luego, no quedará sino esperar que no vuelva a producirse nada que se parezca al "conjunto de la sociedad"» (*Conversaciones con los radicales*).

Este modelo de combate desconcierta y deja un regusto nihilista de esterilidad. Pero no para el propio Foucault, a quien uno de sus colaboradores más próximos, el historiador Paul Veyne, describe como un *guerrero*, entendiendo por tal a quien puede pasarse de la verdad, no conoce más que el partido de su adversario y el suyo y no necesita tranquilizarse con razones justificatorias al entrar en liza. Gilles Deleuze, por su parte, ve en el empeño foucauldiano una reinvención personal de la propuesta metapolítica que Nietzsche encubrió bajo el rótulo equívoco de «superhombre». La controvertida «muerte del hombre» decretada pour Foucault consiste precisamente en la desaparición de una de las formas que hasta hoy han oprimido la impetuosidad rebelde de la vida: «El superhombre nunca ha querido decir otra cosa: es *en el hombre mismo* donde hay que liberar la vida, puesto que el mismo hombre es una forma de aprisionarla. La vida se convierte en resistencia al poder cuando el poder toma por objeto a la vida» (*Foucault*). Más allá de la forma-hombre y su finitud, superadora de la antigua forma-Dios y su infinitud, se extiende la apertura de una finitud-ilimitada «en la que un número finito de componentes dan una diversidad prácticamente ilimitada de combinaciones» (*Foucault*). El proyecto consiste, pues, en abrir las formas múltiples de lo cerrado —entre ellas esa cárcel, la forma-hombre— para liberar a la vida. Y esa vida misma, ese cuerpo vivo que padece disciplina y encierro, observación y clasificación, no tiene otro derecho revolucionario que su propia capacidad de resistir al poder establecido ni otro designio global que hacer desaparecer la globalidad en la que hoy se ve aprisionado. Este planteamiento choca de manera inocultable con los habituales asideros de la brega progresista por la transformación del orden político. No es extraño que primero un Sartre y luego un Habermas, por no citar sino a dos distinguidos representantes de la izquierda militante, hayan considerado a Foucault como una variante extraña pero peligrosa de reaccionario. Y muchos de los que hoy utilizan sus análisis de la cárcel o la locura con fines de denuncia política mantienen una idea de regeneracionismo social clásico sumamente alejada de ese vitalismo peleón y nihilista que Deleuze y Veyne, cada cual a su modo, atribuyen a Foucault. Sin embargo, el propio Foucault se inscribió alguna vez en la línea que va desde Max Weber a la escuela de Francfort, de quienes se ofreció explícitamente como chocante continuador. ¿En qué sentido está justificado que se alinease tras estos notables revisadores de la modernidad desmitificada, burocratizada e hiperindustrial?

Para entender a fondo un pensamiento no es mala táctica buscar aquello contra lo que en él se piensa: lo que Eugenio Trías llamaba hace unos años la *sombra* de esa filosofía. Foucault tiene dos adversarios mayores, contra los que se dirige casi permanentemente el grueso de su obra teórica: la Ilustración y el sujeto. La Ilustración es el movimiento promotor de la cultura racional moderna, normalizadora y disciplinarmente humanitaria, cuyos aspectos panópticos discierne sin complacencias en sus libros más célebres. En una palabra, la Ilustración es la responsable del encierro, la inventora minuciosa e inexorable de la represión articulada de la vida por el poder. Los aspectos tradicionalmente considerados como emancipadores de este movimiento son descartados o, aún peor, mostrados como coartadas para la acentuación represiva del encierro: de ahí que figuras como Pinel o Beccaria aparezcan a pesar de sus méritos del lado infame de la trama. Por supuesto ha habido que forzar un tanto los hechos para obtener este resultado y los más serios contenciosos de los historiadores con Foucault se fundan en este reproche de unilateralidad antagónica. Nada de extraño tiene, pues, que Foucault saludase en su día con una reseña entusiástica el libro de André Glucksman *Les maîtres penseurs*, donde las grandes figuras de la tradición ilustrada aparecen nada menos que como inspiradores teóricos del Gulag y Auschwitz. La escuela de Francfort también realizó una severa crítica del optimismo progresista ilustrado. La *Dialéctica de la Ilustración*, de Adorno y Horkheimer, es una requisitoria contra la deriva instrumentalista y cientifista de un movimiento surgido con promesas liberadoras mucho más ricas. Pero lo criticado por Adorno y Horkheimer no es la Ilustración misma, de cuyos aspectos desmitificadores y tolerantes se reclaman voluntariamente herederos, sino la beatitud optimista de un progreso puramente cuantitativo, entendido como el reino de la identidad cosificada y dentro del cual los hombres son manejados como simples e intercambiables hechos naturales. El rechazo de Foucault, en cambio, alcanza tanto a unos como a otros procesos ilustrados, pues los considera todos íntimamente ligados: el agua sucia y el niño son arrojados por la ventana de la historia denunciada con un mismo enérgico gesto genealógico. El otro adversario del pensamiento foucaultiano es el sujeto. En realidad, se halla íntimamente ligado al enemigo anterior, porque proviene directamente de él. Tal como ha dicho Habermas: «La forma del saber propia de la modernidad está marcada por la aporía siguiente: el sujeto cognoscente, convertido en autoreferente, se extirpa de las ruinas de la metafísica para consagrarse, teniendo conciencia de los límites de sus fuerzas, a un proyecto que exigiría una fuerza infinita» (en *Critique*, n.º 471-472, dedicado a Michel Foucault). Este sujeto autoreferente, racional, posesor de su identidad y poseído por ella, que emprende en nombre de su conciencia libre las tareas del saber y del poder, es un fetiche al que Foucault zarandea sin miramientos. Por decirlo con el expresivo resumen de Deleuze, «el sujeto es una variable, o más bien un conjunto de variables, del enunciado» (*Foucault*). No es el autor de las epistemes, en cuya superficie flota y en cuya génesis no tiene arte ni parte, sino sólo un efecto superficial de ellas. Su imputabilidad es nula, tal como su responsabilidad o su independencia. A través de la voz que orgullosa u obedientemente dice «yo» habla siempre algo impersonal que requiere la creación administrativa de personalidades para mejor cumplimiento de sus designios de clausura. También los francfortianos, sobre todo Adorno, examinaron la noción de sujeto y llegaron a la conclusión de que en la era postliberal del capitalismo, un proceso de alienación reificadora va privando a los sujetos de la fuerza psíquica de autodeterminarse prácticamente que habían conseguido a través de siglos de evolución cultural. Pero también aquí los planteamientos críticos difieren radicalmente; como ha señalado Axel Honneth en su estudio comparativo entre Adorno y Foucault: «Mientras Adorno critica la modernidad desde el punto de vista de una posible reconciliación del sujeto y de sus dimensiones pulsionales e imaginarias de las que la civilización le ha amputado, Foucault ataca, a través de la modernidad, la idea de la subjetividad humana en general» (*Critique, idem*). De modo que Foucault comparte las enemistades de los francfortianos, pero aporta un sesgo crítico tal que convierte su rechazo en algo no cuantitativa sino cualitativamente distinto al realizado por éstos.

Y, sin embargo, la obra final de Foucault representa una inflexión importante respecto a estos antagonismos de sus obras anteriores, una búsqueda quizás en nueva dirección que su muerte prematura nos impide valorar más que de modo muy fragmentario. Su último curso en el Collège de France giró en torno a Kant y la pregunta por la Ilustración, pero ya no en tono exclusivamente derogatorio sino por el contrario saludando en él al ontólogo del presente, cuyo retorno desmitificador a la finitud histórica marca la dirección del mejor y menos insumiso pensamiento posterior. Por primera vez, Foucault apareció vinculándose explícitamente a un gran patrono de la tradición racional moderna. Y sus obras sobre historia de la sexualidad, sobre todo las dos últimas, recuperan con una especie de admiración estética la noción grecorromana de sujeto autoperfectivo, independiente y dedicado a su excelencia liberadora. La socrática *epimeleia heautou*, la romana *cura sui*, el cuidado y perfeccionamiento artístico del propio yo, precedido del riguroso autoexamen que luego los cristianos degradaron a confesión de boca, aparecen en estas obras postreras de Foucault no como simples nostalgias de algo perdido o propuestas de recuperar lo históricamente ya inviable, sino como el paradigma útil de una nueva vía de realización práctica. Tal como comenta el ya citado Paul Veyne en una reflexión sobre la moral del último Foucault: «El yo, tomándose a sí mismo como obra a realizar, podría sostener una moral que ni la razón ni la tradición apoyan ya; artista de sí mismo, gozaría de esa autonomía de la que la modernidad no sabe dispensarse. "Todo ha desaparecido", dice Medea, "pero una cosa aún me queda: yo". En fin, si el yo nos entrega la idea de que entre la moral y la sociedad, o lo que nosotros llamamos así, hay un lazo analítico o necesario, entonces ya no hay que esperar a la Revolución para comenzar a actualizarnos: el yo es una nueva posibilidad estratégica» (*Critique, idem*). De este modo, más honrado que sorprendente o contradictorio, uno de los grandes críticos de la Ilustración y del sujeto autónomo comenzó a retomar de nuevo esos senderos perdidos y denostados. El pensamiento progresista se ha complacido culpablemente en el debilitamiento del sujeto moral, considerando que da ilusoriamente por resuelto el problema de la emancipación a que aspira. Pero es que antes tal pensamiento progresista suponía que algún gran sujeto colectivo se aprestaba a emancipar de golpe a todos las clases y disolver la historia misma de la necesidad de una vez por todas. La resistencia individual se convertía en un obstáculo o una distracción ante la realización necesaria y programada de este plan espléndido. Ahora esta visión apocalíptica se ha disuelto y la insistencia en la impotencia del sujeto-individuo no es más que el aplastamiento de la última ciudadela imaginable desde la que orientar una rebeldía que ya sabemos y queremos constructiva. La reivindicación de la responsabilidad de cada cual frente a la generalizada «obediencia debida» a todos los niveles se hace hoy absolutamente imprescindible y necesita una articulación teórica que no se entretenga solamente en la reiteración bienpensante de los antiguos clichés. El sujeto ha de dejar de ser ilusión culpable para volver a aspirar a su papel de actor responsable; y la Ilustración, o mejor el proyecto ilustrado, vuelve a ofrecer su ideal de una universalidad racional distinta y opuesta a la uniformidad normalizadora. Quizá Foucault se dirigía en esta dirección cuando la muerte apartó definitivamente su camino del nuestro.

IV

DEL EXTERMINIO DEMOCRÁTICO DE LA DEMOCRACIA*

En su admirable *Ensayo sobre el pensamiento reaccionario*, dedicado a Joseph de Maistre, señala Cioran: «Lo trágico del universo político reside en esa fuerza oculta que lleva todo movimiento a negarse a sí mismo, a traicionar su inspiración original y a corromperse a medida que se afirma y avanza. Es que en política, como en todo, uno no se realiza más que sobre su propia ruina». Verdad demasiado evidente la destacada por el gran pesimista, que se ve afianzada en el terreno de la teoría y también de la experiencia histórica por este diálogo de Maurice Joly. Maquiavelo y Montesquieu dialogan en el más allá sobre la organización política de los pueblos, el tema que más les apasionó durante sus vidas. El florentino encarna la pura *libido dominandi*, la pasión de mando que sería brutal si no necesitase ser astuta y razonante; el barón francés representa la tendencia igualatoria y antiabsolutista del siglo ilustrado en que se realizó la gran revolución moderna. Montesquieu, progresista, da por liquidada la era despótica de la creación social y por seguro el ahondamiento gradual de la ya efectiva democracia; Maquiavelo, convencido de la inmutabilidad esencial de la condición política del hombre, ve en el nuevo sistema de legitimación un instrumento que, lejos de abolir el despotismo, permitirá re-

---

* Este ensayo fue escrito como prólogo a la edición española del libro de Maurice Joly, *Diálogo en el infierno entre Maquiavelo y Montesquieu*.

finarlo. Para las almas desencarnadas de Joly, el tiempo sigue pasando: este diálogo tiene lugar en torno a 1860. Por esos mismos años, Karl Marx componía su gran obra teórica y demostraba también a su modo que la supuesta democracia encubría en realidad explotación y dominio. Maurice Joly describió la perversión autocrática de la democracia no como una teoría general, sino como un concreto ataque a Napoleón III, el cual encarna en la práctica histórica las doctrinas que Maquiavelo expone a su oyente infernal. A este mismo personaje le dedicó Marx su obra más brillante y convincente: *El dieciocho Brumario de Luis Bonaparte*, tal como la *Psicopatología de la vida cotidiana* de Freud, es un libro que se sostiene por sí mismo y ambos conservarán su seducción y fuerza cuando el marxismo sea sólo una peligrosa utopía del siglo XIX y el psicoanálisis una pintoresca nigromancia del XX. Pero hay una gran diferencia entre el punto de vista de Marx y el de Maurice Joly: aquél trata el fenómeno Luis Bonaparte desde las realidades económicas y sociales en conflicto, éste desde el plano único del poder político. Para Marx, Napoleón III es una pieza más —aunque crucial por el peso de las circunstancias— de un tejido histórico que resulta de la colaboración necesaria y previsible de las distintas lanzaderas de las fuerzas productivas; a Joly, por su parte, lo que le interesa no es el tipo de poder que la sociedad dividida configura, sino la división y sumisión social que el poder político impone. Para Marx, el poder político es un instrumento de la economía, mientras que para el Maquiavelo de Joly la economía ha de doblegarse a los designios del poder. Marx contempla a Luis Napoleón de abajo arriba, desde la necesidad histórica, y por eso puede considerarle una repetición en clave de farsa de lo que fue Napoleón el Grande en registro trágico; pero Maquiavelo habla de arriba abajo, desde los recursos de la voluntad de dominio, y por ello hace temblar al bienpensante Montesquieu con su fría audacia.

¿Hace falta subrayar que ambas visiones tienen su consecuente y válida razón de ser? ¿Y que empobreceríamos nuestra consideración de los acontecimientos si nos privásemos absolutamente de cualquiera de ellas? Pero también es oportuno señalar la mayor *actualidad* —desde nuestro limitado y pasajero punto de vista— de la perspectiva del Maquiavelo de Joly. Si dentro de cien años alguien reúne en un coloquio infernal a Foucault y Althusser, pongo por caso (pues no me parece probable que los elegidos sean Pierre Clastres y Godelier), las tesis maquiavélicas de microfísica del poder serán sin duda patrimonio de Foucault... aunque quizás el papel de «malo pero vencedor» lo haga en esa ocasión el teoreticista Don Louis. En cualquier caso, somos hoy más foucaultianos que althusserianos y nos sentimos más concernidos por los modos argumentales de Maquiavelo que por el sistema de Marx. Cunde la impresión, a mi juicio muy justificada, de que el estudio de las «leyes» de la economía y del devenir histórico nos han ocultado, más que revelarnos, los auténticos mecanismos del poder político: y que la utopía revolucionaria se ha estrellado finalmente contra esta fundamental ignorancia... Si nos atenemos a las cualidades proféticas de Marx y Joly, el balance no puede ser más negativo para el alemán. Aún admitiendo con la mejor voluntad el básico valor de las contribuciones teóricas de Marx, es indudable que sus previsiones concretas han mostrado una fastidiosa pero indudable tendencia a no cumplirse... e incluso ha solido cumplirse todo lo contrario. Joly, en cambio, acierta de pleno y espectacularmente a cada paso hasta en detalles aparentemente nimios (o más «nimios» en su época que en la nuestra): prensa, descentralización, terrorismo... Si la policía de su época encarceló a Joly y destruyó la edición de su obra por ver clara la ofensa al autócrata reinante, este particularismo no ha quitado versátil oportunidad al modelo expuesto en el libro: Jean-François Revel considera que casi sin cambiar una coma convendría a una crítica sin complacencias del general De Gaulle, mientras que Gabriel Zaid opina que es aplicable ciento por ciento al presidente mexicano Luis Echeverría (opinión respaldada por el éxito del libro en México durante el mandato de dicho gobernante). Y, como más adelante comentaremos, las similitudes proféticas con las formas de democracia «fuerte» actualmente en boga en Europa (y muy particularmente en España) son evidentes. Claro que los procedimientos maquiavélicos expuestos por Joly pueden aplicarse no sólo a las fórmulas de democracia «burguesa», sino aún más fácilmente (y agravados) a las llamadas democracias «populares»: es probable que, intrínsecamente, el Maquiavelo del diálogo infernal tenga más de Fidel Castro que de De Gaulle o Echeverría... Otra ventaja de Maurice Joly sobre los trabajosos clásicos del análisis marxista es que no encuentra más dificultades para interpretar a un jerarca del proletariado que a un déspota capitalista.

El fondo del pensamiento político del Maquiavelo de Joly puede expresarse con pocas palabras: «El hombre experimenta mayor atracción por el mal que por el bien; el temor y la fuerza tienen mayor imperio sobre él que la razón (...). Todos los hombres aspiran al dominio y ninguno renunciaría a la opresión si pudiera ejercerla. Todos o casi todos están dispuestos a sacrificar los derechos de los demás por sus intereses». Lo único que mantiene a raya a los hombres en la sociedad es la fuerza; también es la fuerza lo que sustenta la jerarquía y los organiza; la fuerza origina el derecho y la ley no es sino fuerza codificada. Como puede verse, este Maquiavelo ha tenido tiempo en el infierno para leer a Hobbes... Se trata, pues, de mandar o ser mandado, de hacerse con el dominio y ejercerlo sin contemplaciones antes de que otro lo vuelva contra nosotros. Portándonos así no seremos peores que los demás, sino más audaces; y no traicionaremos la esencia de la sociabilidad humana, sino que la cumpliremos: en último término, a falta de mando real sobre los otros, la mayoría de la gente agradece una autoridad fuerte y temible que garantice su rígida estabilidad al cosmos social. Montesquieu protesta ante semejantes criterios: él ha dedicado por lo visto su estancia en la ultratumba a la meditación de Rousseau y Diderot. Para el francés, lo que los hombres buscan en la sociedad es el desarrollo pacífico y libre de sus posibilidades naturales; las instituciones políticas deben ser plasmaciones no de la fuerza, sino de la virtud. El arte de la política no es una prolongación de la guerra por otros medios, sino una derivación societaria de la moral. El príncipe no puede comportarse con sus súbditos de una manera indigna o brutal impunemente, pues tratar a los hombres como fieras termina por convertirlos realmente en fieras y el orden social no resiste la ferocidad generalizada. Además, los hombres de nuestros días ya han alcanzado la institucionalización política de la libertad y no han de estar dispuestos a renunciar a ella. Pero Maquiavelo no se deja impresionar por esta argumentación: sólo son palabras que recubren hermosamente la cruda realidad que él ha expresado sin tapujos. Afirma: «La libertad política es sólo una idea relativa; la necesidad de vivir es lo dominante en los Estados como en los individuos». He aquí el fondo del asunto: la necesidad de vivir es lo que cuenta, lo otro, la libertad política, pretende ilusoriamente imponerse a la vida regia por la necesidad. Los pueblos viven en la necesidad y la libertad es un lujo que no pueden permitirse realmente, aunque por compensación pueden gratificarse con ella de modo alucinatorio. Montesquieu supone que la libertad y sus creaciones institucionales son la verdad racional —humana— de la necesidad; Maquiavelo sostiene que la necesidad es la verdad que en lo humano la razón revela, aunque sueños religiosos o anhelos románticos (quizá no desinteresados) pretendan disimularla con los vapores prestigiosos de la libertad. Ni antes ni ahora, seamos firmes en esto, ha habido otra opción. Quienes apuestan por la libertad radical de los hombres y sus posibilidades —históricamente circunstanciadas, eso sí— de coordinación flexible y pacto racional, aunque tales expedientes mantengan inevitablemente vivos los conflictos que garantizan la presencia de lo libre, son herederos de Montesquieu, Rousseau, Diderot y la tradición ilustrada que culminó, para bien y para mal, en la Revolución francesa; los que estén convencidos de la primacía de la necesidad de vivir (o del vivir en necesidad) y relativicen la importancia de la libertad política, sea por reverencia a las leyes de la economía, de la biología, del inconsciente o de lo que fuere, son Maquiavelos de uno u otro rango, no entienden otro lenguaje que el de la fuerza y no acatan otro principio de organización social que la autocracia, presentada en cualquiera de sus advocaciones y aureolada por cualquiera de sus justificantes.

Maquiavelo se propone demostrar a Montesquieu que el instrumental político de la democracia es tan apto como cualquier otro para vehicular el despotismo y mejor que todos los otros para legitimarlo. Pero ¿cómo la democracia, que es poder del pueblo —según suele decirse— puede servir de herramienta y justificación al poder arbitrario de uno o de unos pocos sobre el pueblo? En primer lugar, como Maquiavelo ya ha establecido que la libertad política es relativa y la necesidad de vivir imperiosa, no tiene más que sacar la consecuencia inmediata de tal postulado: «Parecéis creer en todo momento que los pueblos modernos tienen hambre de libertad. ¿Habéis previsto el caso de que no la deseen más, y podéis acaso pedir a los príncipes que se apasionen por ella más que por sus pueblos?» Si la necesidad de vivir se hace pesar de modo suficiente —en forma de paro, crisis económica, amenaza terrorista, etc...— la gente se desinteresará de las libertades políticas y facilitará a sus dirigentes —o incluso les exigirá— del desinteresarse ellos a su vez. «¿Qué le importa al proletariado —se pregunta Maquiavelo—, inclinado sobre su trabajo, abrumado por el peso de su destino, que algunos oradores tengan el derecho de hablar y algunos periodistas el de escribir? Habéis creado derechos que, para la masa popular, incapacitada como está de utilizarlos, permanecerán eternamente en el estado de meras facultades. Tales derechos, cuyo goce ideal la ley les reconoce, y cuyo ejercicio real les niega la necesidad, no son para ellos otra cosa que una amarga ironía del destino. Os digo que un día el pueblo comenzará a odiarlos y él mismo se encargará de destruirlos, para entregarse al despotismo.» Sea dicho esto en cuanto a los aspectos negativos o *privativos* de la necesidad de vivir; pero también hay esa otra forma positiva de la necesidad de vivir, propia de «sociedades frías y desengañadas», cuyo solo estímulo son los goces materiales, que no viven más que por interés y cuyo único culto es el del oro... sociedades materialistas en el peor sentido de la expresión, en las que hasta el significado de la rebelión se ha pervertido, pues las clases inferiores no ansían hacerse con el poder por amor a la libertad en sí misma, sino para arrebatar sus riquezas a los poderosos y proporcionarse los placeres que envidian. Lo que el resentimiento materialista odia de la injusticia y la explotación no es el hecho en sí, sino que se le excluya o margine a la hora del reparto. Tiene razón Maquiavelo en que el ansia de libertad política no es un movimiento *natural* de los hombres, sino un ideal al que se llega por refinamientos culturales progresivos y por una elevación paulatina del gusto moral; lo natural y espontáneo en este campo, probablemente, es lo que el florentino llama «la inagotable cobardía de los pueblos». La vuelta a la espontaneidad y la naturaleza, a la necesidad de vivir, sea en su circunstancia privativa o en su cebo concupiscible, desvanece el amor a la libertad como un sueño impotente. Precisamente es su *artificiosidad* lo que hace al afán de libertades políticas radicalmente humano; los que, desde la necesidad de vivir, se preguntan para qué sirve la libertad o si ésta hace más felices a los hombres, encuentran su digna respuesta en la frase de Manuel Azaña: «No sé si la libertad hace más felices a los hombres, pero sé que los hace más hombres.»

Así pues, Maquiavelo cuenta con que exacerbando la necesidad de vivir de los pueblos se les vuelve a la inagotable cobardía que les es natural y se les hace olvidar la libertad política. Pero para ello no es preciso ir *explícitamente* contra las presiones de autodeterminación popular, sino que basta con vaciarlas hábilmente de contenido para luego utilizarlas en sentido opuesto al que fueron concebidas. Recordemos aquí la cita de Cioran con la que comenzábamos estas reflexiones... Lo primero que hace falta es convencer a la gente de que, puesto que la democracia ya está establecida y consagrada, puede inhibirse tranquilamente de la gestión política salvo para sancionar, cada cinco o siete años, la actuación de sus representantes. Como los ideales subversivos ya han sido aceptados e instituidos, toda pervivencia de la insumisión, todo afán de intervención pública no mediatizada, toda sospecha respecto a lo óptimo de la delegación permanente del poder, han de ser desprestigiadas y proscritas. «En nuestro tiempo —nos adoctrina Maquiavelo, desde su tiempo infernal que sigue siendo el nuestro— se trata no tanto de violentar a los hombres como de desarmarlos, menos de combatir sus pasiones políticas que de *borrarlas*, menos de combatir sus instintos que de burlarlos, no simplemente de proscribir sus ideas sino de trastocarlas, apoderándose de ellas». Y luego nos revela lo que llama «el secreto principal del gobierno» —¡presten oídos atentos nuestros compatriotas perezosamente defensores del orden constitucional y temerosos de que la profundización y verificación de la democracia sean maniobras desestabilizadoras, porque estas palabras maquiavélicas parecen escritas pensando en la España de 1982!*: «El secreto principal del gobierno consiste en debilitar el espíritu público, hasta el punto de desinteresarlo por completo de las

---

* En tal fecha fue redactado este texto. La invocación sigue siendo válida en 1988.

ideas y los principios con los que hoy se hacen las revoluciones. En todos los tiempos, los pueblos, al igual que los hombres, se han contentado con palabras. Casi invariablemente les basta con las apariencias; no piden nada más. Es posible entonces crear instituciones ficticias que respondan a un lenguaje y a ideas igualmente ficticios; es imprescindible tener el talento necesario para arrebatar a los partidos esa *fraseología liberal* con que se arman para combatir al gobierno». Quien cree que la libertad es una idea, en lugar de reclamarla como una posibilidad de acción social, con que la libertad se le reconozca en el plano ideal, ya tiene bastante para sentirse satisfecho; a quien no le interesa de la democracia más que su forma de legitimar sin escándalo lo vigente, en lugar de considerarla el instrumento subversivo de revocación permanente de lo dado, con que se le conceda formalmente la democracia, ya queda contento y no pide más. La propuesta de Maquiavelo es absolutizar la superficie democrática para mejor pervertir su fondo; sustraer el contenido de las instituciones y fórmulas antidespóticas para sustituirlo por la medula misma del despotismo, esto es: temor, avaricia y sumisión impúdica ante la fuerza.

Pero, ¿es que hay algún auténtico *contenido* de la democracia que amenace realmente al autócrata y deba ser, pues, hábilmente escamoteado o desvirtuado? Sin duda: y algo tan alarmante, tan revulsivo de todo lo vigente, tan insólito y ememigo del establecimiento tradicional del poder, que Maquiavelo cuenta con el espanto que inspira para atraer aliados a la causa del despotismo. Ese algo es ni más ni menos la *soberanía popular*. Respecto a la peligrosa insaciabilidad de esta fiera están de acuerdo los dos dialogantes: Maquiavelo la afirma con fruición, pues espera que sus excesos propiciarán la autocracia, mientras que Montesquieu la desautoriza en términos absolutos y limita su alcance para que no se desmande. Maquiavelo dice de ella que es «un nuevo principio capaz de descomponer las diversas instituciones con la rapidez del rayo» y añade: «La soberanía popular es destructiva de cualquier estabilidad y consagra para siempre el derecho a la revolución. Coloca a las sociedades en guerra abierta con cualquier poder y hasta con Dios». Espléndida y temible imagen, que Montesquieu confirma con un estremecimiento: «La soberanía del poder humano responde a una idea profundamente subversiva, la soberanía del derecho humano; ha sido esta doctrina materialista y atea la que ha precipitado a la Revolución francesa en un baño de sangre, la que le ha infligido el oprobio del despotismo después del delirio de la independencia. No es exacto decir que las naciones son dueñas absolutas de sus destinos, pues su amo supremo es Dios mismo, y jamás serán ajenas a su potestad. Si poseyeran la soberanía absoluta, serían omnipotentes, aun contra la justicia eterna y hasta contra Dios». Ambos rivales coinciden al menos en este punto y describen a la soberanía popular casi con los mismos términos: perpetuamente subversiva, justificadora permanente de la revolución, enemiga de todo poder constituido y hasta de la separación hipostática del poder mismo, es decir, de Dios. Como en otros puntos, aquí Maquiavelo es más lúcido que su oponente, pues no cae en la ilusión de suponer que la consagración teológica de la separación del poder y de la jerarquía bastarán para moderar indefinidamente las ambiciones democráticas en la moderna sociedad de la «muerte de Dios». El poder separado, con su necesidad de especialización en el mando y delegación permanente de éste, con su revestimiento distanciador de secreto y su esclerosis jerárquica, ha de chocar con la entraña misma de la democracia, con la soberanía popular; aunque la legitimación democrática es la más inatacable y resistente —por interiorizada— que puede alcanzar el Estado, termina por volverse contra los principios mismos de éste y socavarlos. Tal es la lección de la historia contemporánea, agudizada y clarificada a partir de la segunda guerra mundial, lección que no perciben quienes siguen hablando de las libertades «formales» de la democracia y no reconocen su íntimo núcleo revolucionario, que tan evidente resulta para Maquiavelo y Montesquieu, o sea para Maurice Joly. Pues no hay otro principio revolucionario que éste de la soberanía popular, es decir, la democracia: todas las restantes manifestaciones de insumisión política son aplicaciones y derivaciones de él. Quienes necesitan apellidar la soberanía popular, restringirla o aplazarla (que no es lo mismo, por supuesto, que darle forma política o institucionalizarla) lo hacen en último término en nombre del Estado, por no decir del viejo Dios derribado por la subversión enciclopedista. Pretenden de este modo frenar a ese genio amenazador que parecía diminuto cuando brotó de la botella histórica pero que ha ido creciendo desde entonces más y más. Genio maligno de la soberanía popular *en marcha*, del ímpetu revolucionario, «espectro que recorre Europa» para los autores del *Manifiesto Comunista* y antes para el inteligente reaccionario Edmund Burke, que lo caracterizó lúcidamente así: «De la tumba de la asesinada monarquía de Francia ha brotado un vasto, tremendo, informe espectro, de aspecto mucho más terrorífico que ningún otro de los que han avasallado la imaginación y doblegado la fortaleza del hombre. Avanzando sin desviarse hacia su fin, sin alarmarse por el peligro ni preocuparse por los remordimientos, despreciando todos los preceptos comunes y los comunes fines, este espantoso fantasma domina a aquéllos que no podían creer en absoluto que tal cosa existiese, salvo en los principios, los cuales habían llegado a considerar más por hábito que por naturaleza como necesarios para su bienestar particular y para sus modos de acción ordinarios».

Lo que antaño sólo existió en los principios, lo que todavía para Montesquieu tiene una realidad mitigada y tutelada por un Dios que es la auténtica sede de la soberanía, da «paso a la acción» (como dicen los psicoanalistas) en la Revolución francesa, para continuar luego, con traiciones, retrocesos y nuevo empuje su labor de zapa. Hasta ahora, sus relativos avances (relativos pero *indudables*) han ido acompañados de estruendosas y a menudo sangrientas derrotas: Maquiavelo se las arregla siempre para decir la última palabra... Lo que termina volviéndose contra el proyecto democrático no es su tibieza, sino su propia desmesura: acabar con la delegación permanente del poder, con la división social en gobernantes y gobernados, con el aplazamiento de la intervención de cada cual en la gestión de lo que le afecta. ¿Cómo conciliar esas pretensiones con la existencia de cierto orden social estable, con el respeto a la individualidad y con la complejidad técnica de una sociedad moderna de masas? Éstas son las dificultades básicas que se plantean, digamos que la cara «confesable» de las objeciones a la soberanía popular radical; pero la democracia tiene otros enemigos de fondo, porque su propia entraña le obliga a ir contra la multinacional militarista y la industria bélica que la sustenta, contra la omnipotencia e impunidad de las redes policiales y los servicios secretos, contra la concepción exclusivamente productivista del trabajo que condena a los hombres a la rutina o al paro (o a esa otra forma de paro dorado con purpurina barata, el ocio), contra la realidad escandalosa y a estas alturas ya injustificable de que la más refinada utillería técnica y la más sofisticada preparación científica sigan funcionando impulsadas por los más primitivos motores: el ansia destructiva y el afán insolidario de acumulación monetaria. Para el cinismo despiadado de Maquiavelo, la soberanía popular no tiene esperanza alguna de triunfo pues se enfrenta a la «necesidad de vivir» de los pueblos y el ímpetu revolucionario termina reafirmando el despotismo: se cambia a Luis XVI por Napoleón, al Zar por Stalin, a Batista por Castro, etc... Vacía de efectiva soberanía popular, la democracia puede ser un útil revestimiento para tipos inteligentes y modernos de tiranía oligárquica. Por su parte, Montesquieu vacila; por un lado, teme los excesos de la soberanía popular (teme en realidad el *exceso* que la soberanía popular es, la posibilidad de revocar lo dado e ir siempre más allá) y por otro, está convencido de que el tiempo de la arbitrariedad principesca pasó y los derechos reconocidos al pueblo ya nunca podrán serles impunemente retirados. Pero su vacilación concede la baza más fuerte a su oponente, pues Maquiavelo sabe que en último término será el temor lo que prevalezca y *el propio Montesquieu, demócrata institucionalista y conservador, acabará por colaborar en uno u otro grado de complicidad con la osadía tiránica de Maquiavelo, cuya energía y astucia política son lo único que puede contener las aspiraciones de las masas.* ¿Acaso no vemos que ocurre así un poco por todas partes y que los autócratas siempre se encumbran apoyados por los tibios liberales, que ven en ellos —aunque sea con disgusto— la mano fuerte que ha de «poner orden» en el revuelto corral democrático? Pese a que Maquiavelo no se moleste en decirlo, sabe que finalmente el propio Montesquieu acabará siendo de los suyos...

Una vez disociada la política de las veleidades moralizantes que pretendían regularla, Maquiavelo se lanza a describir cómo se las arreglará para implantar su despotismo so capa democrática, es decir, cuenta al aterrado Montesquieu cómo hay que hacer para exterminar democráticamente la democracia. Su lema es: «En política todo está permitido, siempre que se halaguen los prejuicios públicos y se conserve el respeto por las apariencias.» Algunas de sus fórmulas nos son ya demasiado dolorosamente conocidas, lo que no merma su eficacia: cómo encubrir un golpe de estado por la vía de un referéndum de esos que jamás pueden perderse porque no presentan alternativa real a la situación *de facto*, cómo hacer aprobar en bloque una constitución para evitar que el pueblo hurgue peligrosamente en sus entresijos («Si los debates en torno de los artículos constitucionales se realizaran alguna vez en las asambleas populares, nada podría impedir que el pueblo, en virtud de su derecho de advocación, se arrogara la facultad de cuestionarlo todo; al día siguiente, la revolución estaría en las calles»), cómo incluir en ella el reconocimiento de las libertades de manera que decretos especiales puedan anularlas en cada caso concreto, cómo controlar la propuesta de leyes y recortar los poderes de la asamblea legislativa (uno de los sistemas que propone es fijar un salario a los diputados pues, según él, «no hay medio más seguro de incorporar al poder los representantes de la nación»), etc... Algunos de los sistemas que propone se han refinado con los años (no olvidemos que, en realidad, está describiendo el comportamiento histórico de Luis Napoleón): en particular, el arte de neutralizar las cámaras de representantes se ha desarrollado en nuestros días hasta alcanzar altas cotas de virtuosismo, no sin contar con la entusiasta colaboración de los hiperburocratizados partidos políticos. No descarta Maquiavelo que en un primer momento haya que reprimir con dureza a los descontentos con este estado de cosas; aconseja en tal circunstancia utilizar el ejército como instrumento de coacción, pues con tal intervención se consiguen dos objetivos de suprema importancia: «A partir de ese momento (el ejército), por una parte se encontrará para siempre en hostilidad con la población civil, a la que habrá castigado sin clemencia; mientras que, por la otra, quedará ligado de manera indisoluble a la suerte de su jefe.» En España este último consejo maquiavélico ha sido cumplido tan escrupulosamente por la derecha tradicional que parece haber lastrado definitivamente las posibilidades de regeneración democrática en profundidad del país. Por lo demás y en todo caso, Maquiavelo recomienda siempre el terror como antídoto eficaz contra la revolución: terror a la anarquía y a la inseguridad en política interior, terror a la bancarrota en política económica y terror a la guerra internacional en política exterior. El Estado, tal como enseñó Hobbes, nace de los terrores del hombres pero no para abolirlos definitivamente —pues eso determinaría también su propia abolición— sino para conservarlos en suspenso, para dosificarlos sabiamente, para *administrarlos...*

Si las disposiciones de Maquiavelo para hacerse con un poder absoluto respetando la cáscara democrática de las instituciones son por lo general tan válidas en nuestros días como en los suyos, en ciertos puntos sus directrices tienen hoy aún mayor importancia que antes. Lo que dice respecto a la prensa es un buen ejemplo de ello. Ni Maquiavelo ni su encarnación en este mundo —Luis Napoleón— conocieron otro medio de comunicación que los periódicos y libros: si llegan a tener a mano la radio —como Goebbels— o la televisión —como cualquiera de los déspotas actuales—, probablemente su doctrina manipuladora no hubiera sido muy distinta de la política informativa que siguen los Estados que hoy padecemos. Pero ya en el campo de la prensa, por aquellos años todavía relativamente rudimentario respecto al desarrollo qe alcanzaría después, muestra el portavoz florentino de Joly una perspicacia para el control y la instrumentalización infernalmente moderna. Por supuesto, su atención coaccionadora se centra fundamentalmente en los periódicos, pues los libros le parece que alcanzan a muchos menos lectores y tienen por tanto una limitada repercusión popular. En primer término, hay que neutralizar la prensa de oposición, para lo que se recomienda que el gobierno intervenga de un modo u otro en cualquier cambio o nombramiento de directores de periódicos, jefes de redacción, etc... Este tipo de injerencias ocurren también hoy y más de lo que suponemos. Además, se procurará gravar a la prensa política con medidas fiscales, hasta hacerla tan poco lucrativa que le cueste sobrevivir: no habla Maquiavelo de las manipulaciones del precio del papel y de las subvenciones estatales distribuidas con criterios fundamentalmente políticos, pero se adivina que hubiera sonreído aprobatoriamente caso de habérselas mencionado. La represión directa se centrará más en los periódicos, en tanto empresas de publicidad, que en los periodistas. Se les advertirá así: «Nada de sutilezas. Si me atacáis, lo sentiré y también vosotros lo sentiréis; en este caso, me haré justicia por mis propias manos, no en seguida, pues es mi intención actuar con tacto; os advertiré una vez, dos veces; a la tercera, os haré desaparecer». El bienpensante Montesquieu se escandaliza al oír esto: «Observo con asombro que, de acuerdo con este sistema, no es precisamente el periodista el atacado, sino el periódico, cuya ruina entraña la de los intereses que se agrupan en torno a él». Y Maquiavelo zanja altivamente la cuestión: «Que vayan a agruparse a otra parte; con estas cosas no se comercia». Descubre aquí el déspota que yendo más contra las empresas que contra las personas apenas harán falta censores de oficio, pues en cada diario todo el mundo se autocensurará y vigilará a su compañero para evitar la desaparición de su medio de vida. Lo vimos bien claramente en la España de los últimos años franquistas, cuando la supresión hasta física del vespertino «Madrid» sumió al resto de los diarios en un aterrado mutismo aún mayor que el habitual. Y no menos en la España de hoy, donde la llamada «Ley para Defensa de la Democracia» considera medidas que pueden llegar al cierre de periódicos que incurran en el vago delito de «apología del terrorismo»: se constata que la autocensura hace auténticos estragos en la información del 99,99 % de los medios de prensa... autocensura reforzada, eso sí, por enérgicas sanciones individuales a los periodistas menos dóciles o más descuidados. Por supuesto que la autocensura se dignifica a sí misma con el nombre prestigioso de «responsabilidad» o con el marbete de «vigilancia antidesestabilizadora».*

Pero lo más sutil de las disposiciones de Maquiavelo contra la prensa libre no son las medidas represivas, sino su proyecto de utilización positiva del medio al servicio de sus intereses: «¿Sabéis qué hará mi gobierno? —dice exultante—. Se hará periodista, será la encarnación del periodismo». La pura represión contra la prensa desperdicia un arma poderosa y utilísima, cuya importancia no escapa a Maquiavelo. De modo que el despo-

---

* Recordemos de nuevo la fecha de redacción de este trabajo. Las medidas que parecen en vía de adopción en Gran Bretaña sobre la información acerca del terrorismo hacen que este párrafo sea más aplicable a ese país que a la España de hoy.

tismo establecido bajo tules democráticos creará todos los periódicos leales a su poder que hagan falta. Pero no explícitamente leales en todos los casos, por supuesto: los periódicos abiertamente oficialistas serán los menos provechosos al poder y existirán sólo para cubrir las apariencias, mientras que la auténtica labor de propaganda la realizarán diarios aparentemente de oposición, críticos superficiales en ocasiones del gobierno, pero favorecedores a largo plazo de sus designios y coartada además de liberalismo para el autócrata. El nuevo déspota hará que su voz suene en todos los coros, secreto contrapunto destinado a corromper y desviar en su provecho los movimientos que se le presentan más opuestos. «Se pertenecerá a mi partido sin saberlo —dice él mismo. Quienes crean hablar su lengua hablarán la mía, quienes crean agitar su propio partido, agitarán el mío, quienes creyeran marchar bajo su propia bandera, estarán marchando bajo la mía». Por lo demás, la prensa ofrece la posibilidad al déspota de propiciar la imagen de una constante y siempre renovada actividad. Todo ha de parecer perpetuamente en marcha, todo tiene que cambiar vertiginosamente para que el espectáculo se mantenga. En una ocasión dijo Borges: «Los periódicos se alimentan de la curiosa superstición de que todos los días ocurre algo nuevo». Hoy ya sabemos de sobra que los diarios no están para dar cuenta de las novedades sino las novedades para proveer de materia prima a los diarios. Maquiavelo no ignora que tal es la línea a seguir: «La presentación de mis principios, ideas y actos se hará bajo una aureola de juventud, con el prestigio del derecho nuevo en oposición a la decrepitud y caducidad de las viejas instituciones». Convendría trazar alguna vez una sociología trágica de lo nuevo, un catálogo razonado de las atrocidades cometidas en nombre del último grito, de los crímenes encubiertos por la fascinación idólatra de lo reciente... Los más feroces retrocesos en las formas de convivencia y los resurgimientos de atavismos políticos más brutales han sabido arroparse —de Hitler a los neoderechistas y neoliberales de nuestros días— con el manto del gran descubrimiento traído por el avance de los tiempos. Quizá la única forma de ser todavía fiel a la modernidad ilustrada y progresista sea, por paradójico que parezca, un cierto misoneísmo o al menos el rechazo de la «última hora» como argumento a favor de nada.

De las muchas y sabias directrices dadas por Maquiavelo para convertir la democracia en dictadura disfrazada, pocas parecen haber sido escuchadas tan atentamente por los gobiernos posteriores como las que conciernen al mundo de la policía y del terrorismo, instituciones que él desde un principio vincula. Por supuesto que no emplea la expresión «terrorismo», que nace al uso común en fecha posterior, sino la de «sociedades secretas», antecedentes históricos de aquél. Recordemos el pueril entusiasmo de todo un Bakunin por dichas sociedades y por sus actividades conspiratorias. En el universo del secreto, el susurro y el crimen en la sombra, Maquiavelo se siente perfectamente a sus anchas. Tal como el personaje de *El hombre que fue Jueves*, de Chesterton, sueña con convertirse a la vez en la cabeza de la reacción y de la conspiración. «El mundo subterráneo de las sociedades secretas —explica— está lleno de cerebros huecos, de quienes no hago el menor caso; pero existen allá fuerzas que debemos mover y directivas a dar. Si algo se agita, es mi mano la que lo mueve; si se prepara un complot, el cabecilla soy yo: yo soy el jefe de la logia». Es perfectamente consciente de la utilidad que para el Estado autocrático tiene la acción subversiva violenta y organizada en la clandestinidad, a poco que se la sepa manejar con tino: «Habrá tal vez conspiraciones verdaderas, no respondo de ello; pero habrá ciertamente conspiraciones simuladas. En determinadas circunstancias, pueden ser un excelente recurso para estimular la simpatía del pueblo en favor del príncipe, cuando su popularidad decrece. Intimidando el espíritu público se obtienen, si es preciso, por ese medio, las medidas de rigor que se requieren, o se mantienen las que existen». Aquí está ya el terrorismo como coartada de las leyes de excepción y de las medidas de control y represión inusitadas... que terminan por hacerse cotidianas. No en vano señala Maquiavelo que ve a las sociedades secretas como una especie de «anexo de su policía»... En efecto, la policía que el teórico del despotismo prepara se parece mucho a lo que hoy se llaman «servicios especiales»: su labor consistirá en la infiltración en medios de la oposición, en la provocación y el espionaje, en la agitación de masas calculada, de cuyas víctimas siempre se puede echar la culpa a algún intelectual levantisco o a un sindicalista heterodoxo. Sus ramificaciones misteriosas deben crecer incesantemente, pues el objetivo final es «convertir a la policía en una institución tan vasta, que en el corazón de mi reino la mitad de los hombres vigilará a la otra mitad». ¿No se ha llegado ya a algo parecido con la institucionalización de la delación en ciertos países, como por ejemplo en la República Federal de Alemania o en casi todos los del bloque llamado «socialista»? ¿Y no es un digno exponente de la mentalidad inquisitorial fomentada por los planes maquiavélicos aquel Fiscal General alemán que decía no hace muchos meses: «Ya sabemos quiénes son los criminales; ahora no hay más que esperar a que cometan los delitos»?

Concluyo; que el lector se adentre por la excelente prosa de Joly, se alerte con su perspicacia y se estremezca un poco ante el restallar de su seca ironía. Cada cual sacará sus propias conclusiones de esta obra, pero nadie con un mínimo de sensibilidad política puede quedar indiferente ante el acierto de sus vislumbres proféticos y de sus encubiertos análisis históricos. Una palabra más tan sólo, para despedir estas reflexiones preambulares. En cierto lugar de sus obras, Kant observa que los desajustes entre la teoría y la práctica no se corrigen abandonando la teoría sino al contrario, aumentando la dosis. Parafraseando este dictamen, podemos decir que los desajustes entre lo que el ideal democrático promete y lo cumplido por sus realizaciones históricas no se remedian abandonando el proyecto de la democracia sino llevándolo hasta sus últimas consecuencias. Desde un punto de vista auténticamente *revolucionario* —es decir, desde el propósito de acabar con la especialización del poder, la explotación económica y con el secuestro acumulativo y productivista de las energías creadoras de los hombres— no hay forma de enmendar la democracia poniéndose *fuera* de ella misma. Su contenido insuperablemente subversivo, la soberanía popular, que reclama la mayor transformación política de todas las épocas, no se deja reivindicar por ninguna otra vía. Desconfiemos de los Maquiavelos jacobinos que tienen fórmulas más democráticas que la democracia misma, que conocen tan perfectamente lo que el pueblo quiere y necesita que pueden actuar con todo desenfado en su nombre sin necesidad de consultarle. Sólo para quienes tienen corazón de esclavos y mentalidad de burócratas sirven las insuficiencias de la democracia como excusa o justificación de los totalitarismos. Ahora bien, este libro de Maurice Joly nos pone en guardia contra la interesada complacencia en la pura fachada democrática, contra una democracia que se queda en simples formulaciones y declaraciones de principio, pero que retrocede de inmediato cuando se empieza a aplicar de veras el mensaje profundamente revolucionario que la democracia constituye. Muchos demócratas de «ley y orden» comienzan a llamar a gritos a un dictador o cualquier otra «mano dura» de turno en cuanto comienza a exigirse que se ponga en práctica la democracia más allá de las simples apariencias protocolarias o en cuanto se la empieza a utilizar, como es debido, contra las desigualdades de poder y la explotación vigente. *Si la democracia no es utilizada para transformar a fondo el viejo orden social, revierte antes o después en una nueva edición del clásico despotismo.* Por eso hay que afirmar que no se puede «ir demasiado lejos» en la aplicación de la democracia, pero sí en su congelación y abandono. Denunciar detalladamente los planes de Maquiavelo puede ser una forma de comenzar a luchar contra él. Se dirá que este ánimo militante tiene ya poco que hacer en nuestro mundo social desencantado y propenso a «hacer masa», como dice Baudrillard, ante las exhortaciones políticas. Pero quizá hoy las fórmulas de enfrentamiento al neomaquiavelismo autocrático y de profundización de la democracia no pasen por los planteamientos políticos ortodoxos a los que estábamos acostumbrados. Por lo demás, nunca se sabe: Joly habló de «sociedades frías y desengañadas» en las que había muerto todo ímpetu revolucionario, pero tras él vino la Comuna, la revolución bolchevique, la revolución española, la sublevación obrera en Hungría, mayo del 68, etc. Se me dirá que Maquiavelo se impuso finalmente en todas esas ocasiones y no puedo negarlo; tampoco puede negarse, empero, que la insumisión permanece, que su lucha se transforma pero que no acaba, que solemos deplorar con mayor alharaca sus desastres —son una coartada para el inmovilismo resignado— que constatar sus logros. En cualquier caso, nos queda la expresión de la disconformidad y el obstinado testimonio de lo que aún no ha sido: no olvidemos que hasta en el infierno se alzó contra Maquiavelo la objeción y la protesta.

V

¿ENFERMEDAD MENTAL
O ENFERMEDAD MORAL?

> Les névroses étaient hier toutes des suggestions, aujourd'hui elles sont toutes des troubles sexuels, demain elles seront des troubles du sens moral ou du sens artistique.
>
> Pierre Janet

En el momento de abordar este tema, siento un movimiento inhibitorio de precaución: ¿no será mejor dejarlo estar? No se trata simplemente del pudor del no especialista al tratar una cuestión en la que es particularmente incompetente, pues ya se sabe que los filósofos somos especialistas en hablar de temas en los que no estamos especializados, sino algo más delicado y profundo, quizás el respingo ante el nervio desnudo del puro dolor. Por otro lado, internarse en este campo es ponerse voluntariamente en la picota: los profesionales de las cuestiones clínicas no perdonan al intruso que penetra en el quirófano sin bata blanca ni mascarilla y pretende tocar sin guantes la herida abierta de la que aún mana sangre. Ya he sufrido antes rapapolvos psiquiátricos por haber tenido hace tiempo osadía semejante, aunque quizás haya sido precisamente la inconsistencia teórica de esas broncas la que ha aguzado mis ganas de reincidir. Pero ante todo me parece obligatorio para cualquiera que reflexione seriamente sobre ética intentar una consideración de los aspectos morales de la llamada enfermedad mental. ¿Se trata de un trastorno que no puede ser afrontado más que desde la patología y la terapia o tiene una raíz quizá no distante de aquello que más preocupa a la ética, a saber, la libertad y el mal?

Los libros que rigen nuestras vidas no siempre aparecen en las listas de *best-sellers* ni son mencionados con reverente familiaridad en las tertulias donde se discute la actualidad literaria. Estamos sometidos a códigos que los profanos frecuentemente desconocemos. Una de estas obras gremialmente influyentes tiene nombre de robot: DSM III, también llamado «Manual diagnóstico y estadístico de los transtornos mentales». Es el magno catálogo de todas las rarezas, desviaciones y locuras: ahí están convenientemente ordenados los nombres y apellidos de cuanto mucho o poco se sale de la normalidad. Es algo así como el código penal del alma, aunque tan sólo especifica los delitos pero no las penas que hay que sufrir para purgarlos. En su índice figuran la esquizofrenia, la amnesia y la demencia senil junto a la homosexualidad, el histrionismo, la fobia social o la hipocondría. Al repasarlo es inevitable preguntarse qué tienen todas esas categorías en común, a parte desde luego de figurar en el DSM III, es decir de haber sido decretadas morbosas oficialmente. Allí se avecinan manías y vicios, crímenes y caprichos, lesiones y deficiencias. Algunas son vividas por su sujeto como placenteras aficiones o simples rutinas y otras padecidas como dolorosas desgracias. En algunos casos, el sujeto querrá ser ayudado para librarse de la desviación que le aflige y en otros se esconderá para que no le priven obligatoriamente de ella o le castiguen con reclusión perpetua por tenerla. El catálogo se presenta con la perentoria eternidad de las tablas de la ley, pero es seguro que no hubiera sido idéntico en otras épocas y que hoy mismo tampoco será interpretado idénticamente en toda circunstancia cultural. En una palabra, el lector advierte que todas las categorías allí establecidas suponen algo *deplorable* o *reprobable* (y que por tanto debe intentarse corregir o contrarrestar), pero los criterios desde los que se deplora o a partir de los que se reprueba son sospechosamente varios: en ocasiones la frustración o el dolor del individuo, pero también la improductividad social, el escándalo o el cuestionamiento práctico de determinadas instituciones consideradas de interés público.

Y así surge la primera gran diferencia con la enfermedad propiamente dicha, pues todas estas categorías nombran *conductas*, es decir se refieren a cosas que el sujeto *hace*, no a cosas que le *pasan*. Por decirlo de otro modo, la enfermedad *stricto sensu* es algo que uno tiene, pero la llamada enfermedad mental siempre se refiere a actitudes o formas de obrar que se adoptan... o que no pueden adoptarse. Esta vinculación a la acción, al obrar, ya supone una primera aproximación del trastorno mental a la ética, que también se ocupa como es sabido de valorar lo que los sujetos hacen o dejan de hacer. La segunda diferencia esencial entre enfermedad común y trastorno mental se refiere a quién es el que reclama la asistencia terapéutica en ambos casos. En las enfermedades corrientes, es el paciente el que pide ayuda, mientras que en las dolencias psíquicas suelen ser los demás los que establecen taxativamente que la necesita lo quiera o no (de hecho, el negarse a recibirla será considerado como un motivo más en refuerzo de la urgencia del tratamiento). O sea que el enfermo «normal» tiene un problema con su cuerpo, pero el enfermo mental parece tenerlo ante todo con los demás o consigo mismo en cuanto ser social. El enfermo corriente va al médico, al enfermo mental suelen empujarle o llevarle al psiquiatra; y por tanto, al enfermo corriente se le hospitaliza y al enfermo mental se le encierra. En una palabra, la sociabilidad del comportamiento y la productividad parecen ser mucho más influyentes en el diagnóstico de los enfermos mentales que en los otros. Como ha escrito Thomas Szasz, un autor al que citaremos de ahora en adelante con frecuencia, «en nuestros días, la gente es segregada en los hospitales psiquiátricos no solamente porque están "enfermos", sino porque no son constructivos en el plano social. Esta ausencia de contribución positiva al bienestar social (sea cual fuere la manera en que se lo defina) puede ser el resultado de un defecto —estupidez, inepcia o falta de recursos humanos— o el resultado de una adhesión a valores y metas demasiado desviados en relación a los que dominan la cultura en un momento dado» (*El mito de la enfermedad mental*). Este último era sin duda el caso del marqués de Sade cuando, desde el manicomio de Charenton, responde a la carta en la que su mujer lamentaba la desgracia en la que se veía por su forma de pensar: «No ha sido mi forma de pensar lo que me ha hecho desdichado, sino la forma de pensar de los demás.»

Estas diferencias parecen suficientes para preguntarse: ¿es realmente la enfermedad mental una enfermedad? O sea: ¿se emplea la palabra *enfermedad* en un sentido igualmente propio cuando se aplica a un cáncer, a una pancreatitis y a una neurosis, o más bien en este último caso y otros semejantes se la emplea por analogía, como cuando se habla de que la economía de un país está enferma o se discute sobre la fatiga de un metal? Ante esta cuestión hay una respuesta netamente afirmativa, otra afirmativa pero con importantes reservas, y dos actitudes negativas aunque por razones distintas. Constituyen las cuatro formas que conozco de afrontar los problemas psíquicos, y por lo tanto resulta oportuno hablar brevemente de cada una de ellas.

En primer lugar están quienes afirman que la enfermedad mental es una auténtica y literal enfermedad, aunque naturalmente con sus características propias. Algo en el cuerpo del paciente no funciona como es correcto y esta disfunción es la que provoca su alteración psíquica. El tratamiento debe ser tan *tangible* como la dolencia misma: lobotomía, electroshock, quimioterapia, etc... Se da por supuesto que el consentimiento del paciente no es imprescindible para llevar a cabo estos tratamientos, pues de lo que se trata precisamente es de curar una obstrucción en su normal capacidad decisoria y volitiva. Así por ejemplo Ugo Cerletti, inventor del electroshock, cuenta en *Electroshock Terapy* cómo probó su invento, por primera vez, sobre un esquizofrénico, y después repitió de inmediato con un voltaje más alto, pese a que el paciente le había dicho con absoluta claridad: «¡No lo vuelva usted a hacer, es algo abominable!». Cerletti declara que actuó de este modo «por miedo a ceder a una noción supersticiosa», pero no dice cuál podía ser esa noción, si la piedad o el respeto a la autonomía humana. Estos tratamientos son por lo visto eficaces en muchos casos, entendiendo por «eficacia» que el paciente *depone su actitud*, abandona o modifica su línea de conducta. Este resultado, empero, no es índice obligatorio de que la teoría de la enfermedad mental como dolencia física de un tipo especial sea inapelablemente satisfactoria, por la misma razón que la lapidación de las adúlteras no confiere a sus partidarios especial competencia como consejeros matrimoniales. Nadie duda, a estas alturas de nuestro siglo positivista, que pueda haber determinadas endomorfinas mezcladas en los procesos paranoicos, lo mismo que tampoco estarán ausentes de la disposición para aprender idiomas o de la vocación de ayudar al prójimo. En cuanto a las drogas, sabemos que hacen maravillas con el alma humana, razón por cierto de que algunas de las más interesantes estén prohibidas. Pero sigue pareciendo pese a ello pertinente la objeción de Thomas Szasz: «El hecho de que se utilice la energía atómica para fines guerreros no transforma los conflictos internacionales en problemas de física; igualmente, el hecho de que el comportamiento humano utilice el cerebro no transforma los problemas morales y personales en problemas de medicina» (*ibidem*).

Un segundo grupo de estudiosos clínicos responde que en efecto los trastornos mentales son ciertamente enfermedades, aunque no de tipo orgánico ni basadas en cualquier disfunción física. No son dolencias del organismo sino de la *organización*, entendiendo ésta como una determinada y preestablecida evolución que debe cumplir la psique de cada individuo para alcanzar su justa sazón en tal o cual momento de la vida. Por obra de algún choque traumático, ocurrido por lo general en la primera infancia, el despliegue de las fases psíquicas queda bloqueado y el sujeto se aferra regresivamente a una disposición mental que debería haber sido superada, es decir, se asienta compulsivamente en la inmadurez. Los partidarios de este tipo de análisis creen en la posibilidad de una terapia basada en la palabra, capaz de desbloquear, por vía del diálogo esclarecedor, lecciones dadas de superior a inferior, sacudidas aforísticas a lo maestro zen o cualquier otro procedimiento verbal el nudo psíquico sufrido por el paciente. Por lo común están convencidos de que la cooperación voluntaria del paciente es imprescindible para asegurar la terapia, y los más destacados de ellos —por ejemplo, Freud— han llegado a la conclusión de que las llamadas «curaciones» que logran alcanzarse son siempre efectos relativamente superficiales —por mucho que puedan en la práctica aliviar al sujeto— y que la indagación psíquica o análisis es básicamente interminable. Sin embargo, la mayoría de estos terapeutas se consideran de un modo u otro llamados a remediar la inmadurez del paciente por medio de una enseñanza que le permita, una vez acabada la fase de aprendizaje, resolver sus dificultades de comportamiento social. Por decirlo así, los que consideran el trastorno mental como una enfermedad en sentido literal conciben la cura como la reparación de una *avería*, mientras que los analistas del segundo tipo creen que más bien se trata de contrapesar un *accidente*.

En tercer lugar debemos considerar a quienes rechazan que pueda llamarse «enfermos» a las personas que sufren problemas psíquicos. Para éstos, ese calificativo es un intento de justificar una intervención social marginadora y discriminadora contra determinadas personas que por una u otra razón no encajan en el marco establecido. Los llamados «enfermos» pueden ser personas de baja productividad a causa de su malnutrición, ausencia de lazos familiares estables, pobre instrucción, miseria, subnormalidad psíquica genética, vejez, abandono al alcohol o las drogas por inadaptación social, etc...; pero también son calificados así los rebeldes contra el orden establecido, los que inventan o defienden valores diferentes a los de la sociedad burguesa, los genios más creadores, los indóciles a la lógica del poder, los que se sublevan contra pautas morales o políticas periclitadas, los disidentes y los artistas. En realidad, es la sociedad vigente la que condiciona a los llamados «enfermos mentales» y los confina en la marginación y la terapia de choque o el simple maltrato represivo. Aquellos que molestan por su originalidad o rareza, tanto como aquellos de los que la insolidaridad rapaz imperante no quiere hacerse cargo, son tenidos por «locos» y tratados como tales. Los terapeutas o más bien antiterapeutas que opinan de esta manera no proponen como es lógico ningún sistema curativo para estos supuestos pacientes: más bien denuncian a la sociedad establecida como lo único enfermo y que debe ser curado. No hay tratamiento posible —salvo el simple acondicionamiento doblegador al orden del sujeto discrepante o deficiente según el productivismo a ultranza— que no exija una reforma radical de las estructuras económicas y de las instituciones de poder. Todos los trastornados psíquicos buscan tratamiento de forma obligada: unos, porque son arrastrados e internados a la fuerza por sus parientes o vecinos; otros, porque intentan resolver dentro de sus cabezas lo que en realidad tendría que ser modificado en el marco social que les hace desdichados. El antipsiquiatra ha de oficiar como cómplice ilustrado y si es posible como liberador de estos rehenes de una comunidad indigna de tal nombre.

Por último, están quienes consideran que los enfermos mentales no son «enfermos» en el sentido literal, ni deben ser tratados coactivamente como tales, porque el llamado trastorno psíquico no es en el fondo sino un tipo de *juego* o estrategia de conducta poco afortunada, sea por culpa del contexto en que el sujeto se mueve o de los principios aplicados por el propio sujeto. La pseudo-enfermedad mental puede consistir en una lesión orgánica (por ejemplo del cerebro, con lo cual ya no es *mental*) y a veces es la etiqueta por medio de la cual cierto orden social autoritario se libra de sus inadaptados; pero en un amplio margen de casos, consiste en el intento frustrado de comunicación de un individuo con los demás, reclamando atención, comprensión o ayuda. La «frustración» de este juego comunicativo puede provenir de la incomprensión hostil de los destinatarios del mensaje o de la pérdida de autonomía del sujeto que su aceptación positiva comporta. En el peor de los casos, el rechazo vendrá motivado por la agresiva lesión por parte del jugador de los derechos de otras personas. O, por decirlo con las palabras de Szasz: «Toda creencia y todo comportamiento son, entre otras cosas, como si el individuo afirmase: "Soy una persona que cree que los judíos son el Pueblo Elegido o que Jesús es el hijo de Dios... tengo miedo del cáncer... tengo miedo de cruzar las calles, etc..." Estas autoafirmaciones agradan o desagradan a los otros según la naturaleza de su sistema de valores y las relaciones que mantengan con el individuo que formula tales declaraciones y las gestiones que ha hecho esa persona o que promete hacer para poner sus convicciones en práctica. Las "enfermedades mentales" forman parte de una categoría particularmente molesta de autoafirmaciones» (*El segundo pecado*). Quizá la mejor metáfora literaria de la enfermedad mental la brinde Kafka en *La metamorfosis*. Gregorio Samsa vive agobiado por la obligación de mantener a sus poco considerados padres y a su hermana; detesta el trabajo burocrático que rutinariamente se ve obligado a hacer, aunque ni ante sí mismo se atreve a reconocerlo. Samsa se considera esclavizado y atrapado sin remedio por lazos de chantaje afectivo que no se siente con fuerzas para romper. Un día se convierte en un ser monstruoso, en un insecto humano, como forma de mostrar a su familia y a sí mismo de modo explícito su sufrimiento y su protesta. De este modo obtiene que se le dispense de su condena a trabajo forzado y espera ganarse los amorosos cuidados de aquellos a los que hasta entonces ha mantenido abnegadamente. Pero fracasa: la familia se horroriza ante su nuevo aspecto, siente repugnancia y aborrecimiento, le encierran, le marginan y finalmente le dejan morir de hambre. En lugar de haber intentado emanciparse de su condición manipulada por la vía de atreverse a ganar mayores cotas de autonomía, Samsa adopta la deformidad como manifestación de atribulada impotencia para conseguir atención y mimos, es decir, busca otro tipo de sumisión aún más regresivo. Así empeora su situación y bloquea a su propia costa las salidas que habría podido utilizar para resolverla.

Lo que tienen en común las tres primeras consideraciones que hemos expuesto de la enfermedad mental es que, cada una a su modo, afirman *la pérdida de libertad* del sujeto mentalmente alterado. Sea por algún problema neuropático, sea por un trauma infantil o por la constricción social, el paciente se encuentra en una situación de irresponsabilidad que impone el tratamiento coactivo o paternalista, pero nunca la petición de cuentas y el trato de igual a igual. El neurótico «no lo puede remediar», es arrastrado, sufre ofuscamiento de su voluntad. Como toda renuncia a la posibilidad de culpa, es decir a la responsabilidad, esta dimisión de la libertad es vista como un avance enriquecedor y hasta «humanizador» de nuestra época. Es preferible cualquier forma de vil determinismo a aceptar los riesgos y consecuencias de una elección libre: por ello hay quien cree que es preferible ser cleptómano a ser ladrón y que es más «humano» considerar enfermos a los homosexuales que condenarlos a prisión por viciosos. Todo nuestro sistema vigente de organización social está lleno de primas a la *obediencia;* el desobediente, empero, también puede optar a algunos beneficios, siempre que asuma una actitud o una ideología que le hagan dependiente de fuerzas inexorables, es decir, que le conviertan en obediente de segundo grado. De ahí la facilidad con que se acepta como «progresista» cualquier interpretación que convierta los conflictos humanos en resultado mecánico de una necesidad material, psíquica o social. En el fondo, se trata del revestimiento moderno de una tendencia atávica, la resistencia de la colectividad a la peligrosa autonomía del sujeto individual. «Gracias al impacto combinado de las experiencias universales de dependencia del niño y de la enseñanza religiosa, la vida social está estructurada de tal manera que contiene infinitas exhortaciones que mandan al hombre comportarse de manera infantil, estúpida e irresponsable. Aunque el impacto de esas exhortaciones a la impotencia ha podido ser más eficaz durante períodos históricos más antiguos, continúan influenciando el comportamiento humano» (T. Szasz, en *El mito de la enfermedad mental*). Las explicaciones científicas de por qué los sujetos conflictivos no son libres pertenecen al mismo tipo que el secular reconocimiento de que los niños no *saben* ser libres o la doctrina religiosa que establece que los hombres no *deben* atreverse a ser libres.*

Es precisamente la cuestión de la libertad la que acerca de nuevo el tema que estamos tratando al ámbito de la moral. Sabemos al menos desde Aristóteles que las opciones del sujeto moral son libres no en el sentido de que provengan de lo puramente incondicionado y arbitrario, sino en el de que se las arreglan frente a circunstancias cósmicas, políticas y educativas no elegidas de un modo que admite diversas conductas preferentes según el carácter del individuo y, he aquí lo más importante, el peso de sus elecciones anteriores. Uno de los determinantes que más influyen sobre cada incidencia concreta de la libertad moral es la suma de resultados anteriores del uso de

---

* La más respetuosa y profunda expresión del peso condicionante del mundo sobre la psique humana, a lo que yo conozco, se halla en este párrafo de *La mansión de los ruidos*, un impresionante relato de M.P. Shiel: «Hay mentes con la sensibilidad exacta de un hilo de plomo fundido: *el menor* soplo los inquieta y acongoja; y ¿qué decir del huracán? A tales personas la presente organización de las cosas no les proporciona, está bien claro, una morada adecuada, sino una Máquina de Muerte, una funesta Inmensidad. Para algunos, el violento alarido del ser resulta *demasiado* cruel: no soportan el mundo».

esa misma libertad: es decir, que la libertad encauza y —en cierta medida— condiciona a la libertad misma. Por ello ningún punto de no retorno alcanzado por una serie de opciones libres exime desde ese preciso momento de la responsabilidad moral. La libertad no es un misterioso don que aparece y desaparece ante cada átomo de actividad humana, sino una perspectiva global trabada por ligazones causales desde la que valorar en conjunto lo que cada individuo va haciendo de sí mismo. Porque la responsabilidad prioritaria de cada sujeto en el terreno moral es ante sí mismo, pero un «sí mismo» configurado como capital de un mapa de relaciones asociativas y disociativas con los demás en el mundo. La libertad nunca actúa en el vacío ni es capaz de borrar retroactivamente todos sus efectos anteriores, mucho menos de suprimir individualmente la suma histórica de numerosas voluntades eligiendo al unísono, pero ello *no anula* sino sólo *enmarca* la capacidad de ir fabricando la propia estrategia que va a desarrollar cada sujeto. Y ni los neurolépticos ni los sermones pueden ayudarnos a dimitir de las zozobras y gozos de esta tarea.

En un aspecto esencial confluyen la medicina y la ética: ambas tienen como objetivo preservar y potenciar la *vida humana*. Pero mientras el papel de la medicina es ante todo salvaguardar la vida de lo humano, el de la moral es afirmar lo humano de la vida. No son de extrañar, pues, sus frecuentes coincidencias y solapamientos. Ya Diderot, por ejemplo, señalaba en *Jacques le Fataliste:* «*J'ai remarqué une chose assez singulière: c'est qu'il n'y a guère de maximes de morale dont on ne fit un aphorisme de médecine, et réciproquement peu d'aphorismes de médecine dont on ne fit une maxime de morale.*» Y en cuanto a los trastornos de la salud, que es un concepto que abarca tanto la buena disposición física como la conducta recta, los filósofos más perspicaces han indicado que deberían recibir una consideración matizadamente semejante, en lugar de reservar la compasión para unos y la condena para otros. Esto es particularmente pertinente en el caso de los trastornos mentales. Spinoza fue el más explícito a la hora de señalar los mecanismos semejantes de la denominada «locura» y el denominado «vicio». En uno y otro caso se da el predominio de ideas inadecuadas provinientes de la imaginación, delirios o manías que si son tenidos por locuras no reciben más que burlas o segregación (Spinoza escribe en el siglo XVII) pero que si son considerados como vicios resultan comúnmente odiosos: «Los afectos que cotidianamente nos asaltan se relacionan, por lo general, con una parte del cuerpo que es afectada más que las otras y, por ende, los afectos tienen generalmente exceso, y sujetan al alma de tal modo en la consideración de un solo objeto que no puede pensar en otros; y aunque los hombres están sometidos a muchísimos afectos —encontrándose por ello raramente alguien que esté dominado por un solo y mismo afecto— no faltan con todo hombres a quienes se aferra pertinazmente un solo y mismo afecto. Así pues, vemos algunas veces hombres afectados de tal modo por un solo objeto que aunque no esté presente creen tenerlo a la vista, y cuando esto le acaece a un hombre que no duerme decimos que delira o está loco. Y no menos locos son considerados, ya que suelen mover a risa, los que se abrasan de amor, soñando noche y día sólo con su amante o meretriz. El avaro y el ambicioso, en cambio, aunque el uno no piense más que en el lucro y el dinero, y el otro en la gloria, no se piensa que deliran, porque suelen ser molestos y se los considera dignos de odio. Pero en realidad tanto la avaricia y la ambición como la libídine son clases de delirio, aunque no se las cuente en el número de las enfermedades» (*Ética*, 4.ª parte, prop. XLIV, esc.). Lo que señala aquí Spinoza, sin entrar en ulteriores consideraciones peculiares a su pensamiento, es la *continuidad* entre los trastornos de conducta que llamaríamos psíquicos y los que solemos tener por estrictamente morales: en ambos casos queda restringida la plural y social respuesta humana a los estímulos que desde la realidad nos afectan en una unilateralidad aislacionista de consecuencias nocivas o al menos ridículas. En cierto sentido, la reprobación contra el vicioso es tan superflua como lo sería la reprobación contra el loco; en ambos casos una injerencia de lo exterior monopoliza indebidamente la atención y la capacidad de acción del sujeto; pero también en uno y otro caso puede decirse que al delirantemente afectado le vendría bien recuperar la noción racional de lo que en verdad le conviene. Tal podría ser la tarea de la filosofía moral y de la terapia psíquica.

Concluyamos. Por decirlo con las palabras de Erich

Fromm: «El problema de la salud psíquica y de la neurosis está ligado inseparablemente al problema de la ética. Puede decirse que toda neurosis constituye un problema moral» (*Ética y psicoanálisis*). Podríamos añadir también, con el debido recelo: y viceversa. Al menos se da una amplia franja de situaciones que plantean cuestiones semejantes, referentes a la posibilidad o imposibilidad de establecer relaciones sociales y desarrollar armónicamente el conjunto de la personalidad. «Los adjetivos "mentales", "emocionales" y "neuróticos" son estrategias semánticas destinadas a codificar —y al mismo tiempo disimular— las diferencias entre dos clases de incapacidad o de "problemas" en la vida: una consiste en enfermedades corporales que, deteriorando el funcionamiento del cuerpo humano en tanto que máquina, crean dificultades de adaptación social; la otra, en dificultades de adaptación social que no son imputables a un defecto de funcionamiento de la máquina, sino que están más bien causadas por los fines para los cuales ya sea los constructores de esta máquina (por ejemplo los padres o la sociedad) ya sea sus usuarios (por ejemplo los individuos) han querido utilizarla» (T. Szasz, en *El mito de la enfermedad mental*). Tanto la reflexión moral como el conocimiento psiquiátrico pueden ser destinados a usos fundamentalmente represivos, como por ejemplo convertir la disidencia política o sexual en un problema de electrochoques o considerar cualquier manía como indicio de posesión diabólica. Pero también pueden ser empleados para devolver al sujeto el sentido de su responsabilidad y ayudarle a elegir conscientemente su estrategia vital: «En una psicoterapia, el paciente está en condiciones de igualdad con su médico: tiene el derecho de estar enfermo, el de reclamar la salud y el de reivindicar la entera responsabilidad de sus opiniones personales, políticas o ideológicas» (D.W. Winnicott, en *Home is where we start from*).[*] El comportamiento sano no está hecho de conformismo ni de retroceso ante los conflictos, sino de capacidad de hacerlos propios y atribuirse consecuentemente

---

[*] O, si se prefiere, esta otra formulación: «¿Con qué nos las vemos en psicoterapia? Con dos personas que juegan juntas. El corolario será, pues, que allí donde el juego no resulta posible, el trabajo del terapeuta pretende llevar al paciente desde un estado en el que no es capaz de jugar a un estado en el que es capaz de hacerlo». (D.W. Winnicott, en *Playing and Reality*).

el mérito o la culpa que de ellos provienen. Por lo demás, estar facultado para patologizar pasionalmente en determinadas ocasiones la respuesta ante el mundo forma parte esencial de cualquier cordura o, si se prefiere, de cualquier integridad moral. Don Juan, el indio yaqui del que nos habla Carlos Castaneda, denominaba a esta finta del comportamiento *locura controlada* y la expresión puede ser válida en su paradoja. Lo importante no es evitar a toda costa la demencia, sino rechazar la tentación de «hacerse el loco», es decir, de abdicar de la responsabilidad y por tanto de la libertad misma. La excepcional e insustituible función del *arte* consiste precisamente en des-integrar creadoramente lo que había recibido una integración normalizadora, pero a menudo demasiado rígida en forma de personalidad «estable». Las piezas quedan transitoria y placenteramente sueltas, en espera de su recomposición posterior. Por ello la vía estética es la más conveniente terapia tanto para las dolencias psíquicas como para las morales: pero esto ya nos encamina hacia otra cuestión.

VI

TESIS SOCIOPOLÍTICAS SOBRE LAS DROGAS

Las siguientes tesis pretenden servir para orientar el necesario debate institucional sobre el llamado «problema de las drogas». Actualmente sólo vemos prosperar la histeria punitiva, la demonización de productos químicos y personas, la desinformación patológica y la descarada fabulación pseudocientífica. El precipitado mítico al uso puede exponerse así: «*Las drogas —o, como suele decirse, la Droga— son un invento maléfico promocionado por una mafia internacional de desaprensivos para atesorar inmensos beneficios, esclavizar a la juventud y corromper la salud física y moral de la humanidad; ante tal amenaza, sólo cabe una enérgica política represiva a todos los niveles, desde el más simple camello hasta las plantaciones de coca en la selva boliviana; cuando la policía haya encarcelado al último gran narcotraficante, el Hombre se verá libre de la amenaza de la Droga*». En esta socorrida leyenda se mezclan los hechos y los prejuicios, se presentan los efectos como si fueran causas y se soslaya olímpicamente el fondo del problema; pero se crea un chivo expiatorio político de evidente utilidad, se fomenta *a contrario* un excelente negocio, se utiliza la desdicha ajena como refuerzo de la buena conciencia propia y se retrocede ante las posibilidades jurídicas y técnicas de un Estado realmente moderno. El hecho de que los intelectuales llamados «de izquierda» colaboren unánimemente por acción u omisión a este oscurantismo demuestra —por si falta hiciere—

que el problema del intelectual hoy no es su reciclaje al servicio del poder (como siguen creyendo los que no quieren abandonar el Palacio de Invierno que nunca tomaron porque fuera hace frío) ni su falta de una visión global del mundo, como sostienen los neocuras, sino su tenaz carencia de opiniones válidamente fundadas ante los conflictos específicos de la sociedad actual.*

Las tesis que proponemos aquí y el llamamiento final no se refieren más que a los aspectos sociopolíticos del asunto, entre los que se incluyen los que por lo general suelen llamarse con impropiedad «éticos» simplemente por algún residuo de creencia religiosa. Es decir, que no se habla de lo realmente importante en la cuestión de las drogas: sus posibilidades como fuente de placer o derivativo del dolor, como estimuladoras de la creatividad, como potenciadoras de la introspección y del conocimiento, en una palabra, sus aspectos de *auxiliares válidos para la vida humana*, en cuyo concepto han sido consumidas durante milenios, son consumidas hoy y lo seguirán siendo. Pero ello sería tema de un tipo de estudio mucho más minucioso del que aquí planteamos.

Primera tesis.— Todas las sociedades han conocido el uso de drogas —es decir, sustancias o ejercicios físicos que alteran la percepción normal de la realidad, la *cantidad* y *cualidad* de la conciencia— las han utilizado abundante y destacadamente, a veces ligadas a rituales sacros, las han adorado y temido, han abusado en ocasiones de ellas, etc... La historia de las drogas es tan larga como la de la humanidad y paralela a ella. Lo específico de tener conciencia es querer *experimentar* con la conciencia.

Segunda tesis.— La sociedad contemporánea está basada en la potenciación del individuo, en la realización compleja y plural de su libertad. La libertad de opción política, expresión, información, indagación, realización artística, religiosa o sexual, etc..., son las bases de la democracia moderna. El totalitarismo, su reverso, no es sino una supeditación del individuo al todo social —tal como lo establecen unos cuantos garantes del Bien Común—, hipostasiado en forma de nación, estado,

---

* Este texto fue escrito hace un par de años. Hoy (octubre de 1988) parece que comienzan a registrarse adhesiones a las tesis aquí expuestas, que restan algo de pertinencia a esta descalificación global.

dogma político o tipo de vida por encima de los conflictivos intereses y gustos individuales. El derecho jurídico de *habeas corpus* hay que extenderlo a todos los aspectos de la libre disposición por el individuo de su cuerpo, de sus energías, de su búsqueda de placer o conocimiento, de su experimentación consigo mismo (la vida humana no es o no debe ser más que *un gran experimento*), incluso de su propia destrucción.

Tercera tesis.— Prohibir la droga en una sociedad democrática es algo tan injusto como prohibir la pornografía, la heterodoxia religiosa o política, la divergencia erótica, los gustos dietéticos. También hay que decir que es algo tan inútil y dañoso como cualquiera de las otras prohibiciones: a la vista está. Según parece, se da por hecho que vivimos en *Estado Clínico*, es decir, que el Estado tiene derecho irrestricto a determinar lo mejor para nuestra salud, mientras que ha perdido el que antes tuvo para marcarnos la pauta en lo político, lo religioso, lo artístico o lo alimenticio.

Cuarta tesis.— El problema de la droga es el problema de la persecución de las drogas. El uso de drogas no es sencilla y expeditivamente un *peligro* a erradicar (el peligro estriba en su prohibición, su adulteración, la falta de información sobre ellas y de preparación para manejarlas, las actitudes anómalas que suscita frente al conformismo, el gangsterismo que las rodea, la obsesión de curar que las proscribe o las prescribe, etc...) sino que son también y principalmente un *derecho* a defender.

Quinta tesis.— La persecución contra la droga es una derivación de la persecución religiosa: hoy la *salud* física es el sustitutivo laico de la *salvación* espiritual. Las drogas siempre fueron perseguidas por razones religiosas, pero ayer se les reprochaba sus efectos orgiásticos —es decir, los trastornos que producían en el alma y en las costumbres— y hoy los que causan en el cuerpo —enfermedades, gastos de reparación, improductividad, muerte— y en la disciplina laboral. Se fomenta así un miedo al espíritu (¿qué tendremos *dentro* que la droga pueda liberar?) y un miedo al descenso de productividad (a esta última se la suele llamar «salud pública»). Naturalmente, hay drogas que pueden ser peligrosas (tanto como el alpinismo, el automovilismo o la minería) y dañinas (como los excesos sexuales, el baile o la credulidad política, nunca tanto como la guerra).

Hay gente que ha muerto, muere y morirá por causa de las drogas: pero recordemos, *a)* que la vida que pierden es *suya*, no del Estado o de la comunidad, y *b)* que su muerte puede deberse no a la sustancia misma que desean tomar, sino a la adulteración de ésta, la falta de información y formación en su manejo, el hampa que rodea al tráfico de droga a causa de la prohibición, etc.

Sexta tesis.— Los drogadictos que quieren abandonar su manía (todos tenemos nuestras manías, hasta que las sentimos como tóxicas y queremos dejarlas) tienen obviamente derecho a ser ayudados por la sociedad a ello, tal como el que desea divorciarse, cambiar de religión, modificar su sexo o renunciar al terrorismo. La sociedad está para ayudar en lo posible a los individuos a realizar sus deseos y rectificar sus errores, no para inmolarlos punitivamente a los ídolos de la tribu. La rehabilitación cuesta dinero, pero también la sociedad nos cuesta trabajo a cada uno de los miembros y todos procuramos cumplir pensando que ese dinero común está precisamente para paliar los efectos de los accidentes —naturales o inducidos por imprudencia— que nos ocurren a los socios en la búsqueda de la satisfacción personal. También hay accidentes laborales y, que yo sepa, nadie ha hablado todavía de prohibir el trabajo o el tráfico rodado por los accidentes de carretera. Pero es que aquello que *produce* se considera *necesario*, y por tanto justificado en sus pérdidas, mientras que lo que solamente *gasta* y *disfruta*, carece de justificación social por su derrochadora *gratuidad:* ninguna tesis puede ser más estrictamente totalitaria y antidemocrática que ésta. Así se expresa la culpable enemistad pública a la intimidad individual que debería justificar lo colectivo.

Séptima tesis.— A veces se hace equivaler la despenalización de las drogas a legalizar el crimen, la violación o los secuestros. Evidentemente nada puede ser más distinto, pues estos delitos tienen como primer objetivo el daño a otro en beneficio propio, mientras que ninguna droga es en sí misma un mal, sino que puede llegar a serlo por las circunstancias de su uso. A lo que se parece en cambio tal despenalización es a la del suicidio, el aborto, la eutanasia, el divorcio, la homosexualidad, etc., es decir al levantamiento de las trabas que impiden el disfrute consciente y libre del propio cuerpo. No es fácil entender, ni ellos encuentran argumentos para explicarlo, por qué quienes apoyan el reconocimiento jurídico de estas figuras emancipadoras pueden negarse en cambio a la despenalización de las drogas. El único argumento plausible contra la despenalización no es en realidad tal, sino la constatación de una dificultad para llevarla a cabo: en efecto, esta medida debe ser lo más *internacional* posible para tener auténtica eficacia. Puede suponerse razonablemente que la despenalización en un solo país traería serias dificultades a este pionero. Foros y reuniones internacionales para tratar este problema no faltan, donde podría plantearse esta cuestión en lugar del aumento de penas a los traficantes, que no sirve más que para encarecer los productos. De todas formas, se presenta aquí una situación conflictiva semejante a la que tienen los partidarios del desarme unilateral, que reivindican para sus países la postura que creen más justa confiando en que esta actitud lleve a otros por el mismo camino y aceptando los peligros indudables que de ello pueden derivarse.

Octava tesis.— El daño a la salud pública es el principal argumento *actual* contra las drogas, detallándose los muertos por sobredosis, horas de trabajo perdidas, gastos que producen a la hacienda estatal los drogadictos que quieren rehabilitarse, etc... Han pasado así a segundo plano los motivos condenatorios de índole estrictamente moral, *orgiástica*, que durante siglos han motivado esta persecución. Respecto a la cuestión de las pérdidas económicas causadas por la drogadicción, me remito a lo dicho en la sexta tesis. Sólo es preciso añadir que las adecuadas tasas impositivas de los productos hoy descontrolados en el mercado negro podrían subvenir a estas necesidades, redistribuyendo el beneficio que hoy sólo lucra a unos pocos. En cuanto a los réditos políticos de la cruzada contra la droga, tampoco pueden ser cuestionados: si antes la guerra fue considerada la salud del Estado, hoy la salud puede ser la principal guerra del Estado, dando la impresión de un activo esfuerzo político en un campo que goza de reputación unánime y donde se tiene la tranquilidad de que nunca faltará pábulo demagógico. ¿A qué otra actividad mejor podrían dedicarse si no las primeras damas de los países, dado que besar a niños desconocidos en concentraciones públicas puede acarrearle a una el

SIDA? Parece que la sociedad actual toda se ha hecho políticamente drogodependiente, pues no sabría prescindir de este chivo expiatorio. Pero la compasión por la muerte y el dolor ajeno ya me parecen razones menos creíbles. Primero, porque la mayoría de las drogas no matan a nadie y muchas suprimen muchísimos más dolores de los que causan (¿qué es más doloroso, la cirrosis de los alcohólicos o todo lo que han ayudado a vivir un par de copas a tiempo a millones de personas?). Segundo, porque las que matan, matan mucho más por la adulteración o las circunstancias clandestinas de su empleo (ignorancia de dosis, jeringuillas contaminadas) que por la nocividad del producto en sí mismo. Si tanto preocupase a los gobiernos las muertes y sufrimientos provocados por las drogas, se apresurarían a despenalizarlas. Lo cierto es que, por debajo de todas las racionalizaciones clínicas, la ancestral envidia al goce improductivo y no compartido debe seguir latiendo en la prohibición y en la histeria punitiva contra las drogas. El gran Macaulay, en su *Historia de Inglaterra*, afirma que «los puritanos no odiaban la caza del oso con perros porque produjese daño al animal, sino porque daba placer a los espectadores». Me temo que aquí ocurre algo parecido.

Novena tesis.— Otro argumento importante contra las drogas y a favor de su más enérgica persecución legal es su incidencia entre los *jóvenes*, sobre todo entre los jóvenes más desfavorecidos socialmente. En primer lugar, hay que decir que la razón de esta extensión es la prohibición misma y el negocio que procura, motivo de que los traficantes quieran extender su mercado entre personas más ingenuas, más atrevidas y sobre todo más capaces por lo emprendedor de su edad de hacer cualquier cosa para conseguir las enormes sumas que quieren sonsacarles. Se habla de la venta de heroína a la puerta de los colegios o en los centros de reunión juvenil, pero no del tráfico de ginebra o de revistas pornográficas: estas últimas, al ser fácilmente accesibles, no producen beneficios. Naturalmente, el paro y el abandono de gran parte de los jóvenes favorecen ésta y cualquier otra forma de delincuencia, violencia, etc. Para aquel a quien toda otra intensidad vital le ha sido hurtada, la lúgubre marginación letal de la droga más condenada le confiere una ocupación absorbente y siniestra. La mítica Droga permite hablar de ella como la causa de los males juveniles, cuando en realidad no se trata más que del efecto de una determinada situación social. En último término, la obvia necesidad de proteger a la infancia y la adolescencia de maniobras desaprensivas nunca justificará la maniobra desaprensiva de tratar a toda la población como si fuese una guardería infantil.

Décima tesis.— La Droga, se asegura, es causante de la *degradación moral* de la población. El planteamiento de esta degradación admite varios modelos, desde el vacuamente retórico con pretensiones antropológicas de sacristía («No existe actualmente un riesgo —excepto las guerras nucleares— para el alma humana, para el individuo inmaduro y sensual de la sociedad moderna, mayor que la droga, al tiempo que el desconcierto y la desmoralización cunden por doquier», nos asegura el doctor Francisco Llavero, en «El País», 11 de mayo de 1987. No sé qué es más interesante, si saborear que las guerras nucleares son un peligro para el alma humana o inquirir por cuáles sociedades formadas de individuos maduros y ascéticos conoce el doctor Llavero), hasta el posmoderno título de un artículo de Antonio Papell («Las drogas ya no son progresistas»), pasando por la teología de la liberación *ad usum* que denuncia el tráfico de droga por parte de la policía para disminuir el potencial combativo y revolucionario de la juventud vasca. Estos moralistas muestran, unánimemente, un inmenso desprecio hacia la libertad humana, base de su dignidad: como ante la droga nadie puede ser libre, la única forma de garantizar la salud moral del pueblo es retirar la ocasión de pecado. La base de cualquier propuesta moral, que es precisamente el *dominio de sí*, no merece ni estudio: estamos condicionados por la irresistibilidad del mal. Vuelta, pues, a la heteronomía moral, de la que el pobre Kant creía haberse visto ya libre en el siglo XVIII. Porque la postura de una ética autónoma ante el tema de las drogas no puede ser más que la expuesta así por Gabriel Matzneff: «El haschisch, el amor y el vino pueden dar lugar a lo mejor o a lo peor. Todo depende del uso que hagamos de ellos. De modo que no es la abstinencia lo que debemos enseñar, sino el autodominio» (*Le taureau de Phalaris*).

Llamamiento final.— El precipitado mítico expuesto en el preámbulo de estas tesis debería ser sustituido por este otro planteamiento: *nuestra cultura, como todas las demás, conoce, utiliza y busca drogas. Es la educación, la inquietud y el proyecto vital de cada individuo el que puede decidir cuál droga usar y cómo hacerlo. El papel del Estado no puede ser sino informar lo más completa y razonadamente posible sobre cada uno de los productos, controlar su elaboración y su calidad, y ayudar a quienes lo deseen o se vean damnificados por esta libertad social.* Naturalmente, dada la situación de frenesí policial y persecutorio (al menos cara al exterior, frente a la ingenuidad pública) contra las drogas, será necesaria una etapa de reacomodo hasta la situación final de normalidad despenalizada. También será preciso difundir internacionalmente la postura despenalizadora y procurar adoptar medidas conjuntas. Como no cabe duda de que más tarde o más temprano habrá que llegar a ello, lo mejor será comenzar cuanto antes, a lo cual ha querido contribuir la proposición de estas tesis.

VII

EL PORVENIR DE LA ÉTICA

> Don Quijote discurría con la voluntad, y al decir «¡yo sé quién soy!», no dijo sino «¡yo sé quién quiero ser!». Y es el quicio de la vida humana toda: saber el hombre lo que quiere ser. Te debe importar poco lo que eres; lo cardinal para ti es lo que quieras ser.
>
> (M. de UNAMUNO, *Vida de don Quijote y Sancho*)

Hablar de un «porvenir» en relación con la ética encierra varias dificultades. En primer lugar, por la condición misma de la ética, que nada tiene que ver con las maravillas o desgracias que nos aguardan en el futuro sino con lo más prioritariamente inaplazable: el uso actual de la libertad. La moral, como la vida a la que sirve y a la que da sentido, nunca puede ser dejada para *más tarde*. La política, por ejemplo, es una inversión a más o menos largo plazo, que supedita la actividad presente a determinados beneficios futuros: la legitimación de los sacrificios hoy necesarios o de la utilización actual de la violencia proviene del mañana que, como resultado de todo ello, vamos conquistando. Pero la ética trata de la intervención oportuna en el momento crítico (*kairós*), de la elección que calibra y decide entre las propuestas del presente, no para ganar el mañana sino para dar sentido al hoy: lo que cuenta no es lo que más tarde se tendrá sino lo que ahora se quiere. El sujeto libre no busca en el ejercicio moral nada distinto y posterior a sí mismo, sino seguir mereciendo la confianza y el amor propio racional que se profesa. Ninguna institución futura le dispensará de continuar experimentando la urgencia sin excusas de la opción presente.

Por otra parte, referirse al «porvenir» de la ética parece dar por supuesto que se avecinan nuevos valores fundamentales y que cabe aguardar (sea con temor o con esperanza) un nuevo tipo de moralidad. En cierto sentido esta expectativa es de cumplimiento forzoso, si nos referimos sólo a las *mores* o costumbres. Los hábitos eróticos, las ideologías políticas, las relaciones familiares, las posibilidades creadoras o destructoras de la ciencia aplicada, todo ello en vías de acelerada modificación, darán lugar a códigos de conducta distintos a los usados por nuestros padres y no digamos por nuestros abuelos. Lo que ayer producía escándalo, hoy es moda disfrutada sin escrúpulo; comportamientos que ayer eran tenidos por normales y hasta edificantes, hoy parecen impropios o brutales. En este sentido, un estudio sobre el porvenir de la ética podría ser algo así como una cala futurológica que intentase prefigurar los usos cuya valoración va a experimentar un alza y aquéllos que decaerán paulatinamente en el aprecio público. Pero este planteamiento deja a un lado que la raíz misma de la perspectiva ética en cuanto tal no varía al ritmo agitado de la modificación costumbrista: cambia más o menos el código, pero no aquello en lo que se apoya en cuanto código. El sentido y la raíz justificativa de la actitud ética permanecen probablemente más allá de modificaciones bastante espectaculares en los preceptos. Resulta lamentablemente vacuo proclamar la entronización de un nuevo paradigma moral cada vez que cambia la actitud social ante las relaciones extramatrimoniales o la pena de muerte.

Pero la dificultad más radical que se presenta ante quien desea indagar el porvenir de la ética estriba precisamente en asegurarse de que habrá ética en el porvenir. ¿No escuchamos a cada momento que la ética es una simple superestructura heredada del pasado y a punto de desahucio por obra de la socioeconomía, el psicoanálisis, la biología o la razón de Estado? El lenguaje ético parece no ser ya más que una concesión retórica destinada a persuadir a los descarriados más sugestionables o —con mayor frecuencia— desacreditar a los rivales en cualquier pugna de poder. Los casos de mayor fervor ético se reclutan entre las bellas almas con querencia religiosa que no renuncian al sermón dominical. En cuanto a los más laicos científicos de la ética, pertenecen por lo común al ramo de las comunicaciones: son como operarios de Telefónica, pero en santo. Lo más actual es el recurso al lenguaje y la prédica morales como sustituto *light* de las antiguas ideologías políticas, ahora en franca crisis. Por lo demás, dicen los más osados, vivimos en una época *cínica*. Como el *western* cinematográfico, la ética no parece destinada más que a un porvenir de *remakes* cada vez más artificiosos y halagadores del morbo nostálgico, hasta su definitiva extinción en cuanto razón práctica actual y su esclerosis museística en curioso producto histórico.

Para tomar muy racialmente el toro por los cuernos, quizá la cuestión del cinismo actual sea el más valeroso comienzo. Al afirmar la preponderancia del cinismo o incluso su conveniencia parece que se rompe subversivamente con una serie de legitimaciones virtuosas tradicionales, mimadas por la impotencia dulzona de las bellas almas. Pero en realidad quizás esta provocación se base en un malentendido. Por lo común, el cinismo no es más que el intento de sinceridad de los ingenuos. Y la sinceridad no está al alcance de los ingenuos, porque sólo puede sincerarse de veras quien ha hecho antes el esfuerzo de conocerse algo más que superficialmente, tarea que al ingenuo (más ingenuo cuanto más perversamente malicioso se cree) le aburre en seguida. En realidad, el cínico no es el flagelo destructor del alma bella, sino su complemento natural y, en la mayoría de los casos, su destino biográfico; el cínico es el alma bella unos años después: no ha aprendido nada nuevo, pero lo que siempre supo lo interpreta ahora al revés. En el terreno moral, por andar sin rodeos, el alma bella siempre ha creído que todo acto virtuoso, para ser auténtico, debía ser un acto de desprendimiento. Más tarde llega a la conclusión de que el único desprendimiento del que el hombre es espontáneamente capaz es el desprendimiento de retina y concluye que la virtud es una farsa que debe ser abandonada. En lo tocante a la valoración ética de lo político, el alma bella siempre supuso que el compromiso digno con lo colectivo implicaba la búsqueda de un bien que no podía ser sino común. Como luego se convence de que el llamado bien común no es sino la hostilidad institucional al bien de cada uno, decide que la franca villanía es el ejercicio político menos inconsecuente. En una palabra: el alma bella siempre ha creído creer que el egoísmo es malo y el altruismo bueno; advertido luego de que no se puede no ser egoísta, se dedica a serlo con la entusiasta torpeza del neófito, pero sólo logra invertir su antigua fe altruista. Y así el cínico no llega a egoísta consecuente y se queda en altruista contrariado.

La ética de las almas bellas tiene, en efecto, poco porvenir. Si lo moral es el desprendimiento, el cumplimiento del deber por puro respeto a la ley moral, la renuncia al interés propio en beneficio del interés ajeno o del simple desinterés... si lo políticamente impecable pasa por abominar de la propiedad y del consumo, mientras exige la destrucción de cualquier jerarquía no emanada directa e inequívocamente del doliente pueblo y el automático ensalzamiento instituido de todo humillado... entonces hay que admitir que la ética padece una crisis que bien pudiera llegar a ser irreversible. Socavada su garantía religiosa y desencantado o conflictivo su cimiento civil, la virtud del alma bella se ha convertido en una cualidad oculta, incomprensible, algo así como la *virtus dormitiva* del ineficaz médico de Molière. Pero lo cierto es que el opio tiene realmente una determinada eficacia sobre el organismo humano, aunque recurrir a la *virtus dormitiva* no sirva precisamente para comprenderla; del mismo modo, la virtud existe y funciona, tal como la perspectiva ética está implicada en las más significativas de nuestras acciones, aunque sus justificaciones más acrisoladas resulten ya muy poco creíbles. Para abordar, pues, la cuestión del porvenir de la ética seguiré una vía que va a distanciarnos un tanto de las tradicionales moralizaciones según la *virtus dormitiva*. Plantearemos tres temas: a) el amor propio como fundamento de la ética; b) la virtud como individualismo, y c) el reconocimiento activo de los derechos humanos.

a)   El amor propio como fundamento de la ética

Lo primero que debe quedar sentado es que el conjunto de valores, motivos, preceptos, orgullos y remordimientos que constituyen el ámbito de lo moral no están fundados en ninguna autoridad suprahumana (divina) ni tampoco en instancias impersonales (genéticas, preconscientes...) sino en la dimensión consciente y creadora de la personalidad humana. Esta dimensión consciente y creadora de la personalidad, que a la vez observa y anhela, clasifica y ambiciona, en una palabra, que *estudia* en el doble sentido de aprender y apetecer, es lo que vamos a denominar la *voluntad* humana. La moral proviene directa y únicamente de la voluntad: es un querer y un rechazar, pero nunca un desinterés. Y no vale decir que es un interés desinteresado o no patológicamente interesado, como arguye Kant, porque la voluntad es previa a la distinción entre cuerpo, alma y espíritu, la voluntad se interesa a la vez racional, psíquica y carnalmente en lo que le concierne. A la voluntad nada le pone en acción salvo ella misma, no tiene miramientos más que para sí misma, nunca renuncia a nada salvo para crecer mejor, no se quiere más que a sí misma. Y nunca se olvida del ser (ni del suyo propio ni del *Seyn*), porque su querer es el más agudo *tomar en cuenta* lo que hay de hecho y el hecho de que lo hay.

Este quererse a sí misma de la voluntad, este querer conservarse y perseverar, querer potenciarse, querer experimentar la gama de las posibilidades en busca de las más altas, querer transmitirse y perpetuarse, es lo que debe entenderse por *amor propio*.

Lo moral no es la obligación de restringir el amor propio sino el arte consecuente de practicar su libre juego. Es preferible esta denominación de «amor propio» a otras equivalentes, como por ejemplo «egoísmo racional» o «egoísmo ilustrado», porque en realidad nos estamos refiriendo a algo previo y subyacente a la institución psicosocial del «ego»: el yo brota de la energía creadora del amor propio, no al revés. O por decirlo de una manera necesariamente enigmática, el amor propio es «propio» antes de ser «mío»*. Por otra parte, las invectivas de Rousseau contra el *amour propre* en beneficio del *amour de soi* (el primero estaría viciado por la vanidad y competitividad de

---

* Recordemos aquí la importante observación de William James: «We see no reason to suppose that self-love is primarily, or secondarily, or ever, love for one's mere principle of conscious identity» *(Principles of Psychology).*

la sociedad, mientras que el segundo provendría directamente de las exigencias de la naturaleza) nos refuerzan *a contrario* en la elección de este término. El amor propio humano no puede no ser social, lo mismo que no puede no ser corpóreo o no puede no ser reflexivo. Precisamente la dimensión más ética del amor propio es el *reconocimiento* de lo humano por lo humano, el reconocimiento del hombre *en* el hombre, requisito básico de la *filía* comunitaria. En efecto, hay en el amor propio un prurito de no decaer en el aprecio de los otros (aunque esta búsqueda esencial de conformidad no debe ser confundida con el mero conformismo, ya que esos «otros» no tienen que ser en cada momento histórico determinado la simple mayoría estadística, sino aquellos en los que reconocemos —pasados, presentes o futuros— la exigente semejanza de alcurnia moral). La búsqueda de excelencia y el temor al reproche de los mejores no son concesiones vanidosas al gregarismo sino parte de la madura aceptación de nuestra *sociogénesis*, fuera de la cual no sólo perderíamos actual acomodo sino toda genealogía de identidad y sentido. Por último, el término «amor», en su tradicional análisis platónico como combinación dialéctica de abundancia y escasez, así como por sus connotaciones de intensidad afectiva, se adecúa perfectamente para caracterizar el carácter tensional y proyectivo de la raíz voluntarista de la ética.

El contenido profundo del amor propio humano —es decir, aquello que los hombres queremos y aquello que queremos cuando nos estamos queriendo— es la *inmortalidad*. No se trata de la simple y rabiosa negación de la muerte, sino de la afirmación pugnaz de la vida frente a la solidez inesquivable del perecer. Tampoco consiste exclusivamente en la promesa religiosa de una vida inacabable después de la muerte, aunque esta promesa increíble y sus pompas rituales brotan sin duda del amor propio inmortalizador. La cultura toda se fragua contra la muerte y la primera función de cada sociedad es urdir una cierta inmortalidad para sus socios. No consiste tan sólo en asegurar la supervivencia, sino en contrarrestar la zapa de la muerte: poner memoria allí donde la muerte pone olvido, poner sentido donde ella impone absurdo, poner orden donde ella insinúa el caos, poner invulnerabilidad donde ella abre todas las heridas, poner placer donde ella instaura insensibilidad, poner jerarquía donde ella establece definitiva igualdad, poner entretenimiento y diversión donde ella manda aburrimiento, poner seguridad allí donde ella trae zozobra, poner belleza donde ella exhibe corrupción, poner novedad allí donde reina para siempre la rutina, poner abundancia donde ella despoja de todo, asegurar linaje para que la destrucción de cada cual no sea muerte sin residuo... Puede decirse que la sociedad y la cultura son siempre *reaccionarias*, porque no hay cosa en ellas que no suponga una reacción contra la subversión terrorista de la muerte. De esta guisa, la muerte no resulta rechazada sino que se afirma, pero como tarea polémica de la vida: la muerte es el contraste y la verificación de la vida humana, porque ésta no es en lo cultural sino el conjunto de instituciones y símbolos que resisten a la muerte, tal como se predicó hace tiempo de la vida biológica. El núcleo esencial y más significativo de esta resistencia es poner *libertad* allí donde la muerte legisla *necesidad*. Tal es, precisamente, la tarea de la ética en cuanto puesta en práctica del amor propio.

La moral es por tanto la consecuencia más *enérgica* de la finitud. Desde sus comienzos, ha consistido en celebrar la íntima fibra de resistencia y oposición a la zapa de la muerte: fuerza y gloria allí donde crecen debilidad y miedo, compasión frente a lo que no la tiene con nosotros, apoyo mutuo ante la forzosa disgregación, trascendencia contra la perpetua banalidad, comunicación en vez de estéril silencio... El amor propio no sólo es voluntad de no morir sino también de inmortalizarse, es decir, de establecerse y obrar a despecho de la muerte de tal modo que ésta llegue a resultar *subyugada* por la vocación vital humana. Fuera de este propósito lleno de coraje y quizá tan antiguo como el hombre mismo, en la llamada ética no hay sino superflua superstición. Se dirá que entonces todos los hombres han de ser celosamente morales, pues ninguno quiere morir ni favorecer a la muerte. ¿Dónde queda el *esfuerzo* meritorio de la virtud? Lo cierto es, sin embargo, que la tendencia descorazonadora a rendirse ante la muerte es una propensión tan arraigada como el mismo impulso moral. Plinio el Viejo nos dejó dicho que *nullum frequentius votum* —ningún deseo más común— entre los hombres que el de morir. El propio ímpetu espasmódico del amor propio, si no acierta a sustentarse a sí mismo por el ejemplo, la práctica y la reflexión, se depaupera en fatiga y complicidad con la muerte. Junto a la voz de ánimo personalizadora del amor vital a uno mismo, nunca se ausenta el susurro despersonalizador de la aniquilación narcótica. ¿Para qué...? ¿Qué más da...? ¿Y después...? Por eso se habla sin impropiedad de «obligación» y «deber» morales: porque también la vida es obligación y deber, o sea resistencia a la inercia que sabotea nuestro más hondo querer. Y como no se puede dejar de querer, el que se cansa de querer quiere la nada, según advirtió Nietzsche.

La tentación inmoral consiste siempre en aceptar gran parte de la necesidad mortífera para resguardar alguna porción deslavazada e invertebrada de inmortalidad. Se pierde así el vigor de conjunto que la virtud busca y se hace una concesión fatal a aquello que precisamente se trata de evitar. Porque la muerte de nuestra cordura moral (no, por supuesto, el cese voluntario de la vida biológica que puede ser en su caso la más alta confirmación del amor propio inmortalizador, es decir, del sentido de la vida) nunca es pretendida por sí misma, sino como contra sí misma, como disolución de un conflicto que no se comprende bien o que no se tiene coraje suficiente para seguir afrontando. Por ello es a quien desiste de su amor propio moral a quien mejor se le podría preguntar con tristeza aquella cuestión que Rilke dirigió al conde de Kalkreuth en su elegía por este precoz suicida de diecinueve años:

> *¿Te alivió eso tanto como creías*
> *o acaso estaba el dejar de vivir*
> *todavía lejos del estar muerto?*

b) *La virtud como individualismo*

En la actualidad nada tan frecuente como oír hablar del vigente individualismo, sea para celebrarlo como una difícil y reciente conquista o para deplorarlo como una amenaza de insolidaridad disgregadora. Por lo común la noción de individualismo manejada en ambos casos es reductiva y prejuiciosamente sesgada. No hay ninguna oposición real entre individuo y sociedad, cómo habría de haberla: la autonomía individual es un invento de la evolución social, tan «sociable» por tanto como cualquier otra trabazón creada por la imaginación colectiva. El individuo no aparece ni *al margen* de la sociedad ni mucho menos *contra* ésta, sino como su producto más sutil y avanzado. En cuanto a la solidaridad, sus verdaderos enemigos son quienes la suponen inviable salvo por coacción o fusión: muy al contrario, sólo el individuo autónomo puede ser realmente solidario, porque sólo él puede elegir entre serlo o no serlo. Tönnies habló del paso de la comunidad a la sociedad, de una solidaridad orgánica a otra mecánica; prefiero, por mi parte, referirme al tránsito entre una lógica de la pertenencia y una lógica de la participación.

El individualismo es el reconocimiento teórico-práctico de que el *centro social* de operaciones y sentido, de legitimidad y decisión, es el individuo autónomo, o sea: todos y cada uno de los individuos que constituyen el artefacto social. No hay, pues, un sentido de la comunidad que trascienda la suma o maximización de los intereses de cada cual, ni se da una esencia histórica transcendente —nación, pueblo o clase— cuyo derecho a exigir perpetuidad y a imponer sacrificios esté por encima (es decir, pueda desentenderse de hecho o de derecho) de la mejor oportunidad de bienestar y libertad del conjunto de sus participantes. En el terreno de la ética, que es el que aquí más nos interesa, el individualismo supone la entronización moral de la *autonomía* y de la *responsabilidad* del sujeto, por encima de su pertenencia a un grupo o institución, de su fidelidad a éste, incluso de su posición de minoría discrepante respecto a la unanimidad consensuada o impuesta de otros individuos. En el terreno de la virtud, cada cual es *insustituible* y ninguna institución, por perfecta y persuasiva que sea, puede dispensarnos en cada caso del riesgo de optar por nosotros mismos. La virtud puede beneficiar a muchos o a la mayoría, pero se es virtuoso de uno en uno. La excelencia de la virtud, lo que estimula la admiración que constituye su dignidad y gloria, es el hecho de que en el momento debido (*kairós*) nadie puede ser virtuoso por otro ni ser exactamente virtuoso como otro. En este sentido he hablado largamente en otras ocasiones de la figura moral del héroe (*La tarea del héroe*, *El contenido de la felicidad*), que desde luego poco tiene que ver con un Fierabrás repartidor de mandobles arrogantes. Más bien traté de recobrar el sentido originario del término, tal como lo glosa Hanna Arendt: «En su origen la palabra héroe no es más que el nombre que se da a cada uno de los hombres libres que habían tomado parte en la epopeya troyana y de los que se podía contar una historia. La idea de coraje, cualidad que hoy consideramos indispensable en un héroe, se encuentra ya de hecho en el consentimiento de actuar y de hablar, de insertarse en el mundo y de comenzar una historia propia» (*La condición humana*). *El héroe es el individuo autónomo que, en cumplimiento o invención de la más alta moralidad, decide vivir su peripecia personal y social como una aventura irrepetible.* No busca la originalidad a ultranza ni la divergencia o coincidencia con la norma, sino el asentamiento de su historia como propia, como fruto del amor individualizante.

Quien a estas alturas pregunte por qué es mejor ser individuo autónomo que siervo, engranaje o Hijo Obediente de la Gran Madre, no merece ser respondido, sino escupido en la cara sin más rodeos: hasta su pregunta proviene de aquello que dice cuestionar... Pero es evidente que la autonomía es una carga delicada y culpabilizadora, sometida a cortocircuitos producidos por nuestro desánimo y también por la heteronomía del sistema político imperante. Cortocircuitos que provienen del pavor atávico a tener que *firmar* personalmente nuestras opciones en lugar de endosárselas a Dios o al Monarca Absoluto y también cortocircuitos inducidos por la alienación burocrática, económica y totalitaria. Es gravoso tener que asentir reflexiva y responsablemente a la institución o mantenimiento de artefactos comunitarios, en lugar simplemente de aceptar como cosa natural, predestinada, que formamos parte necesaria de ellos. En alivio del afligido por esta carga o del ignorante interesadamente mantenido por los oligarcas lejos de ella, el Estado contemporáneo provee mecanismos colectivizantes que permiten o a veces imponen la dimisión de la autonomía individual. En uno de sus textos póstumamente publicados (*Omnes et singulatim*), Michel Foucault distingue el poder *pastoral* del poder estatal propiamente dicho. Este último regula las relaciones entre ciudadanos iguales en derechos y desiguales en propiedades, es decir la escena pública de las transacciones metasubjetivas. Pero el poder pastoral —suplemento vergonzante al poder estatal que el mismo Estado ofrece mezclado con el otro y a menudo indiscernible de él según la propaganda— reproduce la *solicitud ilimitada* del buen pastor por sus ovejas, encargado de que nunca se encuentren solas y desconcertadas, dictador benévolo de sus deseos para impedir peligros, orientador de sus ocios para que no se entreguen a los vicios o caigan en manos de comerciantes desaprensivos, responsable último por fin de la *salvación* de cada una de ellas... Este poder pastoral antiindividualista y heterónomo del Estado (no menos heterónomo por muy democrático que sea su modo de legitimación), promotor de un nuevo destino común que aunará sin resquicios a todos los socios, argumentado con razones teocráticas, médicas (v. gr. el caso de la prohibición de las drogas) o de simple racionalización funcional, no es exclusivo de los totalitarismos: muchos de quienes hoy en regímenes democráticos se quejan del aislamiento caprichoso de los individuos y del riesgo que corren tantas soledades de caer en las redes de traficantes multinacionales, están sin saberlo reclamando un poder pastoral «bueno» del Estado, es decir, una privación de la autonomía y la responsabilidad individuales que nos resulten más «sanos» que los riesgos de éstas.

El sistema de participación política individualista (inseparable en último término de la virtud ética individual) es conflictivo, agónico (en el sentido de cooperativamente competitivo) y escénico: exige visibilidad y transparencia. ¿Comporta el individualismo una pérdida de voluntad de participación cívica? El diagnóstico se remonta nada menos que a Tocqueville («en las sociedades democráticas, cada ciudadano está habitualmente ocupado en la contemplación de un muy primoroso objeto que es él mismo») y es hoy repetido por numerosas voces. Algunos, como Benjamin Constant y ahora —a su modo— Baudrillard, consideran este desinterés por la intervención directa en la cosa pública como un rasgo peculiar pero no deplorable de la «libertad de los modernos» frente al concepto clásico de ciudadanía; por el contrario, Hanna Arendt y también Agnes Heller, Castoriadis, etc. no conciben ningún modelo auténtico de libertad sin *vita activa*, es decir sin participación inexcusable en la gestión de lo común. Creo que es importante subrayar que la participación política (no la efusiva pertenencia a un grupo o partido) es atributo exclusivo del individualismo democrático: de ahí su carácter más diferenciado y selectivo, menos automático y —en cierto sentido— más elitista. Por otra parte, quizá nuestro tiempo esté asistiendo al ensayo (aún muy incoativo) de formas de *vita activa* distintas a las tradicionales pero no menos reales. En todo caso, lo propio del individualismo no es el alejamiento de la política y el repliegue en la privacidad, sino la orientación de la intervención en lo público: su anticolectivismo. El *colectivismo* no se caracteriza por ser una forma de producción de bienes ni de reparto o propiedad de los mismos, sino por la inmolación instrumental de la autonomía individual a los fines de la entidad colectiva en cuanto algo más significativo y meritorio que el conjunto de sus miembros. «Hacer política» en sentido colectivista equivale a domeñar persuasiva o disciplinariamente a los individuos para lograr una sociedad «mejor» en cuanto unidad de destino común. El individualista puede (y, en mi opinión, debe) participar activamente en política y también con el propósito de lograr una sociedad «mejor», pero entendiendo por esto una sociedad que favorezca la aparición de individuos más logrados (más autónomos y responsables, menos culpablemente dependientes de la autoridad). El colectivista opera sobre los individuos para acondicionarlos a la sociedad deseable y el individualista interviene en la gestión de lo social para facilitar el aumento de posibilidades y de vitalidad de los individuos.

c) *El reconocimiento activo de los derechos humanos*

Infravalorados hace unos años por los políticos radicales (que los consideraban deseos piadosos pero vacuos y reblandecedores de la lucha revolucionaria), denostados y perseguidos por las dictaduras (que los tienen por el caballo de Troya hipócritamente edificante de la penetración comunista o capitalista, según el caso), rodeados de la desconfianza puntillosa de los profesores de derecho y de moral (para los unos son demasiado morales para poder ser considerados estrictamente «derechos», para los otros se parecen demasiado al derecho positivo como para reclamar lícitamente la universalidad moral), los derechos humanos son hoy la contribución axiológica más efectiva a la autoinstitución de la sociedad razonablemente emancipada. El éxito ideológico —no pongo nada peyorativo en la palabra— de los derechos humanos ha contribuido a comprometerlos. Originados en el asentamiento de la autonomía individual frente a la razón de Estado, el polimorfismo de ésta ha sabido asimilárselos para sus propios fines. Los gobiernos tienen la costumbre de esgrimirlos como arma arrojadiza contra sus vecinos o rivales, mientras dentro de sus fronteras los consideran tan cómoda e indiscutiblemente asentados que ya no necesitan vigilancia. Algunos de sus paladines estatales nos recuerdan la oportunidad del antiguo dictamen de Samuel Johnson: «*How is that we hear the loudest yelps for liberty among the drivers of negroes?*» Los derechos humanos son *transversales* a la política, el derecho y la moral, pues no pueden ser encajados estrictamente en ninguno de estos campos ni tampoco borrados sin más de ninguna de las tres nóminas. No constituyen por sí mismos una política, pero sirven como baremo para juzgarlas todas y cada una; no forman parte de un derecho positivo ni siquiera cuando están recogidos en el preámbulo de las constituciones particulares, pero guardan el sentido no burocráticamente funcionalista o represivo de cada derecho; exteriorizan demasiado normativamente el proyecto moral, pero contribuyendo mucho más a darle carne y sangre que a desfigurarlo. Si puede hablarse, como aquí lo intentamos, de un porvenir para la ética, éste pasa inexcusablemente por los derechos humanos.

¿En qué consisten? No se trata, desde luego, de promover un nuevo decálogo ni de poner al día el antiguo. Tampoco estriba el problema en dar cristalización valorativa a tal o cual de las listas más institucionalmente recomendadas, pues todas resultan incurables y necesariamente circunstanciales. Admitir unos derechos humanos significa estar activamente decidido a que el reconocimiento de lo humano por lo humano equivalga al reconocimiento de derechos por parte de otro sujeto de esos mismos derechos. No es tanto que el hombre tenga tales o cuales derechos, sino que *el derecho a ser hombre* (entendiendo por tal el sujeto de derecho) es un estatuto consciente y voluntario que los hombres deben moralmente concederse unos a otros. La concreción histórica de ese derecho se articula en una lista directamente relacionada con las *necesidades* del hombre tal como pueden ser universalmente estudiadas y con sus *libertades* tal como pueden ser comprendidas desde la autonomía y responsabilidad de los individuos participantes en la comunidad. Como toda idea moralmente relevante, los derechos humanos parten de un presupuesto que nunca puede ser del todo razonado porque sirve como fundamento para razonar: en este caso, que lo que aproxima cómplicemente a todos los hombres en cuanto individuos es más digno de estima y perpetuación que lo que los diferencia como miembros de diferentes colectivos políticos o culturales. No se considera a estas diferencias irrelevantes, sino sólo irrelevantes en cuanto se oponen al respeto de alguna de las esenciales coincidencias. Este planteamiento, por supuesto y como nunca será lo bastante recordado, no es algo obvio, indiscutible y de sentido común, sino una conquista (y también una imposición) *revolucionaria*. Por tanto no pregunta a todos y cada uno de los sirvientes del antiguo régimen si da su venia al cambio, sino que lucha por abrirse paso. Rémy de Gourmont dijo que «la civilización no es más que una serie de insurrecciones» y la reivindicación de los derechos humanos es la última y quizá no la menos importante de ellas: una insurrección contra la teocracia, el fundamento enajenado y transcendente de la comunidad, la jerarquía de la naturaleza o el linaje, los prejuicios colectivistas, la razón de Estado, las diversidades folklóricas que perpetúan el sacrificio de la particularidad en lo que tiene de universal, etc.

Los adversarios más decididos de la doctrina de los derechos humanos provienen ideológicamente de izquierda y derecha. Unos los declaran una mogiganga idealista preconizada por el Estado burgués para legitimar su dominio de clase. Los que así piensan no son más que oficiantes algo retardados —y no sólo en el sentido temporal del término— de la ideología más dañina de este siglo, a la que corresponde la patente de invención del totalitarismo: el leninismo. Con el pretexto de que todo Estado es una dictadura encubierta, aspiran —o han aspirado en su día— a la imposición desembozada del Estado dictatorial; los derechos que el súbdito —no cabe hablar aquí de ciudadanos— reclama al poder o son una forma de resistencia contra éste, luego representan nada más que el egoísmo atomizador pequeñoburgués, o coinciden precisamente con lo que el poder prescribe no ya como derecho sino como obligación a cada cual: en ambos casos, la reivindicación resulta proscrita. El paso del tiempo ha mostrado con suficiente claridad los logros que podía alcanzar la realización efectiva del leninismo, lo cual ha restado bastante fuerza persuasiva a su argumentación.

Pero el clamor más compacto contra estos derechos proviene de un ángulo diferente, en cuya perspectiva coinciden la llamada *nouvelle droite*, en castellano la derecha parafascista, y el antiimperialismo de cierto tercermundismo no menos reaccionario pero con *coloratura* más izquierdizante. Según este planteamiento, la universalidad pretenciosa de los derechos humanos supone una violación eurocéntrica del equilibrio cultural de otros grupos distintos a la tradición europea. Los derechos de cada hombre no dependen de su pertenencia individual a la universalidad abstracta de la especie, sino que están ligados a su adscripción a un pueblo determinado —con sus tradiciones y su forma de interpretar el mundo— del que recibe su identidad y su destino. Los derechos humanos individuales liquidan con su zapa ilustrada la cohesión de pueblos diferentes, más orgánicos y menos disolventemente racionalistas. Además, con el pretexto de introducir los derechos humanos en otras latitudes, lo que busca imponerse es la homogeneidad de la explotación multinacional: en una palabra, el nuevo imperialismo. De aquí que los más avisados reclamen —y encuentren eco en altas instancias internacionales— el derecho de los pueblos a su autodeterminación, como algo complementario o aún prioritario a los derechos humanos de los individuos. Tiranías tercermundistas de uno y otro signo reciben generoso apoyo económico de los países más desarrollados en nombre de la no ingerencia en los asuntos internos de pueblos cuyas «peculiaridades» políticas son tan respetables como las extravagancias criminales de Calígula. Desde un punto de vista ético-político, la respuesta a estas aseveraciones me parece que debe ser de una claridad sin complejos ni tardíos arrepentimientos que renueven hoy los males del peor colonialismo de ayer. No está totalmente demostrado que el respeto institucional de los derechos humanos sea exigido para favorecer mejor el comercio de las multinacionales, pero en cambio ha quedado probado hasta la saciedad que quien pide licencia folklórica para conculcarlos no pretende sino imponer una autocracia que será mucho más difícil de soportar para sus víctimas que la omnipresencia de la cadena Macdonald's. Y el sujeto de la reclamación de esos derechos siempre es el individuo, en cuya condición se reúnen los rasgos universales y la eventualidad irrepetible, no el pueblo o cualquier otra identidad colectiva con vocación estatal.

¿Condenamos así el mundo a la monotonía de lo homogéneo, al proscribir los usos y tradiciones que no respetan lo que el individualismo burgués ilustrado considera «humano»? Bien, tal monotonía civilizada está por desdicha aún demasiado lejos... incluso de los países supuestamente más democráticos. Antes de quejarnos de aburrimiento, esperemos a aburrirnos. ¡Ojalá llegue el día en que una cierta ecología de la atrocidad humana aconseje asilar en reservas a torturadores, fanáticos religiosos o nacionalistas, partidarios de los castigos corporales, racistas, cultivadores borrascosos de la flagelación propia y ajena, etcétera! De momento, tales muestras de «diversidad» son tan comunes que bastante tenemos con luchar por intentar extirparlas: la supervivencia de los lobos no se plantea estética y culturalmente más que cuando los lobos han dejado de amenazar la supervivencia de los rebaños humanos. Pero ¿qué derecho tenemos los «occidentales» a imponer nuestra reivindicación al resto de los pueblos? El derecho de insurrección: no olvidemos que la realización democrática es un movimiento revolucionario, que no puede ni debe andarse con chiquitas. Además, la historia demuestra que en todas partes, por «exóticas» que sean, hay individuos vocacionalmente «occidentales» que no quieren ser tan «diferentes» como su pueblo fastidiosamente acostumbra. Ayudémosles. El *derecho a la diferencia* es sin duda respetable, pero tanto en lo que tiene de salvaguardar las diferencias como en la exigencia de respetar un derecho que las ampara a todas.

Los derechos humanos quizás encierren el esbozo en filigrana del reglamento común —«constitución», si se quiere— de la organización universal que antes o después reducirá a una soberanía civilizada el actual bandolerismo irrestricto de las naciones. Entonces se realizará una de las dimensiones del razonable sueño libertario que previno contra los estados y su manipulación belicosa que a nadie rinde cuentas. La humanidad de los cinco mil millones de seres, del hambre endémica e injustificable, de la amenaza nuclear, de las catástrofes ecológicas, exige este código unitario antes de que sea demasiado tarde. A esta medida de control político corresponderá lo que Hans Jonas (en *Das Prinzip Verantwortung*) dice de la «ética de la responsabilidad ampliada» que toma en cuenta la «conducta colectiva tecnológicamente acumulativa». Cabe discrepar de la admirable Hanna Arendt en lo tocante a que «una sociedad universal no puede significar más que una amenaza para la libertad» (*El interés por la política*) pues aunque el peligro de supercontrol existe (la ciencia ficción lo ha magnificado abundantemente en sus argumentos), las arbitrariedades hoy imperantes por la ausencia de una autoridad supranacional resultan ya más lesivas que lo prometido por el planteamiento universalista verosímil*. La única objeción seria contra éste proviene de las dificultades que entraña su puesta en práctica, no de sus hipotéticas amenazas esclavizadoras. En la actualidad, las diferencias ideológicas entre los grandes bloques parecen muy atenuadas por un general pragmatismo que con frecuencia aún conserva ribetes despiadados, pero que es sin duda preferible al enfrentamiento radical sin componendas. En cambio se dan brotes (y aún algo más que brotes) de una hostilidad menos racionalizada, más visceral: nuevas intransigencias raciales o teológicas de mayor peligro que la calculable pugna de intereses, puesto que ya no se trata en el fondo de ganar algo tangible sino ante todo de exterminar al adversario. Es de temer que aunque los tan denostados intereses egoístas vayan poco a poco aproximando —siempre en el conflicto, eso sí— a los hombres, rebrote el enzarzamiento sanguinario por culpa de tipos de incompatibilidad más atávicos, huella feroz y quizá definitiva de lo que la antigua sabiduría llamó nuestro *pecado original*.

* En cuanto al mantenimiento de una posibilidad efectiva de *vita activa* política, que indudablemente preocupa a Arendt, no hay razones de fondo para considerarla obstruida (sino hasta fomentada) por la implantación de un marco político universal.

La ética es una toma de postura voluntaria, fruto reflexivo y estilizado del amor propio humano: apuesta por la inmortalidad vitalista de los hombres, socios milenarios de una empresa comunitaria de autoperpetuación cuyo fruto más elaborado es el individuo autónomo y responsable, capaz de reconocimiento y participación con sus iguales. Todo en la ética es inmanencia y humanismo, salvo la superstición: y esta misma no es sino ocultamiento por heteronomía o traición de la inmanencia y el humanismo. El problema para hoy y para mañana de la ética, una vez abandonado su refugio en la transcendencia, es cómo evitar caer en la intranscendencia, esto es: en la *banalidad*. Hanna Arendt habló, en relación con los horrores nazis, de la banalidad del mal y aún podríamos referirnos a la banalidad como mal o, a fin de cuentas, a que el mal es la forma enfática de la banalidad, es decir, la resaca destructiva del abandono de la transcendencia. En contra de lo que suponen los moralistas de urgencia, la dificultad ética actual no es el cinismo (pues éste no es de entrada sino lo que merece toda moral que aún se proclama imbécilmente desinteresada), sino la banalidad, lo instrumental o caprichosamente intranscendente. Aquí es esencial la función de la *imaginación* creadora de nuevas ideas, formas y valores (cuya empresa planteó con sin igual lucidez provocativa Nietzsche y luego ha tematizado Castoriadis y, en España, Victoria Camps), porque la ética es *querer ser* y, desde el *De Anima* aristotélico sabemos que «ningún ser desea sin imaginación». Aunque el marco básico de los valores ha sido ya establecido y en él concurren condicionamientos que no hemos elegido ni podemos rechazar, las formas que irá dibujando el estilo moral de cada persona en cada época no admiten la clausura de la letanía ni el formalismo respetuoso de la ley. Nada resta, pues, cara a la ética del porvenir que anima nuestro presente, salvo reasumir el dictamen aún lozano de Ortega: «Por tanto, será inmoral toda moral que no impere entre sus deberes el deber primario de hallarnos dispuestos constantemente a la reforma, corrección y aumento del ideal ético. Toda ética que ordene la reclusión perpetua de nuestro albedrío dentro de un sistema cerrado de valoraciones es *ipso facto* perversa» (*Meditaciones del Quijote*).

Despedida

Todo el mundo descubre, tarde o temprano, que la felicidad perfecta no es posible, pero pocos hay que se detengan en la consideración opuesta de que lo mismo ocurre con la infelicidad perfecta. Los momentos que se oponen a la realización de uno y otro estado límite son de la misma naturaleza: se derivan de nuestra condición humana, que es enemiga de cualquier infinitud. Se opone a ello nuestro eternamente insuficiente conocimiento del futuro; y ello se llama, en un caso, esperanza, y en el otro, incertidumbre del mañana. Se opone a ello la seguridad de la muerte, que pone límite a cualquier gozo, pero también a cualquier dolor. Se oponen a ello las inevitables preocupaciones materiales que, así como emponzoñan cualquier felicidad duradera, de la misma manera apartan nuestra atención continuamente de la desgracia que nos oprime y convierten en fragmentaria, y por lo mismo soportable, su conciencia.

Primo LEVI, Si esto es un hombre

Los que acampan cada día más lejos del lugar de su nacimiento, los que arrastran su barca cada día hacia otra orilla, conocen cada día mejor el curso de las cosas ilegibles; y remontando los ríos hacia su fuente, entre las verdes apariencias, son alcanzados de pronto por ese resplandor severo donde toda lengua pierde su poder.

Saint-John PERSE, Nieves

Algunas indicaciones bibliográficas

ANDOLFI, F., *L'egoismo e l'abnegazione*, Franco Angeli, Milán, 1983.
ANSART-DOURLEN, M., *Freud et les Lumières*, Payot, París, 1985.
ARENDT, H., *The Human Condition*, University of Chicago Press, Chicago-Londres, 1958.
— *The Life of Mind*, Harcourt Publishers, Nueva York, 1978.
APEL, K.O., *Estudios éticos*, Alfa, Barcelona, 1986.
ARVON, H., *Aux sources de l'existentialisme. Max Stirner*, PUF, París, 1954.
AUBENQUE, P., *La prudence chez Aristote*, PUF, París, 1963.
AUGE, M., *Génie du paganisme*, Gallimard, París, 1985.

BENJAMIN, W., *Dirección única*, Alfaguara, Madrid, 1987.
BECKER, E., *The Denial of Death*, Free Press, Nueva York, 1973.
BETTELHEIM, Br., *Sobrevivir*, Crítica, Barcelona, 1981.
BOBBIO, N., *Las ideologías y el poder en crisis*, Ariel, Barcelona, 1988.
BRAYBROOKE, D., *Meeting Needs*, Princeton University Press, Princeton, 1987.

CAMPS, V., *La imaginación ética*, Ariel, Barcelona, 1984.
CANETTI, E., *El corazón secreto del reloj*, Muchnik, Barcelona, 1986.
CASSIRER, E., *La filosofía de la Ilustración*, Fondo de Cultura Económica, México.

CASTORIADIS, C., *Los dominios del hombre. Las encrucijadas del laberinto*, Gedisa, Barcelona, 1988.
CIORAN, E., *Ensayo sobre el pensamiento reaccionario*, Montesinos, Barcelona, 1986.
COLOMER, J.M., *El utilitarismo*, Montesinos, Barcelona, 1987.
COWPER POWYS, J., *In Defence of Sensuality*, Village Press, Nueva York, 1974.

DELEUZE, G., *Foucault*, Ed. du Minuit, París, 1986.
DERRIDA, J., *De l'esprit*, Galilée, París, 1987.
DIHLE, A., *The Theory of Will in Classical Antiquity*, University of California Press, Berkeley y Los Ángeles, 1982.

ELIAS, N., *La soledad de los moribundos*, Fondo de Cultura Económica, México, 1987.
— *El proceso de la civilización*, Fondo de Cultura Económica, México, 1988.
EYMAR, C., *Marx, crítico de los derechos humanos*, Tecnos, Madrid, 1987.

FERRY, L. y RENAUT, A., *Philosophie politique. Des droits de l'homme à l'idée republicaine*, PUF, París, 1985.
— *Heidegger et les modernes*, Grasset, París, 1988.
FEUERBACH, L., *Spiritualismo e Materialismo*, Laterza, Bari, 1972.
FINKIELKRAUT, A., *La derrota del pensamiento*, Anagrama, Barcelona, 1988.
FLORES D'ARCAIS, P., *Il disencanto tradito*, Micromega n.° 2, 1986.
FOUCAULT, M., *Le souci de soi*, Gallimard, París, 1984.
FROMM, E., *Ética y psicoanálisis*, Fondo de Cultura Económica, México, 1983.
— *Anatomía de la agresividad humana*, Siglo XXI, Madrid, 1975.

GADAMER, H.G., *Verdad y método*, Sígueme, Salamanca, 1977.
GARCÍA GUAL, C., *Epicuro*, Alianza, Madrid, 1981.

GÓMEZ DE LA SERNA, R., *El libro mudo*, Fondo de Cultura Económico, México, 1987.
GRONDIN, J., *Le tournant dans la pensée de Martin Heidegger*, PUF, París, 1987.
GRUMBERGER, B., *Le narcissisme*, Payot, París, 1975.
GUISAN, E., *Cómo ser un buen empirista en ética*, Universidad de Santiago de Compostela, 1985.
GUYAU, J.M., *Esquisse d'une morale sans obligation ni sanction*, Fayard, París, 1985.

HABERMAS, J., *Conocimiento e interés*, Taurus, Madrid, 1985.
HELLER, A., *Historia y vida cotidiana*, Grijalbo, Barcelona, 1971.
— *Hipótesis para una teoría marxista de los valores*, Grijalbo, Barcelona, 1975.
— *Le condizioni della morale*, Editori Riuniti, Roma, 1985.
HERZEN, A., *From the other shore*, Oxford University Press, 1979.
— *Lettres de France et de l'Italie*, Ressources, París, 1979.
HORNE, Th., *El pensamiento social de B. de Mandeville*, Fondo de Cultura Económica, México, 1982.

JOLY, M., *Diálogo en el infierno entre Maquiavelo y Montesquieu*, Muchnik, Barcelona, 1982.

KROPOTKIN, P., *La moral anarquista*, Calamus Escriptorius, Barcelona, 1977.

LANDAUER, G., *La revolución*, Proyección, Buenos Aires, 1961.
LACOUE-LABARTHE, Ph., *La fiction du Politique*, Christian Bourgeois, París, 1987.
LAURENT, A., *De l'individualisme*, PUF, París, 1985.
LÉVINAS, E., *Humanisme de l'autre homme*, Fata Morgana, Montpellier, 1972.
LUKES, S., *El individualismo*, Península, Barcelona, 1975.

MCCARTHY, T., *La teoría crítica de Jürgen Habermas*, Tecnos, Madrid, 1987.
MACINTYRE, A., *After Virtue*, University of Notre Dame Press, Indiana, 1985.
MACPHERSON, C.B., *La teoría política del individualismo posesivo*, Fontanella, Barcelona, 1979.
— *La democracia liberal y su época*, Alianza, Madrid, 1981.
MARCUSE, H., *Cultura y sociedad*, Sur, Buenos Aires, 1967.
MARTÍNEZ MARZOA, F., *Desconocida raíz común*, Visor, Madrid, 1987.
MARX, W., *Is There a Measure on Earth?* University of Chicago Press, Chicago, 1983.
MERQUIOR, J-G., *Foucault ou le nihilisme de la chaire*, PUF, París, 1986.
MUGUERZA, J., *La razón sin esperanza*, Taurus, Madrid, 1977.

NAGEL, Thomas, *The Possibility of Altruism*, Princeton University Press, Princeton, 1970.

ORTEGA Y GASSET, J., *Meditaciones del Quijote*, Alianza, Madrid.

PÉREZ LUÑO, A.E., *Derechos humanos, estado de derecho y Constitución*, Tecnos, Madrid, 1984.
PÖGGELER, O., *Filosofía y política en Heidegger*, Alfa, Barcelona, 1984.
— *El camino del pensar de Martín Heidegger*, Alianza, Madrid, 1986.

RANK, O., *Art and Artist*, Agathon Press, Nueva York, 1968.
RAWLS, J., *Justicia como equidad*, Tecnos, Madrid, 1986.
RICOEUR, P., *El discurso de la acción*, Cátedra, Madrid, 1981.

SANTAYANA, G., *Diálogos en el limbo*, Losada, Buenos Aires, 1964.
SARTRE, J.P., *Cahiers pour une morale*, Gallimard, París, 1983.

SCHILLER, F., *Educación estética del hombre*, Austral, Madrid, 1968.
SCHÜRMANN, R., *Le principe d'anarchie: Heidegger et la question de l'agir*, Du Seuil, París, 1982.
SEVERINO, E., *Interpretazione e traduzione de l'Orestia di Eschilo*, Rizzoli, Milán, 1986.
SGALAMBRO, M., *La morte del sole*, Adelphi, Milán, 1982.
STEINER, G., *Heidegger*, Fondo de Cultura Económica, México, 1983.
STIRNER, M., *El único y su propiedad*, Labor, Barcelona, 1970.
STRAUSS, L., *Droit naturel et histoire*, Flammarion, París, 1986.
SZASZ, TH., *The Myth of Mental Illness*, Harper and Row, 1974.
— *Pain and Pleasure*, Basic Books, Nueva York, 1975.

TUGENHAT, E., *Problemas de la ética*, Crítica, Barcelona, 1988.

UNAMUNO, M. DE, *Del sentimiento trágico de la vida en los hombres y en los pueblos*, Alianza, Madrid, 1988.

VANEIGEM, R., *Le livre des plaisirs*, Encre, París, 1979.

WALSH, W.H., *La ética hegeliana*, Fernando Torres, editor, Valencia, 1976.
WINNICOTT, D.W., *Jeu et realité*, Gallimard, París, 1975.

En este sucinto repertorio bibliográfico no se incluyen, por ser de sobra conocidos y presentar múltiples ediciones, los títulos de los autores clásicos que son los inspiradores de lo mejor de la reflexión planteada en este libro. Mencionemos al menos sus nombres: Platón, Aristóteles, Epicuro, Séneca, Montaigne, Hobbes, Spinoza, Voltaire, Diderot, Helvetius, Rousseau, Kant, Schopenhauer, Nietzsche, Freud.

Índice onomástico

Adorno, Theodore, 141, 193, 194, 252, 253
Agustín, san, 39
Althusser, Louis, 233, 258
Andolfi, Ferruccio, 51, 53
Anquetil, Gilles, 182
Antístenes, 126
Apel, Karl Otto, 25, 57, 67-69, 95, 109
Aranguren, José Luis, 8
Arendt, Hanna, 100, 156, 229, 304, 305, 311, 312
Aristóteles, 34, 37-39, 73, 91, 98, 113, 116, 122, 125, 168, 169, 184, 217, 218, 282
Arvon, Henri, 56
Aubenque, Pierre, 34, 116
Augé, Marc, 207
Avenarius, 54
Azaña, Manuel, 262

Ballesteros, Jesús, 10
Bakunin, Míjail, 271
Barbie, Klaus, 181
Barthes, Roland, 71
Bataille, Georges, 126
Batista, Fulgencio, 266
Baudrillard, 273, 305
Bauer, Bruno, 173, 176
Baudelaire, Charles, 159
Beccaria, 252
Becker, Ernst, 28
Beethoven, Ludwig van, 191
Benjamin, Walter, 26, 151
Benoist, Alain de, 179, 181, 184
Bentham, Jeremy, 49, 125, 168, 174

Bernhard, Thomas, 197
Bettelheim, Bruno, 72, 104
Bloch, Ernst, 191, 230
Bloy, Léon, 194, 195
Blumenberg, Hans, 195
Bobbio, Norberto, 203
Borgia, César, 29
Braybrooke, David, 171, 172
Bultmann, Rudolf, 229
Burckhardt, Jacob, 147
Burke, Edmund, 170, 265

Cacciari, Massimo, 224
Calígula, 29, 309
Campoamor, Ramón de, 196
Camps, Victoria, 240, 312
Camus, Albert, 229
Canetti, Elías, 196-198
Cassirer, Ernst, 48, 193
Castaneda, Carlos, 286
Castoriadis, Cornelius, 138, 305, 312
Castro, Fidel, 259, 266
Catón, 93
Celan, Paul, 229
Cerletti, Ugo, 277
Cioran, Émile, 155, 197, 256, 262
Clastres, Pierre, 258
Condorcet, 192
Conrad, Joseph, 115
Constant, Benjamin, 305
Cortina, Adela, 8
Cowper Powys, John, 130, 134

Chamfort, Nicolás de, 209
Char, René, 229
Chesterton, Gilbert K., 271
Chestov, León, 56
Chomsky, Noam, 250

Daniel, Jean, 161, 186, 188
Darwin, Charles, 16, 70
Deffand, madame du, 159, 197

De Gaulle, Charles, 258, 259
Deleuze, Gilles, 250-252
Demócrito, 184
Derrida, Jacques, 239, 244
Descartes, René, 201, 239, 241
Diderot, Denis, 62, 259, 260, 283
Donne, John, 111
Drenowski, Jan F., 172
Dumont, Louis, 147
Düring, 54

Echeverría, Luis, 258, 259
Eckhart, maestro, 237
Elias, Norberto, 34, 150
Engels, Friedrich, 53
Epicuro, 118
Esquilo, 244
Eurípides, 244
Eymar, Carlos, 173, 175

Fanon, Franz, 185
Farias, Víctor, 226, 227, 229, 245
Faye, Guillaume, 179, 181, 184
Fechner, Gustav T., 138
Fery, Luc, 189, 245
Feuerbach, Ludwig, 51, 54
Fichte, Johann G., 50, 73, 136
Finkielkraut, A., 179, 185
Flores d'Arcais, Paolo, 156
Foucault, Michel, 40, 233, 245-255, 258, 304
Francisco de Asís, san, 29
Franklin, Benjamin, 105
Freud, Sigmund, 73, 74, 87-90, 126-128, 138, 197, 204, 206, 233, 234, 248, 278
Friedman, Milton, 148
Fromm, Erich, 83, 84, 123, 128, 285

Gadamer, 169, 229
García Calvo, Agustín, 26
Gauchet, Marcel, 161, 186
Gide, André, 118
Girard, René, 22, 103

Glucksman, André, 252
Godelier, Maurice, 258
Goebbels, Joseph P., 244, 268
Goethe, Johann W., 20
Gómez de la Serna, Ramón, 9, 145
Gourmont, Rémy de, 308
Grondin, Jean, 235
Grumberger, Bela, 87, 89
Guyau, Marie Jean, 53

Habermas, Jürgen, 25, 50, 67, 70, 75, 109, 162, 204, 229, 230, 240, 251, 252
Hayek, 148
Hegel, Georg Wilhelm F., 50, 70, 87, 172
Heidegger, Martin, 159, 226-231, 234-245
Heller, Agnes, 90, 91, 97, 99, 105, 107, 108, 153, 171, 305
Helvetius, 47, 49
Herzen, Alexander, 157
Hess, Moses, 53, 55
Hillel, 41
Hitler, Adolf, 227, 230, 270
Hobbes, Thomas, 42, 44, 48, 70, 169, 170, 172, 174, 175, 218, 259, 268
Hölderlin, Friedrich, 236
Honneth, Axel, 253
Horkheimer, Max, 193, 194, 252
Horne, Thomas A., 59
Huizinga, Johan, 203
Hume, David, 60

Ibsen, Henrik, 85

James, William, 86, 299
Jaspers, Karl, 109
Jaurès, Jean, 157
Jesucristo, 41, 222
Johnson, Samuel, 307
Joly, Maurice, 256-259, 264-268, 272, 273
Jonas, Hans, 311
Jünger, Ernst, 228

Kafka, Franz, 280
Kant, Emmanuel, 32, 37, 61-67, 70, 86, 94, 95, 98, 99, 107, 116, 122, 136, 196, 204, 205, 218-220, 222, 253, 272, 293

Kantorówicz, Leonid V., 153
Kierkegaard, Soren, 56
Köhlberg, 76
Krause, Friedrich, 196
Kropotkin, P., 53

La Mettrie, 103
La Rochefoucauld, M. de, 31, 45-47
Lacoue-Labarthe, Philippe, 230, 245
Lammenais, F. Robert de, 154
Las Casas, Bartolomé de, 183
Leach, Edmund, 180
Lefort, Claude, 161, 177, 190
Lelouche, Raphaël, 110
Lenin, Iván, I., 230
Leonardo da Vinci, 201
Leopardi, Giacomo, 159, 197
Lévinas, Emmanuel, 70, 71, 95, 236
López Calera, Nicolás, 10
Lukács, George, 230
Lucrecio, 197
Luhmann, Niklas, 159
Luis XVI, 266
Lutero, Martin, 221-224

Llavero, Francisco, 293
Lledó, Emilio, 40

Macaulay, Thomas Babington, 292
MacIntyre, Alasdair, 102, 149
Macpherson, C.B., 190
Mach, Ernst, 54
Maffesoli, Michel, 156
Maistre, Joseph de, 179, 256
Mandel, Ernst, 172
Mandeville, Bernard, 44, 45, 47, 59, 60, 196
Maquiavelo, Niccola, 256-273
Marcuse, Herbert, 133
Martínez Marzoa, Felipe, 95
Marx, Karl, 53, 54, 173-178, 181, 233, 234, 248, 257, 258
Marx, Werner, 51, 236
Matzneff, Gabriel, 293

Mauriac, François, 27
Mauss, Marcel, 147
Michelet, Jules, 154
Molière, Jean Baptiste Poquelin, 298
Molina Foix, Vicente, 11
Montaigne, Michel, 118, 119, 218
Montesquieu, Charles-Louis de Sécondat, barón de, 179, 256, 257, 260, 263, 264, 266, 269
Moore, G.E., 17
Mounier, Emmanuel, 160
Muguerza, Javier, 10

Nagel, Thomas, 77
Napoleón Bonaparte, 191, 257, 266
Napoleón III, 257, 267, 268
Newton, Isaac, 41
Nicol, Eduardo, 61
Nietzsche, Friedrich, 9, 16, 33, 41, 54, 56, 57, 70, 75, 78, 79, 81, 89, 105, 108, 118, 119, 121, 122, 129, 135, 136, 140, 141, 144, 149, 187, 204-207, 209, 233, 234, 237, 240, 241, 247, 248, 302, 312

Ortega y Gasset, José, 116, 312

Papell, Antonio, 293
Pascal, Blaise, 85, 197
Peces-Barba, Gregorio, 10
Pericles, 137
Philonenko, 63
Piaget, Jean, 76
Picasso, Pablo, 100
Pico della Mirandola, Giovanni, 18
Pinel, Philippe, 252
Platón, 70, 122, 126, 162, 237
Plinio el Viejo, 301
Poe, Edgar, 84
Pöggeler, O., 231
Pollán, Tomás, 11
Praxiteles, 59

Quesada, Fernando, 10

Rahner, Karl, 229
Rank, Otto, 141, 150, 158

Rawls, John, 105
Reagan, Ronald, 9
Reid, Thomas, 37
Reindhart, 229
Renaut, Alain, 189, 245
Revel Jean-François, 258
Ricoeur, Paul, 113
Rilke, Rainer Maria, 302
Rimbaud, Arthur, 111
Rockefeller, John Davison, 29
Röhm, Ernst, 227
Rops, Valérie, 145
Rousseau, Jean-Jacques, 31, 48, 49, 103, 144, 259, 260, 299
Ruyer, Raymond, 181

Sánchez Ferlosio, Rafael, 11
Sánchez de Zabala, Víctor, 128
Santaya, George, 210
Sartre, Jean-Paul, 57, 150, 159, 229, 234, 236, 251
Schiller, Friedrich, 95
Schopenhauer, Arthur, 51, 52, 54, 66, 67, 85, 126, 135, 159, 197, 200, 204, 205, 207, 219-225, 233, 241
Schürmann, Rainer, 237, 238
Séneca, Lucio Anneo, 39, 143, 203
Severino, Emmanuele, 20, 199
Sgalambro, Manlio, 56, 215, 225
Shaftesbury, Anthony Ashley Cooper, conde de, 59, 60
Shakespeare, William, 35
Shiel, M.P., 282
Sieyès, Emmanuel Joseph, 154
Silesius, Angelus, 237
Simmel, Georg, 149
Smith, Adam, 46, 60, 61
Sócrates, 126, 218
Sófocles, 244
Spinoza, Baruch, 8, 19, 20, 30-32, 34, 44, 61, 64, 71, 74-76, 78, 84, 86, 89, 103, 106, 107, 115, 121, 123, 128, 156, 200, 204, 208, 209, 215, 228, 283, 284
Stalin, Joseph, 230, 266
Steiner, George, 234, 235, 239, 244
Stirner, Max, 51, 53-55, 57
Strauss, Léo, 167, 170
Subirats, Héctor, 11
Szasz, Thomas S., 129, 276, 278, 280, 282, 285

Terleckyj, Nestor E., 172
Thibaut, Carlos, 196
Tocqueville, 305
Todorov, Tzuetan, 71
Tolstoi, León, 56
Trías, Eugenio, 251
Tucídides, 137
Tugendhat, E., 40

Unamuno, Miguel de, 41, 98, 153, 216

Vaneigem, Raoul, 133
Velázquez, Diego, 100
Vernant, Jean-Pierre, 147
Veyne, Paul, 250, 251, 254
Vicente de Paúl, san, 187
Voltaire, François-Marie Arouet, 32, 49, 195, 206, 241

Walsh, W.H., 77
Weber, Max, 68, 74, 209, 251
Wertmüller, Lina, 72
Winnicott, D.W., 107, 285
Wolf, Christian von, 37

Zaid, Gabriel, 258

Índice

Prólogo   7

Primera parte
DOCTRINA MORAL DEL AMOR PROPIO

I. El amor propio y la fundamentación de los valores   15
    a) Definición y fenomenología   27
    b) Propognadores históricos   36
    c) La polémica contra el amor propio   58
    Conclusión   71
    Nota sobre los universales éticos   75
    Nota sobre el altruismo   77
II. El ideal del amor propio   78
III. Topología de la virtud   97
IV. El escándalo del placer   117
V. La sociedad individualizante   146
VI. Fundamento y disputa de los derechos humanos   160
    1. *Derecho universal y derechos individuales*   165
    2. *Vista a la izquierda: ¿derechos del hombre o derechos del burgués?*   173
    3. *Vista a la derecha: soberanía nacional contra derechos humanos*   178
    4. *Derecho universal y derechos individuales*   186
VII. El pesimismo ilustrado   192

Segunda parte
COMPLEMENTOS DIRECTOS

I. Schopenhauer: la crisis del amor propio   213
II. Heidegger para la ética   226

III.	Lo abierto y lo cerrado en Michel Foucault	246
IV.	Del exterminio democrático de la democracia	256
V.	¿Enfermedad mental o enfermedad moral?	274
VI.	Tesis sociopolíticas sobre las drogas	287
VII.	El porvenir de la ética	295
	a) *El amor propio como fundamento de la ética*	298
	b) *La virtud como individualismo*	302
	c) *El reconocimiento activo de los derechos humanos*	306

Despedida   313
Algunas indicaciones bibliográficas   315
Índice onomástico   321

Esta obra se terminó de imprimir
en el mes de marzo de 1991 en los Talleres Gráficos
de la Nación. Se tiraron 10 000 ejemplares
más sobrantes para reposición.